W0314371

MARCEL ROTHMUND

Das Vermächtnis des Konstanzer Kräuterbuchs

VERHÄNGNISVOLLES ERBE Elisabeth Freistetter, genannt die Kräuterliesl, besitzt das letzte von fünf Heilbüchern ihrer Vorfahrinnen – das Konstanzer Kräuterbuch. Es enthält einen einzigartigen Wissensschatz an Heilrezepturen und stammt ursprünglich aus dem Kloster der Hildegard von Bingen. Zusammen mit ihrem Mann Adam lebt Elisabeth auf einem abgelegenen Hof im Linzgau am Bodensee. Von den Bewohnern der umliegenden Dörfer wird sie wegen ihrer Heilkunst geschätzt und häufig um Hilfe gebeten. Eines späten Abends findet sie den schwer verletzten Schuhmacher Kilian auf ihrem Hof und rettet ihm das Leben. Elisabeth erfährt, dass er Opfer eines Raubüberfalls geworden ist, und gewährt ihm weiterhin Schutz. Adam und sie gewöhnen sich an den jungen Gast, der ihnen aus Dankbarkeit bei der Arbeit zur Hand geht. Doch plötzlich unterstellt man Elisabeth mit ihren Heilfähigkeiten böse Absichten und sie wird zum Opfer einer fatalen Intrige. Fürchterliche Ereignisse nehmen ihren Lauf …

Marcel Rothmund, 1985 in Friedrichshafen geboren, ist in Salem am Bodensee aufgewachsen. In seiner Kindheit verbrachte er viel Zeit auf dem landwirtschaftlichen Hof seiner Großeltern. Schon während seiner Jugend interessierte er sich für das Leben in vergangenen Zeiten und lauschte fasziniert den Erzählungen von früher. Nach dem Abitur studierte er Geschichte in Konstanz und Heidelberg. Während des Studiums arbeitete er im Journalismus und entdeckte in den darauffolgenden Jahren seine Passion für das Schreiben. Heute lebt und arbeitet er in der Bodenseeregion.

MARCEL ROTHMUND

Das Vermächtnis des Konstanzer Kräuterbuchs

Historischer Roman

GMEINER

Immer informiert

Spannung pur – mit unserem Newsletter informieren wir Sie regelmäßig über Wissenswertes aus unserer Bücherwelt.

Gefällt mir!

Facebook: @Gmeiner.Verlag
Instagram: @gmeinerverlag
Twitter: @GmeinerVerlag

MIX
Papier aus verantwortungsvollen Quellen
FSC® C083411

Besuchen Sie uns im Internet:
www.gmeiner-verlag.de

Im Ehnried 5, 88605 Meßkirch
Telefon 07575/2095-0
info@gmeiner-verlag.de

1. Auflage 2021

Lektorat: Daniel Abt
Herstellung: Mirjam Hecht
Umschlaggestaltung: U.O.R.G. Lutz Eberle, Stuttgart
unter Verwendung eines Bildes von: © https://commons.wikimedia.org/wiki/File:Illustration_from_Medical_Botany,_digitally_enhanced_from_rawpixel's_own_original_plates_157.jpg
Druck: CPI books GmbH, Leck
Printed in Germany
ISBN 978-3-8392-0010-0

Für Desirée

Prolog

Mit einer unbeschreiblichen Geschwindigkeit durchstreifte er im Flug die Finsternis. Es schien ihm eine Reise ohne Zeit und Ziel und doch fühlte er sich in dieser fremden Weite hier oben geborgen. Über ihm leuchteten unzählige Sterne schwach in der Ferne wie kleine Wegweiser zu unbekannten Orten. Unter ihm war alles vollkommen schwarz. Er flog einem Vogel gleich und spürte dabei die kühle Zugluft auf seiner Haut. Ein wärmendes Gefühl des Friedens und von großem Glück erfüllte ihn von innen. Gerne wäre er bis in alle Ewigkeit geflogen. Doch in einem Augenblick erloschen die leuchtenden Punkte am Firmament. Es wurde dunkel um ihn herum und mit jedem Atemzug kehrte die gewohnte Schwere seines Körpers zurück.

Er bemerkte, wie er wieder mehr und mehr zu Bewusstsein kam. Die friedliche Sternenwelt war verschwunden und mit ihr das traumhafte Gefühl vom Fliegen. Er lag auf hartem Boden mit dem Gesicht nach unten und spürte, wie in seinem Schädel ein grauenhafter Schmerz unablässig pochte. Er öffnete die Augen, doch um ihn herum blieb alles schwarz. Begleitet von dem Pochen im Kopf atmete er tief ein, wobei ein wohlbekannter Geruch seine Nase durchströmte. Ein Geruch, der Erinnerungen in ihm wach werden ließ. Schöne Erinnerungen an einen Tag, an dem er als kleiner Bub mit seinen größeren Brüdern Paul und Jakob am Waldrand eine Fuchsfalle gebaut hatte. Aus einer alten Holzkiste für Weinflaschen hatten sie damals eine ganz brauchbare Falle zusammengezimmert. Die Kiste hatten sie mit der offenen Seite nach unten gedreht und auf einen passenden Bretterboden genagelt. Eine der Seitenwände sägten sie auf und montierten sie mit einem Scharnier an die Holzkiste, das sie von einer alten Truhe abgetrennt hatten. Die Kiste hatte nun eine Falltür, die nach oben geöffnet werden konnte. Daran befestigten sie eine Schnur, die im Inneren mit einem Haken verbunden war, an dem ein Fleischköder hing. Es waren die Reste eines Schweins, die beim Nachbarhof nach der Schlachtung auf dem Misthaufen gelandet waren. Wenn ein angelockter Fuchs sich den Köder schnappen sollte, würde die geöffnete Tür durch die Bewegung an der Schnur sofort zuklappen. Ein Stein, den die Jungen zusätzlich auf der Falltür festbanden, sollte verhindern, dass der gefangene Fuchs die Tür öffnen konnte.

Zur Herbstzeit stellten er und seine Brüder die Falle gemeinsam am Waldrand neben dem Feld ihres Vaters auf und als Tarnung verteilten sie Laub von Eichen und Buchen auf dem Boden der Kiste. Tagelang legten sie sich damals in der Abenddämmerung in einem Dickicht in nächster Nähe auf die Lauer und warteten gespannt auf einen Vierbeiner. Sie lagen dort mucksmäuschenstill unter den Sträuchern auf alten Rupfensäcken, das gelbbraune Laub direkt unter ihren Nasen, und warteten geduldig. Je weiter die Dämmerung voranschritt und die Feuchte der Luft zunahm, desto intensiver schien der Geruch des Laubs zu werden.

Von einem älteren Schulfreund hatte sein Bruder Paul erfahren, dass man bei einem Händler bis zu sechzig Reichsmark für ein Fuchsfell bekam. Die Hoffnung der

Jungen war groß und tatsächlich war ihnen ein paar Tage später ein Fuchs in die Falle gegangen. Doch was dann passierte, hatten sie nicht erwartet. Zum Töten des Tieres stibitzten sie heimlich die Schrotflinte ihres Vaters. Durch einen Spalt in der Kiste wollten sie den Fuchs mit dem Gewehr möglichst am Kopf treffen, damit das Fell nicht durchlöchert wurde. Als sie nach langem Warten tatsächlich einen Fuchs in der Falle lärmen hörten, rannten sie siegessicher und voller Freude dorthin. Aber der Fuchs wehrte sich. In die Enge getrieben, entwickelte das Tier Kräfte, die ihm die Jungen im Leben nicht zugetraut hätten. Der Fuchs tobte wie wild in der Kiste und fauchte in schrillen Tönen. Im Rückblick ging alles in Sekundenschnelle. Jakob hielt die wackelnde Kiste fest, in welcher der Fuchs sich immer heftiger hin und her warf. Paul legte das Gewehr an und er selbst sollte den Fuchs mit Stöcken, die er durch die Ritzen der Kiste schob, in Position bringen. Allerdings war der Stein auf der Falltür nicht schwer genug. Der Fuchs konnte sie einen Spalt aufdrücken und war mit dem Kopf schon beinahe draußen. Paul schrie, Jakob solle die Falltür fester zudrücken. Doch der Fuchs hatte sich, flink, wie er war, bereits zur Hälfte mit seinem Körper durchgezwängt und biss Jakob in den Arm. Er schrie auf und ließ die Falltür los, sodass der Fuchs in den dunklen Wald entwischen konnte. Die Bisswunde an Jakobs Arm blutete stark. Schockiert ließ Paul das Gewehr fallen und kam seinem Bruder zur Hilfe. Mit zitternden Fingern band er sein Halstuch um den Arm des Bruders und knotete es fest zu. Nach kurzem Zögern waren sie zusammen wie geschlagene Krieger nach Hause gegangen. Ihre Mutter war entsetzt gewesen und ihr Vater hatte sie für ihre Torheit bestraft. Als Ältester hatte Paul wegen seiner Verantwortungslosigkeit die meisten Ohrfeigen einstecken müssen.

Das war über zwanzig Jahre her, und genau diese Erinnerung an frisches, herbstlich duftendes Laub, feucht und kühl, war ihm wieder ins Gedächtnis gekommen, als er nun, Jahre später, irgendwo in der Finsternis auf dem Boden lag und mit der Ohnmacht kämpfte.

Langsam stützte er sich auf seine Hände und bemerkte, dass sein Kopf und Oberkörper mit etwas bedeckt waren. Es war sein Mantel, der ihm irgendwie über Rücken und Kopf gefallen sein musste. Der raue Stoff war nicht das Einzige, was er auf seiner Haut verspürte. Seine Haare und vor allem seine rechte Gesichtshälfte schienen ihm mit irgendetwas verklebt. Mit den Fingern tastete er vorsichtig über sein Gesicht, dabei schoss ein Schmerz von tausend Nadelstichen durch seinen Schädel. Er zuckte zusammen und atmete tief durch. Dann ging er langsam auf die Knie und legte den Mantel beiseite, damit er endlich etwas sehen konnte. Um ihn herum war es Nacht, nur der halbvolle Mond spendete ein bisschen Licht in der Dunkelheit. Trotz der lähmenden Schmerzen gelang es ihm aufzustehen. Er betrachtete seine Hand. Im fahlen Mondschein konnte er eine dunkle Substanz erkennen. Zaghaft roch er daran und leckte an einem seiner Finger. Ein seltsam vertrauter Geschmack wanderte über seine Zunge. Ihm wurde klar, dass es Blut war – sein Blut! Aber warum er blutete und wie das alles passiert war, wollte ihm nicht in den Sinn kommen. Das Pochen im Kopf war zu groß, als dass er hätte nachdenken können. Schwindel überkam ihn und seine Beine begannen nachzugeben. Er brauchte dringend Hilfe. Mit aufkommender Panik sah er sich um und nahm dabei die Landschaft in Augenschein. Er befand sich auf einer großen Lichtung, die von finsterem Wald eingerahmt wurde. Im nahen Unterholz raschelte etwas und der gespenstische Ruf eines Uhus durchdrang die Nacht. Etwa fünfzig Schritt entfernt von ihm stand ein altes Haus. Das Fachwerk war teilweise mit Efeu oder etwas Ähnlichem bewachsen, doch seine Sehkraft war von der Dunkelheit und den starken Schmerzen so getrübt, dass er es nicht recht erkennen konnte. Die Fensterläden waren geschlossen und dennoch entdeckte er an einem der unteren Fenster schwaches Licht. Es drang durch die Spalte der Fensterläden und ließ seine Hoffnung auf Hilfe wachsen. Entschlossen atmete er tief ein und ging auf den verheißungsvollen Schein zu. Wie ein Betrunkener schwankte er über die Lichtung. Als er direkt vor dem Fenster stand, öffnete er schwerfällig einen der beiden Holzläden. Im Inneren des Zimmers schummerte das Licht einer Petroleumlampe. Dort schien jemand an einem Tisch zu stehen. Er konnte es nicht recht erkennen, denn sein Sichtfeld verschwamm immer mehr zu einem Brei aus hellen und dunklen Streifen. Er begann zu schlottern, und von der schrecklichen Angst erfüllt, es könnte mit ihm zu Ende gehen, rief er um Hilfe. Doch seine Stimme versagte, sodass nur ein schwaches »Hiill …« zu hören war. Mit letzter Kraft klammerte er sich am Fensterbrett fest, kratzte mit seinen Fingernägeln über das Holz und sackte schließlich in sich zusammen. Dann wurde ihm wieder schwarz vor Augen.

Der dürre Georg

Ernatsreute im Linzgau, September 1903

Georg Back war ein Raubmörder, der stets unentdeckt blieb. Seine Opfer waren ausschließlich Fremde und den Leuten im Dorf war er nur als gewöhnlicher Wegewart und Tagelöhner bekannt. Wegen seines Aussehens nannten sie ihn den »dürren Georg«, denn er war recht groß und auffällig schmal. Dennoch war Georg kräftig und für seine über fünfzig Jahre äußerst zäh. Sein Gesicht prägten kantige Wangenknochen und eine markante Hakennase, und unter seinen Augen hatte er dunkle Ränder, dass die Leute im Dorf meinten, er leide an der Wurmkrankheit. Zudem hatte er dünnes Haar, das meistens von einem kurzkrempigen Schäferhut verdeckt wurde. Dass ihm seine Beute buchstäblich über den Weg lief, lag daran, dass Georg Back als Wegewart auf den Wegen und Straßen von Ernatsreute tätig war. Auf diese Weise waren ihm so manche Opfer nichts ahnend in die Fänge geraten. Er lockte sie meist in einen Hinterhalt, beraubte sie und entledigte sich ihrer auf brutale Art und Weise. Ob Reisende, fahrende Krämer oder Landstreicher, letztendlich war Georg jedes Opfer recht, solange es ein bisschen Geld bei sich trug und allein unterwegs war.

Als Georg an diesem Nachmittag von der Arbeit auf dem Weg nach Hause war, erspähte er von Weitem den jungen Burschen, der vor ihm allein auf der Landstraße nach Ernatsreute lief. Er trug einen Korb auf dem Rücken, was Georg auf einen fahrenden Händler oder dergleichen schließen ließ. Georg fuhr mit seinem Schäferwagen langsam an ihn heran.

»So wie es aussieht, bist du schon länger unterwegs«, sagte er und lächelte den jungen Kerl freundlich an. »Wohin soll es denn gehen?«

»Nach Owingen«, antwortete der Bursche.

»Ich kann dich gern ein Stückle mitnehmen, denn ich fahr in diese Richtung.«

Der Fremde willigte ein, stieg neben ihm auf den Kutschbock und gemeinsam fuhren sie weiter.

»Woher kommst du denn?«, fragte Georg wissbegierig.

»Von Ravensburg«, antwortete der Kerl.

»Bist du ein fahrender Händler?«

»Ein fahrender Schuhmacher, um genau zu sein. Ich habe einen langen Tagesmarsch hinter mir und bin dir sehr dankbar, dass du mich mitnimmst. Ich weiß nicht, wie lange meine Füße mich noch getragen hätten.«

»Dann hast du bestimmt Durst und einen rechten Hunger?«, fragte Georg vielversprechend.

»Das kann man sagen, ja«, entgegnete der Bursche eifrig nickend.

Georg spielte den Mitleidsvollen. »Herrje, ich kenne so arme Kerle wie dich, die die längste Zeit auf der Straße unterwegs sind und fast nix zu essen dabeihaben. Von denen habe ich schon viele gesehen. Darum lade ich dich zum Vesper ein. Mein Hof liegt auf dem Weg. Und danach fahre ich dich weiter nach Owingen. Was meinst du?«

Der Schuster stimmte dankend zu und kurze Zeit später saßen sie gemeinsam in Georgs Küche am gedeckten Tisch.

Georg Back lebte seit Jahren allein in seinem Tagelöhnerhaus, dem sogenannten Schäfergütle. Das kleine Haus lag auf der großen Wiese unterhalb der Burghöfe, dort wo die Landstraße von Ernatsreute nach Owingen führte. Die Wiese hatte in alten Zeiten den Flurnamen Wolfsgalgen bekommen, denn um der zunehmenden Wolfsplage Herr zu werden, hatten die Schäfer früher dort Fleischköder an kleinen Sicheln aufgehängt. Die gefräßigen Wölfe schnappten nach dem Fleisch in der Höhe und hängten sich dadurch selbst am Wolfsgalgen auf. Doch Wölfe waren im Linzgau seit fast hundert Jahren nicht mehr gesehen worden. Unterhalb der Wiese floss der Geißbach den Hang hinunter. Der Bach entsprang im Wald Fronholz auf der Anhöhe schräg gegenüber, durchquerte die Felder hinter Ernatsreute und floss an der Landstraße unterhalb vom Schäfergütle unter einer Brücke hindurch. Kurz danach wurde der Geißbach zu einem kleinen Weiher angestaut. Dieser speiste weiter unten den Zufluss zu einer Sägemühle, der Hangmühle von Gerhard Frommel. Durch die Mühle geleitet, gab der Geißbach dem oberschlächtigen Wasserrad den nötigen Antrieb für die Säge und floss danach weiter in den Aachtobel hinab. Gegenüber dem Schäfergütle, auf der anderen Seite der Landstraße, stand auf dem Gewann Öschle ein weiteres Tagelöhnerhaus, das ähnlich aussah wie das von Georg. Dort wohnte die alte Witwe Rechle.

Georg Backs Vater Johannes war Schäfer gewesen sowie auch dessen Vater. Mit Georg sollte die Tradition des Schäferdaseins der Familie Back jedoch enden, denn er konnte der Arbeit mit den Viechern nichts abgewinnen. Deshalb hatte er nach einer anderen Tätigkeit gesucht und war zum Wegewart von Ernatsreute geworden, zuständig für alle Straßen, Wege und Brücken, die zum Dorf und seiner Gemarkung gehörten. Die Gemarkungsgrenze von Ernatsreute reichte im Norden bis hinauf zu den Burghöfen, im Osten bis kurz vor Wackenhausen, im Süden bis zum Schönbuchhof und im Westen bis zum Fronholz. Als sein Vater verstorben war, erbte der junge Georg Haus und Hof. Wobei das Schäfergütle der Backs schon damals in einem schlechten Zustand gewesen war. Seine Mutter war kurz nach dem Vater gestorben und seine beiden Schwestern hatten später auf andere Höfe eingeheiratet. Der junge Georg verkaufte die Schafe und konnte so einen Teil der Schulden bezahlen, die auf dem Grundbesitz lasteten. Weniger aus Liebe, sondern vielmehr aus der Not heraus hatte er Antonia Gerster aus Lippertsreute geheiratet, denn er hatte schließlich ein Weibsbild für seinen Haushalt gebraucht. Ihr Gesicht hatte nicht die Reize einer jungen Frau gehabt, stattdessen hatte es ihn mit den groben Zügen mehr an ein Mannsbild erinnert. Antonia stammte ebenfalls aus einer kleinen Tagelöhnerfamilie, dementsprechend gering war ihre Mitgift bei der Heirat ausgefallen.

Das ebenerdige Haus der Backs war aus einfachem Fachwerk gebaut, mit einem strohbedeckten Dach. Im rechten Teil des Hauses war eine kleine Tenne mit dem Stall für die Ziegen und Hühner. Hinten führte von dort eine Tür in das Außengatter. In der linken Haushälfte hauste Georg allein, seit Antonia vor acht Jahren an einem Hirnschlag gestorben war. Kinder hatte er keine, schon aus dem einfachen Grund nicht, weil er und Antonia für sich selbst nicht immer ausreichend zu essen gehabt hatten. Dazu kam, dass Georg Kinder schlichtweg hasste. In den vergangenen Jahren war das Haus ohne Antonia immer mehr verkommen, aber der Dreck und die Unordnung störten Georg nicht. Er war die meiste Zeit mit dem alten Schäferwagen seines Vaters unterwegs, in dem er tagelang hausen konnte. Das Schäfergütle war so die meiste Zeit verwaist.

Während sie aßen, schenkte Georg seinem Gast reichlich Most ein und ließ dessen Glas nicht leer werden. Nach ein paar Gläsern schien ihm der ideale Zeitpunkt für einen Angriff, denn dann würde der junge Kerl sich nicht mehr so gut wehren können, dachte er sich. Anders als sein Opfer hielt Georg sich beim Most zurück, gerade so, dass es nicht auffiel. Während des Vespers unterhielten sie sich die ganze Zeit über das Handwerk des Schuhmachers und dessen Verlobte, die er bald heiraten wollte. Nach dem vierten Glas sah Georg den passenden Moment gekommen. Er wollte sein Opfer niederschlagen, es ausrauben und letztendlich töten. Als fahrender Schuhmacher führte der Bursche sicher einiges an Geld in seinen Taschen mit sich, vermutete er.

»Ich danke Gott, dass ich meine Anna gefunden habe«, faselte der Kerl schon leicht betrunken. »Ich werde sie bald heiraten und dann ist sie endlich mein Weibsbild. Und um Geld für eine Familie brauche ich mir keine Sorgen zu machen. Mindestens zehn Kinder soll sie mir schenken. Schließlich habe ich ja einen reichen Großonkel«, protzte er und lachte angeheitert.

Bei diesen Worten wurde Georg hellhörig. Der Bursche war von dem vielen Most inzwischen so redselig geworden, dass er nicht mehr aufhören wollte. »Und ich weiß auch ganz genau, wo der Onkel das Geld versteckt hat, nämlich in einer Milchkanne auf dem Dachboden«, erzählte er.

Ab diesem Moment konnte sich Georg nicht mehr zurückhalten.

»Da hast du aber ein Glück«, sagte er. »Wo wohnt denn dein Onkel?«

»In Owingen. Deswegen will ich dorthin«, antwortete der Schuhmacher. Dann nahm er einen großen Schluck

Most und redete wieder über seine Anna. Aber Georg, der das Vermögen des Großonkels schon zum Greifen nah vor sich sah, ließ nicht locker. Wie ein Raubtier biss er sich an der Erzählung über das viele Geld fest und kam wieder darauf zu sprechen. »Wie ist denn dein Großonkel an so viel Geld gekommen?«

»Der alte Mann hat ein Leben lang gespart. Das wäre nichts für mich«, antwortete der Bursche und schüttelte den Kopf. »Das muss schon ein eintöniges Leben sein. Aber wenigstens hat er dabei an mich und meine Anna gedacht.« Er lachte freudig.

Wieder ging das Gespräch in eine andere Richtung, als Georg es wollte, weshalb er langsam ungeduldig wurde. Schließlich musste er wissen, wo genau der Großonkel wohnte. In Owingen gab es viele Häuser und Höfe und ohne den Namen konnte die Suche schwierig werden. Bereitwillig ließ Georg seinen Gast noch ein paar Sätze zu seinem dummen Weib erzählen, dann riss ihm der Geduldsfaden. »Wo zum Teufel wohnt er denn?«, schrie er laut.

In diesem Moment wirkte der junge Schuhmacher wie aus einem Traum gerissen. Er sah Georg skeptisch an. »Warum willst du das wissen?«

»Nun ja, als Wegewart komme ich viel rum«, gab sich Georg unbedarft. »Vielleicht kenne ich ja deinen Onkel.«

Der Schuhmacher schwieg und Georg konnte ihm das Misstrauen im Gesicht ansehen. »Ich glaube nicht, dass du ihn kennst. Er lebt sehr zurückgezogen.«

Georg hätte vor Wut auf den Tisch hauen können. Aber er versuchte, sich den Zorn nicht anmerken zu lassen. Er leerte sein Glas, stand auf und murmelte vor sich hin, dass es nicht so wichtig sei. Unter dem Vorwand, dass er noch einen Krug Most holen wolle, ging er hinaus. Draußen in der kleinen Tenne nahm er einen Dreschflegel zur Hand und kam damit in die Küche zurück. Er würde den Schuhmacher gefügig prügeln, und sobald dieser den Namen des Großonkels preisgegeben hatte, würde er ihn beiseiteschaffen.

Zwar war das Überraschungsmoment auf Georgs Seite, allerdings war der junge Bursche durch sein Misstrauen wachsam geworden. Trotz des vielen Mosts, den er getrunken hatte, war er immer noch sehr flink. Beim Anblick des Dreschflegels sprang er sofort auf und konnte Georgs Schlag um Haaresbreite ausweichen. Beim zweiten Schlag gelang es ihm ebenso, doch langsam nahm seine Reaktionsfähigkeit ab. Mit dem dritten Schlag traf Georg den Schuhmacher mit dem Dreschflegel direkt am Kopf. Für einen Augenblick konnte er das Blut sehen, das dem Kerl aus einer klaffenden Wunde seitlich herunterlief. Doch vom Schlag getroffen, schien der Schuhmacher neue Kräfte in sich zu entdecken. Wie ein tollwütiger Hund stürzte er sich auf Georg und riss ihm den Dreschflegel aus der Hand. Georg verpasste ihm einen ordentlichen Hieb mit der Faust in die Seite, aber der Schuhmacher ließ sich dadurch kaum beeindrucken. Wieder wollte Georg ihm die Faust in die Seite schlagen, doch erstaunlicherweise konnte ihm der wendige Bursche erneut ausweichen. Schließlich packte ihn der Schuhmacher und schleuderte ihn mit voller Wucht gegen den Küchenschrank. Er stürzte zu Boden, dann wurde ihm schwarz vor Augen.

Als Georg wieder zu sich kam, war es bereits mitten in der Nacht. Er lag auf dem Boden und ein stechender Schmerz am Hinterkopf ließ seinen Körper zusammenzucken. Im ersten Moment musste er sich sortieren, denn er besaß keine Erinnerung mehr daran, was geschehen war. Er lag auf dem Fußboden in der Küche, hinter ihm der Küchenschrank, dessen hölzerne Schubladenknöpfe er zum ersten Mal von unten betrachtete. Im schummrigen Licht weiter oben entdeckte er die Balken der Zimmerdecke, zwischen denen Spinnen in den vergangenen Jahren ihre Netze gewoben hatten. Leicht benommen zog Georg den Arm unter seinem Körper hervor, auf welchem er längere Zeit gelegen haben musste. Danach richtete er sich auf und tastete mit der rechten Hand vorsichtig den Hinterkopf ab. Er grübelte nach und sah sich währenddessen in der Küche um. Auf dem Küchenboden herrschte ein großes Durcheinander: kaputte Gläser, Messer, Vesperbretter und Essensreste. Neben den aufgestapelten Holzscheiten am Herd entdeckte er den Dreschflegel. Und bei dessen Anblick kam ihm wieder ins Gedächtnis, wie alles passiert war.

Georg setzte sich für einen Moment auf die Bank am Küchentisch. Er musste sich sammeln, sein Kopf schmerzte immer noch. Die Ellenbogen stützte er auf den Tisch und legte sein Gesicht in die offenen Handflächen. Mit den Fingern rieb er sich langsam über die Stirn, als würden die Kopfschmerzen dadurch besser werden. Dann nahm er seine Hände vom Gesicht und schaute sich um. Die Sachen des Schuhmachers waren nicht mehr da. Der Bursche hatte doch den Tragekorb in der Küche abgelegt – dessen war Georg sich ganz sicher. Weit konnte der Kerl jedenfalls nicht gekommen sein, schon gar nicht mit der Verletzung am Kopf. Vermutlich lag er irgendwo in einem Straßengraben und Georg brauchte ihn nur einzusammeln. Dann würde er aus ihm herauspressen, was er wissen wollte. Entschlossen ging er nach draußen und fuhr wenige Minuten später mit seinem Schäferwagen vom Hof. Im Dunkel der Nacht war von ihm nur die schwach leuchtende Petroleumlaterne zu sehen, die am Dach seines Gefährts unruhig hin und her schwankte.

Der Vrenenhof

Der Hof, auf dem Elisabeth Freistetter und Adam Krämer lebten, lag mitten im Fronholz auf einer großen Lichtung. Der Waldweg von Ernatsreute nach Owingen führte direkt am Hof vorbei. Vom Weg aus gesehen, erstreckte sich die Lichtung auf der linken Seite als große Wiese bergab bis zum südlichen Rand des Waldes in Richtung Bambergen. Auf der rechten Seite des Weges stand der alte Vrenenhof, der seinen Namen von der heiligen Verena bekommen hatte. Das Haupthaus war aus braunem Fachwerk gebaut mit grünen Fensterläden, die mit Blumen und weißen Ornamenten bemalt waren. Über die Jahrzehnte war die Farbe der Fensterläden rissig geworden und an der Nordseite begann sie schon, in kleinen Teilen abzuplatzen. Elisabeth hatte das Haus von ihrer Tante Ottilie geerbt, die in den letzten Jahren nach dem Tod ihres Mannes ein Einsiedlerleben geführt hatte. Das Haus mochte etwa dreihundert Jahre alt sein. Früher hatte an dessen Stelle ein größeres Bauernhaus gestanden, doch der Dreißigjährige Krieg hatte wie in Bambergen und den umliegenden Dörfern auch vor dem Vrenenhof keinen Halt gemacht, wie Tante Ottilie erzählt hatte. Schwedische Soldaten hatten damals den Hof um sein ganzes Vieh und alle Nahrungsmittel geplündert. Den Bauer und seine Familie hatten sie kaltblütig erschlagen und das Haupthaus in Brand gesetzt, um die Leichen darin zu vernichten. Den Kornspeicher hatten sie allerdings unversehrt gelassen, denn während das Haupthaus in Flammen stand, beraubten sie den Speicher all der Vorräte, die darin lagerten. Wie manch andere Gehöfte im Umkreis hatte der Vrenenhof einst der Johanniterkommende in Überlingen gehört, die den Hof an Bauern belehnte. Da es nach dem Dreißigjährigen Krieg an Geld fehlte, ließ die Ordensgemeinschaft anstelle des abgebrannten Haupthauses ein kleineres Wohnhaus mit Tenne errichten und belehnte den Vrenenhof fortan wieder an Bauern. Tante Ottilies Schwiegervater war der letzte Lehensbauer des Vrenenhofs gewesen. Gegen Zahlung einer Ablösesumme hatte er das Gut an sich gebracht und so wurde der Vrenenhof von ihm an Tante Ottilies Mann, und von ihr wiederum an Elisabeth vererbt. Sie und Adam lebten nun schon seit über dreißig Jahren allein hier. Kinder hatte das alte Paar keine, aber dafür viele Tiere, um die sich die beiden genauso sorgsam kümmerten.

Es war ein warmer Herbsttag und die Sonne strahlte am leicht bewölkten Himmel über der Lichtung. An diesem Morgen lag ein junger Mann auf dem rubinroten Biedermeiersofa in der Stube und schlief. Er war am Vorabend hinter dem Haus zusammengebrochen. Von seinem Ächzen alarmiert, hatten Adam und Elisabeth den schwer verletzten jungen Mann hinter ihrem Hof entdeckt. Sofort hatten sie ihn ins Haus gebracht und auf das Sofa gelegt. Noch am Abend hatte Elisabeth mit warmem Wasser die angetrockneten Blutreste aus dem Gesicht des Fremden gewaschen und ihm eine besondere Kräutermixtur zur Beruhigung verabreicht. Dann war er erschöpft eingeschlafen.

Zaghaft öffnete Elisabeth die Tür zur Stube und ging hinein, sie wollte den jungen Mann auf keinen Fall wecken. Aus Gewohnheit blickte sie zuerst zu dem langen Vorhang, der den Zugang zum Hinterzimmer verdeckte. Sie musste sich vergewissern, dass das Zimmer vor neugierigen Blicken verborgen blieb. Gegenüber dem Vorhang lag der junge Mann auf dem Sofa. In der Mitte der Stube stand ein kleiner quadratischer Tisch auf einem großen runden Teppich. Um den Tisch herum waren vier Stühle angeordnet. Mit den Leuten, die Elisabeth um Hilfe aufsuchten, saß sie gewöhnlich dort. Ihr angestammter Platz befand sich vor dem Vorhang, sodass sie das Hinterzimmer stets in ihrem Rücken hatte. Der Besuch saß ihr meist gegenüber oder durfte sich sogar auf das bequem gepolsterte Sofa legen, damit Elisabeth sich die Person für die Behandlung genauer ansehen konnte.

Seit gestern Abend waren die dunkelgrünen Vorhänge zugezogen, sodass die Morgensonne nur gedämpft durch die Fenster schien. Eine Fliege kreiste im schwachen Tageslicht über dem Sofa umher, doch das surrende Geräusch ihrer Flügel schien den jungen Mann in seinem tiefen Schlaf nicht zu stören. Langsam trat Elisabeth an das Sofa heran und betrachtete ihren fremden Gast, dessen Namen sie nicht kannte. Er mochte etwa um die dreißig Jahre alt sein. Seine Kleidung war die eines Handwerksburschen. Er war von mittlerer Statur, der Länge nach passte er noch gut auf das Sofa. Für einen Burschen in seinem Alter war er zudem anständig genährt, aber nicht fett. Sein Gesicht war rundlich und auf dem Kopf trug er braune Locken, die vom Schweiß teilweise an seiner Stirn klebten. Elisabeth wusste nicht, woher er gekommen war, aber eines war sicher: Wäre er in seinem angeschlagenen Zustand noch einige Zeit im Wald umhergeirrt, dann hätte er bei Gott ein schnelles Ende gefunden. Am Kopf hatte er eine schwere Verletzung auf der rechten Schädelseite. Dazu kam jetzt das Fieber, das von der Wunde herrührte, die sich entzündet haben musste. Schweißperlen standen auf seiner Stirn und er atmete sehr kurz und stoßartig, während er schlief. Elisabeth wischte ihm mit einem Tuch vorsichtig über das Gesicht. Eine Weile betrachtete sie ihn und fragte sich, wer er wohl sein mochte. Was um alles in der Welt war dem armen Kerl passiert? In der Gewissheit, dass diese Fragen bald beantwortet würden, ging sie hinaus auf den Gang und schloss leise die Stubentür hinter sich.

An diesem Morgen wollte Elisabeth ihre Weintrauben ernten. Sie ging in die Küche am Ende des Hausgangs. Von einem der drei Stühle am Küchentisch nahm sie ihre Schürze und zog sie über ihre helle Bluse und das dunkelgrüne Trägerkleid. Darüber zog sie eine feine Strickjacke. Ihre langen schwarz-grauen Haare band sie wie immer zu einem Zopf, über den sie für die Arbeit ein Kopftuch knotete. Zwischen einem Wandregal, auf dem sie Geschirr und Krüge aufbewahrten, und der Hintertür zur Wiese, über die sich der junge Mann gestern gequält haben musste, führte eine weitere Tür über zwei Stufen in die Tenne hinunter.

Fertig angekleidet nahm Elisabeth ein Messer aus der Tischschublade, holte einen Weidenkorb aus der Tenne und ging nach draußen. Die ganze Südwand des Hauses zum Waldweg hin und ein Teil der Westwand waren von oben bis unten mit Weinreben bewachsen. Zufrieden begutachtete Elisabeth die vollbehangenen Rebstöcke. Für die Weintrauben war die Hauswand ein idealer Platz, um den ganzen Tag das Sonnenlicht des Sommers einzufangen. Nun war es Ende September und die Trauben waren reif. Wie jedes Jahr verarbeitete Elisabeth einen Teil davon zu Wein, den sie für ihre Mixturen brauchte, während sie den Rest in der Vorratskammer an die Decke hängte. So gelagert, hielten die Trauben gut drei bis vier Wochen, auch wenn die Beeren mit der Zeit schrumpelig wurden. Ihre Süße verloren sie dabei nicht. Im Gegenteil – die Trauben schienen sogar noch ein bisschen süßer zu werden. Elisabeth und Adam hatten dadurch genügend Zeit, die Früchte ihrer Traubenernte zu genießen. Und wenn sie sich dann doch irgendwann davon satt gegessen hatten, trocknete Elisabeth den Rest zu Rosinen, die in einem ihrer Hefezopfbrote landeten. Dass die Weintrauben nun reif waren, hatte allerdings auch die Tierwelt auf dem Vrenenhof bemerkt. Schon frühmorgens hüpften Spatzen munter in den Reben an der Hauswand umher und pickten an den süßen Beeren. Ihnen folgten die Wespen und Hornissen, welche sich an den aufgepickten Stellen weiter zu schaffen machten. An diesem Morgen arbeitete Elisabeth sich an der Südwand von der Haustür langsam zur Westwand vor. Die Weinreben waren über die Jahre hinweg an der Wand emporgewachsen und hatten über dem Tennentor ihren Weg zur Abendsonne an der Westwand gefunden. Auf dieser Seite des Hauses war auch das Schweinegatter, wo tagsüber die beiden Schweine in ihren Erdmulden dösten. Das Gatter schloss einen Teil der Hauswand ein und von dort gelangten die Schweine über eine kleine Tür direkt in ihren Stall in der Tenne. Adam musste die trägen Schweine abends gar nicht erst eintreiben, es genügte, wenn er ihnen im Stall Rüben, Äpfel oder Essensreste in den Trog warf. Von diesem verheißungsvollen Geräusch angelockt, gingen die Schweine freiwillig hinein.

Als der erste Korb voll mit Trauben war, trug Elisabeth ihn durch das große Tor in die Tenne, wo sie ihn abstellte. Die angefressenen Traubenzweige warf sie den Schweinen und Hühnern in den Trog. Der Schweinestall war gleich hinter dem linken Torflügel. Weiter hinten in der Ecke gelangte sie über eine Holztreppe in den angebauten Hühnerstall. Im hinteren Teil des Hühnerstalls stand Pankraz in seiner Stallung, ein braunes Schwarzwälder Kaltblut. Der gutmütige Pankraz hatte am Hang direkt unterhalb des Hühnerstalls seinen eigenen eingezäunten Weidebereich. Die Hühner liefen auf dem Vrenenhof tagsüber frei umher und so kam es öfters vor, dass ein paar von ihnen dem großen Kaltblüter einen Besuch auf seiner Weide abstatteten. Seinem ruhigen Gemüt entsprechend, ließ sich der schon etwas ältere Pankraz von den scharrenden Hennen jedoch nicht aus der Ruhe bringen. Elisabeth und Adam hatten manchmal sogar das Gefühl, dass er die Gesellschaft seiner gackernden Stallnachbarn genoss.

Elisabeth ging zur Rückwand der Tenne, wo jede Menge Arbeitsgeräte und der Einspänner für Pankraz standen. Hinten in der Ecke, wo die steinernen Stufen in die Küche hinaufführten, suchte sie vergeblich nach den Körben. Daneben war der Treppenabgang in den Keller, doch auch dort waren keine Körbe zu finden.

»Wo hat er sie bloß wieder versteckt«, murmelte Elisabeth vor sich hin und ging wieder hinaus. Draußen im Hof, umgeben von Wohnhaus und Speicher, lag zum Waldweg hin ihr großer Garten. Dort pflanzte sie nicht nur Gemüse, sondern auch alle möglichen Kräuter an. Der Garten war von einem Zaun mit dünnen angespitzten Holzpalisaden umgeben, damit keine wilden Tiere darin fressen oder im Boden umherwühlen konnten. Elisabeth lief am Garten vorbei und suchte im alten Speicher nach den Körben. Komplett aus Holz gebaut, war er zweistöckig angelegt. In seinem unteren Stock lagerten Sensen, Rechen und allerlei Gerätschaften für den Garten. In der Raummitte stand ein Hackstock, auf dem Adam gelegentlich das Holz spaltete, das er an der Wand nebenan aufstapelte. Der obere Stock des Speichers wurde fast nicht mehr genutzt. Hier hatte man früher das Getreide aufbewahrt. Links und rechts waren große kastenförmige Fächer, in denen das Korn einst gelagert worden war, denn hier oben war es vor Feuchtigkeit und Mäusen gut geschützt. Doch die Getreidekästen waren seit Jahrzehnten leer und dienten nur noch als Abstellraum für alte Krüge, Flaschen und anderes Gerümpel. Einen Teil der Kästen hatte Adam mit Brennholz gefüllt. Im Giebel über den Getreidekästen war früher der Speck zum Lagern aufgehängt worden. Jetzt hingen dort verschiedene Kräuterbüschel, die Elisabeth trocknete. Von ihrer Tante Ottilie hatte Elisabeth schon als Kind von der kleinen geheimen Kammer im Inneren des alten Speichers erfahren. Die Kammer verbarg sich in der doppelten Rückwand des Speichers im oberen Stock. Zwischen den beiden Wänden befand sich ein Hohlraum von etwa einem Meter Tiefe. Den Zugang zu diesem nicht sichtbaren Raum bildete ein kleines Türchen im hintersten Getreidekasten auf der linken Seite. Wenn der Kasten mit Getreide gefüllt war, konnte man das kleine Türchen nicht mehr erkennen. Derart gut verborgen, war der Geheimraum im Speicher früher ein ideales Versteck für die Barschaft und für wichtige Schriftstücke der Hofbesitzer gewesen. Ob die schwedischen Soldaten bei der Brandschatzung während des Dreißigjährigen Krieges den geheimen Raum entdeckt hatten, konnte Tante Ottilie aus den Erzählungen der Vorbesitzer nicht mehr sagen. Möglicherweise hatten die Schweden das Geheimfach entdeckt und alles darin Befindliche geraubt, andererseits war es genauso möglich, dass sie es in der Dunkelheit des Speichers übersehen hatten und die Verwalter der Ordensgemeinschaft nach der Ermordung des Pächters die Wertsachen an sich nahmen. Jedenfalls war der Geheimraum leer gewesen, als Ottilies Schwiegervater den Vrenenhof übernommen hatte. In den ersten Jahren, nachdem Elisabeth und Adam den Hof von Tante Ottilie weitergeführt hatten, war Elisabeth der Geheimraum wieder in Erinnerung gekommen. Sie hatte Adam davon erzählt und eine Zeit lang übte der geheime Raum eine Faszination auf sie beide aus. Sie überlegten ebenfalls, dort ihr wertvolles Hab und Gut zu verstecken. Doch aus Angst, der Speicher könnte eines Tages vom Blitz getroffen werden und in Flammen aufgehen, verwarfen sie den Gedanken. Das Haupthaus schien ihnen für ihre Wertsachen sicherer. In einem der Getreidekästen entdeckte Elisabeth schließlich die gesuchten Körbe.

»Natürlich im hintersten Eck. Dort, wo niemand sie sucht. Oh, du, mein Eselpeter!«, redete sie vor sich hin und schüttelte den Kopf.

Es waren bereits zwei Stunden vergangen, als Elisabeth drei Körbe mit Trauben gefüllt hatte. Ein Großteil der südlichen Hauswand war abgeerntet. Während sie die Holzleiter nach rechts rückte und wieder nach oben stieg, lief Adam unten auf den Hof. Er war am frühen Morgen in den Wald gegangen, um für sie eine Fledermaus zu fangen. Sofie Villinger aus dem Dorf war vor ein paar Tagen bei Elisabeth vorstellig geworden und hatte über starke Kopfschmerzen geklagt, die sie schon längere Zeit plagten, meistens gegen Abend. Elisabeth hatte der recht korpulenten Sofie gesagt, sie solle sich in der Stube auf das Sofa legen. Dann hatte sie ihre rechte Hand auf Sofies Kopf gelegt und die linke auf ihren Bauch. In dieser Haltung hielt Elisabeth inne und horchte durch das Auflegen in den Körper der Frau. Anschließend verschwand sie hinter dem Vorhang im Nebenzimmer. Nach kurzer Zeit kehrte sie wieder zurück und schickte Sofie Villinger nach Hause. Am späteren Abend desselben Tages hatte Elisabeth Adam erzählt, dass sie ein passendes Rezept für ein Mittel gegen die starken Kopfschmerzen gefunden hatte. Da Sofie im mittleren Lebensalter war und von gesunder Physis, hatte Elisabeth eine besonders starke Mixtur gewählt, welche die Bäuerin sicher vertragen würde. Sie hatte fast alle notwendigen Zutaten dafür beieinandergehabt, doch eine ganz spezielle Ingredienz hatte ihr noch gefehlt: die Asche einer Fledermaus, genauer gesagt die Asche eines Abendseglers. Da Elisabeth nicht wusste, wie sie eine Fledermaus hätte fangen sollen, musste Adam das für sie erledigen. Deshalb hatte er in den vergangenen Tagen kleine Holzkästen als Unterschlupf für die Fledermäuse in den Wäldern aufgehängt. Wenn ein paar Abendsegler tagsüber darin ruhten, konnte er ohne großen Aufwand eines der Tiere herausholen.

Oben auf der Leiter wandte sich Elisabeth zu Adam um. »Und? Waren welche im Kasten drin?«, fragte sie ihn erwartungsvoll.

»Eben nicht! Die Viecher wissen wohl, was ihnen blüht, wenn sie hineingehen«, antwortete Adam launisch.

Über seiner rechten Schulter trug er einen leeren Leinensack, in dem er seinen Fang nach Hause transportiert hätte, wenn er erfolgreich gewesen wäre.

Für sein Alter war Adam Krämer noch recht rüstig und von kräftiger Statur. Im vergangenen Jahr war er sechzig Jahre alt geworden. Seine Haare wurden in letzter Zeit immer grauer und die Länge seines Bartes nahm beträchtlich zu. Er trug meist seine alte Zimmermannsweste und darüber seine braune Waldjacke. Auf seine Mitmenschen wirkte er in seiner Art zurückgezogen und nicht besonders gesprächig. Die Dorfbewohner nannten ihn deshalb den »komischen Adam«, doch das störte ihn nicht weiter. Adam konnte stundenlang im Wald unterwegs sein. Er genoss die Ruhe in der Natur und fühlte sich in diesen Momenten dem Schöpfer besonders nahe, und Elisabeth war das gewohnt. Sie schätzte an ihm seine Ausgeglichenheit. Adam war in Ostrach als Sohn eines Zimmermanns geboren worden. Nach der Lehrzeit bei seinem Vater war er jahrelang auf der Walz gewesen. Als junger Zimmermann hatte er die Freiheit genossen und dort gelebt, wohin die Arbeit ihn geführt hatte. An Orten, an denen es ihm besonders gefiel, blieb er länger. In den über zehn Jahren auf der Walz lernte er Orte wie Ulm, Regensburg, Eisenach und sogar Weimar kennen. Nach den Jahren der Ungebundenheit zog es Adam wieder in seine alte Heimat um Ostrach zurück. Als er auf dem großen Wangenhof in der Nähe von Pfullendorf beim Bau der neuen Scheune tätig war, lernte er Elisabeth kennen. Sie lebte damals auf dem Hof ihrer jüngeren Schwester bei Otterswang und kam auf den Wangenhof, um der Bäuerin zu helfen, die sich seit längerer Zeit mit einer schweren Hautkrankheit herumplagte. Elisabeth war damals bei den Leuten bekannt für ihr Wissen in der Kräuterheilkunde. Adam hatte sich während der Walz nicht viel aus Frauen gemacht und oft nur flüchtige Liebschaften geführt. Doch Elisabeth mit ihrer ruhigen und liebevollen Art hatte ihn vom ersten Moment an in ihren Bann gezogen. Etwa zwei Jahre nach ihrem Kennenlernen war Elisabeths Tante Ottilie verstorben. Die kinderlose Witwe hatte ihrer Nichte den Vrenenhof vererbt und so kam es, dass Elisabeth und Adam zusammen dort hinzogen. Geheiratet hatten sie einander nicht, denn der kirchliche Segen war den beiden für ihr Zusammenleben nicht wichtig. Bei den Dorfbewohnern war diese Tatsache allerdings immer wieder ein Stein des Anstoßes. Doch Elisabeth und Adam kümmerten sich nicht weiter um das Geschwätz der Leute. Sie lebten zufrieden und abgeschieden auf ihrem Vrenenhof und das war ihnen am wichtigsten.

»Wie geht es ihm?«, fragte Adam und deutete mit dem Kopf Richtung Stubenfenster.

»Er schläft immer noch«, antwortete sie. »Meine Kräutermischung hat ihm wohl gutgetan.«

Adam nickte zufrieden und griff in den gefüllten Korb vor seinen Füßen. Er nahm sich ein Büschel der geernteten Traubenzweige heraus und aß genüsslich von den Beeren.

Elisabeth stieg währenddessen von der Leiter herab und steckte das Messer in die Tasche ihrer Schürze.

»Aber mittlerweile hat er sehr hohes Fieber. Wenn es in den nächsten Stunden nicht runtergeht, werde ich ihm wohl kalte Wadenwickel machen müssen.«

»Hat er irgendetwas gesagt?«

»Nein. Wenn, dann murmelt er nur vor sich hin. Kein

Wunder, bei seinem Zustand. Die Wunde an seinem Kopf ist groß. Ich frage mich, was er gemacht hat.«

»Vielleicht ist er unterwegs gestürzt?«, mutmaßte Adam.

»Glaube ich nicht. Jemand muss ihn mit etwas Hartem geschlagen haben, so wie er aussieht.«

Adam hatte die letzte Beere von seinem Traubenzweig abgezupft. »Aber warum kommt er dann zu uns? Warum läuft er mit dieser Verletzung so weit durch den Wald und nicht ins Dorf?«

»Ich weiß es auch nicht«, erwiderte sie. »Vielleicht hat er jemanden gesucht? Oder er hat sich verlaufen? Was denkst du, wo er herkommt?«

»Na ja, es muss auf jeden Fall ein Fremder sein. Ich habe ihn nie zuvor gesehen. Vielleicht ein Handwerksbursche, so wie er angezogen ist?«

»Aber er hat ja gar keine Sachen bei sich. Kein Bündel, nichts«, überlegte Elisabeth laut.

»Vielleicht hat er irgendwo im Wald sein Lager aufgeschlagen und die Sachen liegen immer noch dort?«

»Oder man hat ihn vertrieben?«, meinte sie. »Es ist jedenfalls sehr seltsam, findest du nicht?« Sie blickte ihm fragend in die Augen. In die Augen, in die sie sich vor Jahrzehnten so schnell verliebt hatte. Adams Gesicht war mittlerweile um Jahre gealtert, dennoch liebte sie ihn immer noch wie am ersten Tag. Bei seinem Anblick durchfuhr ein warmes Gefühl ihren Bauch. Zufrieden lächelte sie ihn an, obwohl das Gesprächsthema keinen Anlass dazu gab.

»Ja, seltsam ist es auf jeden Fall«, antwortete er. »Aber unser Gast wird uns sicherlich erzählen, wem er die Verletzung zu verdanken hat. Darauf bin ich jetzt schon gespannt, das kannst du mir glauben!«

Der Haldenhof

»Der alte Hund, der elende! Vorgestern hat er mir zugesagt und jetzt kommt er einfach nicht!« Es war Andreas Biehle, der auf dem Haldenhof wutentbrannt schimpfte. Seine Stimme entsprach seinem kräftigen Bau und seine Flüche ließen seinen feinen Oberlippenbart, dunkelblond wie seine Haare, erzittern. Neben ihm spannte der alte Knecht Vinzenz in aller Ruhe die Pferde vor den großen Heuwagen und ließ sich von seinem Fluchen nicht beirren. Die Miene unter dem abgetragenen Filzhut des Knechts blieb teilnahmslos. Sein Schweigen machte Andreas noch wütender, denn er brauchte jetzt jemanden, um seinen Ärger auszulassen, zumindest mit Worten. Der Bauer ging mit energischen Schritten ins Haus zu seiner Frau, um dort ausgiebig weiterzufluchen, seine Lederstiefel knirschten auf dem trockenen Boden des Hofs.

»Heilandsakrament noch mal!«, wütete er in der Küche. »Jetzt kann ich den Ernst schon wieder anbetteln, wenn der überhaupt Zeit hat!«

Johanna saß am Küchentisch und schälte Kartoffeln. Ihre weiße Bluse und ihr langer blauer Trägerrock spannten unter dem Bauch, der sich wegen der Schwangerschaft nach außen wölbte. Erschrocken schaute sie von der Arbeit auf und versuchte, ihn zu beruhigen.

»Andreas, bitte hör auf zu fluchen.«

»Ja, ist doch wahr!«, entgegnete er. »Auf den kann man sich einfach nie verlassen!«

»Wen meinst du denn?«

»Wen schon?!«, schnaubte er. »Den dürren Georg! Ich frag mich nur, wie mein Vater es mit ihm ausgehalten hat!«

»Nun ja, du weißt ja nicht, warum der Georg keine Zeit hat. Vielleicht muss er eine dringende Arbeit erledigen.«

Andreas wollte sich immer noch nicht recht beruhigen. »Aber er hat es mir versprochen! Soll er doch wenigstens vorbeikommen und sagen, dass er keine Zeit hat, dann kann ich jemanden anderen suchen!«

Wieder versuchte Johanna, ihn zu besänftigen. »Womöglich hatte der Georg keine Zeit, dir abzusagen. Bestimmt ist ihm etwas dazwischengekommen.«

Johannas Stimme wirkte tatsächlich beruhigend auf ihn. Er setzte sich zu ihr an den Tisch und redete in normalem Tonfall weiter. »Irgendwas wird es sein«, grummelte er. »Am besten ist es wahrscheinlich, wenn wir den Grund gar nicht kennen. Die Leute erzählen am Stammtisch genug komische Geschichten über ihn, das willst du gar nicht wissen. Es würde mich ja nicht wundern, wenn der einen auf dem Gewissen hat.«

»Andreas!«, fuhr Johanna ihn vorwurfsvoll an. »Hör bitte sofort damit auf! Ich habe schon genug Angst um die Mädchen, wenn er bei uns auf dem Hof ist!«

»Da musst du dir keine Sorgen machen«, erwiderte er. »Manche haben erzählt, dass er ab und zu Fremde auf seinem Schäferwagen mitgenommen hat. Scheinbar hat man die nie wieder gesehen, aber Kinder waren keine dabei.«

»Trotzdem will ich es nicht hören«, sagte Johanna. »Warum arbeitet er überhaupt bei uns auf dem Hof, wenn die Leute solche Schauergeschichten über ihn erzählen?«

»Weil er ein guter Arbeiter ist«, antwortete Andreas. »Und von uns hat er noch nie jemandem etwas zuleide getan.«

»Bei so einem unheimlichen Menschen kann man sich ja nie sicher sein«, hielt Johanna anklagend dagegen.

»Der wird uns nichts tun«, tat Andreas selbstsicher ab. »Dafür werde ich sorgen.« Er stand auf und begann erneut zu schimpfen. »Aber die nächste Zeit braucht der sich auf meinem Hof jedenfalls nicht blicken zu lassen! Und zum Vesper braucht er grad auch nicht mehr kommen! Der kriegt kein einziges Stückle Speck von mir, der elende Hund!«

Johanna sah ihn fragend an. »Und wer hilft euch jetzt auf dem Feld?«

Andreas schenkte sich aus dem steinernen Krug ein Glas Most ein. »In dem Fall bleibt wohl doch niemand anderes übrig als dein Bruder«, sagte er resigniert. »Aber der wird heut und morgen sowieso keine Zeit haben.«

Johanna zuckte mit den Schultern. »Fragen kannst du ihn ja«, meinte sie und schälte weiter Kartoffeln.

Andreas trank das Glas aus, zog sein blaues Stofftaschentuch aus der Hosentasche und schnäuzte sich die Nase. »Tja, wenn ich endlich einen Bub hätte! Dann könnte der mir jetzt wenigstens ein bisschen helfen.«

An Johannas traurigem Blick konnte Andreas erkennen, dass sie seine Bemerkung als Vorwurf auffasste. Sie schluckte und grübelte nach einer Lösung. »Ludovica kann doch ins Dorf fahren und den alten Stumpfer fragen?«, schlug sie vor. »Der hilft auch auf den anderen Höfen.«

Abgeneigt verzog Andreas das Gesicht. »Der Stumpfer?! Der ist ja noch viel älter als unser Vinzenz!«

»Ja, aber ihr braucht doch jemanden, der euch zweien hilft.«

Andreas schwieg für einen Moment. Es kostete ihn jedes Mal Überwindung, Johannas Bruder Ernst zu fragen, weil dieser immer alles besser wusste. Da wäre es wohl das kleinere Übel, den alten Stumpfer zu fragen, dachte er sich. Als er nach einer Weile immer noch nicht antwortete, schaute Johanna von ihren Händen auf und blickte ihn mit ihrem gutmütigen Lächeln an. Ihre feinen Züge waren so sanft und unter dem dunkelblauen Kopftuch spitzelte ihr braunes Haar hervor. Bei diesem Anblick konnte er nicht anders und stimmte ihrem Vorschlag zu. »Von mir aus. Aber dann soll Mutter den alten Stumpfer am besten gleich holen!« Mit diesen Worten ging er hinaus, zog die Küchentür hinter sich zu und rief draußen nach Ludovica. Eine Stunde später kehrte diese mit dem Fuhrwerk auf den Haldenhof zurück, auf der Sitzbank neben ihr saß Gottfried Stumpfer.

Eigentlich hätte Andreas mit seinem bisherigen Leben mehr als zufrieden sein können. Er war zweiunddreißig Jahre alt und stolzer Bauer des Haldenhofes. Sein Vater war früh verstorben und Andreas einige Jahre später als dessen ältester Sohn Hoferbe geworden. In Ernatsreute und den umliegenden Dörfern genoss er dadurch hohes Ansehen. Der Haldenhof war ein großes landwirtschaftliches Gut, das auf einer Anhöhe vor Ernatsreute lag. Von ihrem Hof aus konnten die Biehles auf der gegenüberliegenden Anhöhe im Norden den Turm von Hohenbodman sehen. Er war ein Überbleibsel der mittelalterlichen Höhenburg der Herren von Bodman, die ihren Sitz vor Jahrhunderten verlassen hatten, um auf der anderen Seite des Bodensees einen neuen Stammsitz zu errichten. Nur der Turm war als stummer Zeuge ihrer Herrschaft im Linzgau übrig geblieben. Unterhalb am Hang waren die Burghöfe und weiter unten das Dorf Ernatsreute. Im Osten, jenseits der alten Dorfstraße, thronte auf einer Anhöhe der

Hebsackhof des Heilig-Geist-Spitals von Überlingen. Er und der Haldenhof lagen sich wie mittelalterliche Trutzburgen gegenüber, doch waren die Besitzer keine Feinde, denn Andreas' Cousin, Werner Neidhart, bewirtschaftete als Pächter das große Hofgut. Weiter im Osten hinter dem kleinen Speicher auf dem Haldenhof war ganz klein die Kirchturmspitze von Lippertsreute zu erkennen und im Süden bei klarem Wetter in der Ferne ein Stück des Bodensees. Von der Stube aus konnten die Biehles im Westen den Hang hinab auf den Schönbuchhof sehen und dahinter lag der Wald Fronholz. Von der Auffahrt unten an der alten Dorfstraße aus gesehen bildeten die Gebäude des Haldenhofs, allesamt aus rotem Fachwerk, eine fast kreisrunde Ansammlung: Links stand die Scheune mit Stall und Knechtkammer, dahinter ein Stück nach rechts versetzt der Speicher, geradeaus weiter hinten das Backhäuschen und auf der rechten Seite das große Wohnhaus. Hinter dem Speicher hatte Andreas' Mutter einen großen Beerengarten angelegt und neben dem kleinen Backhäuschen war der Gemüsegarten des Hofes. Außer den umliegenden Streuobstwiesen gehörten knapp fünfundzwanzig Hektar an Feldern und Wiesen zum Gut. In den Ställen standen zwei Pferde, vierundzwanzig Milchkühe, fünf Kälber und zwei Ochsen. Dazu kamen fünf Mutterschweine mit ihren Jungen, etwa dreißig Hühner und ein aufmüpfiger Gockel, der schon oft den Reisigbesen von Andreas' Mutter zu spüren bekommen hatte. Der Haldenhof war ein altes Erblehen der Deutschordenskommende Mainau, die einst die Ortsherrschaft über Lippertsreute ausgeübt und auch Güter in Ernatsreute besessen hatte. Schon um 1720 hatte August Biehle, ein Urahn von Andreas, den Haldenhof bewirtschaftet. Dieser hatte den Zins in Form des Großzehnten von seinem Getreide an die Ordenskommende und den Kleinzehnten in Form von Rüben oder Kartoffeln an die Pfarrei von Lippertsreute abliefern müssen. Da die Vorfahren der Biehles ihre Abgaben stets getreu an die Kommende leisteten, wurde die Pacht jedes Jahr erneut verlängert. Im Jahr 1841 hatte Andreas' Großvater den Haldenhof gegen eine Zahlung von zweitausendeinhundertdreißig Gulden und sechzig Kreuzer abgelöst. Seither befand sich der Hof ununterbrochen im Eigenbesitz der Familie und es galt als selbstverständlich, dass er auch weiterhin in der Hand der Biehles bleiben sollte. Doch nun, zum ersten Mal in seiner Geschichte, drohte der Haldenhof an eine fremde Familie überzugehen, da Andreas nur Töchter zustande brachte, und das bereitete ihm zunehmende Sorgen. Als Großbauer lebte er zusammen mit seiner Frau Johanna, den Töchtern Magdalena, Elfriede und Theresia, seiner Mutter Ludovica und dem Knecht Vinzenz auf dem großen Hof. Je nach anfallender Arbeit war er auf weitere Helfer wie den Tagelöhner Georg Back angewiesen. Dieser kam seit Jahrzehnten auf den Hof und hatte bereits Andreas' Vater bei der Arbeit unterstützt. Besonders während der Erntezeit war Georg für Andreas ein wichtiger Arbeiter. Aber da Georg sich heute auf dem Haldenhof nicht hatte blicken lassen und Andreas seinen Schwager Ernst nicht um Hilfe bitten wollte, musste der alte Stumpfer Gottfried ihnen helfen. Ansonsten passte ihm der dürre Georg als Arbeiter doch am besten. Dieser war zwar ein paar Jahre älter und manchmal seltsam, aber anpacken konnte er. Während Andreas sich an den vergangenen Abenden mit Vinzenz über die Arbeit und den Hof unterhalten hatte, hatte der dürre Georg ohne viele Worte mit ihnen am Tisch gesessen. Nach dem Vesper hatte er zufrieden an seiner Pfeife gezogen, Most getrunken und ihnen zugehört. Das war Andreas am liebsten, denn auf dummes Geschwätz konnte er gut verzichten. In letzter Zeit war er recht angespannt. Johanna stand kurz vor der Niederkunft und vielleicht sollte es nun endlich sein ersehnter Hoferbe werden. Aber die Angst, dass der Herrgott ihnen eine weitere Tochter bescheren würde, war groß. Jeden Sonntag betete Andreas deswegen in der Messe, dass seine Johanna ihm endlich einen Sohn zur Welt bringen würde. Er brauchte dringend einen Erben. Sein Cousin Werner Neidhart hatte ihn am Stammtisch im »Adler« deshalb schon oft aufgezogen.

»Deinen Hof solltest du am besten in den ›Mädlehof‹ umtaufen!«, hatte Werner schadenfroh zu ihm gesagt und die anderen Bauern am Stammtisch hatten lauthals gelacht. Andreas ließ die Witze auf seine Kosten immer ohne große Regung über sich ergehen. Im Wirtshaus zeigte er sich stark und zuversichtlich, doch tief in seinem Inneren nagte die Angst zu versagen unaufhörlich an ihm wie ein hungriger Hund an einem Knochen. Auf seinem Heimweg vom »Adler« bis zum Haldenhof hing er immer nur diesem einen Gedanken nach. Das ging schon seit Wochen so. Wenn er abends nach Hause kam, sah Johanna ihm von Weitem an, dass ihn etwas bedrückte. Im Bett nahm sie oft seine Hand und sprach ihm zu, dass es sicher gut gehen würde. Andreas nickte dann schwermütig, streichelte ihr liebevoll über das Gesicht und drehte sich schließlich zum Schlafen auf die Seite.

Ludovica

In den vergangenen Wochen hatte Johanna ihrem Andreas oft Mut gemacht, doch auch sie selbst befürchtete insgeheim, dass sie wieder ein Mädchen zur Welt bringen würde. Mittlerweile war sie in der dreißigsten Woche schwanger. Ihr Ansehen als gute Hausmutter wäre in Zweifel gezogen, sollte auch diesmal ein Erbe ausbleiben. Hinzu kam, dass ihre Schwiegermutter, die Altbäuerin Ludovica, ihr Tag für Tag vorschreiben wollte, was sie zu tun und zu lassen hatte, damit der Hof endlich seinen männlichen Erben bekam.

Diese Gedanken gingen Johanna durch den Kopf, als sie nach dem Mittagessen den Abwasch machte. Ludovica warf draußen die Küchenabfälle auf den Misthaufen und kam wieder in die Küche zurück. Die Altbäuerin war kurz vor dem sechzigsten Lebensjahr, doch für ihr Alter noch äußerst rüstig. Sie war von kleiner, aufrechter Statur und band ihre langen grauen Haare tagsüber immer zu einem Dutt zusammen. Ihre grüngrauen Augen schienen alles in ihrem Umfeld zu durchdringen. Ludovica redete immerzu und die Sätze schienen von frühmorgens bis spätabends nur so aus ihrem Mund zu sprudeln. Die Altbäuerin hatte an allem und jedem etwas auszusetzen. Mit einem vorwurfsvollen Blick sah sie Johanna an, die sich ein Glas mit frischer Milch eingeschenkt hatte. »Bei unserem Herrgott!«, wetterte sie. »Ich glaube, du willst einfach nicht auf mich hören! Jetzt habe ich dir schon ein paarmal gesagt, du sollst keine frische Milch trinken.

Die muss zuerst abgekocht werden. Das tut dem Kind nicht gut!«

»Aber, Ludovica, das macht doch nichts. Meine Mutter hat auch immer frische Milch vor der Niederkunft getrunken.«

»Dann hat sie es besser vertragen als du!«, schnaubte Ludovica und warf sich die Stallschürze über das dunkle Trägerkleid. »Schließlich sollst du deinem Mann ein gesundes Kind zur Welt bringen! Schlimm genug, dass es bis jetzt nur Mädchen waren! Mein armer Bub braucht doch unbedingt einen Hoferben! Und dann trinkst du auch noch aus Trotz die frische Milch, dass das Kind womöglich schon von Geburt an schlecht dran ist!«

Johanna hatte sich daran gewöhnt, dass ihre Schwiegermutter immer recht behalten wollte. Die junge Bäuerin ließ sich deswegen nicht aus der Ruhe bringen. »Ludovica, die frische Milch schadet dem Kind sicher nicht. Das hat auch die Liesl zu mir gesagt. Und dass der Andreas …«

Mit einem Aufschrei krächzte Ludovica dazwischen. »Die Kräuterliesl?!« Vorwurfsvoll und ungläubig zugleich sah sie Johanna an. »Du wirst doch bei Gott nicht dem alten Heidenweib glauben?! Oder hast du jemals gesehen, dass sie eigene Kinder hat?«

»Nein. Aber …«

Johanna konnte nicht einmal recht antworten, denn Ludovica riss das Wort sofort wieder an sich. »Da hast du es! Glaub lieber deiner guten Schwiegermutter. Ich habe fünf gesunde Kinder auf die Welt gebracht, darunter drei Buben! Und der Hoferbe davon hat dich geheiratet und auf unseren Haldenhof geholt. Glaub mir und nicht dem komischen Kräuterweib im Wald!«

Johanna atmete tief ein und wollte Ludovica von den vielen Heilungen der Liesl erzählen, doch sie hielt inne. Sie mochte ihre Schwiegermutter, auch wenn der Umgang mit ihr nicht immer einfach war. Manchmal waren ihre Ratschläge tatsächlich hilfreich. Nach mancher Diskussion waren sich die beiden Frauen einig geworden, doch wenn es um die Kräuterliesl ging, zischte die Altbäuerin wie eine angriffslustige Schlange. Ludovica hielt nichts von der Kräuterliesl, Johanna war da anderer Meinung. Sie kannte die Liesl schon, seit sie ein kleines Mädchen war. Ihre Mutter hatte die Kräuterliesl oft um Rat aufgesucht und Johanna hatte sie bei diesen Besuchen begleiten dürfen. Als Kind war es für sie immer ein Abenteuer gewesen, bei dem sie zu Fuß durch den Wald bis zum Hof der Kräuterliesl gelaufen waren. Erst Jahre später hatte Johanna erfahren, dass die gute Frau, die ihrer Mutter und der Familie bei Krankheiten so oft geholfen hatte, mit richtigem Namen Elisabeth Freistetter hieß. Ihren Mann hatte sie damals fast nie zu Gesicht bekommen, aber er war für die kleine Johanna auch nicht von Bedeutung gewesen. Viel interessanter war, was die Kräuterliesl bei den Besuchen zu ihrer Mutter gesagt und ihr mitgegeben hatte. Einmal hatten sie die Kräuterliesl wegen den Warzen auf Johannas Handrücken aufgesucht. Ihre Mutter hatte zuerst eine rote Schnecke genommen und mit deren Schleim die Warzen bestrichen. Eine Maßnahme, zu der ihr die Kräuterliesl geraten hatte, als die Mutter selbst eine Warze gehabt hatte. Nach ein paar Tagen waren die Warzen aber immer noch nicht verschwunden gewesen, woraufhin Johannas Mutter ihre kleine Tochter zur Kräuterliesl mitgenommen hatte. Die Heilkundige sah sich die Warzen in ihrer Stube genau an und murmelte ein paar unverständliche Worte vor sich hin. Dann stand sie auf und verschwand hinter einem Vorhang. Das Warten kam der kleinen Johanna wie eine Ewigkeit vor, doch schließlich kam die Kräuterliesl wieder zurück und hielt ein kleines Fläschchen in der Hand. Sie erklärte der Mutter, dass der Schleim von roten Schnecken bei Kindern nicht immer wirke. Daher habe sie nach einer anderen Möglichkeit nachgeschlagen und ein Mittel zusammengemischt, das sicher helfen würde. Die kleine Johanna starrte während des Gesprächs mit ängstlichem Blick auf das Fläschchen mit der grünbraunen Flüssigkeit, das die Kräuterliesl in der Hand hielt. Deswegen hatte sich die Liesl zur ihr nach unten gebeugt und auf das Fläschchen gedeutet.

»Da ist Wasser drin, das ich vom Stock einer abgehauenen Eiche gesammelt habe«, hatte sie erklärt. »Dazu habe ich besondere Kräuter gemischt. Deshalb sieht es so komisch aus. Aber davor brauchst du keine Angst zu haben. Deine Mutter muss dir nur jeden Abend ein bisschen davon auf die Warzen streichen und dann verschwinden sie.«

Die kleine Johanna hatte die Kräuterliesl damals ungläubig angesehen, doch ein paar Tage später waren die scheußlichen Warzen tatsächlich weg gewesen. Seither war Johanna von der Heilkunst der Kräuterliesl überzeugt und suchte sie stets um Hilfe auf, wenn es nötig war. Die Geschichte der Warzenheilung hatte Johanna bereits vor Jahren ihrer Schwiegermutter erzählt, doch Ludovica hatte nur süffisant gelacht, als ob Johanna ein kleines dummes Mädchen wäre. »Du Zwetschgenbäs, die Warzen sind einfach von selbst abgefallen«, hatte sie damals amüsiert gesagt. »Oder glaubst du etwa, das Wässerle von dem Heidenweib hat dir geholfen? Im Leben nicht! Und wahrscheinlich hat deine Mutter ihr dafür auch noch was gegeben. Das hätte sie sich sparen können.«

Auch an diesem Nachmittag, Jahre später, erklangen Ludovicas Worte von damals in Johannas Kopf. Deshalb verkniff sie sich jede weitere Bemerkung zur Kräuterliesl.

Der Fremde

WÄHREND ELISABETH DIE TRAUBEN ERNTETE, sah sie zwischendurch nach dem jungen Burschen in der Stube. Er hatte tatsächlich den ganzen Vormittag durchgeschlafen. Nach dem Mittagessen goss sie einen frischen Apfelschalentee auf und sah noch einmal nach ihm. Als sie eintrat, öffnete der junge Mann seine Augen und schaute sich nach ihr um. Sie stellte die Teekanne auf den Tisch und lächelte den Burschen an. Er atmete immer noch sehr kurz und schubartig, das Fieber war wohl nicht gesunken. Mit seinen glasigen blauen Augen sah er sie an und wirkte dabei leicht verwirrt. »Haben Sie mir geholfen?«, fragte er mit geschwächter Stimme.

»Ja. Du bist gestern Nacht schwer verletzt zu unserem Haus gekommen, deshalb haben wir dir geholfen.«

»Wer ist *wir*?«

»Adam und ich. Er ist mein Mann und ich bin die Elisabeth.«

Panisch blickte der junge Mann um sich und sprach im Flüsterton weiter. Sein Gesicht war von Furcht verzerrt. »Ist Adam der Mann mit dem Schäferwagen? Ist er hier? Er versteckt sich hinter dem Vorhang, stimmt's?«

Elisabeth war im ersten Moment sprachlos und wusste nicht, wovon der junge Kerl redete. »Nein«, beruhigte sie ihn. »Adam ist mein Mann und er ist draußen im Wald unterwegs. Und er hat auch keinen Schäferwagen. Aber von wem sprichst du überhaupt?«

Der junge Mann schien ihre Frage gar nicht mehr wahrgenommen zu haben. Der plötzliche Anflug von Angst war wieder aus seinem Gesicht verschwunden und er schloss seine müden Augen.

Elisabeth schaute den Fremden erstaunt an und viele Fragen gingen ihr währenddessen durch den Kopf: Woher war er gekommen? Wo wollte er hin? Und wen meinte er mit dem Schäferwagen? Sie wollte sich schon von ihm abwenden, als er nochmals für einen kurzen Moment die Augen öffnete und ihr seine Hand entgegenstreckte. Er kämpfte sichtlich mit dem Fieber in seinem Körper, wodurch ihm das Sprechen sehr schwer fiel. »Danke, Elisabeth! Ich heiße Kilian.«

Elisabeth drückte seine Hand und nickte. »Du musst etwas trinken«, sagte sie und hob ihm fürsorglich die Tasse an den Mund.

Kilian nippte vom Tee und lächelte sie danach zufrieden an, dann schlief er wieder ein. Besorgt musterte Elisabeth den jungen Mann, von dem sie nun wenigstens den Namen wusste. Wenn das Fieber bis morgen nicht abklingen würde, musste sie für ihn ein Mittel zur Heilung finden. Einen Schwerkranken hatte sie lange nicht mehr bei sich gehabt. Aber für solche Fälle hatte sie das Kräuterbuch der Hildegard, auf das sie voll und ganz vertraute. Ihre Vorfahren hatten mit dessen Hilfe seit Jahrhunderten Kranke geheilt, doch viele von ihnen hatten deshalb selbst ihr Leben lassen müssen.

Fiebertraum

Als Kilian seine Augen wieder öffnete, war es draußen bereits dunkel geworden. Blauweißes Mondlicht fiel gespenstisch durch die Fenster in der Stube. Doch der Mond schien nicht die einzige Lichtquelle zu sein, denn in dessen Licht mischte sich ein intensives rötliches Leuchten. Kilian sah sich in der Stube um und bemerkte, dass der Vorhang zum Hinterzimmer zur Seite geschoben war und der rote Schein von dort herrührte. Sofort packte ihn die Neugier. Langsam richtete er sich vom Sofa auf und schaute in Richtung des geheimnisvollen Leuchtens. Von einer Petroleumlampe konnte es nicht sein, dachte er sich. Dafür war das Licht viel zu rötlich und zu hell. Ein Kaminfeuer war es auch nicht, da er kein brennendes Holz knacken hörte. Das Fieber schien nicht ganz weg zu sein und ihm war deswegen immer noch sehr unwohl. Doch Kilian wollte unbedingt wissen, woher dieses Licht kam. Als er aufstand, spürte er, wie schwach seine Beine waren. Ihm war schwindelig und er musste besonders achtgeben, dass er nicht umkippte. Nicht nur die Beine, sondern auch seine Augen und sein Denkvermögen schienen unter dem Fieber zu leiden. Entschlossen fixierte er das Ziel und nahm all seine Kräfte zusammen. Doch das Licht aus dem Nebenzimmer begann nun, sich in wilden Kreisen zu drehen und zu pulsieren. Kilian ließ sich von der körperlichen Schwäche nicht abhalten und trat näher an den Durchgang zum Hinterzimmer heran. Das rötliche Licht wurde stärker und strahlte ihm mächtig entgegen, sodass er eine Hand schützend vor die Augen halten musste. Als er mit dem linken Fuß über die Türschwelle trat, wurde das Licht mit einem Mal schwächer. Er senkte seine Hand und sah sich um. Im Zimmer war es deutlich wärmer als in der Stube. Die Fensterläden waren geschlossen und die Lichtquelle stand in der Mitte des Raumes auf einem kleinen Tisch. Es war ein Mörser aus Ton, von dem das rötliche Licht ausging. Kilian schien es, als würde im Mörser ein kräftiges Feuer lodern. Doch er konnte weder Rauch noch flackernde Flammen erkennen. Erst bei genauerem Hinsehen war es ihm, als ob eine glühend rote Flüssigkeit im Mörser die Wärme und das Licht erzeugen würde. Eine Flüssigkeit wie geschmolzenes Metall, dachte er. Da entdeckte er im Schein der Lichtquelle hinter dem Mörser das

Gesicht einer alten Frau. Bei ihrem Anblick schreckte er zurück. Sie saß in sich zusammengesunken am Tisch, ihre Augen waren geschlossen. Ein paar weiße Haare hingen ihr bis zur Schulter vom Kopf herab wie Fransen eines Teppichs. Ansonsten war sie kahl. Ihre Gesichtshaut durchzogen tiefe Falten, die Knochen ihres Schädels drückten an allen Stellen durch die dünne graue Haut. Die Frau trug eine schwarze Bluse mit weißen Rüschen am Kragen. Bei ihrem Anblick spürte Kilian einen kalten Schauer, der ihm über den Rücken lief. Er konnte sein Herz pochen hören, während das rötliche Licht im Raum nun im Takt seines Herzschlags pulsierte. Durch das Dröhnen vernahm Kilian eine Stimme, es war die der alten Frau.

»Du kannst nicht flüchten, es ist zu spät. Er wird dich finden, egal, wo du bist.«

Kilian wollte ihr widersprechen und sie fragen, warum. Doch aus seinem Mund kam kein einziger Ton. Es fühlte sich an, als hätte ihm jemand den Mund mit vielen Nadelstichen zugenäht. Energisch schüttelte er den Kopf, doch die Stimme der Frau sprach weiter.

»Er wird dich töten. Sobald er dich findet, wird er dich töten.«

Kilian wollte schreien, aber er konnte nicht. Er hatte es geschafft, seinen Mund aufzureißen, dennoch war nichts zu hören. Ihn überkam das Gefühl, das Gleichgewicht zu verlieren, und er drohte, nach vorn zu kippen. Das rötliche Licht wurde zu einem starken Sog und zog ihn immer mehr an. Er sträubte sich und suchte etwas, an dem er sich festhalten konnte, doch er wurde immer stärker nach vorn gerissen. Die Lichtquelle zerrte unaufhörlich an ihm wie ein Strudel im Abfluss, der das letzte Wasser mit einem schmatzenden Geräusch hinunterschluckt. Alles um Kilian herum strahlte leuchtend rot und die Stimme sprach laut in ihm.

»Dein Leben endet hier und jetzt. Du wirst deine Anna nie mehr wiedersehen!«

Kilian nahm noch mal alle Kraft zusammen und versuchte zu schreien. Und dieses Mal bekam er endlich einen Ton heraus. »Neeeeiiinnnnnnn!« Er schrie so laut, dass er von seinem eigenen Schrei erwachte. Schlagartig verstummte er und sah sich ängstlich um. Das Mondlicht schien immer noch in die Stube, doch das rötlich-warme Leuchten war verschwunden und der Vorhang zum Hinterzimmer geschlossen. Die Stubentür sprang auf und Elisabeth kam eilig herein. In der Hand hielt sie einen kleinen Kerzenleuchter. Im Schein des Kerzenlichts konnte er ihr besorgtes Gesicht erkennen. Hinter ihr folgte ein Mann. Das musste Adam sein.

»Was ist los?«, fragte sie.

Kilian war benommen. Er atmete hastig, kalter Schweiß stand auf seiner Stirn. Verwirrt sah er die beiden an, sagte aber nichts.

Adam und Elisabeth tauschten beunruhigte Blicke.

»Das Fieber?«

Elisabeth nickte. »Ja. Es ist wohl stark angestiegen seit heute Mittag.«

Aus Kilians Sicht hatte Elisabeth in diesem Moment seltsame Körperproportionen. Sie wirkte irgendwie größer und aufgeblähter als heute Morgen und Adams Stimme hinter ihr verschwamm zu einem unverständlichen Grollen. Kilian spürte, wie alle Geräusche um ihn herum in seinen Ohren schmerzten. Er schloss wieder die Augen und bewegte seinen Kopf auf dem Sofakissen ständig hin und her, als wolle er die Eindrücke des Traums abschütteln. Elisabeth fasste ihm besorgt an die Stirn. Dann blickte sie Adam an.

»Er muss ziemlich hohes Fieber haben. Ich werde ihm dagegen ein Mittel mischen, aber dazu brauche ich Zeit. Kannst du ihm derweil Wadenwickel machen?«

Adam zog verdutzt seine weißen Augenbrauen nach oben. »Ich bin doch keine Spitalschwester!«

»Das wirst du wohl hinkriegen. Geh in die Küche, nimm zwei Tücher, füll eine Schüssel mit lauwarmem Wasser und ein bisschen Essig. Dann tränkst du die Tücher in der Schüssel und legst sie ihm um die Unterschenkel, das wird seine Körpertemperatur senken.«

Adam atmete tief aus und murmelte beim Hinausgehen vor sich hin. »Der wird es hoffentlich wert sein.«

Elisabeth war währenddessen im Zimmer hinter dem Vorhang verschwunden. Während Kilian kurze Zeit später von Adam die Wadenwickel angelegt bekam, hörte er Elisabeth im Hinterzimmer arbeiten. Zuerst vernahm er das Blättern von Buchseiten, dann lief sie scheinbar von der einen Ecke im Zimmer zur anderen. Zwischendurch klimperten Gläser und Tongefäße. Schließlich war ein reibendes Geräusch zu hören, das sich nach einem Mörser anhörte. Nach einer ganzen Weile, es musste mehr als eine halbe Stunde vergangen sein, kam sie wieder hinter dem Vorhang hervor. In der Hand hielt sie ein Tüchlein, das mit einem grünbräunlichen Kräuterbrei bestrichen war. Damit trat Elisabeth an das Sofa heran.

Kilian betrachtete das Tüchlein. »Was ist das?«, fragte er skeptisch.

»Ein Kräuterpflaster aus Lavendel, Rauten, Spitzwegerich, Sonnenwirbel, Schellkraut, weißen Nesseln und Holunderblüten. Das wird dir sicher helfen«, antwortete sie.

Dann hob Elisabeth seinen linken Arm an und rieb ihm mit den Fingern die Innenseite seines Unterarms warm. Anschließend nahm sie das Tüchlein und band es um sein Handgelenk, sodass die Kräutersalbe direkt auf seiner Pulsader auflag.

»Du musst darauf achten, dass das Pflaster nicht hinunterfällt!«, mahnte sie. »Hörst du? Die Kräuter werden dein Fieber senken. Dann wird es dir morgen besser gehen.«

Kilian nickte schwach und schloss die schweren Augenlider. Elisabeth stupfte ihn vorsichtig an. »Kilian, bevor du einschläfst, musst du unbedingt noch etwas trinken.« Dann wandte sie sich an Adam. »Geh und hol bitte noch eine Tasse von dem Apfelschalentee.«

Adam ging in die Küche hinaus, kam kurz danach mit einer vollen Tasse zurück und reichte sie ihm. Vorsichtig trank Kilian aus und flüsterte ein leises »Danke«. Dann schloss er die Augen erneut. Ein paar Minuten später schlief er ein.

Auf der Jagd

Es war inzwischen elf Uhr und Zeit zum Schlafen. Adam und Elisabeth schlichen leise aus der Stube hinaus und schlossen die Tür hinter sich. Während Elisabeth nach oben in die Schlafkammer ging, machte Adam einen kurzen Abstecher nach draußen hinter das Haus und erleichterte sich an einen Baum. Im oberen Stock des Hauses gab es zwei Schlafkammern, die über der Stube und dem Hinterzimmer lagen. Die Kammer über dem Hinterzimmer war Elisabeths und seine Schlafkammer. Adam betrat den Raum und hängte seine Kleidung in den Schrank. Gegenüber ihrem Bett war ein Waschtisch aus hellem Birnbaumholz mit einer grauweißen Marmorplatte und einem beigen Waschlavoir. Auf die Waschschüssel und den Krug waren schwarze Ornamente aufgemalt, die laufende Flötenspieler zeigten. Elisabeth hatte das Waschlavoir von ihrer Mutter geschenkt bekommen. Sie goss Wasser in die Schüssel und wusch sich die Hände von der Kräuterzubereitung. Über dem Waschtisch hing ein großer Spiegel, der von einem verzierten Holzrahmen eingefasst war. Rechts neben dem Waschtisch befand sich ein Fenster. An der anderen Außenwand stand der Kleiderschrank und rechts davon waren ein zweites Fenster sowie eine Zwischentür. Über diese Tür war ihre Schlafkammer mit der anderen verbunden. Diese Kammer war meist verwaist. Ab und an wurde sie als Gästezimmer genutzt, wobei sich die Gäste bisher mehr oder weniger auf Elisabeths Schwester Brunhilde und deren Tochter

Katharina beschränkten. Von der vorderen Schlafkammer gelangte man auf den Flur. Der restliche Teil des oberen Stockwerks, der mehr als die Hälfte des Hauses ausmachte, diente als Heustock.

Elisabeth hatte bereits das Nachthemd angezogen, öffnete ihren Zopf und zog ein Haarnetz über ihren Schopf. Dann schlüpfte sie unter die Bettdecke. »Du musst für mich morgen auf die Jagd gehen«, sagte sie. »Kannst du das machen?«

Adam setzte sich im Nachthemd auf die Bettkante. »Wieso? Was brauchst du?«, murmelte er.

»Ich brauche eigentlich nichts. Doch unser junger Gast braucht eine Kreuzspinne, damit das Fieber endlich sinkt. Kannst du gleich morgen früh nach einer suchen?«

»Von mir aus«, antwortete er. »Aber eins ist sicher: Der Bursche wird mir dafür ein paar Ster Holz hacken müssen, damit sich der ganze Aufwand auch lohnt!«

Elisabeth schmunzelte. »Das wird er wohl, sobald er wieder gesund ist. Da bin ich mir sicher.«

Adam löschte das Licht und sie legten sich schlafen.

Am nächsten Morgen kamen die beiden nicht ganz so früh aus dem Bett wie sonst. Als sie noch jünger gewesen waren, war Adam jeden Morgen um halb sechs von selbst aufgewacht – darauf war Verlass gewesen. Doch mittlerweile schien seine innere Uhr in die Jahre gekommen zu sein, weshalb sie manchmal erst um sieben aufstanden. So war es auch an diesem Tag, denn die Krankenversorgung des Patienten gestern Abend hatte beide länger als sonst wach gehalten. Während Adam sich anzog, weckte er Elisabeth und ging nach unten in die Küche. Dort nahm er die rote Emaille-Schüssel vom Regal und lief hinter das Haus an den Brunnen, um frisches Wasser zu holen. Er überlegte oft, wie alt der Brunnen wohl sein mochte. Der runde Brunnenschacht maß im Durchmesser fast eineinhalb Meter und war aus großen Wacken gemauert. Ein kleines Dach überdeckte seine Öffnung, unter dem eine Kurbelstange mit Seil und Holzeimer hing. Adam drehte an der seitlichen Kurbel und ließ den Eimer am Seil nach unten. Dort sammelte sich das Grundwasser, das er und Elisabeth jeden Tag brauchten. Vor Jahren hatte er die Tiefe des Brunnens nachgemessen und errechnete bis zum Grund fast sieben Meter. In diesen Erinnerungen zog er den gefüllten Eimer wieder nach oben. Das frische Wasser füllte er in die Schüssel und ging zurück in die Küche. Am Schüttstein nahm er beide Hände voll Wasser und rieb sich damit das Gesicht ab. Das Wasser aus dem Brunnen war kalt, doch Adam war es recht so, denn das kalte Wasser trieb ihm den Schlaf aus dem Gesicht. Als Nächstes nahm er ein Stück Kernseife zur Hand und seifte sein Gesicht ein. Danach rieb er mit den Fingern durch den Mund und über seine Zähne. Zum Schluss der Morgenwäsche hielt er sein Gesicht über die Schüssel und spülte alles kräftig ab. Inzwischen war Elisabeth angekleidet nach unten gekommen. Während er seine Morgenwäsche beendete, schaute sie in die Stube zu Kilian. Adam leerte die Schüssel und füllte frisches Wasser nach. Im Gegensatz zu ihm war Elisabeth das Wasser aus dem Brunnen am frühen Morgen zu kalt. Bevor sie ihre Morgenwäsche vornahm, musste das Wasser aufgewärmt werden. Dazu machte Adam Feuer im gusseisernen Herd und füllte einen Teil des Wassers in das Schiffchen auf der Herdplatte. Das warme Wasser würde Elisabeth später zum kalten in der Schüssel mischen, bis es ihr warm genug war. Als sie in die Küche kam, begann das Wasser im Schiffchen langsam zu dampfen. Adam saß am Tisch und schnitt sich eine Scheibe Brot ab.

»Wie geht es ihm?«, fragte er.

»Auf jeden Fall besser als gestern Abend«, antwortete Elisabeth. »Ich werde ihm erst einmal einen Tee machen, damit er wieder etwas trinkt. Und vielleicht isst er ja auch einen Brocken Brot.«

Elisabeth ging zum Regal und nahm einen kleinen Tonbehälter mit ihrer Apfelschalen-Teemischung herunter. Während sie den Tee für Kilian anrichtete, sprach sie weiter. »Gehst du jetzt gleich auf die Suche in den Wald?«

Adam schnitt sich zwei weitere Scheiben Brot ab und schmierte von Elisabeths Brombeermarmelade auf eine Scheibe. Auf die andere Brotscheibe gab er eine Portion Schmalz, streute Salz darüber und klappte die dritte Scheibe als Deckel darauf. Das Marmeladenbrot aß er sofort, das Schmalzbrot war sein Proviant für unterwegs.

»Ja, ich werde sicher den ganzen Vormittag unterwegs sein, bis ich eine gefunden habe«, antwortete er. »Aber ich kenne ein paar Stellen im hinteren Aachtobel, wo Kreuzspinnen hausen. Sie hocken in den Nischen der Felswände und spannen dort ihre Netze. Wenn ich nicht gleich auf Anhieb eine finde, muss ich sie eben anlocken. Brauchst du sie lebend oder wird sie sowieso verbrannt?«

»Nein, auf jeden Fall lebend!«, wandte Elisabeth ein.

»Aha, dann hat der Bursche also das Vergnügen, das kleine Vieh lebendig zu fressen. Dann gib ihm aber auch ordentlich Salz und Pfeffer dazu.« Er machte gern solche trockenen Bemerkungen und wusste, dass Elisabeth diesen Humor an ihm liebte. Schmunzelnd sah sie ihn an.

»Ach was, du Eselpeter! Die Spinne kommt lebendig in eine Nussschale, die er als Amulett um den Hals tragen muss, bis das Fieber endgültig verflogen ist.«

»Na, die wird aber ihre Freude haben, wenn sie ihre große Felsspalte gegen eine winzige Nussschale tauschen muss.«

»So steht es eben im Buch«, entgegnete Elisabeth. »Und solange es ihm hilft, soll es mir recht sein.«

Inzwischen war Adam fertig mit essen und stand vom Tisch auf.

»Mir auch. Dann geh ich jetzt auf die Jagd und suche nach einem prächtigen Exemplar für unseren Stubenburschen.«

»Willst du ein paar Trauben mitnehmen?«, fragte Elisabeth.

Adam nickte. In der Tenne standen die Körbe mit den Weintrauben, die Elisabeth gestern geerntet hatte. Sie ging kurz hinüber und kam gleich darauf mit vier großen Traubendolden zurück. Adam zog währenddessen seine Waldjacke an und packte sein Bündel. Elisabeth nahm ein kleines Tuch aus der Küchentischschublade, legte die Dolden darauf und band das Tuch zu einem Proviantbündel zusammen. Dann sah sie Adam verwundert an.

»Wo hast du dein Schmalzbrot?«

Wortlos deutete Adam auf das hellbraune Leinenbündel auf seiner Schulter.

»Hast du das Brot etwa ohne etwas drum herum eingepackt?«, fragte sie entsetzt.

»Ha ja, das macht doch nichts. Ich esse es nachher ja sowieso.«

»Adam! Ich will nicht wissen, wie viele tote Viecher du schon in diesem Beutel nach Hause getragen hast. Und jetzt packst du einfach dein Brot da rein? Gib mir deinen Proviant, dann lege ich ihn in ein Tuch.«

Elisabeths Blick war weniger vorwurfsvoll, sondern eher fürsorglich. Adam hätte es nicht weiter gestört, doch damit Elisabeth zufrieden war, nahm er das Leinenbündel von seiner Schulter und ließ sie das Brot zusammen mit den Weintrauben einpacken. Das fertige Bündel drückte sie ihm in die Hand.

»Schaust du auch bei den Fledermäusen nach?«, fragte sie.

»Ja, die Holzkästen wollte ich mir heute anschauen. Und was machst du heute Morgen?«

»Ich werde unserem Patienten zuerst etwas zu essen machen. Danach will ich der Hedwig, der Villinger Sofie und den Biehles ein paar Weintrauben vorbeibringen. Die Biehle-Mädchen essen die Trauben so gern und ich wollte schon seit ein paar Tagen bei Johanna vorbeischauen.«

»Wann wird sie denn das Kind zur Welt bringen?«

»Etwa zwei Monate müssten es noch sein«, schätzte Elisabeth.

»Na, dann hoffen wir, dass es ein Bub wird. Sonst hängt sich der Andreas am Ende noch auf.«

Elisabeth blickte ihn schockiert an.

»Adam! Sag kein dummes Zeug! Der arme Andreas leidet so schon genug, weil er immer noch keinen Hoferben hat!«

»Jaja«, grummelte er vor sich hin. »Es würde mich jedenfalls nicht wundern, bei so vielen Weibern auf dem Hof, wie der arme Kerl hat.«

Adam packte sein Bündel und machte sich auf den Weg. Etwa eine halbe Stunde später war er zu Fuß im hinteren Aachtobel an der Stelle angelangt, wo sich der

Fußweg an die Felswand schmiegte und weiter in Richtung Norden führte. Unten am Gewässer hörte er das feine Zwitschern von Bachstelzen, die in den Sträuchern um das kleine Bächlein umherhüpften. Am Wegesrand brummten Hummeln über den roten Blüten der Taubnesseln und dazwischen trällerte ein Buchfink hoch oben in einer Baumkrone. Der felsige Erdboden war hier wie im ganzen Linzgau aus sandigem Molassegestein. Über die Jahrtausende hinweg hatten sich in die Felswand vom Sickerwasser tiefe Spalten gegraben. In der feuchten Dunkelheit dieser Spalten hausten neben Asseln, Würmern und Kriechtieren auch Kreuzspinnen. Während einer seiner vielen Waldgänge hatte Adam sie hier vor nicht allzu langer Zeit entdeckt. Als Elisabeth ihn gestern Abend im Bett darum gebeten hatte, eine Kreuzspinne zu fangen, war ihm diese Stelle wieder ins Gedächtnis gekommen. Als er dort ankam, legte er sein Bündel auf dem Felsgestein ab und machte sich gleich an die Arbeit. Eigentlich war es nicht schwierig, eine Spinne zu fangen. Adam machte sich ihre eigene Jagdtaktik zunutze. Zuerst sah er sich nach Gräsern und Sträuchern in der näheren Umgebung um. Was er brauchte, war ein Insekt, ein Köder, mit dem er eine Kreuzspinne aus ihrem Versteck locken konnte. Nach ein paar Minuten der aufmerksamen Suche fing Adam einen gelben Schmetterling, der über der Schafgarbe am Wegesrand flatterte. Den Schmetterling zwischen seinen Handflächen, lief er zu einer der Felsspalten mit einem Spinnennetz am Eingang, um ihn dort fliegen zu lassen. Dazu steckte er seine Hände in die Tiefe des Spalts hinein, bevor er sie öffnete. Im Halbdunkel des Felsgesteins flog der freigelassene Schmetterling instinktiv in Richtung Sonnenlicht. Kurz bevor er die ersehnte Freiheit wiedererlangt hätte, verfing er sich in den hauchdünnen Fäden des Spinnennetzes, das am Eingang der Felsspalte aufgespannt war. Vom zappelnden Schmetterling im Netz angelockt, kam flink eine Kreuzspinne angekrochen, die sich wohl seit Tagen auf die Lauer gelegt hatte. Zielstrebig krabbelte die Spinne auf den Schmetterling zu, dabei ahnte sie nicht, dass eine weitaus größere Kreatur auf sie selbst wartete. Als die Spinne in der Mitte des Netzes angelangt war und sich über ihre Beute hermachen wollte, zog Adam ein Einmachglas aus seiner Tasche, das er von zu Hause mitgenommen hatte. Den Deckel in der einen Hand und das Glas in der anderen, nahm er die Spinne auf dem Netz dazwischen ins Visier und schloss das Glas mit einer schnellen Bewegung. Er hatte die Spinne lebend gefangen. Immerhin musste sie nicht hungern, denn der Schmetterling wurde ebenfalls im Glas eingeschlossen. Zufrieden packte er die Beute in seine Leinentasche und nahm das Schmalzbrot heraus. Nach der kleinen Stärkung machte er sich auf den Weg zu den Fledermauskästen. Bis zum Nachmittag suchte er in den umliegenden Wäldern alle Fallen für die Abendsegler ab. Der erste Kasten war leer. Der zweite Kasten – ein paar Gehminuten weiter entfernt – enthielt Fledermäuse, doch es waren keine Abendsegler, sondern Langohren, wie er unschwer an den großen Ohren der schlafenden Tiere erkennen konnte. Der dritte Kasten war ebenfalls leer. Im Glauben, dass er nur mit einer Beute im Sack nach Hause kommen würde, machte sich Adam auf den Weg zum vierten Kasten. Zu seinem Erstaunen enthielt dieser zwei Abendsegler, die sich zum Ruhen an die Innenwände des Holzkastens klammerten. Die schlafenden Tiere waren ein leichtes Opfer für ihren Jäger. Adam nahm das Glas mit der Spinne, seinen restlichen Proviant und alles andere aus dem Leinenbündel, damit er eine Fledermaus dort hineinpacken konnte. Um sich vor Bissen zu schützen, zog er einen Stoffhandschuh an. Vorsichtig öffnete er den Deckel des Holzkastens, packte eine der beiden Fledermäuse und steckte sie in das Bündel. Mit der Beute in der Hand suchte er auf dem Waldboden nach einem dicken Stock. Er drückte das Leinenbündel so fest zusammen, dass die Konturen der Fledermaus im Stoff erkennbar wurden. Mit dem Stock holte er aus und gab zwei feste Schläge auf das Tier im Stoffbündel, das sofort tot war. Danach verschloss er den Holzkasten wieder, in dem der andere Abendsegler verblieb. Es hätte genauso gut ihn treffen können, dachte Adam sich, doch die Fledermaus im Kasten hatte überlebt und würde nun weiter im nächtlichen Wald umhergeistern. Adam verstaute den toten Abendsegler und die Spinne im Leinenbündel, setzte sich auf einen Baumstumpf und aß genüsslich die süßen Weintrauben. Währenddessen lauschte er einige Zeit den Geräuschen des Waldes und machte sich später auf den Rückweg zum Vrenenhof.

Der seltsame Vorhang

Als Elisabeth morgens mit der weißen Teekanne in die Stube eintrat, lag Kilian mit offenen Augen auf dem Sofa und drehte den Kopf nach ihr um. Das Fieber schien ein bisschen zurückgegangen zu sein, denn er atmete nicht mehr so kurz und stoßartig wie in der vergangenen Nacht. Während Elisabeth zu ihm sprach, goss sie eine Tasse Tee ein und reichte sie ihm. Ihr Gesicht war schmal und ihre braunen Augen strahlten eine große Herzenswärme aus. Auf ihrem Kinn war ein kleines Grübchen, und wenn sie lächelte, zeichneten sich feine Falten um ihre Mundwinkel ab.

»Geht es dir ein bisschen besser?«, fragte sie.

Kilian nahm einen kleinen Schluck und nickte. »Ja, aber mein Kopf schmerzt immer noch. Mein Körper fühlt sich heiß an und ich schwitze fest.«

»Du hattest gestern Abend hohes Fieber. Das ist der Grund dafür. Mittlerweile ist es wohl gesunken, aber es dauert noch, bis es ganz verschwunden sein wird. Deshalb musst du viel trinken.«

Er atmete schwer und strich sich die Haare von seiner verschwitzten Stirn.

»Das tue ich ja gern, aber alles scheint mein Körper nicht auszuschwitzen«, sagte er verlegen. »Ich müsste mal dringend auf den Abort.«

Elisabeth lächelte. »Ach so, daran habe ich gar nicht gedacht. Aber nach draußen gehen solltest du nicht in deinem Zustand. Dein Körper ist sehr geschwächt. Warte, ich bin gleich zurück.«

Daraufhin verschwand sie und Kilian konnte kurz danach ihre Schritte auf dem knarrenden Holzboden im oberen Stock hören. Schließlich kehrte sie mit einem Nachttopf zurück.

»Ich stell ihn dir hier neben das Sofa. Dann kannst du dich erleichtern.«

Anschließend ging Elisabeth wieder hinaus. Eigentlich hatte Kilian bisher in seinem Leben fast ausschließlich im Stehen gepinkelt, wenn man von seinen ersten Lebensjahren als Säugling absah. Das Pinkeln in einen Nachttopf war etwas für alte Greise, die es nicht mehr rechtzeitig aus dem Bett schafften. Doch der Drang ließ ihm keine Wahl. Er drehte sich kurzerhand auf dem Sofa zur Seite und zog seine Hose ein Stück nach unten. Dann nahm er den Deckel vom Nachttopf, hob ihn mit der linken Hand auf Höhe des Sofas und pinkelte hinein. Elisabeth ließ ihm genügend Zeit für sein Geschäft. Eine gute Viertelstunde später kam sie in die Stube zurück. Kilian hatte den Nachttopf mit dem Deckel zugedeckt, aber den süßlichen Geruch seines Urins konnte sie sicher riechen.

»Fertig?«, fragte sie.

»Ja«, antwortete er leicht beschämt.

»Dann trink gleich noch mal eine Tasse Tee. Ich leer die Schüssel derweil aus und stell sie dir unter das Sofa, falls es wieder notwendig wird.«

Während Elisabeth mit dem vollen Nachttopf nach draußen ging, trank Kilian den restlichen Tee. Hinter ihm tickte die große Standuhr an der Wand, deren Geräusch er jetzt zum ersten Mal bewusst wahrnahm. Ihr Uhrenkasten war kastanienrot und mit einem grün-gold verzierten Ziffernblatt bemalt. Eine Weile lauschte er dem beruhigenden Tick-Tack und sein Blick schweifte durch die Stube. In der Zimmerecke hinter der Tür standen ein gusseiserner Kanonenofen und daneben eine Holztruhe, die gleichzeitig als Sitzbank dienen konnte. Außerdem schmückten eine kleine Kommode, ein Tisch mit Stühlen und ein Schrank die Stube. Der Vorhang zum Hinterzimmer war geschlossen und bei dessen Anblick gingen ihm trotz der dumpfen Kopfschmerzen, die ihn immer noch quälten, viele Gedanken durch den Kopf. Was sich dahinter wohl verbergen mochte? War es eine gewöhnliche Vorratskammer? Nein, das konnte nicht sein. Diese würde man nicht durch die Stube, sondern durch die Küche betreten. Konnte man vom Hinterzimmer direkt in die Küche gelangen? Aber warum hatte Elisabeth den Tee dann nicht auf diesem Wege geholt? Auch das machte keinen Sinn. Er grübelte weiter. War es einfach eine gewöhnliche Rumpelkammer, deren Zugang von der Stube aus mit einem Vorhang zugedeckt war, damit man das wilde Durcheinander nicht sehen konnte? Aber warum sollte Elisabeth den Raum neben der Stube als Rumpelkammer nutzen? Dafür war in einem Haus der Dachboden da. Bei seinen Überlegungen beschäftigte ihn ein Gedanke besonders stark. Elisabeth hatte sich gestern Abend eine Zeit lang hinter dem Vorhang aufgehalten und war anschließend mit dem Kräuterverband zurückgekehrt. Demnach musste sich eine Küche oder etwas Ähnliches dahinter verbergen. Die Tatsache, dass der Blick in den Raum durch einen Vorhang verschlossen wurde, machte ihn neugierig. Zu gerne wäre er sofort aufgestanden und hätte hinter den Vorhang geschaut. Seine Neugier war sehr groß, dennoch konnte er nicht nachsehen, was sich dahinter verbarg. Elisabeth würde gleich zurück sein und er wollte nicht als Schnüffler vor ihr dastehen. Zumal sie ihm bis jetzt jede denkbare

Art von Hilfe hatte zukommen lassen und diese Zuwendung wollte er nicht mit Misstrauen vergelten. Als Elisabeth wieder in die Stube kam, war Kilians Blick immer noch auf den Vorhang gerichtet. Sie konnte ihm die Neugier wahrscheinlich ansehen.

»Möchtest du etwas essen? Hast du Hunger?«, fragte sie.

»Nein, nicht sonderlich.«

»Soll ich dir eine Suppe machen? Vielleicht isst du ein paar Löffel davon?«

Kilian zögerte kurz, aber sie hatte recht, dachte er sich. Ein paar Löffel könnte er ja probieren. Schließlich hatte er lange nichts gegessen, und jetzt, wo er genauer darüber nachdachte, spürte er, wie sich sein Magen vor Hunger krümmte. »Ja, eine Suppe würde ich doch essen.«

»Dann mache ich dir eine gebrannte Grießsuppe. Meine Mutter hat uns die früher immer gekocht, wenn wir krank waren. Magst du die?«

»Die schmeckt sicher wunderbar«, antwortete er mit einem Lächeln. »Danke, Elisabeth.«

»Ist schon recht. Ich koche am besten eine große Portion, dann haben Adam und ich heute Abend auch etwas davon«, entschied sie und ging in die Küche.

Die Suppe war kurze Zeit später fertig und Elisabeth brachte einen Teller davon in die Stube. Zum Essen setzte Kilian sich an den Tisch. Während er den Teller auslöffelte, schüttelte Elisabeth die Zudecke aus und schlug ihm sein Krankenlager frisch auf. Als Kilian fertig war, legte er sich wieder hin und deckte sich zu. Das Essen war gut, aber es machte ihn schläfrig. Elisabeth nahm den leeren Suppenteller und wandte sich vor dem Hinausgehen nochmals an ihn.

»Ich gehe nachher ins Dorf zu Bekannten und komme erst am späten Nachmittag zurück. Doch Adam müsste bald da sein, falls etwas ist.«

»In Ordnung«, antwortete er und schloss seine müden Augen.

Das Dorf

Die Traubenernte auf dem Vrenenhof war in diesem Herbst so gut ausgefallen, dass Elisabeth die Weintrauben nicht nur für ihren eigenen Gebrauch verwertete, sondern einen Teil davon an andere verschenken wollte. Dazu füllte sie drei Körbe für ihre Bekannten. Danach holte sie Pankraz von der Weide, legte ihm das Brustgeschirr an und spannte ihn vor den Einspänner. Die Körbe lud sie hinten auf den Wagen und machte sich zuerst auf den Weg zu ihrer Freundin Hedwig. Hedwig Lattner und ihr Mann Theodor wohnten im Forsthaus bei Ernatsreute, das außerhalb des Dorfes in der Nähe vom Fronholz lag. Der Weg dorthin führte in einem Bogen durch das Dorf. Vom Vrenenhof fuhr Elisabeth aus dem Wald heraus auf die Landstraße unterhalb des Haldenhofs und bog nach links in den Ort ein. Am Dorfeingang auf der rechten Seite lag als erster Hof das sogenannte »Widemgut«, das früher der Deutschordenskommende Mainau unterstanden hatte. Danach folgte der große Schulthaißhof, dessen Bauer mit einem Fuhrwerk die Straße kreuzte und sie freundlich grüßte. Der ehemalige Lehenshof der Überlinger Patrizierfamilie Schulthaiß beherbergte zusätzlich zur Landwirtschaft das Gasthaus »Adler«. Nach einem Seitensträßchen reihte sich an der Dorfstraße als Nächstes der kleine Hof der Schädlers an. Das große Pfaffenhofener Gut war auf dieser Straßenseite der letzte Hof am Ortsausgang. Von dort verlief die Dorfstraße weiter nach Owingen. Zwischen Schädlers und dem Pfaffenhofener Gut führte ein Feldweg den Hang hinauf zum Hebsackhof. Kinder spielten Fangen auf den Höfen und winkten Elisabeth fröhlich zu. Auf der gegenüberliegenden Straßenseite am Ortsausgang stand das Tagelöhnerhaus des alten Gottfried Stumpfer, das wiederum durch eine Seitenstraße von der Kapelle und dem daran anliegenden Haus der Villingers getrennt wurde. Elisabeth bog nach der Kapelle in die Seitenstraße ein und fuhr weiter in Richtung Forsthaus. Die Kapelle auf einer kleinen Anhöhe in der Dorfmitte gehörte zur Pfarrei Lippertsreute und war dem heiligen Antonius geweiht. Über ihrem Eingangsportal hing unter einem schmalen Dachreiter die Kapellenglocke, die morgens, mittags und abends von den Villingers geläutet wurde. Die Familie übernahm seit drei Generationen den Mesmerdienst der Kapelle. Die Ausschmückung im Inneren war recht schlicht, wie Elisabeth früher bei einem Besuch mit Sofie Villinger festgestellt hatte. Die Wände waren nur weiß gekalkt und die Fenster waren von spärlichen Ornamenten umrandet. Überhaupt war die Kapelle in einem schlechten Zustand. Allein der Altar war eine kleine Kostbarkeit, denn es war ein aufklappbarer Flügelaltar. Geschlossen zeigte er den heiligen Leonhard, den Viehpatron mit seiner Kette, und die heilige Margareta mit dem Drachen. Als Sofie die Seitenflügel aufgeklappt hatte, konnte Elisabeth die geschnitzten Holzfiguren der Madonna mit Kind, des heiligen Johannes und der heiligen Barbara bestaunen. Die Innenflügel schmückten zudem Darstellungen des heiligen Laurentius und des heiligen Antonius als Patron der Kapelle. Pfarrer Wasmer kam nur ab und zu nach Ernatsreute, um in der Kapelle die Messe zu lesen, hatte Sofie ihr erzählt. Jeden Montagabend beteten die Frauen vom Dorf unter Anleitung des Mesmers einen Rosenkranz. Ansonsten mussten die Dorfbewohner nach Lippertsreute in die Kirche gehen, dort wurden die Taufen, Hochzeiten und Beerdigungen der Pfarrei abgehalten.

Nach der Kapelle passierte Elisabeth als letztes großes Hofgut von Ernatsreute den ehemaligen Lehenshof des Heilig-Geist-Spitals von Überlingen und fuhr weiter bis zum Forsthaus. Als die Waldungen Fronholz und Eichholz zwischen Ernatsreute und Bambergen vor hundert Jahren vom damaligen Grundbesitzer, der Johanniterkommende von Überlingen, an das Großherzogtum Baden übergegangen waren, ließ das Adelshaus am Rande von Ernatsreute wenige Jahre später ein Forsthaus errichten. Theodor Lattner war als Bezirksförster seit über dreißig Jahren im Dienste des Großherzogs Friedrich von Baden in den Wäldern tätig und lebte zusammen mit seiner Frau Hedwig in dem Bau. Das alte Forsthaus war im Untergeschoss aus Sandstein und im Obergeschoss aus Fachwerk mit schwarz bemalten Balken und einem Walmdach gebaut. Zum Forsthaus gehörte ein Speichergebäude mit Stall, das neben dem Haus stand. Dahinter lag ein großer Weiher, der ursprünglich eine kleine Kiesgrube gewesen und über die Jahrzehnte mit dem Wasser des Geißbachs vollgelaufen war. Im Weiher lebten Enten und Forellen, die Theodor nebenher züchtete, und vor dem Speicher lag Hedwigs großer Gemüsegarten. Elisabeth brachte Pankraz im Hof des Forsthauses zum Stehen. Hedwig arbeitete im Garten und hatte ihre Freundin mit dem Einspänner wohl schon von Weitem auf dem Weg herfahren sehen. Freudig lief sie Elisabeth entgegen. Hedwig war nur ein paar Jahre jünger als sie. Sie trug eine graue Kittelschürze und auf dem Kopf ein rotes Tuch.

»Ja, Liesl, sieht man dich auch mal wieder«, begrüßte Hedwig sie. »Schön, dass du zu uns kommst.«

»Grüß Gott, Hedwig. Ich wollte schon lange einmal wieder bei euch vorbeischauen. Ich habe euch einen Korb von meiner Ernte mitgebracht.«

Elisabeth stieg vom Wagen und gab Hedwig einen der drei Körbe mit Trauben, die sie auf der Fahrt unter einem großen Leinentuch schützte.

»Ich habe so viele Weintrauben dieses Jahr geerntet, ich könnte ganz Ernatsreute damit versorgen. Da habe ich gedacht, ich bringe dir und Theo einen Korb voll mit, dann kann ich bei dieser Gelegenheit fragen, wie es euch geht.«

»Das ist aber nett.« Hedwig lächelte freudig. »Der Theo ist seit dem Mittagessen im Wald oberhalb von Bambergen unterwegs. Im Frühjahr hat er dort einen neuen Bestand Fichten anpflanzen lassen. Etwa drei Hektar sind es, doch der Wildschaden ist dieses Jahr so groß, dass über die Hälfte neu gepflanzt werden muss. Das hält ihn seit Wochen auf Trab.«

»Oh je, der Arme!«, seufzte Elisabeth.

»Jaja, so ist es mit den Mannsbildern eben«, sagte Hedwig flapsig. »Immer haben sie etwas zu tun und meistens sind sie fort.«

Die beiden lachten und Hedwig nahm Elisabeth am Arm.

»Aber komm mit. Wir setzen uns am Weiher auf das Bänkchen und gönnen uns eine kurze Pause.«

Elisabeth nickte und die beiden liefen zum Weiher hinüber. Unter einem großen Birnbaum stand dort eine Holzbank im Schatten und die beiden setzten sich.

»Hier kann uns niemand sehen, wenn wir ein Päuschen machen, gell«, bemerkte Hedwig und schmunzelte.

»So schön habt ihr es hier.« Elisabeth schaute auf den großen Weiher, der auf der anderen Seite von hohem Schilf umrandet war. Am vorderen Ufer, nur ein paar Schritte von der Bank entfernt, war ein Holzsteg, vor dem sich ein paar Enten tummelten. Auf der Wiese um den Weiher herum standen vereinzelt Obstbäume, Libellen flogen über das Wasser und ein Frosch quakte irgendwo im dichten Uferbewuchs.

»Du hast sicher Durst von der Fahrt. Ich hol uns schnell einen Krug Apfelsaft.«

Bevor Elisabeth antworten konnte, war Hedwig aufgestanden und lief ins Haus. Während sie etwas zu trinken holte, blickte Elisabeth auf den Weiher hinaus. An manchen Stellen sah sie Fische, die an der Oberfläche nach Mücken schnappten. Elisabeth waren alle Leute in Ernatsreute bekannt, doch nur wenige kannte sie gut. Zu denen zählte an erster Stelle Hedwig. Sie war Elisabeth eine gute Freundin und mit ihr konnte sie über fast alles reden – auch über ihre Heilmethoden. Dann war da noch Johanna

Biehle, mit deren Mutter sie bereits befreundet gewesen war. Nach einem Schwatz mit Hedwig wollte sie zu den Villingers fahren und Sofie mitteilen, dass sie das Mittel gegen die Kopfschmerzen bald fertig habe. Den dritten Korb hatte Elisabeth für die Biehles hergerichtet. Dort wollte sie Johanna einen Besuch abstatten und fragen, wie es ihr mit der Schwangerschaft ging. Bis sie all diese Bekannten besucht hatte, würde es spät am Nachmittag sein, dachte sie sich. Danach würde sie zurück zum Vrenenhof fahren und wieder nach Kilian sehen. Vielleicht konnte sie ihm dann endlich die vielen Fragen stellen, die sie seit seiner Ankunft beschäftigten. Elisabeth hing ihren Gedanken nach, bis Hedwig mit der Erfrischung zurückkam.

»So, jetzt trinken wir erst einmal was.«

Hedwig drückte Elisabeth ein Glas in die Hand und schenkte ein. »Wie geht es deinem Adam?«

»Dem geht es gut. Du kennst ihn ja. Er ist viel im Wald unterwegs, dort fühlt er sich einfach wohl.«

Hedwig nickte lächelnd. »Ich sag es ja, unsere Männer eben. Ständig sind sie unterwegs.«

Sie setzte sich neben Elisabeth und die beiden tranken einen Schluck.

»Aber ich bin auch nicht ganz unschuldig, dass er ständig im Wald ist«, erklärte Elisabeth. »Grad heute Morgen habe ich ihn losgeschickt, weil er mir eine Kreuzspinne suchen muss.«

Hedwig setzte im Trinken ab und blickte Elisabeth verwundert an. »Eine Kreuzspinne? Braust du wieder ein Mittel zusammen?«

Elisabeth lächelte und begann zu erzählen. »Na ja, ein Mittel wird es nicht direkt. Die Spinne muss bei hohem Fieber am Hals als eine Art Amulett getragen werden –

und zwar lebend. Ich habe einen jungen Mann bei uns in der Stube, der sie dringend braucht.«

Hedwig wurde neugierig. »Ein junger Mann? Wie ist der denn zu euch gekommen und warum?«

»Es war vorgestern am späten Abend, als er schwer verletzt zu uns kam«, erzählte Elisabeth. »Ich saß in meinem Kräuterzimmer, als ich draußen ein lautes Kratzen am Fensterbrett hörte. Irgendwie war ich mir sicher, dass es kein Tier war, und wie ich draußen nachgeschaut habe, lag er bewusstlos da. Ein junger Kerl, vermutlich ein Handwerksbursche, dem Aussehen nach, der eine schwere Verletzung am Kopf hat. Kilian heißt er, mehr weiß ich bis jetzt nicht. Adam und ich haben ihn gleich darauf in die Stube auf das Sofa getragen und ich habe erst einmal seine Wunde versorgt. Später kam das Fieber. Die hohen Temperaturen haben wir durch Wadenwickel und ein Kräuterpflaster gesenkt, doch um das Fieber ganz zu kurieren, braucht er nun das Amulett mit der Kreuzspinne.«

Hedwig war von den Neuigkeiten völlig eingenommen und löcherte ihre Freundin weiter.

»Aber warum war der junge Mann verletzt? Und warum ist er denn zu euch gekommen?«

»Das weiß ich auch nicht«, antwortete Elisabeth.

»Hast du ihn nicht gefragt?«

»Kilian war am ersten Abend, als wir ihn gefunden hatten, ohnmächtig«, erklärte Elisabeth. »Danach war er eingeschlafen und seither plagt ihn das Fieber, sodass er völlig verwirrt komische Sachen erzählt. Er sprach etwas von einem Mann, der sich hinter dem Vorhang in meiner Stube versteckt, und von einem Schäferwagen. Wie soll man ihn da nur fragen? Da muss sich erst einmal das Fieber bei ihm legen.«

Hedwig nickte verständnisvoll. »Aha. Dann bin ich aber gespannt, was du mir das nächste Mal erzählst. Es ist schon eine seltsame Geschichte.«

»Ja, ich komme gerne wieder vorbei, sobald ich mehr darüber weiß«, versprach Elisabeth.

»Und jetzt gehst du gleich zu ihm zurück?«, wollte Hedwig wissen.

»Nein, ich gehe zuerst zur Villinger Sofie.«

»Zu den Villingers?«, fragte Hedwig. »Wie kommst du denn zu denen?«

»Die Sofie hat schon längere Zeit abends starke Kopfschmerzen und deswegen war sie vor ein paar Tagen bei mir. Ich habe ein Mittel für sie, aber das ist noch nicht ganz fertig. Deswegen wollte ich kurz bei ihr vorbeigehen, dann kann ich schauen, wie es ihr geht, und sagen, dass das Mittel fast fertig ist.«

»Und warum dauert es so lange, bis das Mittel für die Sofie fertig ist?«

»Mir fehlt eine Zutat. Eine Fledermaus«, antwortete Elisabeth.

Hedwig sah ihre Freundin erneut erschrocken an. »Eine Fledermaus? Wieso um Gottes willen brauchst du eine Fledermaus dazu?«

»Das steht im Rezept des Kräuterbuchs«, erwiderte Elisabeth.

Hedwigs Gesichtsausdruck nahm langsam eine Form von Ekel an. »Weiß denn die arme Sofie, was sie da von dir bekommt und dass da eine Fledermaus drin verwurstet wird?«

»Natürlich nicht«, entgegnete Elisabeth. »Und du darfst es ihr auf keinen Fall erzählen. Versprichst du mir das?«

Elisabeth schaute ihrer Freundin tief in die Augen.

»Ja, ich werde ihr selbstverständlich nichts davon erzählen«, beteuerte Hedwig. »Bei unserem allmächtigen Herrgott, du hast mein Wort. Auch wenn ich es sehr komisch finde, was du da so alles zusammenbraust. Mein lieber Himmel!«

»Nun ja, solange es gegen das Kopfweh hilft, wird es der armen Sofie recht sein«, sagte Elisabeth. »Das arme Weib ist ja so schwer von den Schmerzen geplagt!«

Hedwig nahm einen Schluck aus dem Glas und zuckte mit den Schultern, ihr Blick schweifte gleichgültig über den Teich. »Mir soll es recht sein«, meinte sie.

Nach einem kurzen Moment der Stille sprach Elisabeth weiter. »Und danach schaue ich bei den Biehles auf dem Haldenhof vorbei. Mal schauen, wie es den Kindern geht.«

»Zu den Biehles! Hat die Johanna das Kind etwa schon zur Welt gebracht?«

»Nein, ich meine die Mädchen. Das wüsste ich, wenn das Kind da wäre. Es ist ja nicht Johannas erste Schwangerschaft, die ich begleite. Aber diesmal ist es bei Gott nicht einfach.«

»Du meinst wegen Andreas«, wusste Hedwig. »Da hast du wohl recht. Der arme Kerl wartet seit Jahren auf einen Hoferben. Schlimm genug, dass sich die anderen Mannsbilder am Stammtisch über ihn lustig machen.«

Elisabeth nickte. »Vor allem für die arme Johanna ist es sicher nicht einfach. Die Erwartung von Andreas schlägt ihr wohl öfters aufs Gemüt. Aber wenigstens ist es ihr diesmal nicht so übel wie bei den Mädchen. Das könnte vielleicht ein Zeichen dafür sein, dass sie einen Buben zur Welt bringen wird. Aber sicher weiß man das ja nie.«

Hedwig begann zu scherzen. »Solange keine kleine Ludovica zur Welt kommt, die es der Johanna schon im Bauch schwer macht, hast du jedenfalls deinen Frieden.«

Beide lachten genüsslich miteinander. Sie kannten die alte Ludovica Biehle nur zu gut. An Elisabeth und ihren Heilmethoden hatte sie nie ein gutes Haar gelassen.

»Ich habe der Ludovica noch nie etwas getan«, bemerkte Hedwig. »Aber mir scheint es so, als sei die alte Bäuerin vom Haldenhof zu stolz, um mit der Frau vom Forsthaus zu sprechen.«

»Vermutlich ist genau das Gegenteil der Fall«, meinte Elisabeth. »Ludovica ist sicher neidisch auf dich, denn sie selbst hätte gerne im Forsthaus gewohnt. Das hat mir die Johanna mal erzählt. Denn du bist in nächster Nachbarschaft zu den anderen Höfen und musst nur ein paar Schritte hinüberlaufen, um das neueste Geschwätz zu erfahren. Ludovica ist durch Heirat auf den Haldenhof gekommen. Gewiss ist es ein großer Hof, um den sie von anderen Bäuerinnen früher beneidet wurde, doch was nützt das der redseligen Schachtel. Vermutlich hat sie sich schon oft in ihrem Leben überlegt, wie es wohl gewesen wäre, wenn sie anstatt dir den Theo geheiratet hätte.«

Hedwig lächelte. »Tja, dann würde sie heute im Forsthaus wohnen. Aber ich glaube nicht, dass Theo seine Freude daran hätte.«

»Ja, du sagst es«, stimmte Elisabeth zu. »Aber all der Neid bringt ihr auch nichts. Vielleicht hat sie sich inzwischen damit abgefunden.«

»Das glaub ich nicht«, erwiderte Hedwig. »Jedes Mal, wenn sie mich sieht, zeigt sie mir die kalte Schulter.«

»Na ja, wenigstens weißt du jetzt, dass sie es nicht böse mit dir meint, sondern mehr mit ihrem Schicksal hadert.« Elisabeth blickte sie ernst an. »Und sag bitte niemandem, was ich dir erzählt habe, schon allein der Johanna zuliebe.«

Hedwig nickte.

Noch eine ganze Weile saßen die beiden auf der Bank. Sie sprachen miteinander und lachten hin und wieder wie zwei junge Mädchen. Nach einer Zeit überfiel Elisabeth ein Gefühl der peinlichen Berührung. Es war, als ob ihr jemand in diesem Moment ziemlich nahe kam. Eine Nähe, die ihr äußerst unangenehm war. Sie erzählte Hedwig aber nichts von dem seltsamen Gefühl, das nach wenigen Minuten so rasch verflogen war, wie es sie überkommen hatte. Die Frage, was genau dieses Gefühl ausgelöst hatte, beschäftigte Elisabeth den Rest des Tages.

Das geheime Zimmer

AM FRÜHEN NACHMITTAG war Kilian aufgewacht. Die große Standuhr in der Stube schlug zwei Uhr. Er hatte nun genug geschlafen und versuchte, sich irgendwie die Zeit auf dem Krankenlager zu vertreiben. Minutenlang sah er an die Zimmerdecke der Stube und zählte die großen Astlöcher in den Holzdielen über sich. Als er über achtzig gezählt hatte, brummte sein Schädel. Schließlich hörte er damit auf und schloss seine Augen, um ihnen eine Weile

Ruhe zu gönnen. Als er sie wieder öffnete, schweifte sein Blick durch die Stube. Allmählich stieg das lästige Gefühl von Langeweile in ihm hoch und so inspizierte er vom Sofa aus alle Dinge in der Stube. Zuerst betrachtete er den Tisch und die Stühle, dann den gusseisernen Kanonenofen in der Ecke und den massiven Eichenschrank. Letztendlich fiel sein Blick aber immer wieder auf den Vorhang vor dem Hinterzimmer. Der dunkelrote Stoff zog seine Augen magisch an. Es war nicht allein der Samtstoff, das war ihm klar. Es war vielmehr das, was hinter dem Vorhang versteckt war. Warum war dieser Vorhang ständig zugezogen?, fragte er sich. Er wollte es endlich wissen und fasste den Entschluss aufzustehen, da kam ihm wieder sein Albtraum ins Gedächtnis. Vor seinem inneren Auge sah Kilian das rot strahlende Licht, das den Raum hinter dem Vorhang auf gespenstische Weise erhellte. Eine unglaublich starke Intensität, wie er es nie zuvor gesehen hatte. Mit dem roten Licht war wiederum das grässliche Bild der alten Frau entstanden und das unheimliche Gefühl, als würde er von der Lichtquelle unaufhörlich angesogen. Erschrocken schloss Kilian die Augen und versuchte, die unheimlichen Gedanken zu verdrängen. Er dachte an seine hübsche Anna und daran, wie lieb er sie hatte. Endlich überwog die Sehnsucht nach seiner Geliebten und verdrängte das beklemmende Gefühl der Furcht aus seinem Kopf. Er öffnete erleichtert seine Augen und blickte zum Vorhang. Was auch immer dahinter versteckt sein mochte, er wollte es jetzt unbedingt wissen. Elisabeth war heute den ganzen Tag unterwegs, hatte sie ihm heute Morgen gesagt, und ihr Mann sei auch längere Zeit weg. Nun war die Gelegenheit, endlich in den Raum hinter dem Vorhang zu schauen. Entschlossen drehte er seinen Körper zur Seite und richtete sich langsam auf dem Sofa auf. Zum einen war es ihm immer noch wie im Albtraum zumute, zum anderen war ihm klar, dass jetzt alles sehr real war. Statt des Mondlichts strahlte nun die Sonne durch die Fenster in der Stube. Kilian stand auf, machte die ersten Schritte zum Vorhang und spürte, wie seine Beine weich wurden. Ihm fehlte das Gefühl des festen Standes, wie er es sonst jeden Tag gewohnt war. Fast wollte er sich wieder auf das Sofa zurücklegen, doch seine Neugier war stärker und so ging er um den Tisch herum und Schritt für Schritt langsam auf den Vorhang zu. Direkt davor hielt er an und spitzte seine Ohren wie ein Luchs auf der Pirsch. Er horchte nach irgendwelchen Geräuschen im Haus oder von draußen. Aber außer dem Summen einzelner Fliegen in der Stube und dem Gackern von Hühnern irgendwo im Hof war nichts zu hören. Er hob die Hand zum Vorhang und setzte an, ihn zur Seite zu ziehen, als ein seltsamer Gedanke durch seinen Kopf schoss. Was, wenn es doch einen zweiten Zugang zu diesem seltsamen Raum hinter dem Vorhang gab? Was, wenn Adam, Elisabeth oder sonst jemand in diesem Raum war und er bis dahin einfach nichts davon gehört hatte? Diese Fragen ließen ihn einen Moment an seinem Vorhaben zweifeln, doch schließlich verdrängte er sie, und das Gefühl der Neugier gewann endgültig. Er wollte wissen, was hinter diesem Vorhang war, und das würde er jetzt herausfinden. Mit einem tiefen Atemzug schob er den Samtstoff beiseite und schaute zögerlich in den Raum. Das Zimmer war in seinen Ausmaßen gleich groß wie die Stube. Die Fensterläden waren geschlossen, aber es war nicht ganz so düster wie in seinem Albtraum. Gedämpftes Tageslicht drang durch die Ritzen der Fensterläden. Außerdem fehlte die unheimliche rote Lichtquelle. Im ersten Moment fielen ihm die vielen Kräuterbüschel auf, die vertrockneten Fledermäusen gleich von der Zimmerdecke hingen. Links an der Wand war ein steinerner Kamin, gegenüber dem Vorhang war ein Fenster und an der rechten Wand ein weiteres. Es musste das Zimmer sein, das er an jenem Abend von außen gesehen hatte, als er um Hilfe geschrien hatte, da war er sich jetzt sicher. Staunend sah er sich weiter um. Ringsum im Zimmer waren an den Wänden Holzregale angebracht, in denen Gläser und Krüge mit allerlei Inhalten standen, die er nicht genau erkennen konnte. Die Mitte des Raumes bildeten ein großer Tisch, ein Pult und eine massive Truhe. Tisch und Pult standen aneinander und daneben die alte Holztruhe, die so groß war, dass man ohne Probleme einen erwachsenen Menschen darin hätte verstecken können. Auf dem Tisch standen Mörser, Flaschen und eine eigenartige Apparatur, die Kilian neugierig betrachtete. Auf einem Metallgestell stand ein gläsernes Gefäß mit umlaufender Rinne, das von einem Glashelm überdacht wurde. Vom Helm führte eine lange gläserne Röhre nach unten in eine großbauchige Flasche auf dem Boden. Unter dem Metallgestell stand eine große Öllampe. Kilian hatte eine ähnliche Apparatur schon einmal bei einem Apotheker gesehen. Es war wohl ein Destilliergerät. Im gedämpften Tageslicht des Zimmers begutachtete er fasziniert jeden Zentimeter dieses außergewöhnlichen Apparates, dann fiel sein Blick auf das große Buch, das zugeschlagen auf dem Pult lag. Es besaß einen hellen Ledereinband mit eingeprägten Ornamenten. Kilian schätzte, dass es etwa dreißig Zentimeter in der Breite und vierzig Zentimeter in der Länge maß. Die Buchdeckel waren mit zwei großen Metallschließen verschlossen. In diesem Moment vergaß er seine Schmerzen und das Fieber. Zu gerne hätte er länger den Destillationsapparat und die ganzen eigenartigen Gefäße in den Regalen auf ihren Inhalt untersucht, doch nichts zog seine Neugier so stark an wie das alte Buch auf dem Pult. Ohne seinen Blick davon abzuwenden, ging er um den Tisch herum und betrachtete andächtig den großen Band vor sich. Was mochte es für ein Buch sein? In seinem Aussehen erinnerte es an die großen Kirchenbücher, aus denen die Pfaffen an den Altären vorlasen. Das Buch vor ihm hatte zwar Verzierungen im Einband, doch ein Kreuz oder andere christliche Symbole waren darauf nicht zu erkennen. Bei genauerem Betrachten erkannte er verschiedene Blumenmuster, allerlei Tiere und menschenähnliche Figuren, die in das Leder eingeprägt waren. In der Mitte des Buchdeckels stand in Kapitalen der Titel »VIRIDITAS«. Ein Kirchenbuch konnte es nicht sein, dachte Kilian, denn dafür waren die Verzierungen zu heidnisch. Auf jeden Fall musste das Buch sehr alt sein, davon zeugten der abgenutzte Ledereinband und die angelaufenen Metallschließen. Ob er dessen Inhalt wohl lesen konnte, überlegte er sich? Dem Titel nach war es vermutlich in lateinischer Sprache verfasst. Kilian konnte kein Latein und in diesem Fall würde er es nicht lesen können. Mittlerweile war seine Neugier so groß, dass er den Band auf jeden Fall genauer anschauen wollte. Er griff mit den Fingern an die Metallschließen und begann, sie zu öffnen. Plötzlich war im Raum nebenan ein lautes Geräusch zu hören. Erschrocken huschte er aus dem Zimmer, zog den roten Vorhang zu und legte sich auf das Sofa, als sei nichts geschehen. Er war kurz davor gewesen, zu erfahren, was in dem alten Buch stand, und die Enttäuschung wurmte ihn.

Die Töchter der Biehles

Nach dem Besuch bei ihrer Freundin Hedwig fuhr Elisabeth mit dem Einspänner den Weg zurück zum Haus der Villingers neben der Kapelle. Sofie Villinger war zusammen mit ihrer jungen Tochter Cäcilia in der Küche und kochte Wäsche, denn heute war Waschtag. Die Türen zu Haus und Küche standen offen, damit der Dampf nach draußen abziehen konnte. Mit dem Korb voll Trauben trat Elisabeth ins Haus und folgte den Dampfschwaden bis in die Küche. Schwarze Spinnweben hingen im Hausgang von der Decke, die in der leichten Zugluft sanft hin und her wogten. Das Haus der Villingers war niedrig gebaut. Elisabeth selbst war nicht sehr groß und dennoch hatte sie das Gefühl, von der niedrigen Decke des Hausgangs erdrückt zu werden. Auch in der Küche schien die Decke von oben zu drücken und überall waren Spinnweben in den Ecken. Neben dem Schüttstein in der Küche stand der dampfende Waschkessel und in der Mitte des Raums arbeiteten die Frauen am großen Zuber. Heißer Dampf stieg vom offenen Kessel auf und sammelte sich in dünnen Schwaden unter der Küchendecke. Zuerst kochten die beiden die Wäsche im Kessel, danach drückte Cäcilia die Lauge im hölzernen Zuber mit einem Stampfer in die Wäsche und anschließend schrubbte Sofie die Kleider auf dem Waschbrett, bis alles sauber war. Sofie Villinger war in ihrer Körperstatur recht gut beieinander. Ihre Oberarme hatten etwa die Ausmaße von Elisabeths Oberschenkeln und auch sonst ging Sofie nicht gerade am Hungerstock, wie manche Dorfbewohner hinter vorgehaltener Hand über sie tratschten. Im Vergleich zu ihrer Mutter war die junge Cäcilia geradezu schmal wie ein Besenstiel. Sofie trug eine graue Mantelschürze und ein dunkelblaues Kopftuch. Die Ärmel ihrer Bluse waren zurückgekrempelt und mit dem Handrücken wischte sie sich über die verschwitzte Stirn. Ein paar ihrer schwarzen Haare lugten unter dem Kopftuch hervor und kräuselten sich in der dampfigen Luft. Ihre Nase war sehr groß und ihr Gesicht war für eine Frau äußerst derb. Elisabeth grüßte die beiden beim Hineingehen.

»Grüß euch Gott!«

Sofie und Cäcilia schauten beide verwundert von der Arbeit auf. Ganz in das Waschen vertieft, hatten sie gar nicht bemerkt, dass Elisabeth in die Küche eingetreten war.

»Ja, grüß dich Gott, Liesl!«, antwortete Sofie freudig.

Die junge Cäcilia grüßte Elisabeth ebenfalls mit einem Kopfnicken und stampfte weiter die Wäsche. Sofie musterte Elisabeth mit dem Korb im Arm. »Kommst du uns besuchen?«, fragte sie.

»Ja, aber nur kurz«, antwortete Elisabeth. »Ich will euch nicht bei der Arbeit stören.«

»Du störst uns doch nicht, Liesl«, entgegnete Sofie. »Komm, setz dich einen Augenblick hin.«

Sofie deutete auf einen Stuhl am Küchentisch und setzte sich neben sie.

»Ich wollte dir sagen, dass ich das Mittel gegen deine Kopfschmerzen bald fertig habe. Mir fehlt nur noch eine Zutat, dann bekommst du es.«

Sofie nickte zufrieden und ging nicht weiter auf die fehlende Zutat ein. Das war Elisabeth wiederum mehr als recht. So musste sie Sofie nicht anlügen und ihr statt der Fledermausasche von einem seltenen Kraut erzählen, das sie als Vorwand für die Verzögerung angegeben hätte. Denn Fledermausasche als Zutat für das Mittel würde Sofie vermutlich wie Quacksalberei vorkommen.

»Jaja, auf einen Tag kommt es jetzt auch nicht an«, sagte Sofie. »Hauptsache, die Schmerzen im Hirn finden irgendwann ein Ende und begleiten mich nicht bis zum Jüngsten Tag!«

In diesem Haus würde sie ebenfalls Kopfschmerzen bekommen, dachte Elisabeth für sich. Bei der niedrigen Zimmerdecke überkam sie unweigerlich das Gefühl, erdrückt zu werden. Sie selbst würde es hier nicht lange aushalten und insgeheim war sie froh, dass ihr Vrenenhof großzügiger gebaut war als das Haus der Villingers.

»Jesses Gott, nein«, erwiderte Elisabeth. »In den nächsten Tagen habe ich es sicher fertig.« Sie reichte Sofie den Korb mit Weintrauben. »Die habe ich heute abgenommen. Ich hoffe, ihr mögt Trauben?«

»Aber, Liesl, das wäre nicht nötig gewesen!«, entgegnete Sofie höflich.

»Doch, doch.« Elisabeth schmunzelte. »Wenn du schon so lange warten musst, will ich dir die Wartezeit wenigstens versüßen.«

»Danke dir, die essen wir sehr gerne.« Sofie probierte gleich ein paar Trauben. »Die sind ja hervorragend! Ihr müsst mehr Sonne auf dem Vrenenhof haben als wir hier im Dorf.«

Elisabeth lachte und stimmte Sofie zu. Während sich die Hausfrau noch ein paar Trauben abzupfte und aß, sprachen die beiden über Elisabeths gute Ernte und Sofie erzählte von ihrer mühseligen Wascharbeit. Kurze Zeit später verabschiedete sich Elisabeth und fuhr mit Pankraz weiter in Richtung Haldenhof. Auf der Fahrt zogen vereinzelt Wolken am blauen Himmel vorüber und ein leichter Wind wehte durch die großen Obstbäume an der alten Dorfstraße. Von dort bog Elisabeth auf die von alten knorrigen Birken gesäumte Auffahrt ein und fuhr hinauf zum idyllisch gelegenen Haldenhof. Johanna und Ludovica nutzten das gute Wetter an diesem Mittag für die Ernte der Zwiebeln. Zusammen arbeiteten sie im großen Garten hinter dem Wohnhaus. Johanna stach mit der Grabgabel die Zwiebeln aus dem Erdboden, Ludovica und die kleine Elfriede sammelten sie in großen Weidenkörben ein. Mit ihren sieben Lebensjahren konnte Elfriede bei kleineren Arbeiten auf dem Hof schon gut mithelfen, ihre beiden kleineren Schwestern mit drei und fünf Jahren waren dazu noch nicht zu gebrauchen. Die beiden kleinen Mädchen spielten deshalb auf der Wiese nebenan mit den jungen schwarz und weiß gescheckten Katzen. Als Elisabeth auf den Hof fuhr, sprang Theresia, die ältere der beiden Kleinen, auf und rannte dem Wagen vor Freude entgegen. Die kleine Magdalena verstand wohl zuerst nicht, warum ihre ältere Schwester davonrannte, doch als auch sie Elisabeths Pferdewagen entdeckte, lief sie ihrer Schwester unbeholfen hinterher.

»Tante Liesl, Tante Liesl!«, riefen die beiden Mädchen durcheinander.

Vom Rufen ihrer beiden kleinen Schwestern aufmerksam geworden, hielt Elfriede bei der Gartenarbeit inne und blickte sehnsüchtig in Richtung des Pferdewagens. Dann drehte sie sich fragend zu ihrer Mutter um. »Darf ich auch zur Tante Liesl?«

Johanna lächelte sie gutmütig an. »Aber natürlich. Die Liesl freut sich doch, wenn sie euch sieht.«

Elfriede eilte voller Freude zum Wagen und Johanna winkte Elisabeth fröhlich zu. Die einzige der Biehles, die sich über den Besuch nicht zu freuen schien, war die alte Ludovica. Mit einer Mischung aus Gleichgültigkeit und Abneigung sah sie vom Garten aus zu, wie Elisabeth vom Wagen stieg und die kleinen Mädchen sie stürmisch belagerten. Ohne dem Besuch weitere Beachtung zu schenken, hob Ludovica den Korb voll Zwiebeln an und trug ihn zum Speicher. Währenddessen riefen die kleinen Mädchen weiter vor Begeisterung. »Tante Liesl, Tante Liesl!«

Elisabeth freute sich, von den kleinen Mädchen so liebevoll begrüßt zu werden. »Ist das schön, euch zu sehen. Geht es euch gut? Helft ihr eurer Mutter und der Großmutter fleißig im Garten?«

Auf die Frage hin plapperten die drei Mädchen sofort wild durcheinander. »Katzen, Katzen!«, quiekte die Kleinste freudig. »Ja, wir helfen im Garten«, erklärte die Mittlere. »Aber du musst unbedingt unsere Katzen anschauen, jetzt gleich!«

Bei dem heiteren Durcheinander begann Elisabeth zu lachen.

»Eine nach der anderen«, beruhigte sie. »Ich würde sagen, jetzt gehen wir erst einmal zu eurer Mutter, damit die Tante Liesl ihr Grüß Gott sagen kann, und dann schauen wir weiter.«

Wie eine Glucke mit ihren Küken lief Elisabeth mit den Mädchen zum Gemüsegarten hinüber. Johanna stellte die Grabgabel am Zaun ab und kam Elisabeth lächelnd entgegen.

»Ich hoffe, sie beanspruchen dich nicht zu sehr, aber sie freuen sich immer so, wenn sie dich sehen. Grüß dich Gott, Liesl!«

»Grüß Gott, Johanna! Nein, nein, nichts lieber als das! Sie sind doch so lieb.«

Die kleine Magdalena zupfte unruhig an Elisabeths Rock.

»Tante Liesl, Tante Liesl, Katzen schauen.«

Elisabeth lachte freudig und beugte sich zu ihr hinunter. »Ja, Magdalena. Ich schau mir eure Katzen gleich an. Aber zuerst will ich mit eurer Mutter reden.«

»Elfriede, geh mit deinen Schwestern schon mal zu den Katzen«, forderte Johanna ihre Älteste auf. »Die Tante Liesl kommt gleich zu euch.«

Elfriede nickte, nahm Magdalena bei der Hand und ging mit ihr auf die Wiese. Theresia sprang den beiden fröhlich hinterher. Elisabeth blickte neugierig auf Johannas schwangeren Bauch.

»Wie geht es dir? Macht sich das Kind bemerkbar?«

»Es ist nicht ganz so lebhaft wie die Mädchen damals, aber es bewegt sich gut, meistens am Morgen.«

»Na, dann hoffen wir doch, dass es ein gesunder Bub wird, der irgendwann mit seinem Vater am frühen Morgen in den Stall gehen will.«

Johanna lächelte über Elisabeths Bemerkung und sprach zögerlich zu ihr. »Ich hoffe es. Der Andreas wünscht sich so sehr einen Hoferben. Ich weiß nicht, was ich tun soll, wenn es wieder ein Mädchen wird.«

»Aber, Johanna«, sprach Elisabeth eindringlich. »Wenn es ein Mädchen werden sollte, dann braucht das Kind die ganze Liebe seiner Mutter – Hoferbe hin oder her!«

Johanna schaute betrübt zu Boden. »Du weißt nicht, wie das ist, Liesl. Jeden Tag sehe ich die Sorge in den Augen meines Mannes. Eine bedrückende Sorge, dass er keinen Hoferben bekommen könnte. Wir haben drei Töchter.

Wenn das vierte Kind wieder ein Mädchen wird, verliert er den Glauben an mich. In ein paar Jahren braucht er die Hilfe von einem Sohn. Und selbst wenn wir ein fünftes Kind bekommen sollten, wäre es für uns schwierig, die vielen Mäuler zu stopfen.«

Elisabeth legte Johanna die Hand auf die Schulter. »Ich verstehe deine Angst und eure Bedenken, aber du musst das Schicksal nun einmal nehmen, wie es kommt. Da haben wir alle keinen Einfluss drauf. Wenigstens solltest du darauf achten, dass das Kind gesund zur Welt kommt. Zu schwere Arbeit ist dabei nicht unbedingt förderlich.«

»Die Arbeit vor der Niederkunft hat noch keiner Hausfrau geschadet!«, platzte Ludovica in einem bissigen Tonfall dazwischen. Während Johanna und Elisabeth miteinander geredet hatten, musste sie in ihre Nähe geschlichen sein und das Gespräch belauscht haben. »Die Wöchnerinnen soll man schonen, ja. Aber davor schadet die Arbeit an der frischen Luft sicher nicht.«

Elisabeth und Johanna waren erschrocken. Auf die Bemerkung der Altbäuerin hin musste Elisabeth widersprechen. »Wenn Johanna zu schwer arbeitet, kann das frühzeitige Wehen auslösen, dann käme das Kind zu schwach auf die Welt. Willst du diese Gefahr wirklich in Kauf nehmen?«

Ludovica sah sie abschätzig an und Elisabeth konnte ihren Hass in diesem Moment deutlich spüren. »Ich habe selbst fünf Kinder auf die Welt gebracht«, brüstete sich die Altbäuerin. »Sie waren gesund und ich habe bei allen bis kurz vor der Geburt auf dem Hof gearbeitet. Ich muss es wohl besser wissen, schließlich hast du selbst keine Kinder, oder doch?«

Bei diesem Satz schaute Johanna entsetzt zu ihrer Schwiegermutter. »Ludovica!«, entfuhr es ihr.

Die Altbäuerin sagte nichts weiter. Sie betrachtete Elisabeth erwartungsvoll mit einem hämischen Grinsen und wartete auf ihre Antwort. Elisabeth fühlte sich in diesem Moment äußerst gekränkt. In jungen Jahren hatte sie sich oft Kinder gewünscht. Das war nun Jahrzehnte her und sie hatte gelernt, mit der Enttäuschung zu leben. Doch der Vorwurf, dass sie keinem Kind das Leben geschenkt und damit ihre wesentliche Aufgabe als Frau verfehlt habe, traf sie mitten ins Herz. Dennoch bemühte sie sich, die Kränkung, so gut es ging, zu verbergen.

»Auch wenn ich keine eigenen Kinder habe, Ludovica, so habe ich in meinem Leben schon vielen schwangeren Frauen geholfen. Und bei manchen kamen eben die Kinder zu früh zur Welt, weil die Mutter zuvor zu schwer gearbeitet hat.«

Ludovica war von ihrer Meinung nicht abzubringen und ließ ihre Abneigung nun deutlicher zutage treten. »Wahrscheinlich sind die Kinder zu früh gekommen, weil du den Müttern irgendwelche von deinen Mittelchen unter das Essen gemischt hast. Und das alles nur aus Neid, weil du selbst keine bekommen hast!«

Bevor Elisabeth sich zu dieser Anschuldigung äußern konnte, versuchte Johanna zu schlichten. »Liesl, bitte vergib meiner Schwiegermutter. Und du, Ludovica, lass die Liesl bitte in Frieden! Meine Mutter hat von ihr immer nur Gutes erfahren und ich selbst vertraue deswegen ganz auf sie und ihr Wissen.«

Von einem Augenblick auf den anderen schien Ludovicas Angriffslust verflogen. Sie lief gleichgültig davon. Im Weggehen murmelte sie weiter vor sich hin. »Wenn du meinst, dann soll es mir recht sein. Aber vergiss nicht, dass es das Kind von meinem Sohn ist. Da habe ich ein Wörtchen mitzureden.«

Die Altbäuerin nahm einen leeren Korb zur Hand und begann wieder, Zwiebeln einzusammeln. Johanna wandte sich Elisabeth zu.

»Magst du etwas trinken? Ein Glas Milch oder einen Likör? Komm mit mir in die Küche.«

»Gern. Ich komme sofort«, antwortete Elisabeth. »Ich gehe nur schnell zu den Mädchen hinüber. Die wollten mir doch unbedingt die Katzen zeigen und ich habe euch einen Korb voll Weintrauben mitgebracht. Wenn du möchtest, kannst du sie gleich mit in die Küche nehmen.«

»Vergelt's Gott, Liesl! Die Mädchen freuen sich bestimmt über die Trauben.«

Zusammen liefen die beiden zum Einspänner hinüber und Johanna nahm den Korb entgegen. Pankraz hatte die ganze Zeit über im Hof gestanden und zufrieden gewartet. Mit dem Korb auf dem Arm streichelte Johanna ihn am Kopf. »Du hast bestimmt auch Durst, gell mein Lieber? Soll ich dem Pankraz einen Eimer Wasser geben?«, fragte sie Elisabeth.

»Ja, das tut dem alten Kerl sicher gut«, antwortete sie und ging auf die Wiese hinüber. Dort spielte sie eine Weile mit den Mädchen und den jungen Katzen. Die spitzzüngigen Bemerkungen Ludovicas hatte sie währenddessen vergessen. In der Küche trank sie anschließend ein Gläschen vom schwarzen Johannisbeerlikör und unterhielt sich mit Johanna. Erst als Elisabeth mit Pankraz später auf dem Heimweg war, gingen ihr die böswilligen Worte nochmals durch den Kopf. Sie hatten sie schwer getroffen, dennoch versuchte Elisabeth, die Kränkung zu vergessen.

Falsche Fährte

Georg Back hatte sich gleich in der Nacht mit seinem Schäferwagen auf die Suche nach dem jungen Kerl gemacht. Sein Vater hatte den Wagen einst für die Bedürfnisse eines umherziehenden Schäfers bauen lassen. Das einachsige Fahrzeug besaß einen geschlossenen Aufbau zum Essen und Übernachten für den Hirten. Durch eine kleine Tür an der Rückseite gelangte man in das Wageninnere. Drinnen war links eine Bank zum Sitzen oder Liegen und auf der rechten Seite ein kleiner Ofen mit Kaminrohr. An der vorderen Wand im Wagen hingen kleine Regalkästen, in denen alles Mögliche verstaut war. Darunter stand ein kleiner Tisch und in der Mitte hing eine Laterne von der Decke. Die Radachse des Wagens war direkt mit der Deichsel verbunden, an der ein Maultier mit dem Kummet festgemacht war. Georg saß vorne auf dem überdachten Kutschbock und lenkte den Wagen. Freilich nutzte er diesen nicht als Schäfer, sondern für seine Fahrten als Wegewart. Er vermutete, dass der Schuhmacher auf seiner Flucht der Landstraße nach Owingen gefolgt war. Wahrscheinlich suchte der Kerl bei seinem Großonkel Unterschlupf. In diesem Fall könnte er gleich zwei Fliegen mit einer Klappe schlagen. Denn falls er den jungen Burschen dort finden würde, könnte er diesen endgültig erledigen und gleichzeitig das viele Geld des Großonkels an sich reißen.

Die Landstraße nach Owingen war in der Dunkelheit sehr lang und einsam. Weit und breit war kein Hof auf der Strecke. Eine ideale Voraussetzung, denn so konnte der Schuhmacher nirgends ein Versteck finden. Als Georg mitten in der Nacht das Dorf Owingen erreicht hatte, beschloss er, Halt zu machen und am frühen Morgen auf den Höfen nachzufragen, ob jemand einen fahrenden Schuhmacher gesehen hatte. Womöglich könnte er auf diesem Weg den reichen Großonkel ausfindig machen. Am Waldrand vor Owingen, dort, wo die Landstraße hinauf zur Happenmühle führte, stellte er den Schäferwagen auf eine Wiese. Das Maultier spannte er vom Wagen ab und band es an einen Baum. An der Deichsel und am Wagenende ließ Georg jeweils einen Stützpfosten nach unten, damit der Wagen eben stand und nicht umkippen konnte. Danach erleichterte er sich auf der Wiese und blickte während seines Geschäfts zum bedeckten Himmel empor. Kein einziger Stern war in dieser verfluchten Nacht zu sehen. Wieder gingen ihm die immer gleichen Gedanken durch den Kopf. Wohin mochte der Kerl geflüchtet sein? Lag er schon irgendwo tot im Straßengraben oder hatte der Bursche bei fremden Leuten tatsächlich einen Zufluchtsort gefunden? Was, wenn er sogar die Gendarmerie einschalten und erzählen würde, dass er von ihm niedergeschlagen worden war? Andererseits war der Schwächling wahrscheinlich einfach nur froh, dass er entkommen konnte. Er musste ihn auf jeden Fall finden, wegen des Geldes und um ihn mundtot zu machen. Mit diesem Ziel vor Augen legte sich Georg im Schäferwagen auf die Bank und schlief ein.

Gegen Morgen wurde er im Traum durch die Schreie seines Vaters geweckt. Dessen verärgerte Stimme war draußen deutlich zu hören. Georg stieg aus dem Wagen und erkannte am Waldrand seine Mutter. Sie stand am

Schüttstein, der eigentlich in ihrer Küche war, und machte den Abwasch. An ihrem mühsamen Gehabe und dem schadenfrohen Lachen konnte er erkennen, dass sie wieder einmal betrunken war. »Was mein Bruder mir auszahlt, gehört nur mir! Du jämmerlicher Hirtenbub!«, lallte sie in schrillen Tönen.

Wütend packte sein Vater sie fest am Arm und brüllte sie an. »Das Geld gehört uns beiden! Hast du verstanden? Du bist mein Eheweib, also gehört es uns beiden!«

Georg stand als kleiner Bub daneben und flehte weinend. »Mutter! Hör auf, er meint es ernst!«

Doch sie konnte ihn nicht hören und lachte immer lauter.

»Mutter, Mutter!«, schrie Georg verzweifelt.

In diesem Augenblick erwachte er aus dem Albtraum, der ihn schon seit jeher heimsuchte. Georg richtete sich auf, atmete tief durch und stieg aus dem Wagen. Der Himmel war im Osten bereits grau. Morgentau bedeckte die Wiese und Kohlraben krächzten in den Baumwipfeln am Waldrand.

»Elender alter Bastard«, murmelte er vor sich hin und machte sich wieder auf die Suche. Er ließ das Maultier mit dem Schäferwagen am Waldrand zurück und lief zu Fuß ins Dorf. Auf dem ersten Hof ging er zielstrebig in den Kuhstall. Das Vieh stand dort zufrieden in den Raufen und fraß Heu. Zwischen den weiß-braun gefleckten Kühen saß eine ältere Frau auf einem Holzschemel und melkte, ohne ihn zu bemerken. Mit seiner tiefen Stimme sprach er sie an.

»Hast du seit gestern einen fahrenden Schuhmacher hier im Dorf gesehen?«

Die Frau erschrak, dass sie beinahe den Melkeimer

umgestoßen hätte. Sein Anblick schien ihr Angst zu machen.

»Ich bin nur die Magd hier«, antwortete sie kleinlaut. »Ich weiß von nichts.«

Daraufhin ging Georg nach hinten zum Bauer, der das Vieh fütterte.

»Hast du seit gestern einen fahrenden Schumacher im Dorf gesehen?«

»Nein. Bei uns war schon lange keiner mehr«, antwortete der stämmige Bauer. »Warum willst du das wissen?«

Georg gab keine Antwort und ging hinaus. Nach diesem Hof klapperte er vier weitere Güter in Owingen ab und fragte überall nach einem fahrenden Schuhmacher. Doch alle meinten, dass sie keinen gesehen hätten. Überhaupt sei ein fahrender Schuhmacher seit Wochen nicht mehr im Dorf gewesen, bestätigte eine der geschwätzigen Bäuerinnen das, was der erste Bauer ihm gesagt hatte. Georg wurde stutzig. Der elende Bursche war wohl doch nicht nach Owingen geflohen. Ein seltsames Gefühl durchfuhr seinen ohnehin leeren Magen. Was, wenn der Großonkel gar nicht in Owingen wohnte, sondern in einem anderen Dorf? War er dem jungen Schuhmacher womöglich auf den Leim gegangen? Ohne länger nachzudenken, lief Georg zu seinem Schäferwagen zurück, spannte das Maultier ein und fuhr wieder zum Schäfergütle. Dabei nahm er nicht mehr die Landstraße, sondern folgte allen möglichen Nebenwegen über die Felder und durch den Wald. Mit den Augen eines ausgehungerten Habichts hielt er überall Ausschau nach seinem Opfer, doch der fahrende Schuhmacher war nirgends auffindbar. Der Bursche musste in Richtung Lippertsreute geflohen sein, in die Richtung, aus der er gekommen war. Der Gedanke schien Georg einleuchtend, da diese Strecke dem Schuhmacher vertraut war und er dort womöglich leichter einen Unterschlupf finden konnte. Deshalb fuhr Georg nach Lippertsreute und von dort bis nach Rickenbach. Wie in Owingen fragte er unterwegs auf den Höfen nach – jedoch ohne Erfolg. Mittlerweile war es früher Abend und Georg grübelte, wie er den jungen Kerl überhaupt noch ausfindig machen sollte. Das Beste würde wohl sein, wenn er zum Schäfergütle zurückfahren und von dort die Fährte noch einmal genauer verfolgen würde. Irgendjemand musste den Kerl gesehen oder ihn aufgenommen haben. Mit seiner Verletzung konnte er nicht weit gekommen sein. Von Rickenbach fuhr Georg in einem kleinen Bogen über Baufnang nach Hause. Zwischen Baufnang und Lippertsreute machte er kurzerhand im abgelegenen Gasthaus »Zum Schwert« halt, denn von der langen Fahrt war er durstig und hungrig. Der kleine Weiler Baufnang mit nur fünf Höfen hatte einst zum Herrschaftsgebiet des ehemaligen Klosters Salem gehört. Von hier aus war es bis zum Kloster ein Fußweg von etwa einer Stunde. Da früher der Abt von Salem die hohe Gerichtsbarkeit über seine Untertanen ausgeübt hatte, hatte bei Baufnang der Scharfrichter des Klosters gewohnt. Das Wohnhaus des Scharfrichters war heute eine Gastwirtschaft, die nicht ohne Grund den Namen »Zum Schwert« erhalten hatte. Als Georg den Hof des »Schwert« erreichte, ging die Sonne hinter dem Haus in einem scharlachroten Glanz unter. In den umliegenden Obstwiesen zwitscherten Amseln in den knorrigen Hochstammbäumen als Vorboten des Abends. Georg stellte den Schäferwagen ab und ging in die Wirtsstube. Als er die Tür öffnete, waberten ihm dicke Rauchschwaden von Tabak entgegen. An einem großen Tisch neben dem Ausschank saßen vier Bauern, rauchten Pfeife und spielten Karten. Ihre Kleidung war schmutzig von der Stallarbeit. Abgesehen von ihnen war die Wirtsstube leer. Georg setzte sich allein an den Tisch nebenan. Geschafft von der Suche legte er seinen Hut auf den Tisch, strich mit der Hand über sein Haar und schaute sich kritisch um. Die Wände der Wirtsstube waren bis in Hüfthöhe mit dunklem Holz vertäfelt und über den kleinen Tischen blakten milchglasfarbene Petroleumlampen. Die Wirtin kam aus der Küche und ging zu ihm an den Tisch. Die Frau in ihrer grauen Schankschürze mochte etwa in seinem Alter sein.

»Was darf ich dir bringen?«, fragte sie freundlich.

»Ein Vesper und einen Krug Most«, antwortete er wortkarg. Daraufhin verschwand die Wirtin wieder in der Küche. Einer der Bauern am Nebentisch drehte sich neugierig zu ihm um. Er war alt, hatte einen dicken Bauch und rotbraune Haare, die wild durcheinandergeraten waren. Zwischen seinen geschwollenen Fingern hielt er die Spielkarten und paffte genüsslich an seiner Pfeife. Seine braunen Augen waren matt, und während er sprach, glänzten seine schwulstigen Lippen vom Speichel.

»Seid Ihr der Mann mit dem Schäferwagen?«, fragte er und deutete zum Fenster hinaus.

Georg nickte.

Der Bauer wandte sich der Spielrunde zu und sprach weiter. Die anderen lauschten dem Gespräch und kommentierten nur ab und an das Kartenspiel.

»Seid Ihr mit Eurer Schafherde hier in der Gegend?«, wollte der Bauer wissen. »Ich besitze eine Wiese an einem steilen Hang, die man unbedingt mähen müsste. Wenn Ihr mit der Herde vorbeikommt, wäre mir gut geholfen. An der Bezahlung soll es nicht scheitern.«

Georg schüttelte den Kopf.

»Ich bin Wegewart und kein Schäfer«, sagte er. »Der Wagen ist von meinem Vater. Ich selbst habe keine Schafe.«

Der Bauer runzelte die Stirn über seinen üppigen Augenbrauen und schaute weiterhin in die Karten.

»Warum kommt Ihr dann zu uns ins Dorf? Müsst Ihr unserem Wegewart aushelfen?«

Georg kam ohne Umschweife zur Sache und wusste, wie er die notwendige Aufmerksamkeit für sein Anliegen bekam.

»Ich bin auf der Suche nach einem fahrenden Schuhmacher. Er hat mir zu Hause die Schuhe frisch besohlt und dabei heimlich meine Stube durchwühlt. Dann ist er vergangene Nacht mit meinen Ersparnissen geflohen. Habt Ihr ihn vielleicht gesehen?«

Aufgebracht von Georgs Geschichte begannen die Bauern, durcheinander zu schimpfen. Das Kartenspiel wurde vollends zur Nebensache.

»Immer dieses Landstreicherpack!«, blaffte einer verärgert.

»Ja, bei denen weiß man nie, wenn man sie auf den Hof lässt!«, sagte ein anderer. »Meinem Schwager ist vor Jahren dasselbe passiert!«

Georg ging nicht weiter auf ihr Geschwätz ein. Er fragte nochmals in die Runde, ob jemand den Schuhmacher seit gestern irgendwo gesehen hatte, und beschrieb den jungen Mann.

»Nein, hier ist schon seit Wochen keiner mehr durchgekommen«, antwortete ein jüngerer Bauer aus der Runde. Inzwischen war die Wirtin mit dem Vesper und einem Krug Most zurück und stimmte ihnen zu. Sie hatte das Gespräch wohl durch die angelehnte Küchentür mitverfolgt. »Ich habe auch bestimmt seit zwei Monaten keinen mehr gesehen«, sagte sie und servierte das Vesper.

Die Bauern diskutierten weiter, während sie sich wieder ihrem Kartenspiel widmeten.

»Das ist doch eine Sauerei!«, sagte der jüngere Bauer wütend. »Zuerst scheinheilig in der Stube arbeiten und einem dann das Geld unterm Kissen klauen!«

Nun ergriff der alte Bauer mit den rotbraunen Haaren wieder das Wort. Umso mehr er sich in Rage redete, desto feuchter wurden seine Lippen. »Ich würde den Gauner totschlagen, wenn er mir zwischen die Finger kommt!«, verkündete er energisch.

Georg hörte ihm neugierig zu und verzog dabei seine Mundwinkel zu einem Grinsen. Ja, genau das war es, was er selbst mit dem Schuhmacher vorhatte. Doch zuerst würde er mit dessen Hilfe den Hof des reichen Großonkels ausfindig machen und das ganze Geld an sich reißen. Nach dem Vesper zündete Georg seine Pfeife an und saß den Rest des Abends still über seinem Glas Most. Währenddessen lauschte er genüsslich der von ihm angeschürten Diskussion der Bauern.

Verdächtige Schritte

Adam war sich nicht ganz sicher, aber er glaubte, Geräusche im Kräuterzimmer gehört zu haben, als er von der Jagd nach Hause kam. Es waren zwar keine lauten Schritte, dennoch konnte er es hören, dieses verräterische Knarren der Holzdielen, auch wenn jemand nur leise darüberschlich. Sofort war ihm klar, dass dieser Fremdling im Kräuterzimmer ihr neuer Patient sein musste. Der Verletzte von irgendwoher, von dem sie bisher nur den Namen kannten. Scheinbar ging es dem Gesellen schon wieder so gut, dass er in ihrem Haus herumschnüffeln konnte. Andererseits wunderte es Adam nicht. Wie oft hatte Elisabeth von den neugierigen Blicken der Patienten erzählt, wenn sie selbst im dämmrigen Zimmer hinter dem Vorhang verschwand. Die Tatsache, dass die Mittel, die sie kurz darauf aus dem geheimen Zimmer mitbrachte, zur Heilung der Kranken führten, machte deren Neugier umso größer. Deshalb war er sich sicher, dass viele der Patienten auf dem Heimweg lange darüber nachgrübelten, was genau sich hinter dem Vorhang verbarg. Manche von ihnen erzählten wahrscheinlich zu Hause davon und spekulierten gemeinsam mit anderen darüber. Andere rätselten möglicherweise allein in Gedanken, weil sie es äußerst seltsam fanden. Insgeheim hoffte Adam jedenfalls, dass die Leute Elisabeth und ihre heilenden Kräutermixturen nie genau hinterfragten, denn unerklärliche Heilungen waren ihren Vorfahren leider oft zum Verhängnis geworden. Auf jeden Fall waren bisher alle froh darüber gewesen, von Elisabeth geheilt worden zu sein – geheimes Zimmer mit Vorhang hin oder her. Eben diese Gedanken gingen Adam durch den Kopf, als er die Schritte nebenan hörte. Da der junge Mann den Mittag über allein auf dem Vrenenhof gewesen war, überraschte es ihn nicht, dass dieser vermutlich den ruhigen Moment ausnutzte und heimlich ins Kräuterzimmer schlich. Adam selbst hätte es an seiner Stelle wahrscheinlich genauso getan. Aber Fremde durften das Zimmer nicht betreten. Viele Dinge, die darin lagerten, waren wichtig und manche sogar wertvoll. Er dachte an die vielen Kräuter und Zutaten, die Elisabeth in den Regalen verwahrte, und dabei kam ihm besonders das alte Buch in den Sinn. Hildegards Kräuterbuch mit den uralten Rezepten und Heilmethoden. Der letzte von fünf Bänden, wie Elisabeth ihm schon oft erzählt hatte. Das Buch besaß einen unschätzbaren Wert und durfte nie in fremde Hände gelangen. Mit einem kräftigen Ruck öffnete Adam die Stubentür und blickte hinein. Zu seinem Erstaunen lag der junge Kerl auf dem Sofa mit dem Gesicht zur Rückenlehne und schien zu schlafen. Adam blickte ihn einen Moment skeptisch an. Schlief der Fremde tatsächlich? Er zweifelte daran und es hätte ihn nicht gewundert, wenn der Bursche ihm den schlafenden Patienten nur vorgaukelte, denn er war sich sicher, die Schritte im Kräuterzimmer gehört zu haben. Mit dem Leinensack in der Hand schlich Adam leise durch die Stube und schob den Vorhang zum Kräuterzimmer beiseite. Sein erster Blick galt dem Pult, es war alles in Ordnung. Das Kräuterbuch lag geschlossen da, so wie immer, wenn Elisabeth außer Haus war. Adam legte den Sack mit seiner Beute auf den Tisch und zog den Vorhang wieder zu. Im Hinausgehen blickte er auf die alte Standuhr, die kurz nach vier anzeigte.

Genügend Zeit, um noch etwas zu arbeiten, bevor Elisabeth zurückkehren würde. Solange er selbst auf dem Vrenenhof war, würde sich der Kerl sicher nicht noch einmal getrauen, das Kräuterzimmer zu betreten.

Schutzzäune

Etwa zwei Stunden nach ihren Besuchen kehrte Elisabeth auf den Vrenenhof zurück. Sie stieg vom Einspänner, tätschelte Pankraz liebevoll die Seite und nahm ihm das Brustgeschirr ab. In der offenen Tenne spaltete Adam Holz auf dem Hackstock, legte die Axt beiseite und half ihr. Während sie das Geschirr löste, hielt er Pankraz am Halfter fest und sah sie erwartungsvoll an.

»Und, hast du deine Trauben unter die Leute gebracht?«

»Ja, ich habe tatsächlich alle angetroffen und du glaubst es nicht, wie die sich darüber gefreut haben«, erzählte sie lächelnd. »Vor allem die kleinen Biehle-Mädchen. Stell dir vor, die drei haben sich fast überschlagen vor Freude. Und dann musste ich unbedingt ihre kleinen Katzen anschauen, sonst hätten sie mir keine Ruhe gelassen.«

»Und wie geht es der Johanna?«, fragte Adam.

Bei dieser Frage wurde Elisabeth ernster. »Es geht ihr so weit gut. Allerdings arbeitet sie viel zu schwer. Ich habe Bedenken, dass es ihr nicht gut bekommt. Sie wäre nicht die erste Frau, die deswegen eine Frühgeburt hat.«

»Lässt der Andreas sie denn so hart arbeiten?«

»Nein, wo denkst du hin. Das ist alles auf dem Mist von Ludovica gewachsen! Und das lässt die jeden wissen. Sie selbst habe hart arbeiten müssen, hat sie mir in barschem Ton gesagt, und trotzdem habe sie fünf Kinder zur Welt gebracht.«

»Ja, aber nur weil sie widerwärtig ist wie der alte Teufel!«, entgegnete Adam trocken.

Elisabeth musste herzlich lachen. »Da könntest du recht haben. Gegen mich hat sie auch wieder gehetzt, obwohl ich es doch nur gut meine mit der Johanna.«

»Tja, bei Ludovica ist eben erst dann Ruhe, wenn sie ihren Gemüsegarten endlich von unten sieht.«

Halb belustigt, halb entsetzt wies Elisabeth ihn zurecht. »Adam! So etwas wünscht man niemandem, auch nicht Ludovica.«

Pankraz unterbrach das Gespräch mit einem lauten Wiehern.

Vermutlich wollte er in den Stall, es war Zeit zu fressen. Sie streichelte ihn sanft über den Nüstern. »Ist ja gut«, beruhigte sie das Pferd und wandte sich wieder an Adam. »Und wie geht es unserem jungen Patienten?«

»Der ist schon munterer, als du denkst!«, antwortete Adam ironisch. »Als ich zurückgekommen bin, war er jedenfalls in deinem Kräuterzimmer!«

Elisabeth zuckte erschrocken zusammen. »Jetzt ist es mir klar, warum mich vorhin bei Hedwig ein komisches

Gefühl bedrückt hat. Er ist dem Kräuterbuch zu nahe gekommen, stimmt's?«

»Ich weiß es nicht«, erwiderte Adam. »Aber ich kann es mir gut vorstellen.«

Elisabeth war sich sicher, mit ihrer Vermutung richtigzuliegen. Wie bei vielen ihrer Urahninnen war ihr sechster Sinn besonders stark ausgeprägt. Sie besaß eine besondere Gabe, durch die alles, was ihr wichtig war, in ihrer sonderbaren Wahrnehmung von einem unsichtbaren Zaun geschützt wurde. So schien es ihr zumindest. Ein Geflecht, tausendmal dünner als die Fäden eines Spinnennetzes und nicht erkennbar für die anderen. Wenn irgendetwas einem dieser Zäune gefährlich nahe kam oder ihn sogar zu durchbrechen drohte, konnte Elisabeth das wahrnehmen. In ihrem bisherigen Leben waren es nicht viele Schutzzäune, die sie gespannt hatte. Nur das Wichtigste kam dafür infrage, denn zu viele wären ihr früher oder später zur Last geworden. In ihrem Kindesalter waren es ihre Eltern, ihre Schwester und natürlich Löffele gewesen, die davon umgeben waren. Löffele hatte sie ihren schwarz-weiß gescheckten Hasen genannt, den sie als kleines Mädchen über alles geliebt hatte. Bei seinem Tod hatte sie zum ersten Mal das Durchbrechen eines Schutzzaunes gespürt. Die Wochen zuvor hatte die kleine Elisabeth bemerkt, dass etwas langsam und immer stärker an Löffeles übersinnlichem Schutz rüttelte. Tagelang saß der Hase nur da und drückte seinen Kopf in seltsamer Weise nach unten. Elisabeth spürte lange vor allen anderen Löffeles Schmerz und litt selbst darunter. Sein Zaun war Stück für Stück zerstört worden und das hatte dem kleinen Mädchen zu schaffen gemacht. Schließlich war der Hase eines Tages tot. Jahrzehnte später vermutete sie, dass ein Geschwür oder irgendetwas in dieser Art Löffeles Kopf befallen hatte und er deshalb gestorben war. Für Elisabeth war es eine schreckliche Erfahrung gewesen und deshalb hatte sie lange Zeit ihre außergewöhnliche Sinneswahrnehmung verabscheut. Aber es gab auch Momente, da war sie dankbar für ihre besondere Fähigkeit. Der magische Zaun um ihren Vater war von einer auf die andere Minute eingerissen worden. Von dieser erdrückenden Wahrnehmung gewarnt, war die kleine Elisabeth damals nachts aus dem Bett gestiegen und in die Schlafkammer der Eltern geeilt. Ihre Mutter hatte tief geschlafen, aber der Vater neben ihr hatte schwer und hastig geatmet. In dieser Nacht hatte es nur wenige Minuten gedauert, bis Elisabeths Vater Guntram gestorben war. Es war ein sehr schneller Tod gewesen, doch dank des Gespürs hatte sie ihre Mutter und ihre Schwester Brunhilde rechtzeitig wecken können. Gemeinsam hatten sie am Sterbebett des Vaters gesessen, der einen kurzen Todeskampf geführt hatte. Wenigstens hatten sie sich von ihm verabschieden können und das war trotz des schmerzvollen Verlustes eine schöne Erfahrung für sie alle gewesen.

Ein Schutzzaun war in den vergangenen Jahrzehnten für Elisabeth besonders wichtig geworden – der um Adam. Um ihn spannte sie ein besonders festes Exemplar, das sich über die Jahre hinweg immer mehr verstärkte. Aber Menschen und Tiere waren nicht das Einzige, um das sie ihre Zäune spannen konnte. Auch das Kräuterbuch war von ihrem besonderen Sinnesschutz umgeben. In jungen Jahren hatte sich Elisabeth immer wieder Gedanken gemacht, warum gerade sie diese Art von Fähigkeit besaß. Welchen Zweck hatte es überhaupt? Denn ihre Seele hatte beim Tod von Löffele gelitten, und als ihr Vater dahingeschieden war, noch mehr. Als ihre Mutter Adelheid kurz vor ihrem eigenen Tod das Kräuterbuch an sie übergeben hatte, mahnte sie Elisabeth, dass sie von nun an ein besonders wichtiges Geflecht spannen müsse. Ab diesem Tage hatte Elisabeth gewusst, warum sie mit der besonderen Gabe gesegnet war. Sie allein musste das bedeutende Erbe ihrer Vorfahren schützen und dabei sollte ihr die Sinneswahrnehmung helfen.

Während Adam das Pferd immer noch festhielt, blickte sie ihn fragend an. »Glaubst du, er will das Buch stehlen?«

»Das weiß ich nicht. Jedenfalls war er im Zimmer.«

»Aber was soll er mit dem Buch denn machen?«, grübelte sie.

»Wer weiß?«, sagte Adam. »Vielleicht will er es irgendwo an einen Apotheker verkaufen oder an jemanden, der sich für Heilkräuter interessiert. Auf mich macht er jedenfalls den Eindruck eines Herumtreibers, der mit ein paar Hundert Reichsmark in der Tasche sicher besser leben könnte.«

Sie runzelte die Stirn. »Aber ich habe ihm doch geholfen. Ich kann mir einfach nicht vorstellen, dass er mir schaden will.«

Eine Weile lang schaute sie ratlos ins Leere. Adam bemerkte ihren abwesenden Blick. »Er ist dein Patient. Du musst es besser wissen.«

Daraufhin sah sie ihn wieder an. »Ich habe heute tatsächlich gespürt, dass etwas nicht stimmt, und jetzt ist mir klar, dass er beim Kräuterbuch war. Aber es war kein bedrohliches Gefühl, sondern mehr ein Gefühl, beobachtet zu werden. Eine richtige Gefahr hätte sich anders angefühlt, da bin ich mir sicher.«

Adam zuckte mit den Schultern und führte Pankraz in den Stall. »Wie auch immer«, sagte er im Weggehen. »Es ist dein Zimmer und dein Buch. Aber glaub ja nicht, dass ich mich mit dir nachts auf die Suche durch den Wald mache, wenn er es eines Tages gestohlen hat! Am besten ist, du sprichst ein ernstes Wort mit ihm.«

Elisabeth blieb unbeholfen im Hof zurück. Adam hatte recht, es war an der Zeit, mit Kilian zu sprechen.

Kilians Reise

Bis Kilian nach seiner ersten Erkundung des Hinterzimmers endlich eingeschlafen war, hatte es eine Weile gedauert. Denn als die Schritte aus der Küche immer näher gekommen waren, hatte er seinen eigenen Puls im ganzen Körper gespürt. Natürlich hatte er auf dem Sofa gelegen und so getan, als würde er schlafen. Dennoch war ihm bewusst gewesen, dass sein Beobachter den Schwindel bemerken konnte. War es Elisabeth? Oder womöglich ihr Mann? Kilian legte sich in Windeseile alle möglichen Erklärungen zurecht, warum er das Zimmer betreten hatte. Elisabeth gegenüber wäre es ihm sogar einigermaßen leichtgefallen, sich zu rechtfertigen. Doch ihrem Mann, den er noch gar nicht recht kannte, wollte er in dieser peinlichen Situation nicht Rede und Antwort stehen müssen. Als sich die Stubentür mit einem Knarzen öffnete, atmete er bewusst langsam und tief. Schließlich sollte es sich so anhören, als würde er schlafen. Währenddessen spitzte er seine Ohren, um die Person möglicherweise an ihren Geräuschen zu erkennen. Dazu brauchte er tatsächlich nicht lange. Schon an den tiefen Atemzügen hörte Kilian, dass es Elisabeths Mann sein musste, und als dieser mit kräftigen Schritten über den Holzboden der Stube ging, war er sich ganz sicher. Angsterfüllt rechnete er damit, dass Adam ihn wachrütteln und zur Rede stellen würde. Doch seine Befürchtung hatte sich nicht bewahrheitet. Er hatte gehört, wie der Alte in das Hinterzimmer gegangen war, etwas ablegte und recht schnell die Stube wieder verlassen hatte. Nach diesem Moment des Schreckens hatte es noch eine Weile gedauert, bis sein Puls sich beruhigt hatte, und irgendwann war er eingeschlafen.

Einige Zeit später war er durch ein Geräusch von draußen aufgewacht. Immer wieder hörte er feste Schläge, gefolgt von einem hölzernen Geräusch. Plomb! Nach kurzer Überlegung war er sich sicher, dass jemand draußen Holz spaltete, vermutlich Adam. Die Schläge der Axt, gefolgt vom dumpfen Aufschlag der Holzscheite auf dem Haufen, ließen keinen Zweifel. Eine Weile hörte er den monotonen Geräuschen zu und wäre dabei um ein Haar wieder eingeschlafen. Dann fuhr ein Gespann auf den Hof und gleich danach waren die Stimmen von Elisabeth und ihrem Mann zu hören. Die beiden unterhielten sich draußen im Hof. Kilian versuchte, einzelne Sätze oder wenigstens ein paar Worte aus ihrem Gespräch herauszuhören, doch die Stubenfenster dämpften die Stimmen.

Ein paar Minuten später hörte er Schritte im Haus und die Stubentür öffnete sich. Es war Elisabeth, und Kilian befürchtete, dass sie ihn jetzt zur Rechenschaft ziehen würde, weil er in ihrem Haus herumgeschnüffelt hatte. Sie nahm sich einen Stuhl und setzte sich neben ihn. »Hast du noch genug zu trinken?«, fragte sie.

»Ja, ein bisschen ist noch in der Kanne«, antwortete er.

»Dann trinkst du das am besten gleich leer und ich mache dir noch mal eine.«

Sie war im Begriff aufzustehen und nach draußen in die Küche zu gehen, da hielt Kilian sie am Arm fest.

»Elisabeth, wo bin ich überhaupt? Und wo ist mein Buckelkorb?«

Gutmütig sah sie ihn an, setzte sich wieder hin und begann zu erzählen. »Das hier ist der Vrenenhof. Vor zwei Tagen hast du am späten Abend schwer verletzt hinter unserem Haus gelegen. Adam und ich waren nach draußen geeilt und entdeckten dich bewusstlos und blutverschmiert auf dem Boden. Wir haben dich in die Stube getragen und seither bist du bei uns. Aber einen Korb hattest du nicht bei dir.«

In Gedanken murmelte er leise vor sich hin und versuchte krampfhaft, sich zu erinnern. »Vielleicht habe ich ihn tatsächlich nicht mitgenommen und er hat den Korb an sich gerissen. Ich weiß es einfach nicht mehr …« Kilian blickte sie fragend an. »Der Vrenenhof, sagst du? Wo liegt der?«

»Wir sind mitten im Wald, zwischen Ernatsreute und Owingen.«

Bei diesen Worten leuchteten Kilians Augen auf und er sagte: »Owingen! Ich muss unbedingt dahin.«

Elisabeth sah ihn erstaunt an. »Kennst du Owingen?«

»Ja, mein Großonkel wohnt dort. Ich will ihn besuchen.«

»Dann bist du also auf der Durchreise?«

»Ich bin immer auf der Reise«, antwortete er und schmunzelte.

Elisabeth sah ihn ungläubig an und er begann, ihr seine Geschichte zu erzählen. »Ich bin ein fahrender Schuhmacher. Kilian Gassner ist mein Name und ich komme aus Ravensburg. Eigentlich bin ich dort in den umliegenden Dörfern unterwegs und verdiene mein Brot mit Schuhreparaturen bei den Bauern. Seit Jahren wollte ich nun wieder meinen Großonkel in Owingen besuchen. Deshalb habe ich mich vor zwei Tagen auf den Weg gemacht. Frühmorgens verabschiedete ich mich von meiner Anna und bin von Ravensburg über das Höll und Wilhelmskirch bis nach Wittenhofen gewandert. Dort machte ich im Gasthaus meiner Tante eine kurze Rast. Am Nachmittag bin ich weiter über Lellwangen und Leustetten bis nach Lippertsreute gekommen. Aber bis dahin war es ein weiter Weg mit dem Korb auf dem Rücken. Die Füße taten mir weh und deswegen machte ich in Lippertsreute nochmals Halt und erfrischte mich an einem Brunnen. Müde raffte ich mich auf und marschierte weiter. Als ich das Dorf hinter mir ließ, tauchte ein Schäferwagen neben mir auf. Von der Last auf dem Rücken und meinen Füßen derart geplagt, bemerkte ich gar nicht, woher der Wagen gekommen war. Auf einmal war er da. Der Mann auf dem Kutschbock fragte, wohin ich denn wolle und ob er mich ein Stück mitnehmen soll. Ich dankte ihm und stieg auf den Wagen. Während der Fahrt erzählte mir der Mann, dass sein Hof auf der Strecke nach Owingen liegt, und lud mich zum Vesper bei ihm ein. Da ich hungrig und vor allem durstig war, ließ ich mich nicht lange bitten. Von Lippertsreute zu seinem Hof war es tatsächlich nicht weit. Er erzählte mir, dass seine Frau noch bei der Nachbarin sei und ihr beim

Krauthobeln helfen würde. Deshalb richtete er das Vesper selbst auf den Tisch und stellte einen Krug Most dazu. Die Küche sah sehr dreckig aus und ich dachte mir, dass sein Weib keine gute Hausfrau ist. Ich sprach ein heimliches Dankgebet dafür, dass ich es mit meiner Anna besser habe, denn schließlich wollen wir bald heiraten.«

Elisabeth lächelte ihn herzlich an. »Das freut mich für dich.«

»Vom Most wurde ich wohl immer redseliger«, sprach er weiter. »Ich erzählte ihm von meiner Anna, unserer geplanten Hochzeit und dass mein Großonkel mir einen Teil seines ersparten Geldes zur Hochzeit schenken will. Der Mann wollte unbedingt wissen, wie mein Onkel heißt und wo sein Hof ist. Ab da erzählte ich nichts Genaueres mehr. Alles, was ich dann noch weiß, ist, dass er kurz hinausging und mit einem Dreschflegel in die Küche zurückkam. Er schlug auf mich ein und ich wehrte mich. Was danach passierte, daran kann ich mich kaum mehr erinnern. Irgendwann bin ich hier aufgewacht.«

Elisabeth saß die ganze Zeit über ruhig auf dem Stuhl und hörte ihm gespannt zu. »Du meinst also, der Mann wollte dich wegen des versprochenen Geldes von deinem Großonkel töten?«

»Ja, ich denke schon. Warum sonst sollte er mir denn so etwas antun wollen? Ich kenne ihn ja gar nicht. Kennst du ihn etwa?«

Elisabeth nickte. »Wenn wir von demselben Mann sprechen, ja«, erwiderte sie. »War er groß, mit einem schmalen Gesicht und dunklen Rändern unter den Augen?«

Allein bei dieser Beschreibung lief ihm ein fürchterlich kalter Schauer über den Rücken und er blickte sie ängstlich an. »Ja, so hat er ausgesehen. Groß und etwa im fünfzigsten Lebensjahr, würde ich sagen. Von Weitem hat er mich an eine monströse Marionette erinnert, bei der Hose und Arbeiterkittel von den Gliedmaßen nicht vollständig ausgefüllt werden.«

»Dann kann es nur der dürre Georg gewesen sein«, stellte Elisabeth in kühlem Ton fest.

»Sagen die Leute so zu ihm?«

»Ja, aber sein richtiger Name ist Georg Back«, erklärte Elisabeth. »Er lebt allein auf dem Schäfergütle unterhalb der Burghöfe und seine Frau ist seit Jahren tot.«

Bei diesen Worten erstarrten seine Gesichtszüge zu Eis. »Aber er hat mir erzählt, dass seine Frau bei der Nachbarin sei. Meinen wir tatsächlich denselben Mann?«

»Das hat er dir sicher erzählt, das glaube ich. Aber hast du seine Frau oder irgendetwas von ihr gesehen?«

Kilian schüttelte den Kopf und Elisabeth sprach weiter. »Nach deiner Erzählung kann es nur der dürre Georg mit dem Schäferwagen sein. Er wollte dich vermutlich in Sicherheit wähnen und hat dir deshalb von seiner Frau erzählt. Oder wärst du zu ihm nach Hause gegangen, wenn du gewusst hättest, dass der düstere Kerl allein lebt? Ich vermute eher nicht, oder?«

Er nickte stumm.

»Und jetzt verstehe ich auch, warum du zu uns gekommen bist«, fuhr sie fort. »Von der großen Wiese hinter unserem Haus durch den Wald gelangt man in etwa einer Viertelstunde zum Schäfergütle. Nach Georgs Angriff bist du wahrscheinlich über die Felder und durch den Wald geirrt, bis du hier bei uns auf dem Vrenenhof gelandet bist.«

»Vielleicht, ich weiß es nicht mehr«, murmelte er.

Elisabeth konnte ihm die Furcht in seinen Augen wohl ansehen. Behutsam fasste sie ihn am Arm. »Keine Sorge!

Bei uns bist du sicher. Niemand weiß, dass du hier bist, außer meiner Freundin Hedwig, und für sie würde ich meine Hand ins Feuer legen. Wenn es dir recht ist, würde ich Adam gern deine Geschichte erzählen. Nur gemeinsam können wir dich schützen. Was meinst du?«

Er stimmte ihr zu. »Ja, aber bitte sagt sonst niemandem, dass ich hier bin!«

Sie lächelte ihn verschmitzt an. »Es wäre doch sinnlos, dir zuerst zu helfen und dich anschließend den Wölfen zum Fraß vorzuwerfen, oder nicht?«

Mit einem zuversichtlichen Blick erwiderte er ihr Lächeln.

»Bei uns bist du sicher«, bekräftigte sie. »Versprochen! So, und jetzt setze ich dir einen Tee auf und du erholst dich gut«, sagte sie und ging zur Stube hinaus.

Verbrannter Abendsegler

IN DER KÜCHE nahm Elisabeth ein paar dünne Holzspäne aus dem Korb, machte Feuer im Herd und setzte das Wasser für den Tee auf. Während es im Schiffchen langsam zu kochen begann, ging sie in die Tenne hinaus. Adam spaltete dort immer noch Holz.

»Ich mach uns jetzt das Vesper«, sagte sie. »Kommst du dann?«

Geschafft schaute er von der Arbeit auf. »Ich bin gleich fertig. Hast du mit ihm geredet?«

»Ja, er hat mir alles erzählt.«

»Und?«, fragte Adam neugierig.

»Das sage ich dir beim Vesper, sonst kommst du ja doch erst eine halbe Stunde später, so wie ich dich kenne«, spottete sie und ließ ihn grummelnd in der Tenne zurück.

Bis der Tee fertig war, richtete sie das Vesper auf dem Küchentisch. Für Kilian schmierte sie zwei Schmalzbrote und schnitt ein paar Scheiben von ihrer selbst eingemachten Schinkenwurst aus dem Glas. Mit dem Tee und dem Vesperbrett ging sie zu ihm in die Stube.

»Ich habe dir was zu essen gemacht«, verkündete sie im Hineingehen. »Wenn du willst, kannst du aber auch gerne zu uns an den Tisch sitzen.«

Kilian richtete sich langsam auf.

»Vergelt's Gott!«, bedankte er sich. »Aber ich werde hier essen und mich gleich danach wieder hinlegen. Mir ist es nicht ganz wohl. Ich wäre keine gute Gesellschaft für euch.«

Sie stellte ihm das Vesperbrett und den Tee auf einen Stuhl neben dem Sofa. »Ja, das ist sicher besser für dich. Jetzt kannst du dich erst einmal ein bisschen stärken und dann schläft es sich nachher wieder umso besser. Wenn du noch etwas brauchst, rufst du einfach nach mir.«

Als sie in die Küche zurückkam, musste sie schmunzeln. Adam saß am Tisch und wartete ungeduldig.

»Jetzt sag endlich, was er dir erzählt hat!«

Sie setzte sich zu ihm und berichtete während des Essens, was Kilian ihr vorhin über sich und seinen Weg hierher geschildert hatte. Adam hörte ihr die ganze Zeit über aufmerksam zu. Als sie geendet hatte, sah er sie skeptisch an. »Der dürre Georg hat ihn so zugerichtet, weil er an das Geld seines Großonkels gelangen wollte. Das hört sich nach einem Ammenmärchen an. Wie heißt denn sein Großonkel aus Owingen überhaupt?«

»Das weiß ich nicht«, antwortete sie. »Er hat mir den Namen nicht genannt. Aber warum sollte er die ganze Geschichte erfinden? So, wie er es mir erzählt hat, muss es der dürre Georg gewesen sein, und wenn er tatsächlich aus Ravensburg kommt, woher sollte er denn den Back kennen? Es würde mich nicht wundern, wenn seine Geschichte stimmt. Der dürre Georg ist sowieso eine seltsame Gestalt, das sagen alle Leute im Dorf.«

Adam war nicht ganz überzeugt. »Das mag ja sein. Aber was, wenn die beiden unter einer Decke stecken? Womöglich haben sie es am Ende auf uns abgesehen.«

»Ich wüsste nicht, was der dürre Georg bei uns holen sollte?«, tat sie ab. »Und wenn überhaupt, dann hätte er es sich doch schon längst geholt. Vergiss außerdem nicht Kilians schwere Verletzung. Wenn er hier auf dem Vrenenhof tatsächlich etwas stehlen wollte, hätte er dazu sicher einen anderen Weg gefunden, als sich selbst den Schädel einzuschlagen.«

»Nun ja, wahrscheinlich hast du recht«, stimmte Adam ihr brummend zu. »Ich tue dem Burschen wohl unrecht.«

»Das denke ich auch. Ich bin mir sicher, dass er das Kräuterzimmer aus reiner Neugier betreten hat. Wenn er tatsächlich böse Absichten gehabt hätte, hätte ich das gespürt.«

Nach dem Vesper ging Adam noch mal hinaus, trieb die Tiere in den Stall und gab ihnen Futter. Elisabeth räumte den Tisch ab und schritt mit einem kleinen Kerzenleuchter leise durch die Stube in das Kräuterzimmer. Kilian schlief bereits und so konnte sie dort ungestört arbeiten. Die Fensterläden waren wie immer geschlossen, sodass es im Zimmer dunkler war als im Haus. Sie zündete die Petroleumlampe an der Decke an und begann im Schein des Lichts zu arbeiten. Auf dem Tisch lag der Leinensack, den Adam dort abgelegt hatte. Gespannt nahm sie zuerst das Glas heraus. Mit prüfendem Blick hielt sie es vor das schummrige Licht der Lampe und schaute zufrieden auf die Spinne. Ein wahres Prachtexemplar. Die Spinne würde Kilian sicher helfen, doch bevor sie sich weiter mit dem Tier befasste, leerte sie den restlichen Inhalt des Leinensacks auf den Tisch. Die tote Fledermaus – ein Abendsegler, so wie sie es Adam aufgetragen hatte. Elisabeth entzündete ein kleines Feuer im Kamin, doch statt Holzscheite legte sie anschließend ein paar Kohlen auf die Flammen. Das Feuer ließ sie in aller Ruhe brennen, bis eine ordentliche Glut entstanden war. Währenddessen widmete sie sich dem Amulett für Kilian. Im Kräuterbuch stand geschrieben, dass man dem Patienten die Kreuzspinne in einer Nuss als Amulett um den Hals hängen solle. Dadurch würde das Fieber zur Gänze verschwinden. Eine Nuss war schnell zur Hand, denn das Zimmer bot ein wahres Sammelsurium an Kräutern, Wurzeln, Körnern, Samen und allen möglichen Zutaten aus ihrem Garten und der umliegenden Natur. Walnüsse hatte sie genügend unter dem Regal links neben dem Kamin. Sie suchte die größte aus dem Korb und teilte sie mit einem Messer vorsichtig in zwei Hälften. Als Nächstes zündete sie eine dicke Kerze an und stellte diese griffbereit auf den Tisch. Die zwei halben Nussschalen sollte sie mit heißem Wachs wieder zusammenkleben. Außerdem legte sie eine Hanfschnur bereit, an welcher die Nussschale als Amulett getragen werden musste. Endlich war alles bereit, um die Kreuzspinne in die Nuss einzuschließen. Bei diesem Gedanken meldete sich Elisabeths schlechtes Gewissen. Das kleine Tier musste lebendig in die Nussschale eingeschlossen werden. Keine schöne Vorstellung für die Spinne. Aber es half nichts. Kilians Fieber musste gesenkt werden, bevor er es verschleppte. Die Spinne war der Preis dafür. Damit der flinke Achtbeiner ihr nicht entwischen konnte, nahm sie das Glas und schüttelte es zuerst. Durch das unerwartete Schütteln zog sich die Spinne schützend zu einem kleinen Knäuel zusammen und war für einen Moment außer Gefecht gesetzt. Die nächsten Handgriffe folgten recht schnell aufeinander. Elisabeth öffnete das Glas und bugsierte die Spinne in eine der beiden Nusshälften. Dann nahm sie die andere Hälfte der Schale zur Hand, drückte deren Rand in das heiße Wachs der Kerze und presste diese Hälfte mit der anderen Nussschale zusammen. Danach nahm sie die Hanfschnur und wickelte sie mehrmals über Kreuz um die zusammengeklebte Hülle herum. Zum Schluss knotete sie ein langes Stück der Schnur zusammen und machte die Nuss daran fest. Das Amulett war fertig. Da die Anwendung nicht bis morgen warten konnte, ging sie damit in die Stube, wo Kilian tief und fest schlief. Vorsichtig berührte sie seine Schulter und weckte ihn. Im Halbschlaf öffnete er die Augen.

»Was ist?«, fragte er verwirrt.

»Damit dein Fieber ganz weggeht, musst du dieses Amulett tragen«, erklärte sie ihm. »Das ist ganz wichtig.

Heb kurz deinen Kopf an, damit ich es dir um den Hals legen kann.«

Schlaftrunken, aber bereitwillig tat Kilian wie geheißen und Elisabeth legte ihm das Amulett um den Hals.

»Gut«, sagte sie. »Sei vorsichtig, damit du dich im Schlaf nicht damit würgst. Du kannst jetzt weiterschlafen.«

Kilian schloss seine Augen und Elisabeth ging ins Kräuterzimmer zurück. Mittlerweile hatten sich die Holzkohlen im Kamin in rot glühende Steine verwandelt. Als Nächstes war der Abendsegler an der Reihe. Mit einer kleinen Schaufel nahm sie ein paar der glühenden Kohlen aus dem Kamin und schüttete sie in einen großen Tontopf. Dann nahm sie mit einer Feuerzange die tote Fledermaus und legte sie auf die glühenden Kohlen im Topf. Es begann zu zischen und ein widerwärtiger Geruch nach verbrannten Haaren und Haut stieg in die Luft. Der Gestank zwang Elisabeth, die Fenster zu öffnen. Die Fensterläden ließ sie allerdings wie immer geschlossen. Draußen war es angenehm kühl und das Zirpen der Grillen drang in das Kräuterzimmer. Bis der Abendsegler komplett zu Asche verbrannt war, dauerte es eine Weile. Während dieser Zeit bereitete sie die Mixtur vor. Dazu holte sie aus den Regalen die Zutaten, die sie laut Rezept benötigte. Melisse, Schlüsselblumen, Salbei und vor allem Bilsenkrautsamen zur Schmerzlinderung. Das alles hackte sie mit einem Messer klein und gab es in einen Mörser. Anschließend rieb sie die Kräutermischung zu Pulver und füllte den Mörser zur Hälfte mit Weinbrand auf. Mittlerweile war die Fledermaus fast vollständig zu Asche verbrannt. Die verbrannten Überreste des Abendseglers gab sie in einen zweiten Mörser und rieb alles mit dem Stößel zu feinem Pulver. Davon nahm sie zwei Löffel voll und mengte es der Kräutermischung bei. Zum Schluss rührte sie die Mixtur mit einem Holzlöffel um, zuerst fünfzehnmal gegen den Uhrzeigersinn und danach sechzehnmal in die andere Richtung. Nun musste die Kräutermixtur über Nacht in Ruhe ziehen. Morgen früh konnte sie das Gemisch absieben, dann war das Mittel gegen Sofies Kopfschmerzen fertig. Für heute war die Arbeit getan. Bevor Elisabeth nach oben in die Schlafkammer ging, schloss sie die Fenster und löschte das Licht. Mit dem Kerzenleuchter schlich sie leise durch die Stube und ging nach oben.

Rastlos

Vom »Schwert« kehrte Georg am späten Abend zum Schäfergütle zurück und wollte sich sobald als möglich wieder auf die Suche machen. Doch zuerst musste er sich wenigstens ein bisschen Schlaf gönnen. Geschafft legte er sich samt Kleidung ins Bett und schlief ein.

Im Traum hörte er wieder das zornige Brüllen seines Vaters und dazwischen mischte sich das Klirren von zerbrechendem Geschirr.

»Willst du uns alle hier verhungern lassen?«, schrie der Vater energisch.

Georg stand draußen an der Tenne und linste ängstlich durch das Tor. Drinnen im Stall stand auf dem strohbedeckten Boden der Küchentisch, umringt von Scherben. Sein Vater drückte die Mutter mit aller Gewalt auf den Tisch und würgte sie mit beiden Händen. Die Mutter schlug wild um sich und röchelte verzweifelt nach Luft. Nach wenigen Minuten des Kampfes blieb sie reglos liegen.

»Mutter! Mutter!«, schrie Georg weinend und eilte zu ihr. Wimmernd drückte er sich an ihren leblosen Körper.

Sein Vater riss ihn weg von ihr und rüttelte an seiner Schulter. »Sie wollte abhauen, Bub! Sie wollte abhauen mit dem ganzen Geld und uns alle alleinlassen! Dich und deine Schwestern.« Der Vater blickte ihm manisch in die Augen. »Ohne das Geld wäre unser Schäfergütle verloren! Dein und unser aller Leben wären zunichte! Aber sie wollte ja nicht hören. Ich hatte keine andere Wahl! Hörst du, Bub? Keine andere Wahl! Keine andere Wahl!«

Die Stimme des Vaters hallte noch in seinen Ohren nach, als Georg keuchend aus dem Schlaf aufschreckte. Einen Augenblick saß er regungslos auf der Bettkante und rang nach Fassung. Seit er als achtjähriger Junge hatte mit ansehen müssen, wie sein Vater die Mutter brutal erwürgt hatte, verfolgte ihn dieses grauenhafte Erlebnis immer wieder in seinen Albträumen. Fluchend stand er auf und ging in die Küche. Er hatte viel zu lange geschlafen, denn es war bereits Nachmittag. In der Küche nahm er die braune Tonflasche mit Schnaps aus dem Schrank, schenkte sich ein Gläschen ein und leerte es in einem Zug. Dann füllte er ein weiteres Glas und setzte sich damit an den Küchentisch. Fahles Tageslicht fiel durch das Fenster in die Küche.

An den schmutzigen Fensterscheiben brummte eine Wespe mühsam auf und ab. Vergeblich suchte sie den Weg nach draußen an die frische Tagesluft. In seinem Sinnieren gestört, schnappte Georg mit einer schnellen Handbewegung nach dem trägen Insekt und zerdrückte es zwischen seinen Fingern. Erneut nahm er einen Schluck und Gedanken an den möglichen Fluchtweg des Schuhmachers verdrängten die furchtbaren Erinnerungen an seine Kindheit. Vermutlich war der Kerl mit seiner Verletzung tatsächlich nicht weit gekommen und hatte dringend Hilfe gebraucht. Also musste er sich irgendwo in der Nähe versteckt halten. Georg wollte die Suche auf den umliegenden Höfen sofort beginnen. Jedes Haus und jeden Schopf würde er nach dem elenden Dreckskerl absuchen. Da kam ihm ein Gedanke in den Sinn und er stürmte wie wild zur Küche hinaus. Womöglich hatte der Streuner sich sogar in seinem eigenen Schopf versteckt und lag dort immer noch mit seiner Verletzung. Fieberhaft suchte Georg jeden Winkel des Schopfs ab und stieg mit einer Mistgabel auf den kleinen Heustock. Große Wut hatte sich in ihm ob der erfolglosen Suche angestaut und er ließ ihr freien Lauf. Wie von der Tollwut befallen stach er mit der Mistgabel an allen möglichen Stellen ins Heu. Nach unzähligen Gabelhieben hielt er inne und schnappte erschöpft nach Luft. Ich muss mir meine Kräfte für später sparen, dachte er sich, für den Moment, wenn ich ihn endlich schnappen werde.

Den ganzen Tag suchte Georg nach seinem Opfer. Sein Jagdmesser trug er dabei griffbereit am Gürtel. Zu Fuß ging er als Erstes zum Haus der alten Witwe Rechle. Es würde ihn nicht wundern, wenn der verletzte Schuhmacher zu ihr hinübergerannt wäre und das alte Weib ihm voller Mitleid einen Unterschlupf angeboten hätte. Mit der

Faust klopfte Georg energisch an die Tür des kleinen Hauses, doch keiner öffnete. Er ging um das Haus herum und schaute zu den Fenstern hinein, aber es war niemand zu sehen. Vermutlich war das alte Weib ins Dorf zum Einkaufen gegangen und das würde eine Weile dauern. Er musste sicher sein, dass die Witwe den Teufelsbraten nicht versteckt hielt. Bei diesem Gedanken biss Georg wütend die Zähne zusammen und suchte verzweifelt nach einer Möglichkeit, in das Haus zu gelangen.

Witwe Rechle wohnte in einem einfachen Fachwerkbau, an den an der Hinterseite eine kleine Werkstatt angeschlossen war. Die hintere Haustür war zwar verschlossen, doch mit etwas Geschick gelang es Georg, die Tür zur Werkstatt zu öffnen. Innen war alles voll Gerümpel und er musste sich seinen Weg hindurch bahnen. Der alte Rechle war nebenbei als Wagner tätig gewesen und all sein Material und das Werkzeug standen immer noch in der Werkstatt herum. Drinnen war niemand, doch ganz hinten entdeckte er die Zwischentür zum Haus. Diese war nicht verschlossen und er gelangte von dort direkt in die Küche. Georg schlich in dem dämmrigen Haus umher und suchte alle Räume nach dem Schuhmacher ab. Er öffnete sogar die Bodenluke in der Küche, die in einen kleinen muffigen Kellerraum hinunterführte, allerdings fehlte von dem Landstreicher jede Spur. Verärgert lief er zurück zum Schäfergütle und folgte dem Geißbach den Hang hinunter zur Mühle. Die Hangmühle von Gerhard Frommel hatte früher zum Besitz der Johanniterkommende von Überlingen gehört. Mit der Säkularisation war die Mühle an den Großherzog von Baden übergegangen. Aber nach wie vor wurden hier die Baumstämme der umliegenden Wälder zu Brettern und Balken gesägt. Schon von Weitem war das unablässige Ritsch-Ratsch der großen Säge zu hören, die sich Stück für Stück durch das Holz nagte. Als Georg auf den Hof lief, war das Sägeblatt am Ende des Baumstammes angelangt und Gerhard Frommel stellte den Antriebsriemen auf Leerlauf. Das Sägegatter wurde langsamer, bis es schließlich stillstand. Zusammen mit seinem Gehilfen hievte Gerhard den gesägten Balken auf einen Stapel zu den anderen. Dann zogen sie vom Holzpolter im Hof den nächsten Baumstamm auf den Sägewagen. Dabei half ihnen eine Seilwinde an der Decke der Sägemühle, die ebenfalls von der Kraft des Wasserrades angetrieben wurde. Während der Baumstamm mit dem Seil langsam zur Säge hochgezogen wurde, bemerkte Gerhard Frommel den Neuankömmling.

»Grüß dich Gott, Georg! Brauchst du wieder Holz für den Wegebau?«, fragte er.

»Grüß Gott, Nachbar! Nein, ich bin auf der Suche nach einem fahrenden Schuhmacher.«

Gerhard Frommel wurde neugierig und trat näher an Georg heran. »Ein fahrender Schuhmacher? Wieso das?«, fragte er.

»Der Kerl hat vorgestern bei mir gearbeitet und ist in der Nacht mit meinem ganzen Ersparten abgehauen. Ich bin mir sicher, dass er sich hier irgendwo in der Gegend versteckt hält und womöglich noch mehr Geld rauben will. Hast du ihn gesehen?«

»Nein, bei uns ist keiner auf dem Hof«, antwortete Gerhard. »Das wüsste ich und einem Dieb würde ich keinesfalls Unterschlupf bieten.«

Georg musterte den Sägemeister ungläubig. Er wusste, dass Gerhard ihn nicht recht leiden konnte und in den Wirtshäusern deshalb oft über ihn schimpfte, er sei ein fauler Taugenichts. Das hatte er von anderen erfahren und auch jetzt bemerkte er die ablehnende Haltung des Sägemeisters.

»Du kannst aber gern Paul fragen, wenn du mir nicht glaubst«, bot Gerhard an und deutete auf seinen Gehilfen, der den Baumstamm in den Sägewagen einspannte. »Paul! Hast du einen fahrenden Schuhmacher in den letzten zwei Tagen bei uns gesehen? Der Georg ist wohl von einem bestohlen worden!«

»Nein, Meister, ich habe keinen gesehen«, antwortete der Gehilfe.

»Da hast du es«, sagte Gerhard Frommel überheblich. »Bei uns gibt es keinen versteckten Schuhmacher, aber falls er doch noch auftauchen sollte, binden wir ihn gleich hier am Stützbalken an der Mühle fest, bis du kommst.«

Gerhards Gesichtsausdruck zeigte bei diesen Worten einen Hauch von Sarkasmus. Aber Georg störte es nicht weiter und er ließ nicht locker. »Wenn du es deiner Familie gegenüber verantworten kannst, dass sich womöglich ein Dieb bei euch versteckt hält, der als Nächstes euch um das Vermögen schröpfen wird, soll es mir recht sein. Ich als guter Nachbar wollte dich nur davor warnen und biete dir meine Hilfe für die Suche an«, sagte er.

Gerhard Frommel presste seine Lippen fest zusammen. »Im Haus ist sicher keiner, aber wenn du meinst, kannst du von mir aus den ganzen Hof absuchen. Letztendlich ist es ja deine vergeudete Zeit.«

Wie ein Spürhund, der versucht, eine Fährte aufzunehmen, streunte Georg sogleich auf dem Hof der Sägemühle umher. Als Erstes ging er in den Keller direkt unter der Säge. Dort unten ratterte das Getriebe der Mühle mit seinen großen und kleinen Zahnrädern, Lederriemen und Getriebestangen, die von der Drehbewegung des Mühlrads angetrieben wurden. Mit der Hand am Messer bewegte sich Georg vorsichtig im Halbdunkel an den laufenden Rädern und Gestängen vorbei. Feines Sägemehl rieselte oben von der ratternden Säge herab und landete auf seinem Hut. Plötzlich entdeckte er ganz hinten im Halbdunkel in der Ecke etwas, das mit leeren Rupfensäcken zugedeckt war. Langsam näherte er sich dem Haufen und sah einen Stiefel, der zur Hälfte unter den Säcken hervorspitzelte.

»Jetzt habe ich dich«, murmelte Georg leise vor sich hin. Er zog sein Messer und trat angriffsbereit an den Haufen heran. Das Rattern der Sägemühle war so laut, dass seine Schritte nicht zu hören waren. Mit der freien Hand griff er nach den leeren Rupfensäcken und zog sie mit einem schnellen Ruck zur Seite. Darunter lagen nur Holzräder der Mühle, alte Kleidung und ein zusammengeschnürtes Paar Stiefel.

»Heilandsack!«, fluchte er laut und ging wieder hinaus. Nach dem Sägekeller suchte er im überdachten Bretterlager nebenan und in der kleinen Werkstatt, ohne Erfolg. Wortlos verließ er die Hangmühle und lief wild fluchend zurück zum Schäfergütle. »Der elende Scherenschleifer muss doch irgendwo sein! Verflucht noch mal, den werd ich finden, den widerwärtigen Bastard!«

Bevor Georg sich weiter auf die Suche machte, aß er in der Küche eilig eine Scheibe Brot und ein Stück Speck. Dazu trank er zwei Gläser Most gegen den Durst. Frisch gestärkt, spannte er sogleich sein Maultier am Schäferwagen ein und fuhr ins Dorf. Unterwegs hielt er ständig Ausschau nach dem fahrenden Schuhmacher. In Ernatsreute angekommen durchsuchte er jeden Hof. Immer noch erfolglos bog er beim Pfaffenhofener Gut ein und fuhr den Feldweg nach oben zum Hebsackhof. Werner Neidhart war auf dem Hof nicht zu sehen. Georg klopfte an die halb geöffnete Haustür und von drinnen rief eine weibliche Stimme: »Nur herein! Es ist offen!«

Margot Neidhart stand in der Küche mit dem Rücken zur Tür und rührte in einem Topf auf dem Herd. Georg roch Sauerkraut und sein Magen gab ein leises Knurren von sich.

»Grüß dich Gott, Bäuerin! Ist bei euch vorletzte Nacht ein fahrender Schuhmacher untergekommen?«

Margot Neidhart drehte sich um. Sie trug eine blaue Mantelschürze und ihr Kopftuch war über der Stirn zusammengeknotet. »Ah, der Georg Back. Was meinst du? Ein fahrender Schuhmacher?«, fragte sie. »Nein, bei uns ist keiner. Warum? Suchst du einen?«

»Ja, bei mir war einer tätig und ist vorgestern Abend mit meinem ganzen Ersparten geflüchtet!«

Margot Neidhart machte große Augen. »Ja, sag bloß!«, schnaubte sie entsetzt. »Das ist ja eine Sauerei! Das wird aber auch immer schlimmer mit dem Gesindel.«

Georg nickte und sah dabei unruhig in der Küche umher.

»Habt ihr schon nachgeschaut, ob er sich bei euch auf dem Hof versteckt hält?«

»Nein«, antwortete Margot Neidhart. Ihre Augen wurden immer größer. »Glaubst du etwa, der Lump hat sich bei uns versteckt?«

»Möglich wäre es«, antwortete er angsteinflößend. »Womöglich will er alle Höfe in der Gegend ausrauben und ihr seid die Nächsten! Hast du etwas dagegen, wenn ich mich bei euch ein wenig umschaue?«

Margot Neidhart schüttelte energisch den Kopf.

»Nein, nein! Der Werner ist auf dem Feld und ich als Weibsbild kann doch nicht allein nach dem Sauhund schauen. Der würde mir am Ende ja noch den Hals umdrehen!«

Georg spielte den Helfer.

»Gut, dann schaue ich kurz durch euer Haus und die Scheune, wenn es dir recht ist. Nicht, dass dir etwas passiert!«

»Ja, nur zu!«, flehte Margot Neidhart. »Ich warte so lange in der Küche. Ich hoffe bloß, der dreckige Hund kommt nicht zu mir herein!«

»Da musst du dir keine Sorgen machen, Bäuerin. Bevor es so weit kommt, häng ich den Streuner am nächsten Baum auf!«

Mit diesen Worten ging Georg zur Küche hinaus und ließ die verängstigte Bäuerin allein zurück. Zuerst suchte er auf dem Dachboden des Wohnhauses, danach ging er in die große Scheune hinüber und kontrollierte dort jede Ecke. Doch auf dem Hof der Neidharts konnte er ihn nicht finden. Mit knappen Worten rief er in die Küche hinein, dass er niemanden gefunden hatte, und fuhr zurück ins Dorf. Seine letzte Station an diesem späten Nachmittag war das alte Forsthaus der Lattners, das er von seiner Tätigkeit als Wegewart kannte. Als nach mehrmaligem Klopfen niemand die Tür öffnete, lief Georg um das Haus herum und rief: »Ist jemand da?«

Mit einer Mistgabel in der Hand trat Hedwig Lattner aus dem Hühnerstall.

»Grüß dich Gott, Georg!«, rief sie. »Falls du den Theo suchst, der ist im Wald bei Bambergen.«

Hedwig wandte sich ab und wollte zurück in den Stall gehen, doch Georg rief ihr hinterher: »Zu ihm will ich gar nicht! Hast du seit gestern einen fahrenden Schuhmacher im Dorf gesehen? Einen jungen Kerl? War er bei euch?«

Hedwig drehte sich um und schüttelte den Kopf.

»Nein, bei uns war kein Schuster.«

Wie allen anderen erzählte Georg ihr, dass er vom fahrenden Handwerksburschen bestohlen worden sei, und fragte, ob er auf ihrem Hof nach dem gefährlichen Dieb suchen dürfe. Hedwig Lattner willigte ein. Während sie den Hühnerstall ausmistete, durchsuchte Georg den kleinen Speicher, den Keller und den Dachboden im Wohnhaus. Danach verschwand er und fuhr widerwillig nach Hause. Er musste sich eingestehen, dass er den Schuhmacher wohl nicht mehr finden würde. Vermutlich war dieser schon weit weg. Zum einen wäre es gut für ihn selbst, denn wenn der Kerl über alle Berge war, musste Georg keine Anzeige bei der Gendarmerie fürchten. Schwerer wog allerdings, dass damit die letzte Hoffnung auf das große Geld des Großonkels verloren wäre. Aber nicht lange und er würde wieder ein Opfer ausfindig machen, tröstete er sich. Bis dahin musste er erneut als Tagelöhner arbeiten – ob er wollte oder nicht.

Hedwigs Verdacht

Hedwig sah, wie der Schäferwagen vom Hof fuhr, und schaute ihm kopfschüttelnd hinterher. »Seltsamer Geselle«, murmelte sie vor sich hin. »Schnüffelt zuerst überall herum und geht dann einfach ohne ein Wort.«

Mit dem voll beladenen Mistkarren fuhr sie in den Gemüsegarten hinüber und verteilte dort den Mist mit der Gabel. Fliegen schwirrten über dem Unrat und ein frecher Sperling scharrte im ausgestreuten Mist nach Käfern und Larven. Hedwig dachte darüber nach, was der dürre Georg ihr vorhin erzählt hatte. Die Worte »Schuhmacher« und »junger Kerl« waren ihr dabei besonders im Kopf hängen geblieben, als wollten sie ihr irgendetwas sagen. In diesem Moment kam ihre Nachbarin Bärbel Schädler an den Gartenzaun. Bärbel war im mittleren Alter und größer als ihr eigener Mann. Mit ihrer markanten Hakennase blickte sie neugierig auf Hedwig herab. »Grüß Gott, Nachbarin!«, grüßte sie.

»Ah, Grüß dich, Bärbel.«

»War der dürre Georg auch bei euch auf dem Hof und hat nach einem jungen Mann gesucht?«, wollte die Schädlerin wissen.

»Ja! Bei euch etwa auch?«

»Ha ja, aber gefunden hat er nichts«, scherzte Bärbel. »Dabei wäre ich froh, wenn mal wieder ein junger Mann bei uns auf dem Hof schafft und nicht immer der gleiche alte Knäckes!«

Die beiden Frauen lachten herzlich miteinander. Hedwig unterhielt sich eine Weile mit Bärbel über die Leute im Dorf und vergaß dabei völlig die Zeit. Die Gedanken an den Schuhmacher waren währenddessen aus ihrem Kopf verschwunden. Erst als sie abends vor dem Einschlafen im Bett lag, kamen sie wieder zurück. Mit einem Mal wurde ihr alles klar und sie machte sich große Sorgen. Elisabeth hatte ihr doch von einem Unbekannten erzählt, der bei ihnen untergekommen war. War das der gefährliche Dieb, den der dürre Georg suchte? Hatte der Bursche Elisabeth und Adam womöglich schon ausgeraubt? Hedwig wollte Theo von ihrem Verdacht erzählen, aber dieser schlief längst. Am liebsten wäre sie sofort auf den Vrenenhof gegangen und hätte die beiden gewarnt, doch es war bereits Bettruhe. Daher beschloss sie, gleich am frühen Morgen dorthin zu fahren und Elisabeth alles zu berichten. Bevor sie einschlief, betete Hedwig im Stillen, dass bis morgen nichts Schlimmes passierte.

Amulett

Kilian war an diesem Morgen recht früh aufgewacht. Zum einen lag es daran, dass es ihm mittlerweile deutlich besser ging. Es war der dritte Tag nach dem Abend, als er schwer verwundet auf dem Vrenenhof gelandet war, und seither hatte sich sein Körper erholt, was Elisabeths Heilmethoden zu verdanken war. Zum anderen lag es daran, dass er durch ein leises Geräusch aufgeweckt worden war. Ein leises Schaben ganz in seiner Nähe. Er öffnete verschlafen seine Augen. Das Schaben musste direkt neben seinem Kopf sein. Er richtete sich auf dem Sofa auf und schaute sich um, doch nichts war zu sehen. Auf dem Sofa war nichts und dahinter auch nicht, was das Geräusch hätte erklären können. Er saß leise da und spitzte seine Ohren, da verstummte der seltsame Laut. Vermutlich war es eine Maus hinter dem Sofa, die ihren Weg nach draußen gefunden hat. Oder irgendein anderes Kleintier, das in der Stube herumgeschlichen war. In diese Gedanken vertieft sah er vor seinem inneren Auge, wie er auf dem Sofa lag und fest schlief. Es war eine eigenartige Vorstellung, in der eine verzottelte Maus um seinen Kopf herumwuselte. Das kleine Mistvieh schien Gefallen an seinem Ohr gefunden zu haben und knabberte daran wie an einem Stück Speck. Von Ekel gepackt, schüttelte Kilian den Kopf und das Bild löste sich wieder in Luft auf. Hinlegen wollte er sich nicht, denn er war hellwach und fühlte sich wohl. In der vergangenen Nacht hatte er recht gut geschlafen. Das Gefühl von kochendem Blut in seinem Körper war mit dem

Rückgang des Fiebers endlich verschwunden und damit auch die unerträglichen Schmerzen in seinen Gliedern. Seit dem Vorfall mit dem dürren Georg hatte er erstmals wieder einen ruhigen Schlaf gehabt, vor allem ohne Albtraum. Das Einzige, was ihn währenddessen gestört hatte, war Elisabeth. Sie hatte ihn geweckt und ihm irgendetwas um den Hals gelegt. Kilian konnte sich daran erinnern, dass sie zu ihm gesagt hatte, er müsse dieses Amulett unbedingt anbehalten, damit das Fieber abklang. Das hatte er noch vernommen, dann war er wieder eingeschlafen.

Während er jetzt, Stunden später, wach auf dem Sofa saß, schaute er auf das Amulett, nahm es in die Finger und betrachtete es. Es war eine große Walnuss, die an einer Schnur befestigt war. Diese Nuss sollte tatsächlich sein Fieber gesenkt haben? Mit skeptischem Blick betrachtete er sie von allen Seiten. Nun ja, wenn dem so war, dann musste die Nuss eine besondere Wirkung haben. Aber wie genau sie funktionierte, das konnte er sich nicht erklären. Auf jeden Fall hatte Elisabeth das Amulett aus dem Zimmer hinter dem Vorhang mitgebracht, und was sie da gestern Nacht gemacht hatte, war für ihn sowieso ein großes Rätsel. Nachdem sie ihm das Amulett umgehängt hatte, war er kurze Zeit später wieder aufgewacht. Der Grund dafür war ein bestialischer Gestank gewesen, der ihm im Schlaf in die Nase gestiegen war. Er hatte gehört, wie Elisabeth im Zimmer hinter dem Vorhang die Fenster geöffnet und an irgendetwas gearbeitet hatte. Am liebsten hätte er nachgesehen, doch das hätte sie bemerkt. Er konnte nur vermuten, was hinter dem Vorhang vor sich ging. Dass Elisabeth irgendetwas verbrannte, stand außer Frage. Aber was genau es war, konnte er nicht sagen. Kilian vermutete, dass es Haare oder etwas Ähnliches waren. Gleichzeitig fragte er sich, warum sie das tun sollte. Der Gestank musste ja auch für sie unerträglich sein. Eine Weile lauschte er dem Geschehen hinter dem Vorhang. Mal waren es hell klimpernde Geräusche, dann hörte es sich wieder dumpf und mahlend an. Er konnte sich einfach keinen Reim darauf machen und die Neugierde trieb ihn fast in den Wahnsinn. Schließlich hörte er, wie Elisabeth die Fenster schloss und danach das Licht löschte. Als sie mit dem kleinen Kerzenlicht durch die Stube lief, stellte er sich schlafend. Draußen konnte er ihre Schritte im Hausgang und später im oberen Stock hören. In diesem Moment wäre er am liebsten in das Zimmer hinter dem Vorhang geschlichen, um zu sehen, was sie dort gemacht hatte. Doch solange sie und Adam im Haus waren, und selbst wenn sie schliefen, hatte er das nicht tun wollen. Seine Angst, entdeckt zu werden, war zu groß gewesen. Eine Weile hatte er in der Nacht noch über all das nachgegrübelt, bis er eingeschlafen war. Gedankenversunken betrachtete er immer noch das Amulett in seinen Fingern, als Elisabeth in die Stube hereinkam. Er schaute sie an, als wäre er beim Stehlen ertappt worden.

»Habe ich dich erschreckt?«, fragte sie ihn verwundert.

Er winkte ab und setzte sofort ein Lächeln auf.

»Nein, nein! Ich bin nur noch nicht recht wach!«

Sie erwiderte sein Lächeln und öffnete eines der Fenster. »Und wie geht es dir heute Morgen?«

»Schon viel besser«, antwortete er. »Ich habe recht gut geschlafen.«

»Dann ist das Fieber gesunken?«, wollte sie wissen. »Lass mich mal fühlen.« Sie legte ihre flache Hand auf seine Stirn und wartete einen Moment. »Du scheinst wieder auf normaler Körpertemperatur zu sein«, stellte sie zufrieden fest.

Kilian schaute sie verdutzt an. »Kommt das von der Walnuss?«, fragte er.

»Ja, das Amulett hat dein hohes Fieber gesenkt, damit sich dein Körper endlich erholen kann«, antwortete sie nüchtern.

Nun konnte er seine Neugier nicht zurückhalten. »Was ist denn an der Nuss so besonders?«

Elisabeth ließ seine Frage unbeantwortet. »Das tut nichts zur Sache«, meinte sie. »Wichtig ist nur, dass du es anbehältst, es nicht kaputtgeht und dass du es in zwei Tagen an mich zurückgibst. So, und jetzt mache ich dir einen frischen Tee, denn du hast vom Fieber viel geschwitzt, und was aus dem Körper raus ist, soll schließlich auch wieder rein.«

Mit diesen Worten ging sie zur Stube hinaus und ließ ihn zurück. Erneut nahm er die Walnuss zwischen seine Finger und begutachtete sie. Zu gern hätte er die Nuss geknackt und nachgesehen, was sich in ihrem Inneren verbarg. Doch Elisabeth wollte ihr Amulett wieder ganz zurückhaben und so blieb es für ihn ein Rätsel. Damit konnte er leben, viel größer war seine Neugier, was sie im Zimmer hinter dem Vorhang getan hatte. Das wollte er auf jeden Fall herausfinden und womöglich würde sich dann auch das Rätsel um das Amulett lösen. Kurze Zeit später kam Elisabeth mit dem Tee und zwei Scheiben Marmeladenbrot zurück. Sie stellte den Teller auf einen Stuhl neben dem Sofa und schenkte den Tee ein. Während er die Brote aß und vorsichtig den heißen Tee aus der Tasse schlürfte, ging sie in das Hinterzimmer. Kilian glaubte, dass sie nun wieder längere Zeit dort arbeiten würde, doch dem war nicht so. Es dauerte nur einen kurzen Augenblick, bis sie in die Stube zurückkam. In der Hand hielt sie eine Flasche mit einer braunen Flüssigkeit. Wahrscheinlich hat die Flüssigkeit mit dem widerwärtigen Gestank der vergangenen Nacht zu tun, dachte er sich.

»Hast du noch Hunger?«, fragte sie. »Soll ich dir noch ein Brot schmieren?«

»Nein danke«, antwortete er. »Ich bin satt.«

»Gut«, sagte sie. »Ich bin in den nächsten zwei Stunden weg, weil ich eine Bekannte im Dorf besuchen muss.«

Kilian warf einen Blick auf das Fläschchen, das wohl für die Bekannte gedacht war. Eine einfache Glasflasche mit Korkverschluss. Die seltsame Flüssigkeit darin machte ihn neugierig.

»Bekommt deine Bekannte auch einen Kräuterverband wie ich?«, fragte er wissbegierig.

Elisabeth ging seiner Frage aus dem Weg. »Ich gehe die Villinger Sofie besuchen«, erwiderte sie. »Falls was sein sollte, rufst du nach Adam, der arbeitet draußen im Hof. Dann bis später!«

Auf der Landstraße

KURZE ZEIT SPÄTER war Elisabeth mit Pankraz und dem Einspänner auf dem Weg nach Ernatsreute. Als sie aus dem Wald herausfuhr, sah sie in der Ferne auf der Landstraße ein Fahrrad heranfahren. An der Schürze und dem Rock konnte sie erkennen, dass es eine Frau sein musste, die wie wild in die Pedale trat. Es war Hedwig, und Elisabeth winkte ihr freudig zu. Allerdings bemerkte sie recht schnell, dass ihre Freundin sehr aufgebracht war. Von Weitem rief Hedwig ihr zu: »Elisabeth, der dürre Georg ist auf der Suche nach einem jungen Schuster, der ihn vor ein paar Tagen bestohlen hat!«

Ohne dass Hedwig ihre Vermutungen lange erklären musste, begriff Elisabeth, um was es ihr ging. Sie standen nun beieinander und sie fragte ihre Freundin: »Du meinst, dass der junge Mann bei uns auf dem Hof der Schuhmacher ist, den der dürre Georg sucht?«

»Ja, das meine ich«, antwortete Hedwig. »Ihr seid in großer Gefahr!«

Elisabeth wusste nun, dass Kilian ihr tatsächlich die Wahrheit gesagt hatte. Ein großer Mann mit dunklen Augenringen und einem Schäferwagen war hinter ihm her, so hatte er es ihr selbst erzählt. Dieser Mann war tatsächlich niemand anderer als der dürre Georg. Gleichzeitig befürchtete sie, dass Georg keine Ruhe geben würde, bis er Kilian endlich gefunden hatte. Sie und Adam mussten fortan gut auf ihren Patienten aufpassen. Aber erst einmal erklärte sie ihrer Freundin, dass Kilian keine Gefahr war. Sie schilderte Hedwig, was der junge Mann ihr über seinen Großonkel und den Übergriff im Haus des dürren Georgs erzählt hatte.

»Wenn das so ist, musst du sofort zurück und nach ihm schauen!«, meinte Hedwig aufgekratzt. »Wer weiß, ob der dürre Georg nicht schon längst auf eurem Hof ist!«

Trotz der Aufregung ihrer Freundin zeigte sich Elisabeth gelassen. »Ich habe meinen Adam«, gab sie sich selbstsicher. »Der wird ganz gut auf unseren Patienten achtgeben, falls der dürre Georg jemals bei uns auftauchen sollte.«

Hedwig zweifelte einen Moment, dann beruhigte sie sich allmählich. Von Kilian kamen die beiden Frauen auf alles Mögliche zu sprechen und die Zeit verging.

»Ich will eigentlich zur Villinger Sofie«, erklärte Elisabeth. »Deswegen sollte ich mich jetzt langsam auf den Weg machen. Kommst du mit?«

»Aber natürlich«, antwortete Hedwig. »Da ich jetzt alles weiß, kann ich mit ruhigem Gewissen wieder nach Hause fahren.«

Im Dorf angekommen, verabschiedeten sich die beiden voneinander und Elisabeth brachte ihre Kräutermixtur zu Sofie Villinger. Die Bäuerin bedankte sich überschwänglich und schenkte ihr ein Glas Kräuterlikör ein. »Den musst du unbedingt probieren!«

Elisabeth leerte das Glas und plötzlich fuhr ein drückendes Gefühl in ihren Magen. Zuerst meinte sie, es sei wegen Sofies Likör. Doch dann sah sie vor ihrem inneren Auge verzerrte Bilder und mit einem Mal wusste sie, woher das Gefühl kam. Es waren Bilder von fremden Händen an Hildegards Kräuterbuch.

Das wundersame Kräuterbuch

Kilian hörte, wie Elisabeth draußen mit dem Einspänner vom Hof fuhr. Er wusste, dass es jetzt an der Zeit war, sich das Zimmer hinter dem Vorhang genauer anzuschauen. Eine Weile saß er auf dem Sofa und lauschte aufmerksam den Geräuschen im Haus. Er vernahm, wie Adam aus der Küche nach draußen ging. Dort schien er irgendetwas zu arbeiten, aber Kilian konnte nicht genau ausmachen, was es war. Minuten später kam Adam wieder zurück in die Küche und ging danach scheinbar in die Tenne. Von dort waren wieder dieselben Geräusche wie gestern zu hören. Plomb! Plomb! Adam machte wieder Holz, dessen war Kilian sich sicher. Solange die Geräusche des Spaltens nicht verstummten, war Adam ohne Zweifel in der Tenne beschäftigt. Wenn er fertig war, würde Kilian genügend Zeit bleiben, um sich wieder schnell auf das Sofa zu legen. In dieser Annahme stand er auf und ging zum Vorhang. Er zog ihn nur ein Stück zurück und huschte durch den Spalt in das Zimmer dahinter. Die Fensterläden waren geschlossen und die Morgensonne drang gedämpft durch die Lamellen herein. Es sah aus wie gestern, als er hereingeschlichen war. Keine Spur von verbrannten Haaren oder Ähnlichem, keine Töpfe, Gläser oder andere Behälter, die wild durcheinander herumstanden. Elisabeth hatte wohl alles sauber aufgeräumt. Sein Blick schweifte durch das scheinbar unveränderte Zimmer und landete schließlich wieder auf dem alten Buch. Beim letzten Mal war er von Adam gestört worden, aber jetzt würde er es sich endlich genauer anschauen. Er ging an das Pult, und bevor er den Buchdeckel öffnete, lauschte er nochmals aufmerksam den Lauten von draußen. Hinterm Haus gackerte eine aufgescheuchte Henne und dazwischen mischte sich das gewohnte Plomb. Adam war also immer noch an der Arbeit. Behutsam öffnete Kilian die beiden Metallschließen und hob den großen Buchdeckel an. Zu seinem Erstaunen war das Buch bis auf den Titel nicht in Latein verfasst, sondern in alter deutscher Sprache. Der Titel auf der ersten Seite war in großen roten Buchstaben gedruckt:

Liber compositae medicinae.

Darunter stand in kleinerer schwarzer Schrift:

In Memoriam vnser allwyssender Mvtter Gvndis de Maynz. Trewe Dinerin der erwürdigen Äbtyssin Hildegardis de Bingen. Vrstyfterin diz Bvchs mit allerley Krewtern nebst Recepten zvm cvriren vornemlycher Krankhaiten des menschlychen Laipes. Zv Drvcke gebracht von Nepomvk Thieler. Bvchdrvcker zv Nüremberg 1496.

Gestyftet sayner Tochter Cäcilia Ambringer.

Kilian wurde von dem alten Buch in seinen Bann gezogen. Er betrachtete es und las darin voller Staunen. Dieses Buch war tatsächlich über vierhundert Jahre alt. Im Kopf rechnete er nach und stellte fest, dass es in Menschenleben über zwölf Generationen sein mussten. Er selbst kannte gerade einmal die Namen seiner Großväter und nur noch manche seiner Urgroßväter, mehr nicht. Wie konnte dieses Buch über all die Jahrhunderte die Zeit überstehen? Eine lange Zeit, die gerade in den frühen Jahrhunderten von Krieg und Zerstörung bestimmt gewesen war. Wie viele Menschen mochten dieses Buch schon in den Händen gehalten haben und vor allem wer? Fasziniert fuhr er mit den Fingern über den Buchschnitt und schlug es auf. Oben auf der linken Seite stand in großen Buchstaben geschrieben: *Von den Krewtern.*

Am linken Rand waren die Namen einzelner Kräuter aufgeführt und bei dem Stichwort *Von der Fünffingerkravt=Wvrzel* begann er zu lesen.

Es wyrd von jederman diz Krawt gar leicht erkennet / An sayner Blätterzal / daher es avch genennet / Sayn Blvm hat Safran=Farb / die mittel Rind allayn / der Wvrzel dinet vns / di soll savper sayn

Darunter folgten Beschreibungen zur Arabischen Stechas-Blume oder dem Mazedonischen Petersiliensamen. Kilian überflog diese und las auf der rechten Seite bei der Beschreibung des Weißen Andorn weiter.

Der weiße Antorn ist mit weißer Blvm geziret / Sayn Blätter sint sehr rav / wi man im greifen spüret / von avßen sihet man si mit weißer Woll bedecket / Doch ligt vnter jr di grün Farb verdecket

Auf diesen Seiten waren sämtliche Kräuter beschrieben, wie Kilian feststellte. Sie sollten dem Leser wohl eine Hilfestellung bei deren Suche sein. An den Seitenrändern waren an manchen Stellen handschriftliche Notizen vermerkt. Er blätterte einige Seiten weiter und landete bei der Beschreibung von Krankheiten. Hier waren die Namen der Leiden ebenfalls am Seitenrand aufgeführt. Daneben war wieder die jeweilige Beschreibung angegeben. Kilian begann bei *Vom Zahn=Weh* zu lesen:

Vnter andern großen Plagen / womit vnsere Leiper geqvaelet werden / ist das Zahn-Weh nicht das geryngste. Ein Mittel wider diz Vpels hat di Natvr in ain abschevlyches Tir / nemlich di Kröte geleget. Man nymt di Gepeine avs den Füßen der Kröten des rechten Fvßes / oder des Ert=Frosches / reiniget solches / vnd reipet damit den schmerzhaften Zahn / so nehmet si di Schmerzen hinweg

Kilian stellte fest, dass diese Rezepte sehr eigenartig waren. Wer wollte schon seinen Zahn mit dem Fuß einer Kröte einreiben? Andererseits faszinierten ihn die alten Heilmittel aus diesem Buch. Die Beschreibung *Zv großen vnd tödtlichen Wvnden* fiel ihm als Nächstes ins Auge. Dort hieß es:

Nimm Wintergrün mit den Wvrzeln / kochs mit Wein / gibs dem Verwvndeten etliche Tage lang / so wirst dv Wvnder sehen. It. Mit vngesalzener Erbis=Brühe eine Wvnte gewaschen, hailet si. Desgleichen avch Dosten in di Wvnde gestrevet / hailet dieselpen

Kilian war sich sicher, dass irgendwo hier auf diesen Seiten das Rezept für seinen Kräuterverband zu finden sein musste, den Elisabeth ihm zur Heilung gemacht hatte. Er überflog die folgenden Rezepte und blätterte Seite um Seite durch das Buch. Er war derart eingenommen, dass er gar nicht bemerkte, dass die Geräusche aus der Tenne verstummt waren. Als er erneut umblätterte, stach ihm ein Rezept in die Augen, das ihn besonders faszinierte. *Von der Vnvermögenheit des Mannes vnd Mehren der Gailheit,* hieß es dort. Kilian begann eifrig zu lesen:

Als Vnvermögen zvm Ehelichen Werke bai Mannes=Personen ißt / wenn ain Mann nicht geschickt / den Samen von sich / in di weibliche Mvtter zv sprizen vnd das Venvs=Werk zv üpen weis. Wenn dergleichen natürlich befintet / so pfleget man Spiritvola oder stärckende Dinge zv gebravchen / di da wohl dvrchdringen / vnd resolviren / als von Moßch / Anper vnd Knaben=Krawt / die gvte Nahrvng geben vnd die Lebensgeyster stärcken. Oder man bereyte folgendt Elyxir. Nimm Neßel=Samen / Fenchel=Anis=Pastinacken vnd Steck=Rüben=Samen / Weißen=Senf / weißen vnd langen Pfeffer / weißen Inkwer / jedes ain Qventlain. Lain=Samen / Eschen=Bavm=Samen / jedes I. halb Qventlain. Geschabten Hirsch= oder Ochsen=Pensel / sonderlich welcher im September gefället vnd gedörret ist / jedes anderthalb Qvintlain. Mach von allem ain zart Pvlver / vnd daravs mit folgenden Syrvp ain Saft. Nimm frische rote Rüben, die stoße vnd besprenke mit etwas kräftigen Wein / vnd presse den Saft heravs / vnd also tve avch mit frischen Stendel=Wvrzeln / nimm solcher Säfte / jedes 10 Loth vnd zerlaß darinnen 12 Loth Honig vnd koche es zvm Syrvp. Damit mische obgedachte Pvlver an / zvm Saft. Mittels Destyllation wirdt diser zv ainem warlich stärkenden Elyxir. Davon nimm des Apends vor dem Bette gehen ain groß Löffel voll. Doch man mvß solch Elyxir nicht zv oft gebravchen / denn di Natvr davon gar zv stark getriben wirdt …

Plötzlich schreckte ihn eine laute Stimme auf. »Beim Teufel noch mal! Ich hätte schwören können, dass ich dich hier drinnen finde!«

Es war Adam, der im Zimmer stand. Kilian hatte bei aller Faszination nicht bemerkt, dass er hereingekommen war.

»Ich … ich habe nichts getan … ich wollte nur …«, begann er zu stottern. Er rechnete mit Adams ganzer Wut. Doch anders als erwartet, winkte dieser ohne große Regung ab. »Jaja, das wollen alle«, sagte er. »Seit wir hier wohnen, habe ich zahllose Patienten in unserem Haus ein und aus gehen sehen. Elisabeth hat sie alle geheilt. Nicht nur ein Wunder hat sie vollbracht, sondern Hunderte. Aber dass sie ihnen geholfen hat, war für die meisten nicht mehr so wichtig, sobald die Schmerzen gelindert waren. Was sie alle brennend interessierte, war die Frage: Was ist hinter dem Vorhang? Manche haben Elisabeth gefragt, andere haben sich nicht getraut. Und genau erfahren hat es letztendlich niemand. Elisabeth erzählte ihnen nur, dass sich ein Zimmer dahinter befindet. Wie genau es darin aussieht und vor allem was darin ist, hat sie stets für sich behalten. Deswegen war es für mich nur eine Frage der Zeit, bis einer von selbst hier reingeht, und in diesem Fall bist du jetzt derjenige, den ich seit Jahren prophezeit habe. Und? Hast du gefunden, was du erwartet hast?«

Kilian sah ihn irritiert an. Adam machte tatsächlich nicht den Eindruck, als wolle er ihn im nächstbesten Moment verprügeln.

»Nun ja«, antwortete Kilian zögerlich. »Ich habe noch nie so ein altes und außergewöhnliches Buch gesehen.«

»Ja, das ist es tatsächlich«, stimmte Adam ihm zu. »Ich selbst habe gedacht, du willst es stehlen, aber Elisabeth war sich sicher, dass du nicht diese Absicht hast. Sie ahnt manchmal Dinge, von denen ich nichts verstehe, und am Ende hat sie immer recht mit ihren Vermutungen. Auch jetzt, wie ich zugeben muss.«

Kilian setzte an, sich zu rechtfertigen. »Aber ich will das Buch nicht stehlen!«, beteuerte er. »Wieso sollte ich das tun?«

Adam sah ihn wie einen kleinen Jungen an, der nicht begriffen hat, dass die heilige Maria Muttergottes nicht auf weißen Wolken schwebt. »Das sage ich doch, du Hennenmelker! Schließlich hast du ja gar nicht bemerkt, dass ich schon eine Weile hier gestanden und dich beobachtet habe. Es war die pure Neugier in deinem Blick, nicht die Habgier. Das habe sogar ich erkannt.«

Kilian schaute auf das Kräuterbuch. »Ist es denn so wertvoll, dass ihr solche Angst darum habt?«, fragte er.

»Nun ja«, erwiderte Adam ernst. »Es ist das letzte.«

Kilian blickte ihn verwundert an. »Das letzte wovon?«, bohrte er nach.

Adam wandte sich ab und sprach auf dem Weg in die Küche weiter. »Ich habe jetzt erst einmal Durst vom Holzspalten«, sagte er. »Willst du auch etwas? Dann komm mit. Sie soll dir die Geschichte nachher selbst erzählen.«

Fünf Bücher

Als Elisabeth vor Mittag aus dem Dorf zurückkam, berichtete ihr Adam von Kilians Begegnung mit dem Kräuterbuch. Nach dem Mittagessen saßen die drei zusammen am Küchentisch und Elisabeth erzählte Kilian die Geschichte des Buches und von ihren Vorfahren.

»Dass ich mithilfe des Kräuterbuchs heilen kann, hast du ja schon am eigenen Leib erfahren«, sagte sie mit einem Lächeln zu ihm. »Das Buch ist das wertvolle Erbe der Hildegard von Bingen und meiner Urahnen. Doch schon oft in der Geschichte meiner Vorfahrinnen wurde ihnen die Fähigkeit zum Heilen missgönnt und letztendlich als Schadenzauber ausgelegt. Manche von ihnen mussten es sogar mit dem Leben bezahlen, andere konnten rechtzeitig fliehen und nur wenigen war ein zurückgezogenes Leben in Frieden vergönnt. Sie alle heilten mit dem gesammelten Wissen unserer Ahnin Gundis, aber nicht alle konnten es an die nächste Generation weitergeben. So erging es zuletzt der armen Anna Göldi. Sie galt als eine der letzten Hexen, die in der Schweiz hingerichtet wurden, doch Anna Göldi hatte niemandem etwas zuleide getan. Trotzdem wurde sie im Jahre 1782 in Glarus enthauptet. Ihre Gabe der Heilkunst wurde ihr zum Verhängnis und ein Ammenmärchen über ihre angebliche Tat kostete sie schließlich das Leben. Ihre Feinde ließen sich damals eine gar allzu absurde Geschichte dafür einfallen und wider allen gesunden Menschenverstand glaubten die damaligen Richter die Lügen, die Annas Widersacher ihnen auftischten. Sie erzählten, dass die Dienstmagd Anna Göldi aus Rachsucht wegen schlechter Behandlung die kleine Tochter ihrer Dienstherrin verzauberte. Durch den Schadenzauber habe das Kind Stecknadeln gespuckt und sich derart verrückt verhalten, dass man glaubte, das kleine Mädchen wäre vom Teufel besessen. Daraufhin wurde Anna als Dienstmagd entlassen und verhaftet. Ihrer gutmütigen Natur entsprechend versprach Anna, sie könne das Mädchen wieder heilen. Tatsächlich wurde das Mädchen mit ihrer Hilfe gesund, doch diese Tatsache bestärkte die Richter nur noch mehr in der Annahme, dass Anna Göldi des Schadenzaubers mächtig war und deshalb nur sie selbst diesen hatte auflösen können. Daher verurteilten sie die arme Anna als Hexe und ließen sie mit ihren fast fünfzig Lebensjahren mit dem Schwert zu Tode richten. Ein Schicksal, das jedem frommen Menschen zu dieser Zeit den Atem stocken ließ. Mich verfolgt ihre Geschichte besonders schwer. Sie war eine entfernte Verwandte aus der Schweizer Linie unserer Vorfahren, die mit ihrer Hinrichtung ein großes Geheimnis mit ins Jenseits nahm. Das Geheimnis um den Verbleib eines unschätzbar wertvollen Buches.«

Kilian sah Elisabeth mit großen Augen an. Er sagte keinen Ton und lauschte weiter gespannt ihrer Erzählung.

»Wie die Abstammungslinie meiner Mutter ging auch die Schweizer Linie der Anna Göldi auf unsere gemeinsame Ahnin Gundis zurück. Obwohl diese vor mehr als siebenhundert Jahren lebte, haben meine Vorfahren deren Lebensweg in kurzer Form niedergeschrieben und dadurch bis in unsere heutige Zeit weitertradiert. Gundis war eine Schwester aus dem Benediktinerinnenkloster der weisen Hildegard von Bingen. Als eines von vier

Kindern wurde Gundis um das Jahr 1140 auf der Burg Böckelheim als Tochter eines Burgschmieds geboren. Von Kind an war sie mit der Gabe des sechsten Sinnes gesegnet. Gundis spürte es, wenn das Leben eines Menschen in ihrem Umfeld dem Ende entgegenging. Lange Zeit rang sie mit sich selbst und dieser Begabung, die für sie nur Trauer brachte – jedenfalls in ihren jungen Jahren. Eines Tages erfuhr sie von fahrenden Händlern von der außergewöhnlichen Äbtissin Hildegard von Bingen, die schon als Kind in ihren Visionen die Zwillingsgeburt einer Kuh vorhergesehen hatte. Entschlossen machte sich Gundis in ihrem siebzehnten Lebensjahr auf den Weg zu Hildegards Kloster auf dem Rupertsberg. Die ehrwürdige Äbtissin sah in Gundis mit ihrer Gabe eine Verbündete im Geiste und nahm die junge Frau in ihrem Kloster auf. Als Novizin widmete sich Gundis dem Studium der Bibel und wurde in lateinischer Schrift gelehrt. Neben den vielen Werken, die Hildegard über ihre eigenen Visionen, ihre Beobachtungen zu Edelsteinen und die Tierwelt verfasste, waren ihre Schriften über Heilkräuter und deren Wirkung für Gundis die bedeutendsten. Diesen lagen Abschriften von griechischen Gelehrten über alle Arten von Heilkräutern zugrunde. Hildegard hatte Gundis mit der Aufgabe betraut, das ganze Wissen über Heilkräuter zu sammeln und in einem großen Werk niederzuschreiben. Im eigenen Klostergarten auf dem Rupertsberg pflanzten sie zudem selbst alle Arten von Kräutern an. Gundis studierte deren Wirkung und schrieb alles sorgfältig auf. Zwar befasste sich auch ihre Äbtissin mit Ursachen von Krankheiten und deren Heilung, doch letztendlich lag Hildegard mehr an den Schriften über ihre Visionen, die sie der Nachwelt in ihrem Werk *Scivias* hinterließ. In ihren letzten Lebensjahren beschäftigte sich Hildegard fast ausschließlich mit diesem Werk. Das ganze gesammelte Wissen um die Kräuter und Heilrezepte überließ sie vertrauensvoll der jüngeren Gundis, die es im großen Werk *Liber compositae medicinae* zusammenfasste. Zu der Zeit, als Hildegard verstarb, war Gundis im mittleren Lebensalter. Wegen des herben Verlusts ihrer Glaubensmutter brach sie mit dem klösterlichen Leben und verließ den Rupertsberg für immer. Das *Liber compositae medicinae*, welches die Äbtissin in ihre Obhut gegeben hatte, nahm sie mit. Im Lauf der Jahre geriet die abtrünnige Schwester Gundis im Kloster wohl in Vergessenheit und das *Liber compositae medicinae* galt seither als verschollen. Nach ihrer Zeit auf dem Rupertsberg heiratete Gundis einen Kaufmann aus Mainz und hatte mit ihm vier Kinder. Zwei Söhne und zwei Töchter. Die Töchter kamen ganz nach ihrer Mutter. Sie hatten geistige Fähigkeiten, welche die ihrer Brüder deutlich überstiegen. Von ihrer Mutter lernten sie alles über Heilkräuter und trugen selbst weiteres Wissen dazu bei. Als die alt gewordene Gundis spürte, dass es mit ihr selbst zu Ende ging, gab sie das wertvolle Kräuterbuch in die Obhut ihrer ältesten Tochter. Auch sie solle das Buch später ihrer Tochter oder, falls Gott ihr keine Kinder schenken möge, einer Nichte weitergeben. Dadurch solle das Wissen um die Kräuterheilkunde stets in Frauenhand bleiben. Gundis hatte von Hildegard die Tugend des Werkes am Nächsten verinnerlicht. Das Heilen hatte sie sich zur Lebensaufgabe gemacht. Das Kräuterbuch war ihr dabei das wichtigste Werkzeug und nach diesem Vorbild sollten ihre weiblichen Nachfahren leben. Ihre älteste Tochter gab das Kräuterbuch an die Nachkommen weiter und diese taten es ihr gleich. Jede Besitzerin war damit in der

Lage, Krankheiten und andere Gebrechen zu heilen. Im Jahr 1496 kam das Kräuterbuch in den Besitz der Marianne Thieler aus Nürnberg. Ihr Mann Nepomuk war Buchdrucker und so kam es, dass Marianne ihren Mann bat, das alte lateinische Kräuterbuch der Gundis als Druck in deutscher Sprache für ihre Töchter zu vervielfältigen. Nicht nur ihre Erstgeborene sollte das Wissen der Vorfahren bekommen, sondern auch die anderen. Da Marianne neben den beiden Söhnen fünf Töchter hatte, musste ihr Mann fünf Exemplare drucken. Sie selbst behielt das alte Original der Gundis, das später nach ihrem Tod verschwand. Ob Marianne den alten Band versteckte oder ob er durch fremde Hand zerstört wurde, wissen wir nicht. So merkwürdig der Verbleib des ursprünglichen Kräuterbuchs auch ist, so war doch sein Wissen in den fünf neuen Drucken für die Nachwelt gesichert. Nürnberg war zu dieser Zeit ein Ort des blühenden Handels. Von überallher kamen Händler und Handwerker. Und das war schließlich der Grund dafür, dass Mariannes Töchter durch Heirat von Nürnberg wegzogen. Nach den neuen Heimatorten der Töchter wurden von uns Nachfahren ihre Bücher benannt. Der Freiburger Band von Juditha Zeiner, der Rottweiler Band von Maria Englin, der Augsburger Band der Anna Weber, der Schweizer Band der Appolonia Rötlisberger aus Wattwil und der Konstanzer Band meiner direkten Vorfahrin Cäcilia Ambringer. Jeder der fünf Bände wurde mit dem Wissen der jeweiligen Besitzerinnen weiter angereichert. Ihre Notizen schrieben unsere Vorfahren an den Seitenrändern der Bücher nieder. Somit wurde jeder Band zu einem Unikat mit einzigartigen Rezepturen. Doch das Schicksal meinte es nicht immer gut mit den wertvollen Erbstücken der Marianne Thieler. Der Freiburger Band von Juditha Zeiner sollte als Erstes vernichtet werden. Nur wenige Jahrzehnte nach seinem Druck fiel er im Bauernkrieg von 1525 den Flammen zum Opfer. Judithas Ehemann war Zunftmeister und Stadtrat von Freiburg. Beim Angriff der Bauern auf die Stadt setzte er sich als Anführer unter den Bürgern besonders zur Wehr. Doch die aufständischen Bauern stürmten die Stadt und setzten sein Haus aus Rache in Brand. Dabei wurde der wertvolle Freiburger Band zerstört. Juditha Zeiner und ihre Familie blieben glücklicherweise unversehrt. Viel schwerer traf es Margaretha Rall, die Nachkommin von Maria Englin. Im Jahr 1589 wurde sie der Hexerei beschuldigt und im Schwarzen Tor von Rottweil eingekerkert. Eine Frau hatte sie als Hexe angeklagt mit der Begründung, Margaretha habe ihren Mann krank gezaubert. Zwei Tage nachdem ihr Mann von Margaretha Rall ein Kräutermittel gegen seine starken Schmerzen in der Brust bekommen hatte, war dieser aus unerklärlichen Gründen verstorben. Margaretha wurde verhaftet und musste bei der Folter an der sogenannten Rottweiler Waage schlimmste Schmerzen über sich ergehen lassen. Ihre Peiniger hatten ihr die Hände auf dem Rücken zusammengebunden und sie an einem Seil mithilfe eines Flaschenzuges hochgezogen. Dann hängte man ihr einen kleinen Stein an die Füße und danach einen großen, damit sie endlich gestand. Die Schmerzen dieses Aufziehens müssen grauenvoll gewesen sein. Unter der Folter des Rottweiler Stadtrats hatte Margaretha schließlich gestanden, mit dem Teufel im Bunde zu sein. Er habe sie eines Abends besucht. Der ›Gräßle‹, wie sie ihn nannte, sei schwarz gekleidet gewesen und habe einen gelben Federbusch am Hut getragen. Unter seinem Gehrock habe sie sogar seinen Bockfuß erkennen können.

Daher sei Margaretha sich sicher gewesen, mit wem sie es zu tun gehabt habe. Auf ihrem Stallbesen seien sie gemeinsam in der Nacht zum Heuberg geflogen und hätten sich dort mit anderen Hexen zum Sabbat vereint. Eine geradezu aberwitzige Geschichte, die der armen Margaretha während der Folter sicherlich in den Mund gelegt wurde. Aber unter Folter würde ich wohl dergleichen gestehen, nur damit die Schmerzen ein Ende haben.«

»Das ist ja schrecklich!«, sagte Kilian und musste trocken schlucken. »Ist sie wenigstens davongekommen?«

»Nein, leider nicht«, erzählte Elisabeth weiter. »Nach ihrem Geständnis wurde Margaretha Rall der Hexerei für schuldig befunden und auf dem Scheiterhaufen verbrannt. Das große Buch, das man in ihrem Haus gefunden hatte, wurde als Hexenbuch beschlagnahmt. Der Stadtrat war sich sicher, dass es mit den schlimmsten Rezepturen für Schadenzauberei gefüllt war, und ließ es deshalb sofort verbrennen. Der einzigartige Rottweiler Band war somit für immer verloren.«

Kilian schwieg mit bedrückter Miene.

»Ein ähnlich furchtbares Schicksal ereilte Barbara Luzin im hohen Alter von achtzig Jahren«, fuhr Elisabeth weiter fort. »Sie war die Besitzerin des Augsburger Bandes und Nachkommin der Anna Weber. Schon ihre Mutter war wegen ihrer heilenden Fähigkeiten im ganzen Umland von Oberstdorf bekannt gewesen. Barbara selbst stand ebenfalls in gutem Ruf als Heilerin. Um 1586 waren die Hexenverfolgungen im Augsburger Hochstift besonders schlimm. Und so war es wohl nur eine Frage der Zeit gewesen, bis die alte Barbara als Hexe verfolgt wurde. Da sie wohl die drohende Gefahr ahnte, hielt sie den Augsburger Band an einem sicheren Ort versteckt. Kurze Zeit später hat eine Nachbarin sie als Hexe beschuldigt, weil sie gesehen haben wollte, wie Barbara ihr Vieh verzaubert hatte. Das Vieh habe deswegen nichts mehr gefressen und sei zwei Tage später tot im Stall gelegen. Als man das Haus der Barbara durchsuchte, fand man allerlei Kräuter und Mixturen in ihrer Küche. Die Ankläger waren überzeugt, dass das Vieh der Nachbarin mit einem dieser Mittel verzaubert worden war, und nahmen Barbara auf Burg Fluhenstein gefangen. Auch sie wurde einer furchtbaren Folter unterzogen. Es heißt, man habe ihr mit entzündetem Branntwein und Schießpulver die Haut am Körper abgebrannt, um ein Geständnis zu erzwingen. Doch die alte Barbara blieb unerwartet standhaft und erschien ihren Anklägern aus diesem Grund besonders verdächtig. Ihr Ende auf dem Scheiterhaufen war absehbar, doch Barbara starb wenige Tage zuvor in ihrer Kerkerzelle, vermutlich an den Folgen der Tortur. Den geheimen Ort, an dem sie den Augsburger Band versteckt hielt, hatte sie niemandem preisgegeben. Er ist unwiederbringlich verschwunden.«

»Also gab es nur noch zwei Bände«, unterbrach Adam mit gedämpfter Stimme.

»Genau«, bestätigte Elisabeth. »Den Schweizer Band und den Konstanzer Band.«

»Aber hätte man nicht die beiden Bände nachdrucken lassen können?«, fragte Kilian.

»Sicherlich wäre es damals möglich gewesen, die bestehenden Bände neu drucken zu lassen«, antwortete Elisabeth. »Doch nach den schweren Schicksalsschlägen von Margaretha Rall und Barbara Luzin wollten die Nachkommen es nicht weiter riskieren, entdeckt zu werden. Nicht ganz zweihundert Jahre später verschwand mit dem Tod der Anna Göldi auch der Schweizer Band. Somit ist der Konstanzer Band in meiner Obhut der letzte von fünf Bänden mit dem wertvollen Wissen aus dem Kloster der Hildegard von Bingen.«

Im Wald

In den folgenden Tagen war Kilian vollständig genesen. Seinen Lebensrettern war er überaus dankbar, ohne deren Hilfe er vermutlich jämmerlich gestorben wäre. Eigentlich war sein Ziel der Besuch bei seinem Großonkel, doch er fühlte sich seinen Rettern zu Dank verpflichtet, weshalb er seinen Aufenthalt auf dem Vrenenhof um ein paar Tage verlängerte.

»Onkel Gottlieb wird sich keine Sorgen machen, weil ich ihm den Besuch gar nicht erst angekündigt habe«, sagte er zu Adam und Elisabeth. »Es soll eine Überraschung sein und meine Anna weiß ja, dass ich für längere Zeit unterwegs bin.«

Als Dank für ihre Hilfe wollte Kilian den beiden bei der Arbeit zur Hand gehen. Nach dem Mittag, an dem Elisabeth ihm die Geschichte des Kräuterbuchs erzählt hatte, hatte er sich noch zwei Tage schonen müssen, Elisabeth war in dieser Hinsicht unerbittlich gewesen. Nun war er wieder bei Kräften und Adam spannte ihn sogleich bei der Waldarbeit ein. Eigentlich arbeitete Adam gerne allein im Wald, doch beim Fällen brauchte er einen Gehilfen. Bisher hatte ihm dabei der Schädler Franz aus Ernatsreute geholfen, wie Elisabeth Kilian erzählte. Wenn Fällarbeiten anstanden, musste sie zu den Schädlers fahren und Franz fragen, ob er helfen konnte. Denn Adam ging nur ungern ins Dorf. Was das anging, war er nun einmal ein Eigenbrötler. Als Kilian seine Hilfe angeboten hatte, erzählte ihm Adam lebhaft von der anstehenden Waldarbeit. Kilian schien einer der wenigen Menschen zu sein, mit denen Adam sich verstand. Ihm gab er nicht nur einsilbige Antworten, sondern unterhielt sich für seine Verhältnisse wortreich. Kilian war Feuer und Flamme für die Waldarbeit und so machten sich die beiden frühmorgens zusammen mit Pankraz auf den Weg in den Wald. Neben Axt, Kehrhaken und der großen Säge war Pankraz das wichtigste Arbeitsgerät. Das Kaltblut musste ihnen helfen, die gesägten Baumstämme aus dem Wald herauszuschaffen und auf den Hof zu schleppen. Dort wurden die Stämme später zu Brennholz verarbeitet. Zum Vrenenhof gehörte seit Jahrhunderten ein Stück Wald von etwa zwei Hektar. Der Besitz begann direkt am Waldrand hinter dem alten Speicher in Richtung Ernatsreute. Der Bestand war gemischt aus großen Buchen und Fichten.

Auf ihrem Weg in den Wald hörte Kilian an diesem Morgen Vögel, die hell zwitschernd in den dünnen Ästen der Bäume umherhüpften. Unterwegs schaute er nach oben und lauschte ihnen.

»Das sind Buchfinken«, sagte Adam.

»Die höre ich gern«, antwortete er.

Genüsslich sog Adam die frische Luft ein. »Gibt es denn einen schöneren Ort als hier?«

»Na ja, in der Wirtsstube gefällt es mir besser«, meinte Kilian verschmitzt. »Aber hier kann man es auch ganz gut aushalten.«

Am Vormittag fällten Adam und er zwei große Fichten. Die Arbeit war hart und Kilian kam schnell ins Schwitzen. Zwischendurch brachte Elisabeth eine Tonflasche mit Kräuterwasser zur Erfrischung vorbei. Die Geschichte um das alte Buch beschäftigte Kilian, seit er sie an jenem Mittag gehört hatte. Während er und Adam eine Pause einlegten, wandte er sich in zaghaftem Ton an Elisabeth. »Wem wirst du denn das Kräuterbuch anvertrauen, wenn für dich die Zeit gekommen ist? Es geht mich eigentlich nichts an, aber ich dachte nur daran, weil ihr ja keine Nachkommen habt.«

»Bei uns ist der Ofen schon längst aus. Das hast du richtig erkannt, Grünschnabel«, scherzte Adam.

»Ach, du alter Esel mit deinen Weisheiten«, spottete Elisabeth. »Das hätte Kilian sicherlich nicht selbst gewusst.« Wieder ernster wandte sie sich ihm zu. »Von meiner Seite ist mir nur noch die Familie meiner Schwester geblieben. Aber auf das Erbe unserer Vorfahren sind sie leider nicht immer gut zu sprechen.« Gedankenversunken legte sie die Tonflasche in ihren Korb. »Man wird sehen, was die Zukunft bringt«, sprach sie gelassen und lief anschließend zum Hof zurück.

Bis zum Mittagessen entasteten Adam und er die gefällten Bäume mit der Axt und zogen die Stämme mithilfe von Pankraz zum Vrenenhof. Am Nachmittag fällten sie die nächste Fichte, wobei ihnen der Baum Probleme bereitete. Im Fallen verhakten sich dessen Äste in einem Nachbarbaum, sodass sie mithilfe des Kehrhakens versuchen mussten, ihn zu befreien. Doch die Fichte blieb weiterhin verhakt und Adam fluchte in seiner Wut lauthals durch das Fronholz. »Kruzifix, der gottverdammte Saukrüppel will einfach nicht loslassen!«, brüllte er. Auch Kilian atmete angestrengt und hantierte zusammen mit Adam mit aller Kraft am Kehrhaken, um die Fichte endlich zu Fall zu bringen. Adam ließ seinem Ärger freien Lauf und fluchte alle Heiligen vom Himmel. Er ahnte nicht, dass jemand anderes sein Fluchen im Wald hörte.

Bärbel Schädler

AN DIESEM MORGEN war Bärbel Schädler aus Ernatsreute zu Fuß unterwegs zum Vrenenhof. Seit längerer Zeit plagte sie ein Hühnerauge am rechten Fuß. Deshalb wollte sie zur Kräuterliesl, damit diese ihr eine Salbe dagegen gab. Auf dem Weg durch das Fronholz hörte Bärbel ein wildes Fluchen. Sie hielt an und überlegte eine Weile, wer das wohl sein mochte. Es kam ihr nicht in den Sinn und sie ging weiter. Als Bärbel kurze Zeit später den Vrenenhof erreichte und die frisch gefällten Baumstämme im Hof liegen sah, wusste sie, wer da vorhin im Wald geflucht hatte. Es konnte nur der komische Adam gewesen sein. Bei dieser Vermutung stellte sich ihr eine Frage, mit der sie herausplatzte, als Elisabeth die Haustür öffnete. »Arbeitet der Adam jetzt nur noch allein im Wald?«, fragte sie empört.

»Nein, er hat einen neuen Gehilfen«, antwortete Elisabeth völlig überrumpelt.

Bärbel sah die Kräuterliesl vorwurfsvoll an. »Aha! Dann ist mein Franz also nicht mehr gut genug«, entgegnete sie gekränkt.

Elisabeth schüttelte den Kopf und versuchte, sich zu rechtfertigen. »Jesses Gott, Bärbel, nein! Wir haben eben zurzeit einen jungen Burschen zu Besuch, der uns ein bisschen helfen will.«

»So, dann braucht ihr den Franz also gar nicht mehr!«, setzte Bärbel nach.

»Aber nein«, sagte Elisabeth. »Komm doch erst einmal herein und dann erzähle ich dir, wie das alles gelaufen ist.«

Immer noch verärgert folgte sie Elisabeth in die Stube. Die beiden setzten sich an den Tisch und die Kräuterliesl erzählte, warum der junge Mann bei ihnen auf dem Vrenenhof mithalf. Nach langer Erklärung schaute Elisabeth sich das Hühnerauge an und gab ihr eine Salbe zum Einreiben mit. Als Bärbel wieder zu Hause war, erzählte sie die ganze Geschichte sofort ihrem Mann, der sich gehörig darüber ärgerte.

Der geizige Franz Schädler besaß zwar selbst einen Hof in Ernatsreute, aber einen eigenen Wald hatte er nicht. Somit war es für ihn ein »gemähtes Wiesle«, wie er immer sagte, Adam Krämer im Wald zu helfen. Als Lohn bekam er Brennholz, mit dem er und seine Bärbel über die kalten Monate heizen konnten. Franz war um ein paar Jahre jünger als Adam und mochte diesen nicht besonders. Wie fast alle Leute im Dorf nannte er ihn den »komischen Adam«. Mit dessen knurriger und meist verschlossener Art konnte er einfach nichts anfangen. Bei der Waldarbeit sprachen sie gewöhnlich nur das Nötigste miteinander und dadurch war es für Franz einigermaßen erträglich. Nun sah er durch die Nachricht seiner Frau sein bisher leicht verdientes Brennholz für die nächste Zeit sprichwörtlich den Bach hinuntertreiben. Nach dieser Hiobsbotschaft ging er am Abend ins Wirtshaus »Adler«. Dort saß er bei ein paar Gläsern Bier mit den anderen Bauern am Stammtisch. Nebenan entdeckte er den dürren Georg, der allein am Tisch saß. Er zog genüsslich an der Pfeife, die unter seinen dunkel unterlaufenen Augen wie eine Dampfmaschine qualmte. In letzter Zeit kam der dürre Georg nach Feierabend scheinbar öfters in das Wirtshaus, trank etwas und lauschte den Gesprächen der anderen. Als Franz immer noch verärgert am Stammtisch vom jungen Gehilfen auf dem Vrenenhof erzählte, bemerkte er, wie der dürre Georg am Tisch nebenan ihm jedes Wort von den Lippen ablas. Wie ein ausgetrockneter Schwamm schien der Tagelöhner die Worte in sich aufzusaugen und dabei verzog sich sein Gesicht zu einer hämisch grinsenden Fratze.

Im Visier

Als Kilian frühmorgens nach dem ersten Tag der Waldarbeit aufwachte, dauerte es einen Moment, bis er sich zurechtfand. Er lag in einem Bett neben der Kammertür und gegenüber an der Wand stand ein leeres Bett. Zwischen den Zimmerfenstern waren ein Waschtisch und ein großer Schrank. Schließlich wusste er wieder, wo er war. Da Kilian länger auf dem Vrenenhof bleiben wollte, hatte ihm Elisabeth die zweite Schlafkammer im oberen Stockwerk als Quartier angeboten. Auf dem bequemen Sofa fühlte er sich zwar ganz wohl, doch er wollte die Stube nicht weiter für sich allein beanspruchen. Immer noch müde setzte er sich auf die Kante des Betts, fuhr sich mit der Hand über den Rücken und verzog das Gesicht. Er spürte die Nachwehen der schweren Waldarbeit in seinen Gliedern. Nach langem Gähnen und Strecken stand er auf und ging zum Waschtisch. Er goss sich Wasser in die große Schüssel und machte seine Morgenwäsche. Der Waschtisch stand direkt am Fenster, von wo aus Kilian die große Wiese hinter dem Haus und den Waldrand sehen konnte. Dort war er vor ein paar Tagen hergekommen, blutverschmiert und nur mit einem Hauch von Leben in seinem Körper. Bruchstücke von Erinnerungen durchstreiften in diesem Moment seinen Kopf. Wie er es bis hierher geschafft hatte, konnte er sich selbst nicht mehr erklären, aber das war ihm auch egal. Als er mit der Morgenwäsche fertig war, ging er hinunter in die Küche. Die anderen beiden waren vor ihm aufgestanden. Elisabeth stand am Herd und kochte

Tee. Adam saß daneben am Tisch und betrachtete ihn mit amüsiertem Blick.

»Merkst du die Waldarbeit in den Knochen oder hat dir die Liesl das Betttuch zu stark gemangelt, dass du so halb lahm daherkommst?«

Elisabeth drehte sich um und blickte Adam vorwurfsvoll an.

»Adam, ist dir zu wohl heute Morgen?«, rügte sie ihn. »Sei froh, dass er dir hilft.«

Adam lachte und Kilian stimmte mit ein. Mittlerweile kannte er Adams trockenen Humor.

»Jaja«, sagte Adam. »Ich wollte ihn nur ein bisschen hochnehmen, das weiß er doch.«

»Keine Sorge, Elisabeth«, brüstete sich Kilian. »Der wird heute schon noch merken, was für eine Kraft ich habe. Dagegen wird er selbst ziemlich alt aussehen!«

Kopfschüttelnd musterte ihn Elisabeth. »Soso, dann haben wir also noch so einen Holzmeckel bei uns auf dem Hof. Kein Wunder, dass ihr beide euch so gut versteht.«

Kilian grinste sie an und setzte sich zu Adam an den Küchentisch. Während Elisabeth das Morgenessen auftrug, unterhielt er sich mit dem Hausherrn über die anstehende Arbeit im Wald. Elisabeth setzte sich zu ihnen und hörte zu. Nach einer Weile mischte sie sich ein. »Falls es die Mannsbilder überhaupt interessiert, möchte ich nur kurz sagen, dass ich vor dem Mittagessen auf den Haldenhof zu den Biehles laufen werde. Ich möchte schauen, wie es der Johanna heute geht.«

»Geh du nur«, meinte Adam. »Wir haben heute sowieso genug zu tun.«

Elisabeth räumte anschließend die Küche auf und die Männer gingen in die Tenne. Sie legten Pankraz das

Geschirr an und machten sich kurze Zeit später mit den Arbeitsgeräten auf den Weg in den Wald. Die beiden waren so beschäftigt, dass sie den Schäferwagen hinter den Sträuchern am Waldrand gar nicht bemerkten.

Der Wolf im Haus

GEORG BACK WAR früher nur selten am Vrenenhof vorbeigekommen. Adam und Elisabeth kannte er nur vom Sehen und auch ihr Haus und der Hof waren ihm fremd. Von seinem Versteck am Waldrand aus beobachtete er an diesem Morgen, wie Adam und Kilian sich mit Pferd und Arbeitsgeschirr auf den Weg machten. Als Georg den Schuhmacher entdeckte, presste er seine Lippen fest zusammen.

»Dieses Mal wird mir der Hurensohn sicher nicht entwischen«, murmelte er.

Kurz danach sah er, wie auch Elisabeth den Hof verließ. Nun konnte er in aller Ruhe seine Nachforschungen anstellen. Den Ort erkunden, an dem der Streuner tatsächlich Unterschlupf gefunden hatte, wie er vom Schädler Franz am Stammtisch gestern Abend gehört hatte.

Während Georg sich vorsichtig an den Hof heranschlich, schaute er sich mehrmals in alle Richtungen um. Er wollte sicher sein, dass niemand in der Nähe war, der ihn erkennen konnte. Durch das Tennentor und die unverschlossene Tür zur Küche gelangte er in das Haus. In aller Ruhe sah er sich um und prüfte Zimmer um Zimmer. Als er die geheime Kammer hinter dem Vorhang entdeckte, inspizierte er die Gläser und Gefäße in den Regalen. Abschätzig sprach er vor sich hin. »Hat also dieses verfluchte Kräuterweib dem Kerl mit ihren Mixturen wieder auf die Beine geholfen! Kreuzteufel noch mal! Hätte sie ihn bloß in Ruhe gelassen, so halb verreckt, wie er war. Dann hätte er mir sicher freiwillig gesagt, wo ich seinen Großonkel und das viele Geld finde. Jetzt geht es ihm scheinbar besser, wenn er sogar mit dem alten Kauz in den Wald zum Arbeiten geht. Verflucht sei diese Hexe! Ich dreh ihr den Hals dreimal um, wenn ich sie erwische.«

Auf seinem Weg durch das Haus kam Georg wieder in die Küche zurück. Verbissen überlegte er, wie er Adam unter irgendeinem Vorwand zurück auf den Hof locken konnte. Noch einmal nahm er alles um sich herum ganz genau in Augenschein. Da blieb sein Blick auf den Töpfen und Schüsseln in den Regalen hängen und ihm kam eine Idee.

Falle

Zusammen mit Kilian wollte Adam im Wald eine stattliche Fichte fällen, deren Stamm einen Durchmesser von ungefähr sechzig Zentimetern in Brusthöhe maß. Zufrieden blickte er an dem über dreißig Meter hohen Baum empor, der von oben bis unten mit weit ausragenden Ästen bewachsen war.

»Der ist so fett gewachsen, dass ich Brennholz für zwei Winter daraus machen kann«, freute er sich.

Mit der Axt entfernte Adam zuerst die kleinen Sträucher um den Baum herum. Pankraz stand währenddessen zwischen den Nachbarbäumen und knabberte geduldig an den Blättern von Holundersträuchern. Um seinen Hals trug das Pferd ein Kummet, an dem eine Zugwaage befestigt war. Daran wurden die Baumstämme angekettet und zum Hof gezogen. Doch bis an diesem Morgen der erste Stamm gerückt werden könnte, würde es noch eine Weile dauern, schätzte Adam. Zuerst sägten er und Kilian zu zweit mit der großen Waldsäge einen Keil aus dem Baumstamm heraus. Zug um Zug nagte sich das Sägeblatt in den dicken Stamm der Fichte. Als der Keil ausgesägt war, setzten sie die Säge auf der anderen Seite am Baumstamm an und sägten weiter zur Mitte hin. Die Arbeit war äußerst mühsam und trieb den beiden den Schweiß auf die Stirn.

»Himmelherrgott! Will der sich denn gar nicht fällen lassen!«, schimpfte Adam.

Auch Kilian schnaufte schwer und sie machten deshalb eine kurze Pause. Adam bückte sich und schaute in den Sägespalt.

»Nicht der Rede wert!«, verkündete er. »Nur noch ein kleines Stück, dann haben wir ihn so weit, das kannst du mir glauben.«

Sie sägten weiter, bis die Sägezähne nur wenige Zentimeter von der keilförmig ausgesägten Stelle entfernt waren. Dann zogen sie die Säge heraus und Kilian legte sie beiseite. Adam nahm einen Holzkeil und die Axt zur Hand. Mit festen Schlägen trieb er den Keil in den dünnen Sägespalt hinein. Das Schlagen der Axt hallte laut durch den Wald, aber die Fichte bewegte sich keinen Zentimeter. Erschöpft hielt Adam einen Moment lang im Schlagen inne. »Heilig's Blech! Haben wir am End doch zu wenig eingesägt? Schau du mal nach! Mit deinen jungen Augen siehst du es wahrscheinlich besser als ich.«

Kilian bückte sich und schaute in den Sägespalt. Nebenan knabberte Pankraz immer noch an den Holundersträuchern und weiter hinten im Wald krächzte ein Eichelhäher in den Baumkronen.

»Wenn du mich fragst, hat er zu viel Holz, das ihn festhält«, sagte Kilian.

»Dann treiben wir ihm die Säge eben noch ein Stück weiter hinein«, erwiderte Adam. Skeptisch blickte er erneut an der stattlichen Fichte empor. »Aber jetzt sollten wir gut aufpassen! Nicht, dass uns der riesen Wäscher am Ende noch auf den Deckel fällt, dafür hätte dich die Liesl nicht kurieren müssen!«

Kilian lachte amüsiert. Erneut nahmen sie die große Säge zur Hand und wollten ansetzen, als ein lautes Geschrei von Tieren sie aufhorchen ließ.

»Heilandsakrament!«, fluchte Adam verärgert. »Jetzt kommt das elende Mistvieh schon am helllichten Tag zu uns in den Stall!«

»Wer denn?«, fragte Kilian verwundert.

»Der Fuchs. Oder was glaubst du, warum die Hennen drüben auf dem Hof so einen Lärm machen? Gerade jetzt, wo wir die Fichte beinahe so weit haben.«

So schnell er konnte, rannte Adam los und rief Kilian zu: »Bleib du hier, damit niemand in die Nähe vom Baum kommt! Ein kräftiger Windstoß und die Fichte liegt am Boden. Hast du gehört? Die begräbt alles unter sich! Und gib mir auf Pankraz acht. Wenn ich das räudige Viech da oben erwische, mache ich Wurstsuppe aus ihm!«

Es war nicht das erste Mal, dass ein Fuchs die Hennen auf dem Vrenenhof angriff, und jeder Angriff forderte Opfer. Von Wut getrieben rannte Adam den kurzen Weg durch den Wald und über die Wiese zum Hof. Er lief durch die Tenne, schnappte sich im Vorbeigehen eine Mistgabel und ging damit zum Hühnerstall. Falls er den Fuchs erwischen sollte, würde er ihn ohne Zögern mit der Gabel aufspießen. Aber als Adam die Tür zum Stall öffnete, blieb er wie versteinert stehen. Irgendjemand musste auf dem Hof sein. Jemand fremder, der einen eigenartigen Sinn für Humor hatte. Oder jemand, der etwas ganz Bestimmtes im Schilde führte. Denn anders als sonst war das kleine Türchen nach draußen geschlossen, die Hennen waren in den Stall getrieben worden. Das Gackern im Stall war so laut, dass er sich am liebsten die Ohren zugehalten hätte. Äußerst eigenartig erschien ihm außerdem ein langes Seil, das durch das offene Stallfenster nach draußen ging, und ein zweites, das von der Decke nach unten hing. An Letzterem waren von oben bis unten sämtliche Töpfe und Schüsseln aus Elisabeths Küche festgebunden. In der Mitte, zwischen den Töpfen und Schüsseln, war wiederum das lange Seil festgeknotet worden.

Während Adam diese seltsame Konstruktion entgeistert betrachtete, bewegte sich das Seil von der Decke wie ein Pendel leicht hin und her. Sofort war ihm klar, welche Funktion dahintersteckte. Wenn jemand von draußen am langen Seil zog, bewegte sich das Pendelseil an der Decke. Dadurch begannen die Töpfe und Schüsseln aneinanderzuklappern, was den eingesperrten Hühnern Angst machte. Aber warum sollte jemand das Federvieh aufschrecken wollen? Damit die Tiere sich endlich beruhigen konnten, öffnete Adam das kleine Türchen, und die aufgebrachten Hühner eilten nervös gackernd nach draußen. Er lief nach hinten auf die Wiese und sah sich von dort die eigenartige Konstruktion genauer an. Das lange Seil aus dem Fenster hing hinüber zur Astgabel eines Kirschbaums. Von dort verlief es über weitere Bäume bis nach unten zum Waldrand. Adam konnte nicht glauben, was er da sah. Mit der Mistgabel bewaffnet ging er dem Seil nach, bis er an dessen Ende beim letzten Baum angelangt war. Das Seilende hing dort wie eine tote Schlange von einem Ast herunter. Adam drehte sich nach allen Seiten um.

»Wer zum Teufel hat sich diesen Zinnober ausgedacht!«, schimpfte er.

Da drang ein erstickter Schrei ganz aus der Nähe an seine Ohren und wenige Sekunden später galoppierte Pankraz zum Hof. Adam konnte sich keinen Reim darauf machen, was hier gerade passierte. Doch eines war sicher, etwas schien mit Kilian nicht zu stimmen. Der Schrei kam aus der Richtung im Wald, wo sie vorhin gemeinsam die große Fichte hatten fällen wollen, und dass Pankraz frei umherrannte, musste ein eindeutiges Warnzeichen sein. Adam hastete in Richtung der großen Fichte. Die Mistgabel hielt er fest umklammert in seiner Hand.

Übergriff

Als Adam zum Hof rannte, um dem Fuchs, oder was auch immer es war, den Garaus zu machen, war Kilian voll und ganz mit Pankraz beschäftigt.

»Du hast wohl großen Hunger, alter Freund«, sagte er. »Sehe ich das richtig?«

Pankraz fraß weiter gemächlich an den Blättern der Holundersträucher. Das konnte er wohl als eindeutiges Ja interpretieren.

»Dann wollen wir dich mal losbinden, damit du besser an das Grünzeug da drüben rankommst, gell?«, redete er dem Tier gut zu und machte die Zügel vom Baum los.

Er führte das Kaltblut ein Stück weiter nach drüben, wo saftiges Farn auf dem Waldboden wuchs. Pankraz schnaubte zufrieden durch die Nüstern, als würde er sich dafür bedanken, senkte den Kopf und begann sogleich zu äsen. Kilian streichelte ihm währenddessen behutsam über den Rücken. Ob Adam den Fuchs schon geschnappt hatte? In der Haut des Tieres wollte er jedenfalls nicht stecken, so wütend, wie Adam vorhin losgerannt war. Gewiss war der Alte eine ruhige Menschennatur, das hatte Kilian in den vergangenen Tagen festgestellt, und Adam mochte Tiere. Ob Pankraz, die Schweine oder die Hühner, sie alle waren auf dem Vrenenhof nicht nur Mittel zum Zweck, denn Adam und Elisabeth pflegten einen besonderen Bezug zu ihnen. Die Art, wie sie mit ihnen umgingen, zeugte von wahren Tierfreunden. Daher war es umso verständlicher, dass Adam den wilden Räuber, der seine

Hühner bedrohte, sofort verwursten wollte. Bis er zurück war, konnte es dauern, und ohne ihn konnte Kilian nicht weiterarbeiten. Deswegen tat er das, was Adam ihm aufgetragen hatte. Er wachte darüber, dass niemand in die Nähe des angesägten Baumes kam, und achtete gleichzeitig auf Pankraz, der sich zufrieden über das Farn hermachte. Während Kilian wartete, blickte er zu den Bäumen empor. Das Rufen des Eichelhähers war inzwischen von den hämmernden Geräuschen eines Spechtes abgelöst worden. Er konnte das Klopfgeräusch des Vogels deutlich hören. Der Specht musste irgendwo direkt über ihm sein. Mit prüfendem Blick suchte er die Bäume um sich herum nach dem Vogel ab. Pankraz machte beim Fressen gelegentlich kleine Schritte vor und zurück. Dadurch knackten die kleinen vertrockneten Äste auf dem Waldboden. Kilian bemerkte deshalb gar nicht, dass es nicht nur Pankraz war, der die Äste zum Knacken brachte, sondern ein Fremder, der sich ihnen zwischen den mannshohen Holundersträuchern gefährlich näherte. Vom Hämmern des Spechts geleitet, suchten Kilians Augen völlig konzentriert die Wipfel der Bäume ab, bis er ihn endlich entdeckte. Es war ein schwarz-roter Buntspecht, der mit seinem spitzen Schnabel geschäftig auf das Holz der Fichte einhämmerte. Fasziniert schaute Kilian zu, wie der Vogel sich eine Höhle in den Baumstamm grub. Da spürte er an seinem Rücken einen spitzen Gegenstand, der sich in sein Hemd hineinbohrte. Gleichzeitig packte ihn eine fremde Hand am linken Arm. Er erstarrte. War es Adam, der ihm gerade einen Streich spielte? Oder waren es übermütige Buben? In diesem kurzen Moment rasten ihm viele Gedanken durch den Kopf. Dann begann der Fremde hinter ihm zu sprechen und mit einem Mal fühlten sich Kilians Knie weich an. Er hatte befürchtet, dass er die Stimme irgendwann wieder hören würde. Sein Herz schlug wie wild und seine Mundhöhle war ausgetrocknet wie ein abgelassener Fischweiher im Winter.

»Eigentlich dachte ich, dass du schon über alle Berge bist oder irgendwo verreckt im Graben liegst. Aber wie ich sehe, hat dir das alte Kräuterweib wieder auf die Beine geholfen. Und das ist ja umso besser, denn so kannst du mir jetzt endlich den Hof von deinem reichen Großonkel zeigen!«

Es war Georg Back, der mit Kilian sprach und ihn bedrohte. In der Hand hielt er ein Jagdmesser und einen kurzen Garbenstrick. Kilian ahnte, dass der dürre Georg es diesmal nicht nur auf das Geld seines Großonkels abgesehen hatte, sondern Rache nehmen wollte. Irgendwie musste er ihm entkommen, bevor es zu spät war. Doch alleine würde er es nicht schaffen, denn Georg umklammerte ihn fest am Arm. Trotzdem versuchte Kilian, sich mit einem schnellen Ruck nach vorne loszureißen. Aber er kam nur einen Schritt weit, Georgs Handgriff war fest wie eine Schraubzwinge. Bei seinem verzweifelten Fluchtversuch begann Georg, hämisch zu lachen.

»Diesmal entkommst du mir nicht, Bürschchen! Und wenn du noch einen Mucks machst, stech ich dir das Messer in den Ranzen! Zur Not zerre ich dich halb tot nach Owingen, bis du mir endlich sagst, auf welchem Hof dein Großonkel wohnt.«

Kilian bemühte sich nach Leibeskräften zu entkommen, doch Georg hielt ihn eisern am linken Arm fest. Mit dem rechten kam Kilian bei einem erneuten Versuch, sich loszureißen, schließlich so weit, dass er Pankraz einen kräftigen Klaps auf das Hinterteil geben konnte. Das Kaltblut erschrak und galoppierte los. Wieder begann Georg zu lachen.

»Ha, nicht einmal der Gaul ist dir eine Hilfe! Glaub mir, jetzt habe ich dich am Wickel!«

Doch Kilian hatte genau das erreicht, was er wollte. Er war sich sicher, dass Pankraz zum Vrenenhof zurückgaloppierte, und wenn Adam das frei umherlaufende Pferd entdeckte, würde er ahnen, dass etwas nicht stimmte.

»So, und jetzt leg dich auf den Boden und nimm deine Hände auf den Rücken!«, befahl Georg.

Kilian gehorchte. Er legte sich mit dem Gesicht nach unten auf den Waldboden. Trockene Fichtennadeln piksten ihn durch das Hemd hindurch, eine Brennnessel streifte ihn am Hals und reizte seine Haut. Doch das alles nahm er gar nicht richtig wahr, denn der dürre Georg kniete mit dem ganzen Gewicht des Körpers auf seinem Rücken. Ein stechender Schmerz durchfuhr ihn und Kilian schrie auf. Georg schlug ihm mit voller Wucht auf seinen Kopf.

»Wenn du weiterschreist, stech ich dich gleich zweimal ab!«, drohte er.

Der Schlag dröhnte ihm im Schädel, als hätte man mit einem Hammer eine Kirchenglocke angeschlagen. Kilian winselte nur noch leise. Georg nahm den Strick und fing an, seine Hände auf dem Rücken festzubinden. Dabei zog er die Fesseln so fest an, dass sein Blut abgeschnürt wurde. Wieder wimmerte Kilian vor Schmerz. »Du drückst mir meine Hände ab.«

Der dürre Georg lachte. »Du hast doch dein Weibsbild, das du bald heiraten wirst. Also musst du in Zukunft nicht mehr selbst Hand anlegen. Für was brauchst du sie dann überhaupt noch?«, spottete er. »Jetzt steh auf und lauf zu meinem Schäferwagen da drüben.«

Kilian kämpfte sich auf die Beine, doch sein Kopf fühlte sich an, als wäre ein Schwarm Bienen darin unterwegs. Ihm war halb schwindelig und ohne seine Hände als Stütze kam er nur schwer in die Aufrechte.

Der dürre Georg fauchte ihn an. »Ein bisschen schneller!«

Kilian rechnete mit einem zweiten Schlag auf seinen Hinterkopf, doch diesmal war es der dürre Georg, der vor Schmerz aufschrie. Als Nächstes vernahm Kilian eine vertraute Stimme hinter sich.

»Du elender Saukrüppel!« Es war Adam. Er hatte den dürren Georg zu Boden gestoßen. Mit den Zinken der Mistgabel stach der Alte in Georgs Oberschenkel. Vor Schmerz jaulend umklammerte dieser sein Bein. Adam löste die Fesseln an Kilians Händen. Dann nahm er wieder die Gabel zur Hand und hielt sie dem dürren Georg, der am Boden lag, drohend entgegen.

»Verschwind endlich, du Teufelsbrut!«, schnaubte Adam. »Und wenn ich dich noch einmal auf dem Vrenenhof sehe, steche ich dir die Augen aus!«

Mühsam raffte Georg sich auf und hielt sich seinen verletzten Oberschenkel. »Das wirst du mir büßen, du dreckiger Bastard!«, grollte er. »Das werdet ihr mir alle büßen! Ihr beide und die elende Kräuterhex!«

Adam hielt dem dürren Georg die Gabel direkt vor das Gesicht und drohte ihm erneut.

»Weg mit dir! Oder ich stech dich auf der Stelle ab wie einen tollwütigen Hund!«

Widerwillig humpelte Georg zum Schäferwagen.

»Wartet nur, ihr verfluchtes Lumpenpack!«, geiferte er über die Schulter. »Euch erwische ich alle noch! Und wenn es das Letzte ist, was ich in meinem Leben tue!«

Während der dürre Georg sich von ihnen entfernte, hielt Adam die Mistgabel weiter fest umklammert. »Geht es dir gut?«

»Ja, es geht wieder«, antwortete Kilian. »Meinst du, der kommt noch mal?«

»Ich würde es ihm nicht raten.« Adam machte eine siegessichere Miene. »Es sei denn, er möchte sich zukünftig mit einem Glasauge im Spiegel betrachten.«

Kilian lächelte müde. Eine Weile blickten sie dem dürren Georg hinterher, bis dieser mit seinem Schäferwagen endlich verschwunden war.

Eine peinliche Frage

NACH DEM MORGENESSEN bekam Johanna Biehle Besuch von der Kräuterliesl. Freudig setzte sie sich mit ihr an den Küchentisch.

»Und wie geht es dir?«, fragte Elisabeth.

»Wie immer recht gut, und das Essen schmeckt mir auch. Zum Glück ganz anders als damals bei den Mädchen«, antwortete sie. »Und ich glaube, dem Kind geht es ebenfalls gut. Es bewegt sich ziemlich lebhaft, also muss es doch gesund sein, oder was meinst du?« Erwartungsvoll sah sie Liesl an.

»Es ist sicher ein gutes Zeichen«, gab Elisabeth zurück. »Aber du solltest nicht zu schwer arbeiten, auch wenn deine Schwiegermutter anderer Meinung ist.«

»Ich werde versuchen, mich zu schonen«, versprach Johanna. »Doch mit Ludovica ist es eben nicht immer einfach, musst du wissen. Sie ist der festen Meinung, dass eine schwangere Frau auf jeden Fall auf dem Hof mit anpacken kann. Das sei bei ihr früher nicht anders gewesen und das erzählt sie mir fast täglich. Ich höre mir die alten Geschichten immer wieder an und bemühe mich, irgendwie ein Zwischenmaß zu finden. Arbeiten ja, aber eben so, dass es für mich nicht zu schwer ist, genau wie du es sagst. Du musst wissen, dass ich großen Wert auf deinen Rat lege.«

Elisabeth schmunzelte verlegen.

»Aber von Andreas bekomme ich bei diesem Thema keinen großen Zuspruch«, sprach sie bedrückt weiter. »Ich glaube, er hat die Geschichten seiner Mutter selbst zu oft gehört und ist deswegen ihrer Meinung. Das macht es für mich nicht einfacher.«

»Das kann ich sehr gut verstehen. Aber ich habe das Gefühl, dass dich irgendetwas anderes belastet?«

»Nein, es ist wirklich nichts«, tat sie ab und lächelte. »Ich freue mich sehr auf das Kind!«

Elisabeth erwiderte das Lächeln, doch Johanna erkannte an ihrem Blick, dass die Liesl ihr nicht ganz glauben wollte. Dennoch behielt Johanna die Frage für sich, die sie seit längerer Zeit beschäftigte. Sie traute sich nicht, es der Liesl gegenüber anzusprechen, denn es war eine Frage, die ihr besonders peinlich war. Während der Schwangerschaft mit den Mädchen war es ihr so schlecht ergangen, dass an einen Beischlaf mit Andreas nicht zu denken gewesen war. Aber bei dieser Schwangerschaft verspürte sie nun oft die Lust danach. Von ihrer älteren Cousine hatte sie allerdings erfahren, dass es schlecht war, wenn man während der Schwangerschaft dem Trieb nachgab. Durch das Eindringen des Mannes würden möglicherweise die Wehen ausgelöst, was dazu führte, dass das Kind zu früh auf die Welt kam. Bei ihrer Cousine sei das der Fall gewesen. Aus gutem Grund plagte nun Johanna die Angst, dass es ihr genauso ergehen könnte. Dazu kam, dass Andreas sich in letzter Zeit wie ein Bulle im Farrenstall benahm, der nichts anderes kannte, als die Kuh zu decken. Mittlerweile war sie in der einunddreißigsten Woche schwanger und zögerte immer mehr, wenn er seine Lust mit ihr befriedigen wollte. In den ersten Wochen hatte sie sich keine Gedanken gemacht, doch umso mehr das Kind wuchs, desto mehr erfüllte sie die Sorge. Immer wieder schwirrten ihr die Worte ihrer Cousine durch den Kopf. Sie mussten endlich damit aufhören. Eigentlich wollte sie Andreas die Geschichte ihrer Cousine längst erzählen, doch das Schlimme war eben, dass sie selbst ein starkes Verlangen nach ihm verspürte. Deshalb hatte sie sich ihm in letzter Zeit öfters hingegeben. Als Liesl nun nachfragte, ob sie etwas bedrücke, lag es Johanna auf der Zunge. Sie wollte die erfahrene Heilerin fragen, ob es tatsächlich so schlimm war, wie ihre Cousine sie glauben machen wollte. Letztendlich behielt sie die peinliche Angelegenheit jedoch für sich. Sie schämte sich zu sehr, darüber zu sprechen.

Die Befürchtung

Am Sonntag nach Liesls Besuch auf dem Haldenhof war Ludovica mit Vinzenz und den Kindern zum Hochamt nach Lippertsreute gefahren. Andreas war bei der Stallarbeit und Johanna arbeitete in der Küche. Sie selbst war bereits in der Frühmesse gewesen, damit sie genügend Zeit zum Kochen hatte. Wie in den Jahren zuvor trug Ludovica ihr stets auf, die Messe fleißig zu besuchen, um bei der heiligen Muttergottes für eine gute Geburt zu beten.

Als Johanna am Vormittag am Herd stand und den Spätzleteig durch die Presse in das kochende Wasser drückte, kam Andreas in die Küche. Ohne Worte ging er zum Schüttstein und wusch sich die Hände. Dann trat er hinter sie und schmiegte sich lustvoll an ihren Körper. Dabei spürte Johanna seinen Atem im Nacken. Mit einer Hand fasste er an ihre Brust, mit der anderen Hand griff er unter ihr Kleid und glitt mit seinen Fingern langsam nach vorn. Ein ekstatischer Strom durchfuhr sie von innen. Sie stöhnte auf und hätte beinahe alles um sich herum vergessen. »Der Topf!«, sagte sie erschrocken.

Andreas zog seine Hände zurück und sie stellte den Topf mit den kochenden Spätzle zur Seite. Er nahm sie an den Hüften, fuhr mit beiden Händen unter ihr Kleid und rieb sie zwischen den Oberschenkeln. Johanna plagte das schlechte Gewissen. Dennoch überwogen in ihr die Lust und das Verlangen. Sie gab sich voll und ganz Andreas hin. Er zog sie auf das Sofa in die Stube und ließ seine Hose herunter. Eilig schob er ihr Kleid nach oben und drang in sie ein. Selbst in diesem Moment der Leidenschaft gingen ihr die Worte ihrer Cousine durch den Kopf. Andreas schien davon nichts zu merken. Als er fertig war, zog er sich an, gab ihr einen Kuss auf die Stirn und ging in den Stall zurück. Einen Moment lang lag Johanna auf dem Sofa und das schlechte Gewissen kam zurück. Zaghaft umfasste sie ihren schwangeren Bauch mit beiden Händen und spürte, wie sich das Kind ganz leicht bewegte. Es war wohl alles in Ordnung. Sie seufzte erleichtert. Wieder einmal schienen sie Glück gehabt zu haben. Am Abend wollte sie mit Andreas im Bett endlich darüber reden, die Sache beschäftigte sie einfach zu sehr. Sie machte sich zurecht und ging zurück in die Küche. Am Herd stellte sie den Kochtopf auf die Platte und wartete, bis das Wasser kochte. Schlagartig durchfuhr ein krampfhafter Schmerz ihren Unterleib und ein starkes Ziehen zog sich von dort bis in ihre Beine hinunter. So unvorhergesehen, wie der Schmerz gekommen war, so schnell war er verschwunden. Aus Angst, er könnte jeden Moment zurückkommen, hielt Johanna eine Weile regungslos inne. Sie faltete ihre Hände und betete ein stilles *Gegrüßet seist du Maria*, in der Hoffnung, dass nichts weiter passieren möge. Doch da kehrte das Ziehen in den Beinen zurück. Sie presste ihre Lippen zusammen und harrte aus, bis es verschwunden war. Diese Art von Schmerzen kannte sie. Um Himmels willen, es konnte und durfte einfach noch nicht so weit sein. Nach einer Weile schien das Ziehen tatsächlich verschwunden zu sein und zögerlich machte sie sich wieder an die Arbeit. Es würde nicht lange dauern, bis Ludovica mit den Kindern aus der Messe zurück war, und bis dahin wollte sie das Mittagessen vorbereitet haben. Heute kochte sie Kässpätzle und wollte einen Feldsalat dazu machen. Sie drückte den restlichen Teig in das kochende Wasser. Die schwimmenden Spätzle holte sie mit einem Schaumlöffel heraus und schichtete diese zusammen mit Käse in die Auflaufform. Den Käse hatte Johanna von ihrer Schwägerin Annemarie Brunnbauer bekommen. Annemarie war mit ihrem ältesten Bruder Ernst verheiratet und Johanna konnte sie ganz gut leiden. Die Brunnbauers wohnten auf dem elterlichen Hof in Bambergen. Sie hatten fünf Kinder, drei Buben und zwei Mädchen, wobei der jüngste Sohn Thaddäus äußerst seltsam war. Andreas sagte immer, dass der kleine Bub nicht mehr alle Latten am Hag hatte. Johanna und er ahnten, warum, denn als Säugling war der kleine Thaddäus ein furchtbarer Schreihals gewesen, und die verzweifelte Annemarie hatte deswegen oft nicht gewusst, was sie tun sollte. Schließlich war es Ernst gewesen, der seiner Frau gesagt hatte, sie solle ein bisschen Most in Thaddäus' Milchschoppen mischen, dann würde der Bub schon ruhig werden. Der kleine Thaddäus wurde von da an tatsächlich ruhiger, wie Annemarie ihrer Schwägerin erzählt hatte, doch, wie sich mit der Zeit herausstellte, auch beschränkt in seinem Geist. Mittlerweile war der Bub sieben Jahre alt und redete oft komisches Zeug daher, sodass seine Geschwister nicht wussten, was sie mit ihm anfangen sollten. Johanna hatte mit Annemarie deswegen Mitleid, denn mit dem armen Bub war es nicht einfach. Während sie die Spätzle in die Auflaufform gab, hoffte Johanna fest, dass sie selbst keinen Schreihals wie Thaddäus bekommen würde. Ihre Mädchen waren bisher allesamt recht zufrieden gewesen, doch wer konnte schon wissen, was ihr bevorstand? Die volle Auflaufform stellte sie zur Seite, nahm Messer und Schüssel in die Hand und ging nach draußen, um den Feldsalat zu holen. Im großen Gemüsegarten kniete sie sich zwischen die Salatreihen und schnitt ein paar Büschel davon ab. Die Schüssel war fast gefüllt, als wie aus dem Nichts ein furchtbarer Schmerz sie aufschreien ließ. Es war, als hätte sie jemand mit einem heißen Messer von hinten unterhalb des Steißbeins gestochen, und in diesem Moment wusste Johanna, dass nun die Wehen einsetzten.

Sichelhenke

ANDREAS BIEHLE WAR in der Scheune oben auf dem Heustock. Mit einer großen Gabel warf er das Heu durch die Luke in den Stall hinab. Feiner Staub flog durch die warme Luft. Er wischte sich den Schweiß von der Stirn. Zusammen mit dem alten Vinzenz hatte er im Sommer genügend Heu geerntet, sodass es für die Viecher ein paar Monate reichen würde. Bis unter das Dachgebälk der Scheune hatten sie es gestapelt. Als dann Mitte August alles Heu auf dem Heustock gewesen war, hatten sich die beiden auf die Holzbank unter dem Vordach der Scheune gesetzt und mit einem Krug Most auf die reichliche Heuernte angestoßen. Kurze Zeit später gesellte sich der Rest der Familie dazu. Nach zwei Krügen Most waren er und der alte Vinzenz leicht angetrunken. Gemeinsam trugen sie den Tisch aus dem Backhaus und stellten ihn zur Holzbank unter das Vordach. Johanna und Ludovica holten Stühle aus der Küche, sodass die ganze Familie Platz hatte. Die beiden Frauen richteten ein Vesper mit Brot, Speck, Käse und frischem Rettich auf dem Tisch. Während des Essens lamentierte Ludovica wehmütig von den alten Zeiten.

»Früher hatten wir nur eine Sichelhenke nach der Getreideernte auf unserem Hof. Damals hat man noch den Wagen geschmückt und in guten Jahren gab es sogar eine Erntekrone. Und wir haben das zu schätzen gewusst. Aber ihr macht schon wegen jeder einzelnen Gabel Heu ein Gelage!«, klagte sie vorwurfsvoll.

Die Geschichte, die folgte, hatten die anderen am Tisch schon zur Genüge gehört.

»Wenn die Mannsbilder die Frucht im Speicher hatten, sind alle Erntehelfer und die Familie in der Scheune zusammengesessen, und dann hat man gebetet und dem Herrgott gedankt«, erzählte Ludovica. »Heutzutage wisst ihr ja gar nicht mehr, wie das ist, wenn man im Winter kein Futter für die Viecher hat und nicht weiß, was man ihnen zum Fressen geben soll.« Sie blickte mahnend in die Runde. »Abgemagert bis auf die Knochen waren unsere Kühe im Februar. In einem Jahr musste mein Vater sogar zwei notschlachten, weil die zu schwach waren. Das war ein furchtbarer Tag, sage ich euch. Viel Fleisch war an denen nicht mehr dran, das könnt ihr mir glauben. Früher hat man dem Herrgott mit einer festlichen Sichelhenke für die Ernte gedankt, aber euch ist das ja nicht mehr wichtig.«

Abschätzig blickte sie zu Andreas. »Und du hast nichts Besseres zu tun, als gleich den ersten Krug Most zu holen und mit dem Vinzenz das Saufen anzufangen, und das vor dem Dankesgebet! Wo soll das bloß hinführen!«

Andreas ließ den Vorwurf seiner Mutter nicht auf sich sitzen. »Ach was, früher habt ihr doch genauso gesoffen«, lallte er leicht berauscht.

»Freilich hat man bei uns Most getrunken«, schnaubte Ludovica zurück. »Aber ihr beiden sauft ja wie die schwarzen Geißböck!«

Er prustete laut los. »Der Vater hat in seinen jungen Jahren bei der Sichelhenke sogar mal so viel Most getrunken, dass er anschließend auf einer Sau geritten ist!«

»Erzähl doch kein dummes Zeug!«, murrte Ludovica empört. »Das war sicher nicht mein Arthur. Die Geschichte hast du irgendwo am Stammtisch aufgeschnappt oder als Kind in der Schule gehört. Der Vater vom Stumpfer Gottfried hat das vielleicht gemacht. Der hat auch sonst immer nur Blödsinn im Kopf gehabt, aber mein Arthur sicher nicht, gell, Vinzenz?«

Der alte Knecht blickte verlegen zur Altbäuerin. »Ich weiß das nicht mehr so genau«, murmelte er in seinen Bart.

»Jaja«, hatte Ludovica gespottet. »Halt du nur brav zu deinem Bauern, damit er mit dir schön weitersäuft!«

Andreas hatte wieder gelacht. »Der Vinzenz muss mir nicht helfen, ich habe selbst gesehen, wie der Vater mit seinem Affenrausch auf der Sau geritten ist. Auf ihren Rücken hat er sich gesetzt und sie wie einen störrischen Esel angetrieben. Aber das ging nicht lang.« Andreas hatte immer wieder losprusten müssen, während er erzählt hatte. »Kaum war er auf ihrem Rücken, war sie ihm zwischen den Beinen durchgeschlüpft und davongerannt. Der Vater konnte sich nicht mehr halten und ist auf seinem Arsch gelandet. Alle haben sich damals halb totgelacht und der Vater selbst lag heiter johlend auf dem Boden.«

Auch jetzt, Jahrzehnte später, musste Andreas bei dieser Erinnerung schmunzeln, als er auf dem Heustock arbeitete. Ein lauter Schrei riss ihn aus seiner Erinnerung. Es war ein schmerzerfüllter Schrei. Johanna war in der Küche, schoss es ihm blitzschnell durch den Kopf, doch er konnte deutlich hören, dass sie es war, die laut seinen Namen schrie. In Windeseile stieg er über die lange Holzleiter vom Heustock herab und rannte aus der schummrigen Scheune hinaus in das helle Tageslicht. Einen kurzen Moment mussten sich seine Augen an die Helligkeit gewöhnen, dann sah er Johanna. Sie kniete verkrampft auf dem Boden im Gemüsegarten zwischen den Salatreihen und hielt sich den Bauch. Immer wieder schrie sie heftig auf. Als Vater von drei Töchtern wusste Andreas sofort, was los war. Sie hatte die Wehen und würde jeden Moment das Kind bekommen. Eilig rannte er zu ihr in den Garten. »Soll ich dich ins Haus bringen?«, fragte er.

»Ich glaube, es ist gleich so weit«, wimmerte Johanna.

Andreas nahm sie hoch, fasste ihr unter den Arm und geleitete sie vorsichtig nach drinnen in die Stube. Inständig hoffte er, dass es nun endlich ein Junge werden würde. Was, wenn Johanna doch ein Mädchen gebären sollte? Nun ja, dann müssten sie eben wieder ein Kind zeugen, dachte er. Irgendwann musste es endlich einen Jungen geben, aber ewig warten konnte er nicht. Schließlich wurde er von Tag zu Tag älter, und bis sein Sohn ein kräftiger Kerl war, würde er selbst ein alter Mann sein. Am meisten Sorgen machte er sich jedoch um die Gesundheit des Kindes. Immerhin war es jetzt noch viel zu früh für die Geburt.

Diese Gedanken gingen ihm durch den Kopf, während er unbeholfen neben dem Sofa stand und auf seine schreiende Johanna blickte. Bei Elfriede, Theresia und Magdalena hatte Ludovica bei der Geburt geholfen, doch seine Mutter war mit den drei Mädchen in der Kirche. Bis sie zurück sein würde, konnte es einige Zeit dauern. »Soll ich dir irgendwas holen?«, fragte er. »Schaffst du das allein?«

Johanna warf gequält den Kopf hin und her. Die Schmerzen schienen nun immer schneller zu kommen und zu gehen. Sie presste ein paar Worte zwischen den Zähnen hervor, die Andreas in seiner unbeholfenen Lage wie ein Segen vorkamen.

»Liesl!«, stöhnte sie. »Hol die Liesl!«

Kaum hatte Johanna den Namen ausgesprochen, rannte Andreas in den Hof hinaus und holte das Pferd aus dem Stall. So schnell er konnte, legte er dem Tier Zügel und Sattel an und ritt im Galopp in Richtung Vrenenhof. Er hatte Glück, denn Elisabeth war zu Hause. Als er ihr an der Tür in voller Aufregung erzählte, dass Johanna in den Wehen lag, verschwand sie kurz im Haus und Adam sattelte ihr währenddessen das alte Pferd. Mit einem kleinen Beutel in der Hand kehrte sie sogleich wieder zurück, stieg auf das Pferd und folgte ihm in Richtung Haldenhof.

Hebamme

Elisabeth hatte in ihrem Leben vielen Kindern auf die Welt geholfen. Sie war zwar keine Hebamme, aber dennoch kamen viele Frauen aus der Umgebung zu ihr und baten bei der Geburt um Hilfe. Gewöhnlich halfen Schwiegermütter oder Nachbarsfrauen den schwangeren Bäuerinnen. Eine Niederkunft war nicht immer leicht und konnte schnell zur Gefahr für Mutter und Kind werden. Auch bei Elisabeth gingen nicht alle Geburten gut aus. Bei einer der ersten, die sie begleitet hatte, hatte sich das Kind im Bauch der Mutter derart verdreht, dass es mit der Nabelschnur um den Hals gewickelt zur Welt kam. Als Elisabeth den Säugling endlich davon hatte befreien können, war er bereits tot gewesen. Noch lange Zeit nach diesem schlimmen Erlebnis hatte sie immer wieder das Bild des toten Säuglings vor Augen gehabt. Mit schlaffen Gliedern hatte der Hänfling damals in ihren Händen gelegen. Sein Kopf war blaurot verfärbt gewesen und hatte leblos nach unten gehangen. Was aus ihm wohl geworden wäre?, ging ihr damals durch den Kopf, und sie musste die Tränen unterdrücken. Wie ungerecht die Welt doch ist. Das Leben des Säuglings war zu Ende gewesen, bevor es begonnen hatte. Trotz dieser schrecklichen Erfahrung hatte sie immer wieder bei Geburten geholfen, denn es gab nichts Schöneres für Elisabeth, als einem kleinen Lebewesen auf die Welt zu helfen. Die Neugeborenen dabei zu beobachten, wie sie ihre ersten Atemzüge machten und mit einem lauten Schrei allen anderen ihre Ankunft verkündeten, erfüllte sie mit großer Freude. Als Elisabeth nun auf Pankraz zum Haldenhof ritt, hoffte sie, dass bei Johannas Geburt alles gut gehen würde. Sie wusste, dass die junge Mutter erst in der zweiunddreißigsten Woche war, und das war eindeutig zu früh. Warum lag sie denn jetzt schon in den Wehen? Wahrscheinlich hatte Johanna es ihrer Schwiegermutter recht machen wollen, dachte Elisabeth, und hat trotz der Schwangerschaft weiterhin gearbeitet. Hätte Johanna doch nur auf sie gehört. Aber für solche Gedanken war es zu spät. Wichtig war jetzt nur, dass der Säugling gesund zur Welt kam. Auf dem Haldenhof angelangt, stieg Elisabeth ab und ging sofort ins Haus.

»Sie liegt hinten in der Stube!«, rief Andreas ihr hinterher. Er machte die beiden Pferde mit den Zügeln am Brunnen fest und folgte geschwind ins Haus. Als Elisabeth in die Stube trat, lag Johanna auf dem Sofa und stöhnte vor Schmerzen.

»Schaffst du es nach oben in die Schlafkammer, wenn Andreas und ich dir helfen?«, fragte Elisabeth.

»Ja«, wimmerte Johanna. »Liesl, ich will, dass es endlich vorbei ist!«

Behutsam streichelte sie ihr über die Stirn. »Ich weiß. Nicht mehr lange, dann hast du es geschafft.«

Inzwischen war Andreas in die Stube gekommen und Elisabeth drehte sich zu ihm um. »Hilf mir bitte«, sagte sie. »Wir stützen Johanna auf beiden Seiten, dass sie nach oben in die Schlafkammer gehen kann.«

Langsam richtete sich Johanna vom Sofa auf, die beiden griffen ihr unter die Arme und führten sie die Stufen nach oben. In der Kammer halfen sie ihr vorsichtig auf das Bett. Die Wehen kamen nun in immer kürzeren Abständen.

»Andreas, geh bitte nach unten und richte mir eine Schüssel mit heißem Wasser her«, forderte Elisabeth.

Dabei bemerkte sie, wie er einen besorgten Blick auf seine Frau warf. Ohne weitere Fragen ging er nach unten und machte sich an die Arbeit. Elisabeth entkleidete Johanna derweil und breitete unter ihren Hüften ein großes Tuch aus.

»Wie beim letzten Mal ganz langsam und tief atmen«, redete sie Johanna beruhigend zu. »Du hast drei gesunde Töchter zur Welt gebracht, also schaffst du das im Handumdrehen.«

Johanna packte sie fest an der Hand.

»Und wenn es wieder ein Mädchen wird?«, fragte Johanna belegt. »Andreas wird den Glauben an mich verlieren.«

»Mach dir keine Sorgen darüber«, antwortete sie. »Es wird alles gut gehen. Wichtig ist nur, dass das Kind gesund zur Welt kommt.«

Wieder drückte Johanna Elisabeths Hand fest zusammen. Ihr schmerzverzerrtes Gesicht wirkte ängstlich. »Aber es ist doch noch viel zu früh, oder nicht? Was, wenn das Kind nicht überlebt?«

Sanft streichelte sie über Johannas Arm. »Es wird alles gut werden. Da bin ich mir sicher!«

Aus ihrem Beutel nahm Elisabeth eine Schere und ein kleines Säckchen. »Ich bin sofort wieder da«, sagte sie und ging nach unten in die Küche. Dort stellte Andreas ihr die Schüssel mit heißem Wasser auf den Tisch. Sorgfältig wusch sie sich darin die Hände und reinigte die Schere.

Dann leerte sie die Schüssel und goss den Rest des heißen Wassers nach.

»Jetzt kannst du gleich noch mal Wasser heiß machen und stell bitte die kleine Zinkwanne auf den Tisch.« Sie drückte ihm das kleine Säckchen in die Hand. »Wenn das Wasser kurz vor dem Kochen ist, füllst du es in die Wanne und gibst die Kräuter aus dem Säckchen dazu. Mit einem Kochlöffel musst du dann das Kräuterbad sorgsam umrühren. Und nimm auf jeden Fall einen hölzernen Kochlöffel, es darf auf keinen Fall einer aus Metall sein! Hast du mich verstanden?«

»Ja, das hab ich«, antwortete Andreas und setzte neues Wasser auf. Zusammen mit einem Tuch und der Schere nahm Elisabeth die volle Waschschüssel in die Hand und ging nach oben in die Kammer.

Geburt

Wie Elisabeth angeordnet hatte, suchte Andreas im Küchenschrank nach einem hölzernen Kochlöffel. Warum musste es unbedingt einer aus Holz sein, wo Johanna doch genügend andere hatte? Schließlich fand er einen im Küchenschrank. Von oben hörte er Johanna schreien und prusten, dass es ihm die Haare zu Berge stehen ließ. Er versuchte, nicht darauf zu hören, und wandte sich wieder dem Herd zu. Mittlerweile war das Wasser kurz vor dem Sieden. Er füllte es in die Zinkwanne und schüttete die Kräuter aus dem kleinen Säckchen hinein. Behutsam rührte er mit dem Holzlöffel um und beobachtete, wie sich die getrockneten Kräuterblätter mit Wasser vollsogen und langsam untertauchten. Das Kräuterbad verbreitete einen angenehmen Duft in der Küche und er ahnte, wozu Elisabeth es brauchen würde. Andreas war recht nervös, denn er wollte unbedingt wissen, ob Johanna ihm endlich einen Hoferben schenkte. Die Schreie von oben aus der Kammer ließen nach und eine Tür öffnete sich. Es war nicht die Schlafkammertür von oben, sondern die Haustür. Ludovica war mit den Mädchen von der Kirche zurück und kam in die Küche. Verwundert und mit einer Portion Ironie sah sie Andreas an.

»Ist dir das Weib davongelaufen? Oder was hast du als Mannsbild sonst in der Küche zu schaffen?«, fragte sie.

»Nein, Johanna liegt oben im Bett«, antwortete er. »Das Kind ist unterwegs!«

Erstaunt blickte Ludovica ihn an und auch die Mädchen standen mit offenem Mund neben ihr.

»Hat sie es alleine zur Welt gebracht?«, fragte Ludovica ungläubig.

»Ich weiß nicht, ob es überhaupt schon da ist«, entgegnete er. »Aber Liesl ist oben und hilft ihr. Johanna wollte, dass ich sie hole.«

Ludovica schien gekränkt. »Da bin ich einmal längere Zeit aus dem Haus und schon werde ich nicht mehr gebraucht!« Vorwurfsvoll deutete sie auf ihre drei Enkelinnen. »Die habe alle ich auf die Welt geholt. Oder meinst du etwa, deine Frau hätte es ohne meine Hilfe geschafft?«

»Mutter, Johanna lag bereits in den Wehen«, erklärte er. »Hätten wir auf dich gewartet, wäre es vielleicht zu spät gewesen!«

»Jaja, Zeit genug, um das Kräuterweib zu holen, hattet ihr jedenfalls!«, wandte Ludovica ein.

»Ich habe dir doch gesagt, dass Johanna wollte, dass ich die Liesl hole«, wiederholte er.

Seine Mutter winkte beleidigt ab, als hätte er Hochverrat an ihr begangen. »Mein eigener Sohn und seine Frau wollen mich nicht bei der Geburt meines Enkelkindes dabeihaben«, zeterte sie. »Aber zum Schaffen auf dem Hof, da ist man gut genug!« Voller Missachtung schaute sie in die Zinkwanne. »Und was ist das? Hat das Kräuterweib dich zum Brennnesselkochen abkommandiert?«

Andreas wollte antworten, dann hörte er im Hausgang das laute Quengeln eines Kindes. Elfriede und Theresia stürmten zur Küche hinaus und die kleine Magdalena rannte ihnen hinterher.

»Liesl, Liesl!«, riefen die Mädchen durcheinander.

»Bitte zeig uns das Kind!«, bettelte Elfriede. »Bitte, bitte!«

Andreas folgte eilig seinen Töchtern. Elisabeth stand mit dem Neugeborenen auf der Treppe und pfiff leise durch ihre Lippen. »Schhhttt! Euer kleiner Bruder bekommt Angst, wenn ihr so laut seid!«, mahnte sie mit einem freudigen Lächeln.

Die Mädchen riefen begeistert durcheinander. »Ein Bruder! Ein Bruder! Juhu! Ein Bruder!«

»Ist es tatsächlich ein Bub?«, fragte Andreas mit strahlendem Gesicht und betrachtete gespannt den kleinen Säugling auf Elisabeths Arm.

»Ja«, antwortete sie lächelnd. »Er heißt Arthur Biehle, seinem verstorbenen Großvater zu Ehren, hat Johanna gesagt.«

Die kleinen Mädchen hüpften fröhlich um Elisabeth

herum und gaben keine Ruhe, bis sie den kleinen Arthur endlich weiter nach unten hielt, damit sie ihn sehen konnten.

»Ooooooh«, staunten die Mädchen leise im Chor und blickten voller Freude auf das Bündel. Andreas streichelte seinem Sohn stolz über den Kopf und rief in die Küche: »Es ist ein Bub, Mutter! Endlich habe ich einen Hoferben! Den hat uns bestimmt der Vater geschickt!«

Ludovicas Freude hielt sich allerdings in Grenzen. Mit missmutiger Miene stand sie in der Küchentür.

»Dann will ich nur hoffen, dass der Bub gesund zur Welt gekommen ist!«, sagte sie und sah vorwurfsvoll zu Elisabeth. Anschließend ging sie in die Küche zurück, schob die Auflaufform mit den Kässpätzle in den Backofen und grummelte laut vor sich hin. »Und nachher wird gegessen! Kind hin oder her, das gute Essen wird nicht weggeschmissen!«

Dass seine Mutter sich überhaupt nicht freute, war Andreas nicht entgangen. Trotzdem wandte er sich wieder Elisabeth und seinem neugeborenen Sohn zu. Endlich habe ich ihn, meinen Sohn, dachte er überglücklich.

Ludovica kam aus der Küche, ging, ohne den kleinen Arthur auch nur eines Blickes zu würdigen, an ihnen vorbei in ihre Kammer und machte laut die Tür hinter sich zu. Elisabeth schaute Andreas verwundert an.

»Das wird sich wieder legen«, tat er ab. »Die Mutter ist einfach nur sauer, weil sie selbst bei der Geburt nicht helfen durfte.«

»Aber warum habt ihr sie denn nicht geholt?«, wollte Elisabeth wissen.

»Die Johanna wollte, dass du ihr hilfst, und außerdem war Mutter sowieso in der Kirche.«

Für Andreas und seine Töchter gab es in diesem Moment nur den kleinen Arthur. Neugierig schauten sie Elisabeth dabei zu, wie sie den Säugling in der Küche vorsichtig im Kräuterwasser badete. Zuvor musste Andreas allerdings ein wenig kaltes Wasser in die Zinkwanne mischen, damit es für das kleine Menschlein nicht zu heiß war. Ein bisschen skeptisch blickte er auf seinen Sohn, den Elisabeth auf ihrer Hand im Wasser hielt.

»Er ist aber noch arg klein«, stellte er fest. »Geht es ihm denn gut?«

Bevor Elisabeth antworten konnte, plapperte die kleine Theresia dazwischen. »Aber Papa, der ist so niedlich«, sagte sie. »Der muss doch so klein sein!«

Elisabeth schmunzelte und sprach zu den Mädchen.

»Genau, er ist ja gerade erst zur Welt gekommen, euer kleiner Bruder, gell!« Sie wandte sich Andreas zu. »Er ist klein, ja. Aber er wird es schaffen.« Während Elisabeth sprach, wusch sie Arthurs Körper sorgfältig mit dem Kräuterwasser ab.

»War ich auch mal so klein?«, fragte die kleine Magdalena. Mit beiden Händen klammerte sie sich an der Zinkwanne fest und blickte fasziniert auf den kleinen Bruder.

»Aber natürlich!«, antwortete Elisabeth lächelnd. Sie hob Arthur aus dem Kräuterbad, wickelte ihn in ein Tuch und nahm ihn auf den Arm. »So, ich bring den kleinen Arthur jetzt zu eurer Mutter, und ihr esst schön brav zu Mittag, wie es eure Großmutter gesagt hat.«

»Genau, so machen wir es«, stimmte Andreas ihr zu und nahm die Zinkwanne vom Tisch.

Seine Töchter jammerten, weil sie den kleinen Bruder länger anschauen wollten. In diesem Moment kam Ludovica in die Küche zurück. Nach dem Kirchgang in Sonntagskleidern heute Morgen hatte sie sich umgezogen und sorgte nun in gewohnter Manier für Ordnung.

Die Paten

BEI DER GEBURT der kleinen Elfriede vor sieben Jahren hatte Johanna gewollt, dass ihr Bruder Ernst und seine Frau Annemarie die Taufpaten werden. Sollten sie und Andreas als Eltern in jungen Jahren unerwartet das Zeitliche segnen, wäre die kleine Elfriede bei ihren gut gestellten Paten bestens aufgehoben, hatte sie Andreas damals erklärt. Er war zwar nicht begeistert gewesen von ihrer Idee, doch er hatte ihr zugestimmt. Die Brunnbauers hatten voller Stolz und Freude eingewilligt und so war es gekommen, dass sie wenige Jahre später bei Theresia und der kleinen Magdalena ebenfalls Taufpaten wurden. Als nun das vierte Kind unterwegs war, hatte sich erneut die Frage nach der Patenschaft gestellt. Vor Wochen hatte Johanna mit Andreas beiläufig darüber gesprochen und selbstverständlich die Brunnbauers vorgeschlagen. Er war wieder damit einverstanden gewesen, was blieb ihm auch anderes übrig?

Nachdem Andreas mit Ludovica und den Mädchen die Kässpätzle gegessen hatte, ging er zum Stall und spannte die Pferde ein. Arthur musste schnellstmöglich getauft werden und dazu brauchten sie die Paten. Aber er fuhr ungern nach Bambergen zu den Brunnbauers, weil er seinen Schwager Ernst nicht recht leiden konnte – Taufpaten hin oder her. Neben ihm kam er sich immer vor wie ein dummer Bub. Widerwillig machte Andreas das Fuhrwerk bereit. Vom Haldenhof bis nach Bambergen dauerte es nicht einmal eine Viertelstunde. Die ganze Fahrt über hörte er Ernsts Stimme in seinem Kopf, der ihm wie immer irgendwelche großspurigen Ratschläge für eine bessere Bewirtschaftung des Haldenhofs gab. Andreas überlegte jetzt schon, wie er darauf reagieren würde. In diese Gedanken versunken, brachte er die Fahrt recht schnell hinter sich, und als er kurze Zeit später mit dem Fuhrwerk auf die Dorfstraße in Bambergen einbog, sah er Ernst mit seinen drei Söhnen am Straßenrand spazieren gehen. Sein Schwager erkannte ihn von Weitem und winkte. Ernst Brunnbauer war etwa zehn Jahre älter als Andreas. Als Johannas ältester Bruder hatte er den großen elterlichen Hof in Bambergen geerbt. Er trug einen braunen Backenbart und hatte einen großen Bauchumfang. Wie ein General mit seiner Leibgarde empfing er Andreas.

»Ah, der Schwager vom Haldenhof«, rief er zur Begrüßung. »Grüß dich Gott!«

Andreas hielt das Fuhrwerk neben ihnen an und stieg ab. »Grüß dich Gott, Ernst. Ich …«

Sein Schwager ließ ihm keine Gelegenheit weiterzureden. Ernst war nicht nur einer der reichsten Bauern in Bambergen und der Umgebung, sondern nebenbei lange Jahre als Gendarm tätig gewesen. Angestellt vom städtischen Amt in Überlingen, hatte er in Bambergen für Ordnung gesorgt, bis er vor ein paar Jahren das Amt niedergelegt hatte. Daher rührte seine forsche Art. »Was führt dich denn nach Bambergen?«, fragte er.

»Wir brauchen dich und Annemarie wieder als Taufpaten. Meine Johanna hat heute einen Bub zur Welt gebracht«, verkündete Andreas stolz.

Ernst klopfte ihm in seiner überheblichen Art auf die Schulter. »Ha, jetzt hast du also auch endlich einen Hoferben!«, sagte er. »Ich gratuliere dir!«

Die Söhne der Brunnbauers waren es gewohnt, still zuzuhören, während der Vater sprach. Mit gespitzten Ohren lauschten sie neugierig dem Gespräch der erwachsenen Männer.

»Danke!«, antwortete Andreas. »Könnt ihr gleich mitkommen? Dann würden wir noch heute Mittag nach Lippertsreute zur Taufe fahren.«

Ernst nickte gönnerhaft, als gewähre er seinem Schwager einen großen Gefallen. »Selbstverständlich! Buben, dann macht ihr heute allein unseren Spaziergang«, trug er seinen Söhnen auf. »Aber dass ihr mir ja keinen Blödsinn anstellt. Habt ihr mich verstanden?«

Schwungvoll stieg Ernst neben ihm auf den Kutschbock und gemeinsam fuhren sie die restlichen Meter zum Hof der Brunnbauers. Als Annemarie von der Nachricht hörte, fiel sie Andreas voller Freude um den Hals und küsste ihn auf die Wange. Sie war zwar deutlich jünger als Ernst, also etwa in seinem Alter, aber seit Andreas seine Schwägerin kannte, hatte sie graue Haare, die sie sonntags immer mit einer Brosche am Hinterkopf zusammensteckte. Ihr Gesicht war dennoch jung, und so frisch war ihre ganze Erscheinung. Sie war nicht viel größer als Johanna und musste daher auf Zehenspitzen stehen, damit sie ihm die Lippen auf die Wange drücken konnte.

»Jetzt habt ihr lang warten müssen!«, meinte sie. »Aber am Ende hat es sich dann doch noch ausgezahlt, gell?«

Leicht beschämt senkte Andreas den Kopf und nickte mit einem verlegenen Lächeln.

»Ist er denn nicht viel zu früh?«, fragte sie besorgt.

»Ja, das ist er tatsächlich«, gab Andreas zurück. »Aber es geht ihm gut.«

»Wie heißt denn der Bub?«, wollte Ernst wissen.

»Arthur Biehle, nach seinem Großvater.« Bei diesen Worten spürte Andreas ein Gefühl von großem Stolz und er kam sich nicht mehr ganz so unwichtig vor neben seinem Schwager.

»So ist es recht.« Ernst lachte zufrieden. »Da hast du gleich Nägel mit Köpfen gemacht.«

»Und geht es der Johanna auch gut?«, erkundigte sich Annemarie.

Andreas setzte gerade zu einer Antwort an, da kam Ernst ihm wieder zuvor. »Ja, selbstverständlich wird es meiner Schwester gut gehen! Uns Brunnbauers haut so schnell nichts aus den Latschen – ob Mann oder Weib!« Ernst lachte erneut herzhaft. Andreas stimmte ein, doch mehr aus Anstand als aus Überzeugung. Dann wandte er sich Annemarie zu. »Ja, es geht ihr gut. Mutter und Kind sind wohlauf.«

Abermals platzte Ernst übermütig dazwischen. »Sag ich doch! Meine Schwester ist und bleibt eine Brunnbauer. Das hat sie im Blut und davon wird sie dem Bub sicher auch was abgegeben haben. Da kannst du Gift drauf nehmen.«

Bei diesem Satz stutzte Andreas. Als ob das Blut der Brunnbauers besser wäre als das der Biehles. In seiner Ehre gekränkt, wollte er seine Familie verteidigen, da fasste Annemarie ihn am Arm. Es gab jetzt Wichtigeres zu tun, bedeutete sie ihm mit einem Blick.

»Auf geht's!«, forderte sie die beiden auf. »Wir wollen die Mutter und das Kind doch nicht warten lassen.«

»So ist es!«, pflichtete Ernst ihr bei. »Auf zu meinem Neffen! Damit euer Pfaffe heut noch was zu tun hat.« Wieder ließ er sein selbstgefälliges Lachen erschallen.

Annemarie machte sich im Haus ein wenig zurecht, stieg zu ihnen auf das Fuhrwerk und gemeinsam fuhren sie zum Haldenhof. Nach der Ankunft setzte Andreas sich mit Ernst an den Küchentisch und bot seinem Schwager ein Glas Schnaps an. Zusammen stießen die beiden auf den zukünftigen Hoferben an und wünschten ihm viel Gesundheit. Ernst steckte genüsslich seine Pfeife an und sie sinnierten über die Zukunft des Haldenhofs, wobei Ernst selbstverständlich die meiste Zeit redete. Annemarie ging derweil nach oben zu Johanna in die Schlafkammer.

Taufkissen

Nach der Geburt war Johanna erschöpft eingeschlafen. Als sie ihre Augen wieder öffnete, traten Annemarie und ihre Schwiegermutter leise in die Schlafkammer. Als Wöchnerin durfte sie sich nun ein paar Tage lang von den Strapazen der Geburt erholen. Dieser Meinung war ausnahmsweise auch ihre Schwiegermutter, denn Ludovica wusste, was eine Mutter bei der Geburt durchstehen musste. Arbeit hin oder her – die Ruhezeit im Wochenbett war für die Altbäuerin unantastbar. Umso mehr, weil Johanna ihre Pflicht als Hausmutter erfüllt und Andreas endlich einen Erben geschenkt hatte. Der erste Blick von Annemarie galt der jungen Mutter. Behutsam tätschelte sie ihre Hand.

»Da hat sich das Beten vom Andreas also doch noch gelohnt«, stellte ihre Schwägerin fest und lächelte sie an. Johanna erwiderte das Lächeln müde. Neugierig schaute Annemarie in die Wiege, die neben dem Bett stand. Der kleine Arthur lag zufrieden darin und schlief. Mit einem Strahlen auf dem Gesicht beobachtete Annemarie den Säugling. Ludovica ging währenddessen in die Schlafkammer der Mädchen und wollte dort das Taufkissen aus der großen Holztruhe holen. Annemarie stand an der Wiege und streichelte ganz vorsichtig über den Kopf des Neugeborenen. Sie sprach zu Johanna, wandte ihren Blick aber nicht vom Säugling ab.

»Wunderbar sieht er aus!«, schwärmte die Schwägerin. »Du musst ihn gut stillen. Er ist noch ein kleiner Hänfling!«

»Ja, leider ist er viel zu früh gekommen«, sagte Johanna mit schwacher Stimme. »Aber du kannst dir nicht vorstellen, wie froh ich bin, dass es ein Bub geworden ist!«

»Das glaub ich dir gern«, meinte Annemarie. »Hast du nicht gespürt, dass es ein Bub wird? Bei meinen Kindern war ich mir schon vor der Geburt sicher.«

»Ein bisschen vermutet habe ich es schon, dass es ein Junge wird«, antwortete sie. »Aber stell dir vor, ich hätte es Andreas erzählt und am Ende wäre es ein Mädchen geworden. Das wäre ein herber Schlag für ihn gewesen. So habe ich es lieber für mich behalten.«

»Und deine Schwiegermutter?«, fragte Annemarie im Flüsterton. »Hast du es ihr auch nicht erzählt?«

Wortlos zog Johanna ihre Augenbrauen nach oben, als wollte sie Annemarie damit andeuten, dass sie sich die Antwort denken konnte. Aufmerksam horchte sie nach Schritten im Flur, und als Johanna sicher war, dass Ludovica außer Hörweite war, antwortete sie ebenfalls im Flüsterton: »Vorher hätte ich es lieber dir erzählt.«

Die beiden lachten miteinander.

Ludovica kam mit dem Taufkissen in den Händen zurück und schien so in Gedanken zu sein, dass sie mit sich selbst sprach und den jungen Frauen keine große Beachtung schenkte. »Ist es also doch gut, dass ich den Lavendel in die Truhe gelegt habe«, murmelte sie vor sich hin und klopfte das Taufkissen mit einer Hand ab. »Sonst wäre alles von Motten zerfressen. Außer mir hätte das ja niemand getan.«

Das Taufkissen war aus weißem besticktem Leinen. Auf ihm waren schon Andreas und seine Geschwister vor Jahrzehnten getauft worden. Ludovicas Schwiegermutter hatte es zur Geburt von Andreas in mühevoller Handarbeit bestickt und seither wurden alle Kinder auf dem Haldenhof auf diesem Kissen getauft. Die Altbäuerin reichte es an Annemarie weiter.

»Ihr könnt jetzt gleich zum Pfarrer gehen, damit ihr keine Zeit verliert!«, forderte Ludovica sie auf. »Und passt mir auf, dass dem kleinen Geschöpf nichts geschieht.«

»Ihm wird sicher nichts passieren«, antwortete Annemarie.

Ludovica sah Annemarie missgünstig an. »Ha ja, du hast leicht reden!«, murrte sie. »Ihr habt ja schließlich drei Buben auf eurem Hof. Wir haben bis jetzt nur den einen und unser Bub muss unbedingt Hoferbe werden. Gott bewahre, dass ihm etwas zustoßen sollte!«

Johanna versuchte wie so oft, ihre Schwiegermutter zu besänftigen. »Ludovica, ich verlasse mich auf Annemarie und Ernst und das solltest du auch tun. Es ist ja nicht das erste Mal, dass sie unser Kind zur Taufe bringen, und außerdem fährt dein Sohn mit dem Fuhrwerk. Das sollte dich beruhigen.«

Wie immer musste Ludovica in einer Diskussion die Oberhand behalten.

»Aber die Annemarie hält deinen Sohn während der Fahrt«, nörgelte Ludovica. »Da muss der Andreas nur durch ein Schlagloch fahren, wenn sie ihn nicht recht festhält, und schon liegt der Bub unterm Karren!«

Annemarie schnaubte verärgert durch die Nase und wollte sich den Vorwurf nicht gefallen lassen, doch Johanna ging dazwischen. »Dann musst du selbst eben zur Taufe mitgehen und den Arthur halten«, schlug sie ironisch vor.

Ludovica winkte leicht verlegen ab. »Nein, nein, die Annemarie ist die Taufpatin. Was soll der Herr Pfarrer denken, wenn ich an ihrer Stelle mit dem Bub zur Taufe komme.«

Johanna schaute zu ihrer Schwägerin und sie musste ein Schmunzeln unterdrücken. Dann nahm Ludovica den kleinen Arthur vorsichtig aus der Wiege und wollte ihn einpacken.

»Lass mich ihm noch einen Kuss geben«, bat Johanna und richtete sich im Bett auf.

Ohne Widerworte gab Ludovica ihr den kleinen Arthur. Liebevoll streichelte Johanna ihrem neugeborenen Sohn über das Köpfchen und drückte ihm sanft einen Kuss auf die Stirn. »Dass du mir auch schön artig bleibst bei der Tante Annemarie, gell«, flüsterte sie.

Dann nahm Ludovica ein Leinentuch, wickelte das Neugeborene darin ein und gab es Annemarie auf den Arm.

Taufe

Als Andreas mit den Taufpaten das Haus verließ, begann Arthur zu quengeln. Doch auf seiner ersten Fahrt vom Haldenhof nach Lippertsreute war der Säugling erstaunlich still. Das leichte Holpern des Fuhrwerks schien ihm zu gefallen.

»Er schläft schon«, bemerkte Annemarie, als sie an den Kreuzäckern vorbeifuhren. Es war kurz nach zwei Uhr nachmittags und die Sonnenstrahlen fielen hell leuchtend durch die weißen Wolken am blauen Himmel. Ernst erzählte die ganze Fahrt über von seiner Landwirtschaft in Bambergen, aber Andreas hörte nur mit einem Ohr zu. Er drehte sich hin und wieder um und schaute zu Annemarie, die Arthur im Arm hielt. Mal sehen, ob er nachher in der Kirche auch so still sein wird, dachte Andreas bei sich, denn die Mädchen hatten bei ihrer Taufe laut geweint. Als sie mit dem Fuhrwerk Wackenhausen hinter sich ließen, sah Andreas aus der Ferne den Kirchturm von Lippertsreute. Die Kirche lag im Dorf auf einer kleinen Anhöhe und direkt daneben schmiegte sich das jahrhundertealte Pfarrhaus mit seinem Krüppelwalmdach an sie an. Von der Dorfstraße fuhr Andreas die kleine Gasse zur Anhöhe hinauf und brachte das Fuhrwerk zwischen Kirche und Pfarrhaus zum Stehen. Sie stiegen ab und Ernst läutete das kleine Glöckchen an der Tür des Pfarrhauses. Kurz darauf öffnete die Pfarrhauserin. Andreas trat nach vorne.

»Grüß Gott, ich möchte meinen Sohn Arthur zum heiligen Sakrament der Taufe bringen«, erklärte er.

»Grüß Gott miteinander«, erwiderte die untersetzte Pfarrhauserin. »Aha, dann hat der Herrgott euch also doch noch einen Erben für den Haldenhof geschenkt.« Die Frau lächelte ihn mit ihrer markanten Zahnlücke zwischen den oberen Schneidezähnen an. Neugierig schaute sie an ihm vorbei, um einen Blick auf den Säugling in Annemaries Arm zu erhaschen.

»So ein kleines Glück«, jauchzte sie und entblößte ein weiteres Mal ihre Zahnlücke. »Der Herr Pfarrer ist noch im Schreibzimmer. Am besten wartet ihr am Kirchenportal auf ihn.«

Mit diesen Worten schloss die Pfarrhauserin die Tür und gehorsam liefen sie zur Kirche hinüber. Die Pfarrkirche Mariä Himmelfahrt von Lippertsreute war erst vor knapp zwanzig Jahren neu erbaut worden. Ihr Vorgängerbau aus dem dreizehnten Jahrhundert mit Langschiff und einem Glockenturm mit Staffelgiebel hatte wie das Dorf einst zur Deutschordenskommende Mainau gehört. Das alte Gotteshaus war derart baufällig geworden, dass es fast bis auf die Grundmauern abgerissen und in den Jahren um 1881 im Stil der Neugotik neu erbaut wurde. Das Portal war aus Sandstein geschaffen und über ihm thronte der Glockenturm mit einem zweistufigen Pyramidendach. Beeindruckt schaute Andreas am hohen Turm empor, als schließlich Pfarrer Wasmer die Kirchenpforte öffnete. Er trug einen mit Goldfäden bestickten Chormantel und hielt ein Taufrituale in den Händen. Für die Taufe bereit, stellten sie sich an das Kirchenportal.

»Gelobt sei Jesus Christus«, grüßten sie ihn gemeinsam.

»In Ewigkeit, Amen«, antwortete Pfarrer Wasmer. Er legte seine Hand auf Arthurs kleines Köpfchen und murmelte ein paar lateinische Worte vor sich hin. Dann ging er der Taufgesellschaft voran ins Gotteshaus. Cornelius Wasmer war etwa im fünfzigsten Lebensjahr und nun seit elf Jahren Pfarrer in Lippertsreute. Unter dem Gewand zeichnete sich sein Bauch als halbrunde Kugel am Körper ab. Bei den Dorfbewohnern war Pfarrer Wasmer hoch angesehen, weshalb er abends oft zum Vesper eingeladen wurde. Das erklärte seinen Bauchumfang. Getreu wie die Schafe folgten Andreas und die Brunnbauers dem Pfarrer in das Gotteshaus. Die großen Spitzbogenfenster im Inneren waren mit Ornamenten umrandet und die Holzdecke über dem Langschiff war kunstvoll verziert. Vergoldete Heiligenfiguren schmückten die Seitenaltäre und hinten im Chorraum stand der prächtige Hochaltar mit der Muttergottes und dem Jesuskind auf ihrem Arm. Wie immer fehlt Johanna bei dieser kleinen Taufgesellschaft, dachte sich Andreas. Sie war nicht nur auf dem Hof geblieben, weil sie von der Geburt erschöpft war. Selbst wenn sie stark genug gewesen wäre, hätte sie in ihrem Zustand die Kirche nicht betreten dürfen. Als Wöchnerin galt sie nach der katholischen Lehre als unrein, das wusste Andreas von seiner Mutter. Bis Johanna wieder einen Fuß in das Gotteshaus setzen durfte, musste sie eine Woche warten. Erst danach konnte Pfarrer Wasmer sie aussegnen und ihr dadurch den Zutritt zur Kirche gewähren. Im Kirchenraum kroch Andreas der Geruch von Weihrauch in die Nase. Der Pfarrer hatte morgens zur heiligen Messe wohl besonders viel davon auf die Kohlen gelegt. Andreas mochte den Geruch nicht, und selbst jetzt, wo das meiste davon verflogen war, versuchte er, so wenig wie möglich davon einzuatmen. Vorne am großen Bogen, wo sich der Chorraum nach hinten öffnete, kniete Pfarrer Wasmer ehrfürchtig nieder und bekreuzigte sich. Ernst und Andreas taten es ihm gleich, Annemarie konnte mit dem Kind nicht niederknien und neigte deshalb ihren Kopf.

»Nehmt Platz und betet ein *Vaterunser* und ein *Gegrüßet seist du Maria* für den Täufling«, forderte der Pfarrer sie auf und verschwand nach links in die Sakristei.

Ins Gebet vertieft saß Andreas in der Kirchenbank, faltete seine Hände im Schoß und senkte den Kopf. Er dankte Gott, dass dieser ihm endlich einen Hoferben geschenkt hatte. Wie oft hatte er sich als stolzer Bauer des Haldenhofs von anderen Bauern anhören müssen, dass bald ein anderer

Wind auf dem Hof wehen würde, wenn dieser erst einmal durch die Heirat seiner Töchter an einen anderen Bauern übergegangen wäre. All die Zweifel waren für immer ausgeräumt. Der Herrgott hatte ihnen einen Sohn geschenkt, und dieser würde als Hoferbe eines Tages die Tradition der Biehles auf dem Haldenhof fortführen. Neben sich blickte Andreas zu Ernst, der während des Gebets mit kritischem Blick im Gotteshaus umherschaute. Nach Elfriedes Taufe hatte Ernst damals gesagt, dass die neue Kirche von Lippertsreute seiner Meinung nach nicht besonders schön anzusehen sei. »Neumodischer Firlefanz«, waren seine Worte gewesen. Der kleine Kirchenraum mit den wenigen Heiligenfiguren war in seinen Augen nichts im Vergleich zur stattlichen und altehrwürdigen Pfarrkirche von Owingen. Zwar gab es in Bambergen eine kleine Marienkapelle, doch das Dorf gehörte zur Pfarrei Owingen, weshalb die Brunnbauers dort die heilige Messe besuchten. Andreas sah zur anderen Seite neben sich und bemerkte, wie Annemarie verträumt auf Arthur blickte. Der kleine Bub lag auf dem Taufkissen und hatte die Augen geschlossen. Das Gemurmel der Erwachsenen beim Gebet schien ihn zu beruhigen. Umso länger Andreas seinen neugeborenen Sohn betrachtete, desto mehr Sorgen machte er sich. Arthur war noch so klein, dass er befürchtete, der Bub würde die nächsten Tage nicht überleben. Im Gebet, das der Pfarrer ihnen aufgetragen hatte, bat er deshalb um die Gnade Gottes, dass er den kleinen Bub stärken und beschützen möge. Nachdem sie das *Gegrüßet seist du Maria* gebetet hatten, wurde es im Kirchenraum still. Ab und an gab der kleine Arthur einen Laut von sich. Andreas und die Brunnbauers saßen schweigend beieinander und warteten. Pfarrer Wasmer kam mit einem Silberkännchen und zwei kleinen Messingdosen auf einer Schale zurück. Nach einer kurzen Ansprache las er zuerst das lateinische Evangelium und vollzog den Taufexorzismus, damit Arthur von den Geistern des Bösen befreit werde und die Taufe im Namen der Heiligen Dreifaltigkeit empfangen konnte. Währenddessen legte er dem Säugling zwei Salzkörner aus einer der Messingdosen in den Mund. Auf sein Geheiß stellten sie sich zusammen um das Taufbecken und er segnete das Taufwasser. Dann forderte er Annemarie auf, den Täufling auf dem Kissen über das Becken zu halten. Bis dahin war Arthur recht zufrieden gewesen, doch als Pfarrer Wasmer den Silberbecher im Taufbecken mit kaltem Wasser füllte und ihm über die Stirn goss, begann er zu schreien. Annemarie versuchte, ihn zu besänftigen, und wiegte das Kissen leicht hin und her. Pfarrer Wasmer sprach unbeirrt weiter, tauchte seinen Finger in das Chrisam in der anderen Messingdose und machte damit ein Kreuzzeichen auf der Stirn des kleinen Täuflings. Zum Schluss entzündete er die Taufkerze an der großen Osterkerze, hielt sie vor den kleinen Arthur und murmelte erneut ein paar Worte auf Latein. Damit war Arthur Biehle in die Glaubensgemeinschaft der katholischen Kirche aufgenommen und mit dem göttlichen Segen versehen.

Nach der Taufe lud Andreas die Taufpaten zum Vesper ein. Da Johanna das Wochenbett hüten musste, richtete Ludovica das Essen auf dem Tisch. Zufrieden saß Andreas mit den Brunnbauers, seiner Mutter, dem alten Vinzenz und den Mädchen beim Essen. Angeregt unterhielten sie sich über das neue Familienmitglied und die Mädchen saßen still daneben.

»Dann hast du heute also schon deinem vierten Enkele auf die Welt geholfen?«, fragte Annemarie und blickte Ludovica freudig an.

Die Altbäuerin verzog missmutig ihr Gesicht. »Nein, ich war ja nicht gut genug. Da hat man lieber das Kräuterweib ins Haus geholt.«

Andreas sah sie vorwurfsvoll an. »Mutter, ich habe dir schon heute Morgen gesagt, dass die Zeit knapp war«, erinnerte er. »Johanna meinte, dass das Kind jeden Moment auf die Welt kommen kann, und deshalb habe ich die Liesl geholt.«

»Ist die Liesel eine Hebamme?«, fragte Annemarie in die Runde.

»Nun ja, so ähnlich«, antwortete Andreas. »Sie hilft den Leuten mit ihren Kräutern bei Krankheiten und Beschwerden.«

»Dann ist sie eine Heilerin?«, forschte Annemarie weiter.

»Heilerin!«, fauchte Ludovica wie ein wildes Tier. »Ein Heidenweib ist das, sonst nichts! Dazu hat meinem Bub die Zeit gereicht, um zu ihr auf den Vrenenhof zu fahren! Von dort wäre es ja nur ein Katzensprung nach Lippertsreute gewesen, um mich in der Kirche abzuholen. Die paar Meter hätten den Kohl auch nicht mehr fett gemacht!«

Andreas spürte die Verärgerung seiner Mutter und ahnte, dass die Enttäuschung in ihr wohl sehr tief saß. Insgeheim ärgerte er sich über Annemarie, weil sie Ludovica gefragt hatte. Aber letztendlich konnte seine Schwägerin ja auch nichts dafür. »Mutter, die Johanna wollte eben, dass die Liesl ihr bei der Geburt hilft«, erwiderte er. »Du warst ja mit …«

Aufgebracht fiel ihm Ludovica ins Wort. »Jaja, da sieht man eben, was man wert ist. Da schafft man sein Leben lang auf dem Hof, hilft, die Kinder großzuziehen, und dann wird man von dieser Kräuterhex ersetzt!«

Annemarie und Ernst schwiegen betreten. Die Spannung am Tisch war greifbar.

Ludovica redete sich nun völlig in Rage. »Da kannst du bloß hoffen, dass dein Bub in ein paar Jahren nicht ins Irrenhaus muss. Von dem Kräuterzeug in der Wanne hat es dem armen Kind wahrscheinlich alle Sinne verwaschen. Wenn dein Vater wüsste, dass die elende Kräuterhex unseren Hoferben auf die Welt ...«

Andreas schlug mit der flachen Hand auf den Tisch. Die anderen zuckten zusammen. Voller Wut schnauzte er seine Mutter an.

»Ich und die Johanna haben jetzt das Sagen auf dem Hof! Daran musst du dich ein für alle Mal gewöhnen! Ob es dir passt oder nicht!«

Magdalena fing an zu weinen und ihre Schwestern kauerten sich ängstlich zusammen. Der alte Vinzenz sah verlegen auf sein Vesper und Ernst blickte vorwurfsvoll zur Altbäuerin. Diese Worte hatten gesessen. Ludovica schluckte trocken und schwieg einen Moment. Schließlich stand sie auf, ging in ihre Kammer und ließ sich den ganzen Abend nicht mehr blicken. Annemarie tröstete die weinende Magdalena mit leisen Worten, ansonsten sprach niemand mehr am Tisch. In dieser gedämpften Stimmung aßen sie fertig und danach fuhr Andreas die Brunnbauers nach Hause. Johanna hatte oben in ihrer Schlafkammer von all dem nichts mitbekommen. Als Andreas zurückkam, lag sie in ihrem Bett mit dem kleinen Arthur neben sich in der Wiege und schlief.

Hinkebein

Eine Woche nach Arthurs Geburt durfte Johanna das Wöchnerinnenbett endlich verlassen. Sie hatte sich von den Strapazen erholt und war nun wieder bei Kräften. Aber der kleine Arthur machte ihr Sorgen. Er war immer noch so zierlich und klein, dass sie bei jeder Berührung Angst hatte, er würde zerbrechen. Sie stillte ihren Bub, so oft es ging, doch er trank fast nichts. Ludovica meinte, dass es mit ihm schon noch werden würde. Johanna solle eben schauen, dass sie selbst bei Kräften bleibe und genügend esse, dann sei auch ihre Muttermilch nahrhafter und würde dem Kind besser schmecken. Allerdings hatte sich an Arthurs Hunger in der vergangenen Woche nicht sonderlich viel geändert und Johanna machte sich inzwischen ernsthaft Gedanken um das Überleben ihres jüngsten Kindes. Da sie nun wieder außer Haus durfte, wollte sie an diesem Tag die Liesl um Rat fragen. Ludovica durfte davon natürlich nichts erfahren, aber da ihre Schwiegermutter sowieso mit Andreas und Vinzenz auf dem Feld arbeiten musste, sollte das kein Problem sein. Vor der Feldarbeit war Johanna mit den anderen am frühen Morgen zusammen in den Stall gegangen. Die Mädchen blieben beim kleinen Arthur im Haus und spielten miteinander. Andreas und der alte Vinzenz fütterten das Vieh, während Ludovica und Johanna melkten. Nachdem sie sechs Kühe gemolken hatte, wollte sie kurz bei Arthur und den Mädchen nach dem Rechten sehen. Draußen auf dem Hof spannte der alte Vinzenz die beiden Pferde vor den großen Leiterwagen. Auf ihrem Weg zum Haus sah Johanna den dürren Georg auf den Hof kommen. Andreas hatte ihr erzählt, dass er ihn gestern beim Frühschoppen im »Adler« getroffen und ihn gefragt hatte, ob er ihm bei der Weizenernte helfen könne. Der dürre Georg hatte eingewilligt und sich dann ohne ein weiteres Wort wieder seinem Glas Most und der Pfeife gewidmet. Einen Tag später kam der Tagelöhner wie bestellt zur Ernte auf ihren Hof. Als der große, hagere Mann Schritt für Schritt näher kam, bemerkte Johanna, dass mit seinem rechten Bein etwas nicht stimmte. Ein leichtes Hinken war erkennbar, auch wenn der dürre Georg sichtlich versuchte, die Verletzung zu verbergen. Der alte Vinzenz hatte es ebenfalls bemerkt.

»Warst du gestern noch auf dem Tanz, dass du heute so daherhinkst?«, rief er dem Tagelöhner amüsiert zu.

Der dürre Georg schien keinen Spaß zu verstehen. Mit finsterer Miene sah er den alten Knecht grimmig an. »Ich hinke überhaupt nicht!«, blaffte er. »Aber wenn du dich mit mir anlegen willst, wirst du gleich selber hinken!«

Der alte Knecht verstummte, konnte sein Grinsen jedoch nicht unterdrücken, wie Johanna bemerkte. Drinnen im Haus war alles in Ordnung. Der kleine Arthur lag ruhig in seiner Wiege und die Mädchen spielten miteinander. Als Johanna hinausging, kam Andreas mit den Sensen und zwei großen Bündeln mit Garbenstricken auf der Schulter aus der Scheune. Er lud die Sachen auf den Wagen, der dürre Georg stand daneben und portionierte sich eine Brise Schnupftabak aus einem kleinen Blechdöschen auf den Handrücken.

»So, dann können wir gleich losfahren«, sagte Andreas und rief in den Stall hinein. »Mutter, wir gehen! Die Johanna soll den Rest machen.«

Ludovica kam aus der Scheune und grüßte den dürren Georg, der sich mit dem linken Handrücken eine zweite Brise in die Nase rieb.

»Habt ihr den Korb aus der Küche eingeladen?«, fragte die Altbäuerin.

Andreas und der alte Vinzenz schüttelten wortlos den Kopf.

»Ihr seid mir ja zwei Mannsbilder!«, schimpfte Ludovica. »Wenn man da nicht alles selber macht ...«

»Ich hol ihn schnell!«, rief Johanna ihrer Schwiegermutter zu und ging ins Haus. Auf dem Küchentisch stand der Korb mit zwei Bügelflaschen Most und einem eingewickelten Stück Zopfbrot, den Ludovica am Morgen hergerichtet hatte. Bis zum Mittagessen konnte sich die Arbeit auf dem Feld lange ziehen, deshalb machten die Biehles zwischendurch immer eine Pause zur Stärkung. Als Johanna mit dem Proviantkorb zurückkam, waren die anderen auf den großen Leiterwagen gestiegen. Sie reichte Ludovica den Korb nach oben und blickte Andreas an. »Könnt ihr die Mädchen mitnehmen?«, fragte sie. »Elfriede kann euch ein bisschen beim Garbenbinden helfen und die anderen beiden sollen auf dem Feld spielen.«

Andreas nickte und der alte Vinzenz rief ihr von hinten zu: »Bring die Mädle nur her, Bäuerin. Ich nehm sie zu uns auf den Wagen.«

Geschwind holte Johanna ihre Töchter, die der alte Vinzenz wie ein stolzer Großvater auf den Wagen hob. Er mochte die drei kleinen Mädchen sehr, das wusste sie. Vinzenz hatte ihr oft erzählt, dass er seit fast vierzig Jahren auf dem Haldenhof arbeitete. Als Kind war er mit acht Geschwistern aufgewachsen. Den Hof der Eltern in Oberschwaben hatte selbstverständlich sein ältester Bruder geerbt. Fast alle seiner Schwestern hatten auf andere Höfe geheiratet und nur eine war als Magd auf dem Hof des ältesten Bruders geblieben. Auch Vinzenz hatte sich entscheiden müssen, ob er weiter als Knecht auf dem Hof seines Bruders arbeiten wollte oder ob er den elterlichen Hof ganz verließ. Vinzenz hatte nicht lange überlegt und sich gegen seine Heimat entschieden. In den ersten Jahren hatte er sich als junger Knecht auf vielen Höfen verdingt, bis er schließlich auf dem Haldenhof von Arthur Biehle gelandet war. Dort hatte es ihm so gut gefallen, dass er dauerhaft dort blieb. Als Knecht hatte er eine eigene Schlafkammer über dem Stall in der Scheune bekommen, wo er seitdem hauste. Über eine Außentreppe an der Scheune gelangte man dort hinauf. Seine Knechtkammer war recht spärlich eingerichtet. Ein Bett, ein Schrank für die Kleidung und eine Truhe mit wenigen Habseligkeiten – das war alles. Einen Ofen gab es in seiner Kammer nicht, aber neben dem Bett war eine kleine Schiebeluke in den Holzboden eingelassen. Wenn er sie öffnete, stieg die Wärme der Viecher von unten aus dem Kuhstall nach oben und erwärmte seine Kammer ein wenig. Das genügte zum Schlafen, sagte er oft, denn Vinzenz arbeitete von frühmorgens bis spät in den Abend, und bevor er ins Bett ging, wärmte er sich in der Küche noch ein bisschen am Ofen auf. Alles in allem war es ein sehr einfaches und spärliches Leben, das Vinzenz auf dem Haldenhof führte. In Johannas Augen zumindest. Doch er war wohl zufrieden damit.

»Ich habe einen guten Bauern und eine herzensgute Bäuerin. Und am Essen oder sonst etwas hat es mir noch nie gemangelt«, hatte er ihr mehr als einmal geschmeichelt.

In seinen jungen Jahren hatte es auch die eine oder andere Magd gegeben, hinter der Vinzenz her gewesen war. Doch als Knecht konnte er selbst keine eigene Familie ernähren. Er hatte sich deshalb vor langer Zeit für das Junggesellenleben entschieden. Dadurch war seine Bindung zur Familie des Bauern über die Jahrzehnte hinweg immer fester geworden und er gehörte im Grunde genommen zu den Biehles. Als der alte Arthur Biehle früh gestorben war, war Vinzenz für die junge Witwe Ludovica eine große Stütze gewesen, das hatte sie selbst Johanna erzählt. Er war damals weiterhin Knecht geblieben und Ludovica die Eigentümerin des Haldenhofes. Vinzenz hatte den Hof bewirtschaftet, als wäre es sein eigener. Auch den kleinen Andreas und dessen Geschwister hatte er heranwachsen sehen. Er liebte die Kinder, obwohl er nicht ihr Vater war. Das verstärkte sich in der nächsten Generation mit Elfriede, Theresia und Magdalena. Vielleicht lag es an dem zunehmenden Alter, das Vinzenz' Herz über die Jahre erweichen ließ, dachte Johanna. Aber es war mit Sicherheit auch die ausgelassene Fröhlichkeit, mit der ihre Töchter ihn erfreuten.

Bei Georgs Anblick drückten sich die Mädchen ängstlich an den alten Knecht heran.

»Hüa!«, gab Andreas das Kommando und der große Leiterwagen fuhr in Richtung Lippertsreute zu den Kreuzäckern unterhalb des Schellenbergs. So hieß das große Gewann, dessen untere Hälfte Ludovica von ihrem Vater Heinrich Neidhart geerbt hatte. Immer wieder erzählte die Altbäuerin ihrer Schwiegertochter mit Stolz, dass sie als junge Frau das große Feld als Mitgift in die Ehe mitgebracht hatte. Dort würden die anderen nun arbeiten, bis die Glocken der Kirche in Lippertsreute um elf Uhr läuteten. Dann war es allmählich Zeit, sich auf den Weg zum Mittagessen zu machen.

Während Johanna im Stall die restlichen Kühe melkte, schlief Arthur in der Küche. Das Fenster war offen, damit sie hörte, wenn er schrie. Als sie mit dem Melken fertig war, trug sie die vollen Milchkannen zum Brunnen und stellte sie in das kühle Wasser. Jeden Morgen kam abwechselnd einer der Bauern aus dem Dorf mit seinem Fuhrwerk und holte die Milchkannen auf dem Haldenhof ab. Der »Milchkutscher«, wie die Bauern sagten, wechselte jede Woche. Die gesammelte Milch der einzelnen Höfe brachte dieser nach Owingen, wo sie in der Molkerei weiterverarbeitet wurde. Auch Andreas musste immer eine Woche lang die Milchkannen in Ernatsreute einsammeln und zur Molkerei fahren. Diese Woche war Werner Neidhart der Milchkutscher. Sobald Werner die vollen Milchkannen im Dorf und als Letztes vom Haldenhof eingesammelt hatte, würde er wie immer durch das Fronholz den kurzen Weg nach Owingen zur Molkerei fahren, das wusste Johanna. Eigentlich wollte sie die Liesl erst nach dem Mittagessen besuchen, wenn Ludovica und die anderen wieder auf dem Feld waren. Doch da Andreas die beiden Pferde mitgenommen hatte, kam ihr der Milchkutscher gerade recht, und sie wollte Werner fragen, ob er sie bis zum Vrenenhof mitnehmen konnte. Den Heimweg würde sie zu Fuß antreten. Bis der Milchkutscher auf den Haldenhof kam, blieb ein bisschen Zeit, und Johanna machte sich schnell an die Arbeit, das Mittagessen vorzubereiten. Aus dem Keller holte sie Kartoffeln und setzte diese zum Sieden an. Danach schöpfte sie im Backhaus aus dem Krautfass eine Schüssel gehobeltes Sauerkraut und kochte es auf dem Herd. Nach ihrem Besuch auf dem Vrenenhof wollte sie drei Gläser von der eingemachten Blut- und Leberwurst mit einer Gabel zerkleinern und zusammen mit Zwiebeln in der Pfanne anbraten, dann wäre das Mittagessen fertig. Während Johanna im Keller die Wurstgläser aus dem Regal nahm, hörte sie draußen auf dem Hof den Milchkutscher heranfahren. Eilig ging sie hinauf, stellte die Gläser auf den Küchentisch und lief hinaus.

»Guten Morgen, Werner, könntest du mich bis zum Vrenenhof mitnehmen?«, fragte sie.

Werner Neidhart war klein und rundlich. Dass er mit Ludovica verwandt war, merkte man gleich an seiner großen Neugierde.

»Hast du ein Wehwehchen, dass du auf den Vrenenhof willst?«, fragte er und lud währenddessen die vollen Milchkannen auf sein Fuhrwerk. Johanna kannte Werner recht gut, doch den wahren Grund wollte sie ihm nicht verraten, denn sie wusste, dass er es zu Hause womöglich seiner Frau erzählen würde. Die Nachricht würde ihren Lauf durch das Dorf nehmen, bis sie letztendlich wieder auf dem Haldenhof bei Ludovica angelangte, und dann wäre im wahrsten Sinne des Wortes die Hölle los, da war Johanna sich sicher.

»Nein, nein«, antwortete sie. »Die Liesl hat mir schon vor Langem ein Kuchenrezept versprochen, das ich bei der Gelegenheit holen möchte. Der Andreas hat schon bald Namenstag.« Tatsächlich dauerte es noch fast zwei Monate bis zum Namenstag ihres Mannes und ein Kuchenrezept hatte die Liesl ihr auch nicht versprochen. Werner Neidhart schien sich darüber allerdings keine großen Gedanken zu machen, sondern platzte lieber mit seinen dummen Späßen heraus.

»Pass bloß auf, dass sie dir nicht ein paar ihrer Kräuter für seinen Kuchen mitgibt«, spottete er. »Nicht, dass der Andreas davon seine Manneskraft verliert!« Werner lachte knatternd los.

Johanna fand seine Bemerkung nicht witzig, dennoch verzog sie ihr Gesicht zu einem gezwungenen Lächeln, schließlich wollte sie, dass er sie auf seinem Fuhrwerk mitnahm. Während Werner mit dem Aufladen beschäftigt war, ging Johanna ins Haus und holte den kleinen Arthur. Mit einem Tuch band sie sich den Bub vor den Bauch und stieg auf den Kutschbock. Werner setzte sich neben sie und besah sich das Neugeborene.

»Aha, das ist also der Erbe vom Haldenhof«, sagte er. »Dann hatte der Andreas doch noch nicht sein letztes Pulver verschossen!« Wieder lachte er lauthals.

Johanna mochte seine vulgäre Art nicht und zwang ihr Gesicht diesmal nur zu einem müden Grinsen. Werner lachte noch eine Weile über seinen eigenen Witz und fuhr endlich los.

Als sie den Vrenenhof erreichten, arbeitete Elisabeth in ihrem Garten. Mit einem Messer in der einen und einem frisch geschnittenen Bündel Kräuter in der anderen Hand lief sie zum Fuhrwerk, das Werner im Hof zum Stehen brachte.

»Das ist ja nett, dass ihr mal zu mir kommt!«, sagte Elisabeth freudig.

Johanna bedankte sich bei Werner, stieg vom Kutschbock herab und er fuhr weiter.

»Ich schneide gerade frische Bündel von der Alraune«, erklärte Elisabeth. »Mit Wein ausgezogen ist das Kraut ein gutes Beruhigungsmittel, von dem ich eine Flasche voll ansetze. Möchtest du auch ein bisschen davon?«

»Nein danke«, lehnte Johanna ab.

»Geht es euch gut?«, fragte Elisabeth und blickte neugierig auf den kleinen Arthur in ihrem Bauchbündel.

»Er trinkt fast nichts, Liesl«, seufzte die junge Mutter. »Ich gebe ihm immer wieder die Brust, aber er nimmt sie zu wenig. Er ist so ein kleiner Wurm und ich habe Angst, dass er verhungert. Kannst du ihm bitte helfen?« Verzweifelt sah sie Elisabeth an.

»Dein Bub ist eben viel zu früh auf die Welt gekommen, aber er wird es trotzdem schaffen«, sagte Elisabeth überzeugt. »Dass er bisher wenig getrunken hat, sieht man ihm tatsächlich an. Deshalb müssen wir deinem kleinen Arthur wohl ein bisschen auf die Sprünge helfen. Komm, wir gehen in die Stube.« Liesl nahm sie am Arm.

Zuversichtlicher folgte Johanna ihr ins Haus. In der Stube setzten sich die beiden Frauen an den Tisch wie einst Johanna und ihre Mutter. Elisabeth nahm ihren Platz mit dem Rücken zum Vorhang ein und sah sie mit ihren tiefbraunen Augen an. Ihr gutmütiger Blick hatte eine äußerst beruhigende Wirkung.

»Will er die Brust denn gar nicht nehmen oder woran liegt es?«, forschte Elisabeth.

»Die Brust nimmt er schon«, antwortete Johanna. »Aber er saugt immer nur ein paarmal und dann will er nichts mehr.«

»Aha, der Wille ist da, aber es gelüstet ihm nicht nach mehr«, rekapitulierte Elisabeth. Sie stand auf, ging um den Tisch herum und betrachtete den kleinen Bub genauer. Ohne Worte legte sie ihm ihre Hand auf den kleinen Bauch und hielt einen Moment inne. Johanna wagte es nicht zu sprechen, denn Elisabeth wirkte sehr konzentriert. Sanft streichelte die Liesl dem kleinen Arthur über den Kopf und erklärte, was sie tun wollte. »Wir müssen ihm etwas zur Stärkung geben, damit er mehr Appetit bekommt. Lass mich mal nachschauen, was ich dazu finde.« Elisabeth verschwand hinter dem Vorhang im geheimnisvollen Zimmer, das Johanna schon als Kind neugierig gemacht hatte. Zu gern hätte sie einen Blick hinter den Vorhang geworfen, doch sie wartete geduldig.

Als Elisabeth kurze Zeit später auftauchte, sah Johanna sie erwartungsvoll an. Elisabeth setzte sich wieder zu ihr an den Tisch und berichtete von einem Mittel.

»Ich habe das Rezept für einen Saft mit anregenden Kräutern gefunden, den ich dem Arthur zur Stärkung mischen werde. Allerdings brauche ich dafür bis heute Mittag Zeit. Sobald ich das Mittel fertig habe, bringe ich dir das Fläschchen vorbei.«

»Aber was, wenn Ludovica das mitbekommt?«, meinte Johanna.

»Ich sage einfach, dass ich mich über euer Wohlergehen erkundigen möchte. Da wird selbst Ludovica wohl kaum etwas einzuwenden haben.«

Johanna zögerte kurz und nickte dann. Voller Hoffnung blickte sie auf ihren Sohn. »Ich habe ihn so lieb gewonnen, Liesl«, sagte sie. »Ich könnte ihn bei meinem eigenen Leben nicht mehr hergeben.«

Elisabeth lächelte gerührt.

»Und meinen Andreas solltest du erst sehen!«, sprach Johanna weiter. »Voller Stolz erzählt er allen Leuten von seinem kleinen Bub, der sein künftiger Hoferbe wird. Ich glaube, es müssen Hunderte Steine von seinem Herzen gefallen sein, als er hörte, dass wir endlich einen Jungen haben.«

»Ja, für die Männer ist das eben wichtig«, wusste Elisabeth. »Der Hof und vor allem der stolze Familienname müssen weitergeführt werden.«

Mit skeptischem Blick musterte Johanna ihr Gegenüber. Sie setzte an zu sprechen, doch die Worte kamen ihr nur zögerlich über die Lippen. Sie wollte ihre Freundin nicht kränken und fragte deshalb ganz vorsichtig nach. »Ist das dem Adam nicht wichtig?«

Elisabeth hielt einen Moment inne und schaute auf das Neugeborene. »In ihm steckt junges Leben«, bemerkte sie geistesabwesend. »Noch braucht er eure Hilfe, doch irgendwann wird er euch eine Hilfe sein.«

Wenn es in diesem Moment überhaupt etwas wie Neid in Elisabeths Gesichtsausdruck gegeben hatte, so war er so schnell verschwunden, wie er gekommen war.

»Adam und ich haben keine Kinder bekommen, aber vielleicht musste es so sein«, antwortete Elisabeth, den Blick immer noch auf Arthur gerichtet. Dann lächelte sie fröhlich und sah zu Johanna auf. »Aber jetzt schauen wir, dass euer Bub auf die Beine kommt. Wie gesagt, es wird bis heute Mittag dauern, bis ich mit dem Mittel fertig bin.«

Sie standen vom Tisch auf und gingen langsam nach draußen. »Ich würde dir ja gerne den Pankraz für den Heimweg anbieten, aber der muss Adam bei der Waldarbeit helfen«, entschuldigte sich Elisabeth.

»Schon gut, Liesl«, antwortete Johanna. »Ich schaffe es zu Fuß. Bis später!«

Auf dem Heimweg durch den Wald machte Johanna sich Gedanken darüber, was für ein Mittel Elisabeth für Arthur mischen wollte. Viele Fragen gingen ihr dabei durch den Kopf. Warum brauchte sie dafür so lange? Warum konnte sie es nicht gleich mischen? Und vor allem, was war es überhaupt? Sie musste ihrer Freundin wohl einfach vertrauen, so wie ihre Mutter es getan hatte. Egal, was für ein Mittel es sein würde, Hauptsache, Arthur würde dadurch kräftiger und größer.

Als Johanna auf dem Haldenhof ankam, blieb ihr etwa eine halbe Stunde, bis Andreas und Ludovica mit ihren

Helfern vom Feld zurückkehrten. Bis dahin bereitete sie das Mittagessen vor. Wenig später fuhr der große Leiterwagen auf den Hof und sie sah Elfriede und ihre beiden Schwestern mit Vinzenz' Hilfe eilig absteigen. Freudig rannten die Mädchen sofort zu ihr in die Küche.

»Arthur, Arthur!«, riefen die Mädchen durcheinander.

»Sie wollen unbedingt ihren kleinen Bruder wiedersehen«, sagte Andreas, der hinter ihnen herlief. »Seit heute Morgen reden sie von nichts anderem mehr.«

Der alte Vinzenz fütterte vor dem Mittagessen die beiden Pferde, während Andreas und der dürre Georg die Weizengarben vom Wagen abluden und auf den Heustock brachten. Danach saßen alle gemeinsam am Küchentisch und Johanna verteilte das Essen auf die Teller. Der dürre Georg genehmigte sich wieder eine Brise von seinem Schnupftabak, was ihr am Mittagstisch gar nicht recht war. Sie suchte den Blickkontakt mit Andreas, doch der musterte ihn bereits skeptisch. »Hat dich etwas am Bein erwischt oder warum hinkst du eigentlich so?«, fragte er den Tagelöhner.

Währenddessen beobachtete der alte Vinzenz mit großer Aufmerksamkeit den vollen Schöpflöffel in Johannas Hand, der zwischen der Pfanne und seinem Teller hin- und herwanderte. Bei der Frage des Bauern horchte er auf. Johanna blickte den dürren Georg ebenfalls gespannt an. Ihm würde er sicher nicht dieselbe Antwort geben wie dem alten Vinzenz heute Morgen, das war ihr klar. Als ob der dürre Georg dort nach Worten suchen würde, schaute er einen Moment lang auf seinen Handrücken, von dem er eben die Brise Tabak geschnupft hatte.

»Vor ein paar Tagen habe ich vor Owingen einen Straßengraben frisch ausgehoben«, erzählte er. »Beim Vespern hat mich dort plötzlich ein streunender Hund überfallen. Das Mistviech wollte mein Wurstbrot. Ich habe mich gewehrt und da hat er mir direkt in den Oberschenkel gebissen.«

Andreas hob erstaunt die Augenbrauen. »So eine Sauerei! Dem hätte ich eins gegeben, wenn ich ihn erwischt hätte.«

»Am besten schmierst du den Schenkel mit Branntwein ein«, meinte Ludovica. »Das hilft sicher.«

Johanna widersprach ihr. »Das brennt doch in der Wunde. Da werden seine Schmerzen nur noch schlimmer.«

»Die Mannsbilder bringt so schnell nichts um«, meinte Ludovica gleichgültig.

»Ich habe noch ein Fläschchen mit Kräutersaft von der Liesl, wenn du möchtest«, bot Johanna an. »Das hat dem Andreas auch geholfen, als er sich neulich in die Hand geschnitten hat.«

Georg fuhr auf, als hätte Johanna ihn gekränkt. »Zum Teufel mit dem elenden Kräuterweib!«, wütete er. »Bleib mir bloß fern mit jedem Tropfen aus ihrer Hexenküche! Verrecken soll das Weib und in der Sonne jämmerlich verdorren, damit nicht einmal die Maden etwas an ihr zu fressen haben!«

Entsetzt sah Johanna den dürren Georg an. Sie wusste sich nicht zu helfen, doch Andreas wies ihn zurecht.

»Jetzt ist es genug, Georg«, sagte er. »Die Ohren meiner Töchter sollen von deinen bösen Wünschen verschont bleiben und außerdem ist die Liesl ein gern gesehener Gast auf unserem Hof. Lass das Fluchen im Stall oder am Stammtisch, dort, wo es hingehört!«

Es wurde still am Tisch. Das Wort des Bauern hatte Gewicht und das respektierte selbst ein skrupelloser Mensch wie Georg Back.

Johanna bemerkte Ludovicas schadenfrohes Grinsen. Sie hörte es wohl gern, wie Georg über die Heilkundige fluchte. Am liebsten hätte sie ihm wahrscheinlich laut zugestimmt. Doch sogar als Altbäuerin musste Ludovica ihrem Sohn Folge leisten. Die Mädchen machten verängstigte Mienen. Für die nächste halbe Stunde saßen alle stillschweigend am Küchentisch und aßen. Danach wurden die Pferde wieder am großen Leiterwagen eingespannt und kurze Zeit später fuhren alle vom Hof in Richtung Kreuzäcker – außer Johanna und der kleine Arthur.

Während Johanna den Küchentisch abräumte und das Geschirr im Schüttstein spülte, überlegte sie, warum der dürre Georg solch einen Hass auf Elisabeth hatte. Liesl war bei vielen Leuten im Dorf beliebt. Sicherlich gab es den einen oder anderen, der kein gutes Haar an ihr ließ. Aber das, was Johanna vorhin von Georg gehört hatte, war blanker Hass gewesen. Woher kam diese abgrundtiefe Verachtung? Dass Adam und die Liesl dem dürren Georg etwas Böses getan hatten, konnte sie sich im Leben nicht vorstellen. Dafür waren die beiden viel zu friedlich. Vielleicht hatte der dürre Georg Angst vor ihr. Sie konnte immerhin alle Arten von Krankheiten heilen, aber wie genau sie das machte und welche Mittel sie dazu nutzte, wusste niemand. Manche Leute im Dorf sagten deswegen hinter vorgehaltener Hand, die Liesl sei eine Hexe. Aus diesem Grund gab es einige wenige, die der Kräuterliesl nicht recht über den Weg trauten und den Vrenenhof, so gut es ging, mieden. Johanna glaubte nicht recht an Hexen, und schon gar nicht, dass ihre Freundin eine sei. Deshalb machte sie sich keine weiteren Gedanken über den Aberglauben des zwielichtigen Tagelöhners. Nach dem Abwasch holte sie Arthur aus der Wiege in der Stube und gab ihm die Brust.

Halbherzig nuckelte er an ihrer Brustwarze und wandte sich rasch ab. Johanna seufzte sorgenvoll. »Hoffentlich kann dir die Liesl mit ihrem Saft helfen, sonst weiß ich nicht mehr weiter!«

Liebevoll streichelte sie ihrem kleinen Bub über den Kopf, gab ihm einen Kuss auf die Stirn und legte ihn in die Wiege zurück. In den nächsten Stunden war Johanna draußen im Gemüsegarten und grub den Erdboden um. Das Stubenfenster ließ sie geöffnet, damit sie hören konnte, wenn Arthur schrie. Zwischendurch ging sie immer wieder in die Stube und schaute nach ihm, so sehr sorgte sie sich um ihr Kind.

Stärkungsmittel

NACHDEM SICH JOHANNA mit dem Säugling auf den Heimweg gemacht hatte, war Elisabeth in das Zimmer hinter dem Vorhang zurückgekehrt. Die Seite in Hildegards Kräuterbuch mit dem Rezept für das Stärkungsmittel war noch aufgeschlagen. Säuglinge waren dort zwar nicht speziell aufgeführt, doch Elisabeth war sich sicher, dass sie einfach die Hälfte der angegebenen Mengen wählen konnte, um dem kleinen Bub zu helfen. Aufmerksam las sie:

Vom verlornen Appetidt

Zvr Stärckvng des Appetidts bai Spaiz vnd Tranc bereyte ain Svd avs folgend Krewtern:

Nehmet von der Ingberwvrzeln 3 Qventlain / von der Pflanzen Wermvt 6 vnd von der Wvrzel gelber Enzian 2 Qventlain / Dazv zerstoßen gib von dem Kümmel 3 Loth vnd dem frischen Fenchel 2 / Mische di Krewter mit Brvnnen=Wasser / lasse diz wyrken vnd destylliret ain Extract so ravs / So nimm denn Honig vnd mische davon 5 Qventlain darvnter / So diz Saft will denn dem Kranken das Wasser im Mavle flißen lassen.

Das schien Elisabeth genau das richtige Mittel für den kleinen Arthur zu sein. Die vielen Kräuter waren zwar appetitanregend in ihrer Wirkung, konnten jedoch sehr bitter schmecken. Deshalb befürchtete sie, dass der Säugling den bitteren Saft nicht freiwillig schlucken würde. Sie musste die angegebene Menge an Honig mindestens verdoppeln, damit der kleine Bub die bitteren Kräuter nicht mehr herausschmecken würde. Wenn die Wirkstoffe der Kräuter erst einmal im kleinen Körper des Kindes waren, würde das Mittel seine Wirkung sicher nicht verfehlen. Aufmerksam prüfte Elisabeth, ob sie von allen Zutaten die nötige Menge in ihrem Vorrat hatte: Ingwer- und Enzianwurzeln waren in Tongefäßen im Regal. Vom Wermutkraut hingen zwei getrocknete Büschel von der Decke. Dieses hatte sie erst vor etwa zwei Monaten auf einer kleinen Au im Aachtobel geschnitten. Kümmel war ebenfalls genügend in einem Tonkrug. Was ihr fehlte, war der Fenchel. Es war Ende September, also Blütezeit des Krauts. Im Frühjahr hatte Elisabeth in ihrem Kräutergarten Fenchel angesät, sodass sie jetzt nur noch ernten musste. Mit einem Messer in der Hand ging sie in den Garten hinaus und schnitt eine Hand voll der Kräuter ab. Frisch geerntet entwickelte der Fenchel ein besonders intensives Aroma. Das konnte für das Stärkungsmittel nur von Vorteil sein. Wieder im Kräuterzimmer zurück, zupfte sie die Blütendolden von den Stängeln und zerstieß sie im Mörser. Nacheinander gab sie die anderen Zutaten hinzu und zerrieb alles, bis eine wohlriechende Kräutermasse zurückblieb. Dazu gab sie entsprechend dem Rezept etwa einen Viertelliter Wasser aus der großen Ballonflasche und mischte es unter die Kräutermasse. Nun musste sie das Gebräu ziehen lassen. Währenddessen ging Elisabeth in die Küche und bereitete einen Omelettteig für das Mittagessen vor, denn Adam aß Omelett für sein Leben gern. Dazu gab es Salzkartoffeln und Karottensalat. Als sie vorhin im Kräutergarten gewesen war, um den Fenchel zu schneiden, war ihr der saftig grüne Schnittlauch aufgefallen. Sie ging nochmals hinaus, holte Karotten und schnitt einen Büschel des Schnittlauchs ab. Nachdem das Mittagessen vorbereitet war, dauerte es nicht lange, bis die hungrigen Waldarbeiter zurückkamen. Adam und Kilian waren bester Laune. Während sie ihre Hände in der Küche am Schüttstein wuschen, foppten sie sich gegenseitig mit ihren Sprüchen. Elisabeth freute sich, dass die beiden so gut miteinander auskamen.

»So dreckig können deine Hände doch gar nicht sein, von dem bisschen, was du heute gearbeitet hast!«, scherzte Adam.

»Glaub ihm kein Wort, Elisabeth!«, konterte Kilian. »Ohne mich würde er jetzt noch kläglich versuchen, den eingeklemmten Stamm zwischen den beiden Buchen herauszuziehen. Hätte ich nicht mit dem Kehrhaken nachgeholfen, wäre dein alter Mann jetzt noch im Wald und wir könnten zu zweit in Ruhe zu Mittag essen.«

Elisabeth lachte herzlich. »Das wäre eine nette Abwechslung«, sagte sie. »Nach all den vielen Jahren endlich mal wieder mit einem Jungspund am Tisch zu sitzen.«

Kilian amüsierte sich mit ihr zusammen und Adam spielte den Entrüsteten.

»Hältst du jetzt etwa zu unserem Nestling? Der kann noch nicht einmal richtig fliegen, will aber schon den alten Vögeln zeigen, wo es zu den höchsten Wipfeln geht! Na das kann ja heiter werden!«

Die Männer setzten sich an den Tisch und Elisabeth bereitete in der Pfanne ein Omelett nach dem anderen zu. Selbstverständlich gab sie ihrem Gast das erste in den Teller. Adam wiederum nutzte diese Gelegenheit für eines seiner Späßchen. »Jahrelang lebe ich mit dieser Frau zusammen und habe immer als Erster das Omelett bekommen«, flachste er. »Und jetzt kommt der Bettbrunzer daher und macht mir das Essen streitig!«

Kilian kaute die ersten Bissen und musste sich wegen Adams Bemerkung das Losprusten verkneifen, damit er das Omelett nicht über den Tisch verteilte. Er konnte sich gerade noch beherrschen.

Elisabeth schmunzelte bei seinem Anblick und gab Adam das zweite Omelett auf den Teller. »Du warst auch jahrelang immer der Einzige hier am Tisch, mein alter Eselpeter.«

»Jaja«, meinte Adam. »Ich hab schon gesehen, dass ich

langsam abgeschrieben bin. Jetzt muss ich aufpassen, dass ich nicht noch vom eigenen Hof vertrieben werde.«

Kilian verschlang in kürzester Zeit sein Mittagessen, die Waldarbeit machte ihm wohl großen Hunger. »Wer spricht denn hier vom Vertreiben«, sagte er. »Wir würden dich natürlich als Knecht hierbehalten, gell, Elisabeth!«

Adam spielte bisher gekonnt den Gepeinigten in der Runde, doch nun begann auch er, herzhaft zu lachen. »So siehst du mir aus!«, rief er belustigt. »Dass ich den alten Knecht machen muss. Das hätte gerade noch gefehlt!«

»Ihr seid mir so Possenreißer«, sagte Elisabeth und setzte sich zu den beiden an den Tisch. In den vergangenen Tagen hatte sie sich sehr an Kilian gewöhnt. Es war nun über zwei Wochen her, dass er bei ihnen auf dem Vrenenhof gelandet war, und der junge Gast war ihnen ans Herz gewachsen, fast als wäre er ihr eigener Sohn. Elisabeth wusste, dass Adam den jungen Schuhmacher sehr mochte. Aber irgendwann würde Kilian den Vrenenhof verlassen, wollte er doch seinen Großonkel besuchen, und nicht zuletzt hatte er seine Verlobte Anna, die er bald heiraten wollte. Die junge Frau konnte sich glücklich schätzen, einen Mann wie Kilian gefunden zu haben. Er war ein anständiger Kerl und sah gut aus. Von der Seite musterte Elisabeth ihn unauffällig, während Kilian sein zweites Omelett aß. Wilde Gedanken schwirrten ihr dabei durch den Kopf. Es waren die Gedanken ihres jugendlichen Ichs, das sich durchaus in den jungen Mann hätte verlieben können. Aber sie war nun mal nicht mehr das Mädchen von früher, sondern eine Frau mit fast sechzig Jahren, und sie war zufrieden. Sie liebte ihren Adam und war froh, dass sie mit ihm den Mann fürs Leben gefunden hatte. Glücklich blickte sie von Kilian zu Adam, der mit seiner Gabel die letzten Stücke des Omeletts vom Teller pickte. Sie verehrte ihn für seine Ruhe und den Humor, den er auch jetzt an den Tag legte. Er war ihr geliebter Eselpeter. Elisabeth genoss den glücklichen Moment. Dann erzählte sie den beiden von Johannas Besuch und dem Mittel, das sie selbst für den kleinen Arthur angesetzt hatte. Kilian sah Elisabeth interessiert an.

»Und du bist sicher, dass es dem kleinen Bub helfen wird?«, fragte er.

Sie blickte ihm zuversichtlich in sein Gesicht. »Das Mittel ist ein uraltes Rezept meiner Vorfahren. Es wird auf jeden Fall helfen.«

Adam nickte überzeugt und wandte sich an Kilian. »Du kennst meine Elisabeth und ihr Kräuterbuch eben noch nicht recht!«, sagte er. »Wenn es sein muss, könntest du sogar mit der Beulenpest oder mit Cholera hier ankommen und sie könnte dir helfen!«

»Na ja, so ähnlich schlecht ging es mir ja, als ich zu euch gekommen bin«, alberte Kilian.

»So ist es«, stimmte Adam zu. »Und wie du siehst, hat sie es sogar bei einem halb toten Hund wie dir geschafft.«

Elisabeth lächelte und winkte verlegen ab. »Ach, ohne Hildegards Kräuterbuch hätte ich es gar nicht geschafft.«

»Natürlich!«, meinte Adam überzeugt. »Mit den ganzen Rezepten muss man sich auch erst einmal auskennen. Ich könnte es jedenfalls nicht.«

»Das ist wohl besser so«, sagte sie fröhlich. »Ich muss das Mittel heute Mittag destillieren und werde es danach zu Johanna bringen.«

»Gut, und ich werde so lange schauen, dass unser Nestling noch was zu tun hat«, entgegnete Adam in seiner neckischen Art.

Die beiden Männer gingen nach dem Essen wieder in den Wald und Elisabeth wusch das Geschirr ab. Danach lief sie ins Kräuterzimmer und begann mit der Destillation des Extrakts. Sie füllte den Kräutersud in das Glasgefäß des Destillationsapparats und zündete die Öllampe darunter an. Es dauerte eine Weile, dann bildeten sich die ersten Bläschen im Kräutergemisch. Langsam begann das Gebräu, wie eine Suppe zu kochen. Die ätherischen Stoffe der zerstoßenen Kräuter hatten sich in den vergangenen Stunden im Wasser gelöst, stiegen nun mit dem Dampf im Glashelm auf und schlugen sich an der Glaswand nieder. Dort kühlte der Dampf ab, perlte tropfenartig herab und lief in der innen umlaufenden Rinne des Gefäßes zusammen. Das Destillat floss durch die Glasröhre nach unten und sammelte sich im Behälter am Boden. Die Destillation dauerte fast zwei Stunden. Danach füllte Elisabeth das Extrakt in eine kleine Tonschüssel und gab die doppelte Menge Honig dazu. Sie rührte so lange um, bis er sich darin vollständig gelöst hatte. Schließlich füllte sie das fertige Mittel in ein Fläschchen mit Korkenverschluss und beschriftete es mit den Worten *A. Stärkungsmittel*. Mit dem kleinen Fläschchen in der Tasche machte sie sich kurze Zeit später zu Fuß auf den Weg zum Haldenhof. Es war warm draußen und Elisabeth genoss das schöne Wetter. Auf dem Weg durch den Wald strömte ihr ein leichtes, dennoch angenehm kühlendes Lüftchen entgegen. Auf ihrem Fußmarsch ahnte sie, dass Ludovica ihren Besuch missbilligen würde, doch dagegen würde sie sich schon zur Wehr setzen. Als Elisabeth von der Landstraße den Weg zum Haldenhof hinauflief, hörte sie von Weitem das laute Schimpfen und Fluchen. Auf dem Hof rannte eine Kuh wie von einem Schwarm Hornissen gestochen umher.

Andreas Biehle eilte wild fluchend hinter ihr her und versuchte, sie zur Stalltür zu treiben. Ludovica und der alte Vinzenz halfen ihm dabei. Leicht amüsiert beobachtete sie die Szene und musste sich ein Lachen verkneifen. Die anderen bemerkten davon nichts, weil sie zu sehr mit der Kuh beschäftigt waren.

»Grüß dich Gott, Liesl«, hörte Elisabeth eine Stimme und schaute sich um. Auf der Haustürschwelle entdeckte sie Johanna mit den kleinen Mädchen und ging zu ihnen.

»Guck mal, Liesl! Muh rennt!«, rief die kleine Magdalena und lachte. Auch Theresia kicherte, nur Elfriede nicht. Das Mädchen wirkte betroffen.

»Wie ist das denn passiert?«, fragte Elisabeth.

»Die anderen sind vorhin vom Feld zurückgekehrt«, erzählte Johanna. »Während die Männer in der Scheune die Weizengarben auf den Heustock brachten, ist Ludovica mit den Mädchen auf die Weide gegangen, um die Kühe zum Melken zu holen. Elfriede durfte ihr helfen, die Tiere mit einer kleinen Rute in den Stall zu treiben. Aber als ob die Viecher sie nicht für voll genommen hätten, begannen sie plötzlich auszubrechen. Erst war es nur eine Kuh, die nicht gehorchte und kurz vor der Stalltür flüchtete. Ludovica wollte sie zurücktreiben, doch da war es schon zu spät. Die anderen Kühe rannten auseinander. Ludovica rief Andreas und den alten Vinzenz um Hilfe und gemeinsam trieben sie die Kühe in den Stall, doch kurz vor dem Tor brach wieder eine Kuh aus, die jetzt immer noch rumrennt.«

»Und ich bin daran schuld«, klagte Elfriede mit weinerlicher Stimme.

»Das ist doch halb so wild«, tröstete Johanna ihre Tochter.

»Das denke ich auch«, pflichtete Elisabeth ihr bei. »Dein Vater und die anderen fangen die Kuh wieder ein.«

»Wie geht es Arthur?«, erkundigte sich Elisabeth.

»Der ist in der Stube«, erklärte die kleine Theresia vorlaut.

»Na dann wollen wir doch mal schauen, was er macht«, sagte Elisabeth zu den Mädchen. »Kommt ihr mit?«

Das ließen sich die Kleinen nicht zweimal sagen. Vergnügt hüpften sie ihr und Johanna hinterher. Johanna holte den kleinen Arthur in die Küche, setzte sich an den Tisch und gab ihm die Brust. Elisabeth bemerkte sofort, dass der kleine Bub nicht recht trinken wollte. Es war so, wie Johanna es ihr erzählt hatte. Die Mutter blickte sie flehend an.

»Er will einfach nicht trinken, Liesl. Ich habe es nun schon länger versucht, aber er will nicht. Er schläft dabei sogar immer wieder ein.«

Theresia und Magdalena umringten ihre Mutter mit dem kleinen Bruder auf dem Arm.

»Ist der Arthur krank, Mutter?«, fragte Theresia besorgt.

Bevor Johanna antworten konnte, ergriff Elisabeth das Wort. »Nein, nein. Euer Bruder hat einfach keinen großen Hunger. Aber das wird sich ab morgen ändern. So, und ihr geht jetzt in die Stube zum Spielen, damit ich mit eurer Mutter in Ruhe reden kann, gell?«

Theresia und Magdalena konnten sich nur schwer von ihrem Bruder trennen, doch Elfriede schien den Ernst der Situation erkannt zu haben. »Kommt, wir spielen Familie«, forderte sie die anderen auf.

»Oh ja!«, rief die kleine Magdalena begeistert.

»Ich bin die Mutter und du der Vater«, sagte Theresia zu ihrer älteren Schwester. Elfriede nahm die anderen beiden bei der Hand und ging mit ihnen in die Stube.

»Das ist ihr Lieblingsspiel«, meinte Johanna. »Jetzt haben wir auf jeden Fall eine Zeit lang Ruhe.«

Elisabeth lächelte und setzte sich zu ihr an den Tisch. Dann nahm sie das Stärkungsmittel aus ihrer Tasche und erklärte Johanna, was zu tun war.

»Du musst ihm jeden Morgen etwas von diesem Mittel geben. Das regt seinen Appetit an und wird helfen, dass er sich wieder stillen lässt.«

»Und wie soll ich es ihm geben?«, fragte Johanna.

»Am besten tropfst du davon einen Teelöffel voll und gibst es ihm so. Keine Angst, es sind zwar manche bitteren Kräuter drin, aber das Mittel ist mit Honig versetzt, sodass es ihm schmecken müsste.«

»Soll ich es gleich mal probieren?«, fragte Johanna unsicher.

»Ja, das kannst du machen«, entgegnete Elisabeth. »Aber der Hunger wird sich noch nicht gleich bei ihm einstellen, wenn du ihm das Mittel gegeben hast. Das kann ein bis zwei Stunden dauern.«

»Dann probiere ich es gleich jetzt, je früher, desto besser«, gab Johanna sich entschlossen. »Vielleicht wird er heute Abend schon die Brust nehmen. Halt du ihn bitte kurz. Ich hole einen kleinen Löffel.« Sie gab Arthur in ihre Hände.

Elisabeth nahm den kleinen Arthur nur zu gern. Während Johanna den Löffel aus dem Küchenschrank holte, streichelte sie ihm behutsam über das Köpfchen. Seine wenigen Haare fühlten sich an wie der Flaum eines Kükens. Johanna öffnete das Fläschchen mit dem Stärkungsmittel und goss vorsichtig davon auf den Löffel. »Reicht das so?«

»Ja, das sollte auf jeden Fall genügen.«

Johanna hob Arthurs Köpfchen an und hielt den Löffel an seine kleinen Lippen.

»Du musst ganz vorsichtig drücken. Wenn er es nicht annimmt, kannst du seine Lippe ein bisschen nach unten aufklappen und so das Mittel eingießen«, riet Elisabeth.

Als Johanna ihrem Sohn den Löffel ganz sanft an die Lippen presste, begann er sogleich, daran zu nippen, und nahm das Stärkungsmittel in sich auf. Johanna sah Elisabeth mit strahlendem Blick an. »Er nimmt es tatsächlich!«, sagte sie begeistert. »Wie viel muss ich ihm denn davon geben?«

»Ein Löffel müsste genügen. Und lass ihn ruhig daran nuckeln, damit er alles aufnimmt.« Sie selbst war auch erleichtert, dass der kleine Arthur das Mittel schluckte. Nur ein paar Stunden und die Kräuter würden ihre Wirkung zeigen. Johanna ließ Arthur am Löffel noch ein bisschen nuckeln und verschloss das Fläschchen mit dem Korken. »Das werde ich wohl am besten oben in der Kammer in meinem Nachttischchen verstecken. Da sieht es die Ludovica nicht und die Kinder sollen es auch nicht in die Finger bekommen.«

»Ja, das wird das Beste sein«, meinte Elisabeth und wiegte Arthur in ihren Armen. »Ich warte so lange hier.«

Johanna war kaum nach oben gegangen, da trat Ludovica in die Küche. Als sie Elisabeth am Tisch mit Arthur auf den Armen sah, versteinerte ihre Miene. »So kann der Bub ja nie was werden!«, giftete sie Elisabeth an. »Er gehört an die Brust seiner Mutter und nicht an die von alten Weibern!«

Elisabeth blickte entrüstet auf. Mit einem Aufeinandertreffen mit Ludovica hatte sie an diesem Nachmittag tatsächlich gerechnet, aber dass die Altbäuerin in diesem ungeschickten Moment in die Küche kommen musste, kam ihr gar nicht gelegen.

»Johanna hat ihm schon die Brust gegeben, aber er wollte nicht trinken. Er hat noch keinen Hunger«, rechtfertigte sie sich. »Und jetzt ist sie nur schnell nach oben in ihre Kammer.«

Ludovica tauschte ihre Stallkleidung gegen die Küchenschürze und begann, das Vesper auf dem Tisch zu richten. Sie würdigte Elisabeth keines Blickes, aber ihre Worte schoss sie wie Giftpfeile auf den Feind.

»Soso«, höhnte sie. »Dann kennst du den kleinen Bub also besser als wir alle zusammen. Wo du doch selbst so eine geübte Mutter bist, gell!«

Die Worte trafen sie zutiefst, aber Elisabeth ließ sich nichts anmerken. Es war besser, nicht weiter darauf einzugehen, sonst würde die Altbäuerin nur noch mehr Angriffsstellen für ihren Hass finden. Ohne Worte wiegte Elisabeth den Bub weiter, bis sie Johannas Schritte auf der Treppe hörte. Als die junge Mutter hereinkam, stand Elisabeth auf und gab ihr Arthur in die Arme. »Er schläft. Du kannst es ja nachher noch mal mit Stillen versuchen.«

Johanna nickte und nahm Arthur vorsichtig an sich. »Bleibst du zum Vesper?«, wollte sie wissen.

Elisabeth lehnte dankend ab und ging zur Tür. »Nein danke. Ich muss selbst zu Hause das Vesper richten.«

Johanna blickte Ludovica an, die verdächtig wortlos Brot, Wurst und Käse auf den Tisch brachte. Elisabeth konnte an Johannas Blick erkennen, dass sie etwas von den Anfeindungen ihrer Schwiegermutter ahnte. Doch Johanna schwieg und geleitete sie zur Tür hinaus.

»Vielen Dank für deine Hilfe, Liesl!«, sagte sie. »Magst du morgen Mittag wieder vorbeikommen? Dann können wir nochmals in Ruhe reden. Nur wir zwei, und vielleicht trinkt Arthur bis dahin schon.«

»Ich schau mal, ob es passt«, erwiderte Elisabeth und winkte im Fortgehen.

Junge Familie

Am Abend, nachdem Elisabeth das Stärkungsmittel vorbeigebracht hatte, bekam der kleine Arthur tatsächlich Hunger und ließ sich stillen. Johanna war überglücklich, denn es war das erste Mal, dass ihr kleiner Bub viel trank. Liesls Mittel wirkte tatsächlich. Am Morgen danach gab Johanna ihm wieder einen kleinen Löffel vom Stärkungsmittel und kurze Zeit später trank er so viel von ihrer Brust wie noch nie. Ludovica erzählte sie selbstverständlich nichts von Liesls Wundermittel und versteckte es vor ihr. Nach dem Mittagessen waren Andreas, Ludovica, Georg, Vinzenz und die Mädchen wieder zur Weizenernte auf das Feld gefahren. Johanna blieb mit dem kleinen Arthur zu Hause und arbeitete in der Küche. Wie von ihr erhofft, kam Liesl am späten Nachmittag auf dem Haldenhof vorbei. Voller Freude warf Johanna sich ihr um den Hals und strahlte vor Glück. Elisabeth freute sich mit ihr. Endlich konnten sich die beiden Frauen in Ruhe miteinander unterhalten. Zusammen setzten sie sich auf die Holzbank im kühlen Schatten des Scheunenvordachs.

»Seit ich Arthur heute Morgen das Mittel gegeben habe, hat er schon zweimal meine Brust genommen«, erzählte Johanna freudestrahlend.

»Das freut mich zu hören. Aber auch wenn er jetzt fleißig trinkt, solltest du das Mittel noch nicht absetzen. Du musst es ihm mindestens zwei Wochen lang geben. Bis dahin müsste er einen recht gesunden Appetit entwickelt haben.«

»Das werde ich auf jeden Fall tun!«, beteuerte Johanna.

»Dein Mittel wirkt wahre Wunder und dafür bin ich dir ewig dankbar.«

Elisabeth lächelte zufrieden. Eine Weile saß sie mit ihr auf der Bank und sie sprachen in aller Gemütlichkeit über die Mädchen und den kleinen Arthur. Dabei malten sie sich aus, wie der Bub mit seinen größeren Schwestern aufwachsen und später den Haldenhof übernehmen würde. Eine schöne Vorstellung, dachte sich Johanna.

In den kommenden Tagen befolgte sie fleißig den Rat ihrer Freundin und verabreichte Arthur jeden Morgen das Stärkungsmittel. Auch dem Rest der Familie war nicht entgangen, dass der Kleine nun mehr Hunger hatte und langsam, aber sicher gedieh. Sie alle freuten sich mit Johanna, allen voran der stolze Vater.

Am folgenden Sonntagmittag wollte Andreas mit seiner jungen Familie einen Spaziergang machen. Die Sonne strahlte warm vom blauen Himmel herab und es versprach, ein schöner Herbstnachmittag zu werden. Gleich nach dem Mittagessen ging Andreas mit den Mädchen hinaus in die Scheune und holte im Wagenstall den kleinen Hand-Leiterwagen. Durch das Küchenfenster beobachtete Johanna, wie er den Leiterwagen mit Stroh ausfüllte und die Mädchen ihm halfen. Währenddessen machte sie mit Ludovica den Abwasch.

»Gehst du mit zum Spaziergang?«, fragte Johanna.

»Nein, ich bleibe so lange zu Hause und werde auf dem Sofa ein kleines Mittagsschläfchen machen«, antwortete Ludovica. »Das habe ich wirklich schon lange nicht mehr getan.«

»Bist du sicher, dass du nicht mitgehen willst bei dem schönen Wetter? Der Vinzenz geht nachher ins Dorf zum Stumpfer Gottfried und dann bist du ja ganz allein hier.«

Insgeheim war Johanna froh, dass sie mit Andreas und den Kindern allein sein würde. Aber aus Höflichkeit wollte sie ihre Schwiegermutter selbstverständlich fragen.

»Geht ihr nur«, winkte Ludovica ab. »Solange der Vinzenz weg ist, kann ich ohne schlechtes Gewissen mein Nickerchen machen.«

Johanna nickte und holte nach dem Abwasch den Säugling aus der Wiege. Mit einem Tuch band sie sich den Jungen an den Bauch und ging hinaus auf den Hof. Die Mädchen hatten es sich bereits im ausgepolsterten Leiterwagen bequem gemacht und kicherten miteinander. Andreas zog den Leiterwagen und Johanna lief mit Arthur neben ihm her. So machte sich die glückliche Familie über die alte Dorfstraße auf den Weg nach Wackenhausen und von dort über den Oberhof zur Anhöhe oberhalb von Bambergen. Dort machten sie Rast. Zusammen mit Andreas setzte sich Johanna in den Schatten unter einen der vielen Hochstammbäume. Um sie herum spielten die Mädchen Fangen auf der Wiese. Andreas setzte sich mit dem Rücken an einen Baum und döste leicht vor sich hin. Außer dem Summen von Insekten in den Gräsern und dem »Fang mich doch!« der ausgelassenen Mädchen war nichts zu hören. Johanna saß zufrieden neben ihrem Mann mit dem Kleinsten auf dem Arm. So saßen sie eine Weile beieinander und sie war sich ziemlich sicher, dass Andreas schon schlief. Doch wie aus dem Nichts sprach er zu ihr und ließ seine Augen weiterhin geschlossen.

»Was hast du eigentlich gemacht, dass Arthur plötzlich doch deine Brust nimmt?«, fragte er.

Johanna schwieg einen kurzen Moment. Vor Andreas hatte sie keine Geheimnisse und wollte ihm auch in diesem Fall die Wahrheit erzählen. Dennoch fürchtete sie, dass

Ludovica es von ihm erfahren könnte. Deshalb zögerte sie zuerst, doch schließlich erzählte sie ihm die ganze Geschichte von ihrem Besuch bei der Liesl, vom wundersamen Stärkungsmittel und davon, wie Arthur endlich viel mehr Hunger hatte. Andreas hörte ihr die ganze Zeit aufmerksam zu. Als Johanna mit ihrer Geschichte fertig war, öffnete er die Augen und blickte skeptisch auf seinen Sohn, der immer noch in ihren Armen schlief. »Und du meinst tatsächlich, dass ihm das Mittel von der Kräuterliesl geholfen hat?«, fragte er.

Johanna sah Andreas mit voller Überzeugung an. »Ganz sicher!«, antwortete sie. »Kurz nachdem ich ihm vom Stärkungsmittel gegeben habe, hat er das erste Mal richtig viel getrunken. Du glaubst nicht, wie sein Appetit sich seither verändert hat.« Flehend blickte sie ihm in die Augen. »Aber du darfst deiner Mutter ja nichts davon erzählen!«, bat sie. »Versprichst du mir das?«

»Ja, versprochen«, antwortete Andreas. »Und was ist genau in dem Stärkungsmittel drin?«

Johanna zuckte ratlos die Schultern. »Das weiß ich eben nicht«, antwortete sie. »Die Liesl hat etwas von irgendwelchen Kräutern gesagt.«

Andreas schaute einen Moment lang nachdenklich in die Ferne. Dann wandte er sich wieder an sie. »Nun ja. Wenn du glaubst, dass er seither trinkt, muss es ja tatsächlich an dem Mittel liegen.«

»Ja«, beteuerte Johanna. »Es kann nur so sein und ich bin der Liesl überaus dankbar dafür. Ich möchte mir nicht vorstellen, was passiert wäre, wenn unser Arthur nicht richtig getrunken hätte.« Sie machte eine kurze Pause und Rührung stieg in ihr hoch. Freudentränen rannen ihr über die Wangen. »Die Liesl hat unserem Arthur das Leben gerettet.«

»Mein einziger Hoferbe«, sprach Andreas gedankenverloren vor sich hin. Auch ihm ging es wohl ziemlich nahe, wie Johanna bemerkte. Mit seinen rauen Händen streichelte er ihr zärtlich die Schulter. »Das stimmt wohl«, meinte er. »Die Mutter hat manchmal schon recht, wenn sie von der Liesl spricht. Aber dass es Arthur besser geht, haben wir wohl nur ihr zu verdanken. Ich würde sagen, wir laden sie nächsten Sonntag zum Mittagessen ein. Zum Dank, weil sie unserem kleinen Arthur geholfen hat. Oder?«

Johanna seufzte sorgenvoll und zögerte. »Aber deine Mutter«, gab sie zu bedenken. »Ludovica wird nicht ...«

Andreas unterbrach sie. »Ich weiß. Wir werden ihr nichts davon erzählen. Wir laden die Liesl einfach als gute Freundin ein und fertig. Mehr muss die Mutter dazu nicht wissen.«

Johanna lächelte ihn erleichtert an. »Ja, so machen wir es«, sagte sie. »Sollen wir die Liesl gleich nachher einladen? Wir könnten auf dem Heimweg am Vrenenhof vorbeigehen, oder nicht?«

»Ha ja, warum nicht«, stimmte Andreas zu. »Ich war dort schon lange nicht mehr. Es würde mich sowieso interessieren, wie es dort mittlerweile aussieht. Wie geht es eigentlich dem Adam?«

»Ich meine, recht gut«, antwortete sie. »Ich sehe ihn nur selten. Ich kann nur das sagen, was die Liesl mir über ihn erzählt.«

»Wir werden es nachher ja sehen, wenn er sich nicht gerade im Wald versteckt«, bemerkte Andreas flapsig.

Eine Weile lang genossen die beiden die ungestörte Zweisamkeit unter den Bäumen, während die Mädchen auf der Wiese spielten. Später traten sie den Heimweg an und machten wie geplant einen Halt bei Elisabeth und

Adam. Auf dem Vrenenhof lagen die beiden Schweine in ihren Erdmulden und schliefen in den warmen Sonnenstrahlen. Um sie herum gackerten friedlich drei Hennen, die mit ihren Krallen eifrig im Erdboden umherscharrten. Johanna ging zur Haustür und klopfte, Andreas wartete mit den Mädchen auf dem Hof. Lachend beobachteten die Kinder die beiden trägen Schweine. Andreas schaute sich aufmerksam auf dem Hof um.

»Grüß dich Gott, Liesl!«, grüßte Johanna, als sich die Tür öffnete.

»Ja, das ist mal eine schöne Überraschung!«, freute sich Elisabeth und blickte auf den Hof. »Grüß dich, Andreas! Schön, dass du mal bei uns auf dem Vrenenhof bist. Und die Mädchen sind auch da!« Freudig winkte Elisabeth sie alle ins Haus. »Kommt rein. Wir sind gerade beim Kaffee. Ihr trinkt doch bestimmt gern eine Tasse mit, oder?«

»Eigentlich wollten wir nur kurz sagen, dass wir dich nächsten Sonntag gerne zum Mittagessen einladen möchten, weil du dem Arthur geholfen hast«, verkündete Johanna.

»Das ist sehr nett von euch!«, sagte Elisabeth und strich Johanna über die Schulter. »Da komme ich natürlich sehr gerne vorbei. Aber jetzt kommt doch kurz herein. Die Mädchen wollen bestimmt ein Stück von meinem Zopfbrot, gell?«

Vor Freude johlend stiegen die Mädchen vom Wagen, rannten zu Elisabeth und umringten sie von allen Seiten.

»Also gut«, sagte Johanna. »Aber wir können nicht lange bleiben, denn wir müssen nachher wieder in den Stall.«

Elisabeth lief voran in die Stube. Die Mädchen gingen ihr hinterher, doch als sie die Stube betraten, zögerten sie.

Sie kannten die Liesl zwar sehr gut, aber bei ihr zu Hause waren sie noch nie gewesen. Die Umgebung war für die kleinen Mädchen fremd, und dementsprechend zurückhaltend verhielten sie sich. Dennoch schauten sie sich still und neugierig nach allen Seiten um. Andreas und Johanna traten nach ihnen in die Stube ein und setzten sich an den Tisch. Elfriede, Theresia und Magdalena durften sich auf das rote Sofa setzen.

»Ich hol uns geschwind einen Kaffee und das Zopfbrot«, sagte Elisabeth freudig und ging in die Küche. Wie die Orgelpfeifen saßen die drei Mädchen auf dem Sofa und kicherten leise. Johanna lächelte ihre Töchter zufrieden an. Andreas betrachtete den Vorhang, blickte zu Johanna und deutete mit dem Kopf wortlos in Richtung des verborgenen Durchgangs. Johanna verstand, was er wissen wollte. Doch sie zuckte nur mit den Schultern. Liesl kam mit einem frisch gebackenen Zopf zurück und stellte ihn auf den Tisch.

»Bist du allein oder ist der Adam auch da?«, wollte Johanna wissen.

»Die Männer sind in der Küche, aber ich sag ihnen gleich, dass sie sich zu uns setzen sollen«, antwortete Elisabeth.

»Wenn ihr Besuch habt, wollen wir nicht stören«, meinte Johanna verlegen.

»Nein, es ist alles in Ordnung«, tat Elisabeth ab. »Das ist nur der Kilian, der vor ein paar Tagen zu uns auf den Vrenenhof gekommen ist und seither Adam bei der Waldarbeit hilft.«

»Hat euch sonst nicht immer der Schädler Franz im Wald geholfen?«, fragte Andreas neugierig.

»Ja, das stimmt«, antwortete Elisabeth. »Aber der Kilian arbeitet gerne im Wald, und da er einige Jahre jünger ist als der Schädler Franz, ist er dem Adam eine gute Hilfe.«

»Wird er euch ab jetzt immer im Wald helfen?«, hakte Andreas nach.

»Nein«, antwortete Elisabeth. »Er ist fahrender Schuhmacher und nur auf der Durchreise. So, und jetzt hole ich den Kaffee und bringe die anderen beiden gleich mit.«

Als Elisabeth wieder in die Küche verschwunden war, sahen Johanna und Andreas sich verwundert an.

»Bisher hat sie mir nichts von dem Schuhmacher erzählt«, flüsterte Johanna über den Tisch.

»Komisch«, gab Andreas zurück. »Wer das wohl ist?«

Für einen kurzen Moment war es still in der Stube und auch die Mädchen saßen ungewöhnlich ruhig auf dem Sofa. Die drei waren zu sehr damit beschäftigt, die ungewohnte Umgebung zu beobachten, als dass sie wie sonst umhertobten. Andreas und Johanna schwiegen ebenso. Nur das Ticken der großen Standuhr war zu hören, die in diesem Moment halb vier mittags schlug. Mit dem Uhrschlag kam Liesl zurück und in ihrem Schlepptau der junge Mann. Andreas, Johanna und die Kinder blickten den Fremden neugierig an.

»Grüß Gott zusammen«, sagte er und setzte sich zu ihnen an den Tisch. Elisabeth schenkte ihren Gästen den Kaffee ein und rief nach draußen: »Adam, bringst du noch den Zucker mit?«

Andreas' und Johannas Interesse galt ganz und gar dem jungen Mann.

»So, dann bist du fahrender Schuhmacher, wie die Liesl uns erzählt hat?«, fragte Andreas.

»Ja, ich bin der Kilian Gassner aus Ravensburg«, antwortete der Fremde.

»Aus Ravensburg!«, staunte Andreas. »Dann hast du aber einen weiten Weg hierher gehabt!«

»Ja, ein guter Tagesmarsch war es schon«, antwortete Kilian. »Aber als fahrender Handwerker bin ich einiges gewohnt.« Kilian lächelte und aß vom Zopfbrot, das Elisabeth ihm auf den Teller gelegt hatte.

Mittlerweile war Adam in die Stube gekommen, der bekanntlich nicht gern in Gesellschaft von vielen Menschen war. Leicht gezwungen grüßte er alle und setzte sich zu ihnen an den Tisch. Andreas und Johanna schenkten ihm weiter keine Beachtung, denn ihre Aufmerksamkeit galt weiterhin dem jungen Schuhmacher, über den sie mehr erfahren wollten.

»Und wie kommst du hierher?«, fragte Andreas. »Bist du auf der Walz?«

»Nein, ich will meinen Großonkel besuchen und bin hier nur auf der Durchreise.«

»Warst du schon öfters hier? Oder woher kennst du den Vrenenhof?«, bohrte Andreas weiter.

»Nein, nein«, fuhr Elisabeth verlegen dazwischen. »Er war unterwegs malad und ist durch Zufall bei uns gelandet. Er hatte eine schwere Erkältung.«

»Dann hat er ja grad die richtige Frau angetroffen«, bemerkte Johanna mit einem Lächeln.

»Das ist wohl wahr«, antwortete Kilian. »Elisabeth und Adam haben mich gut aufgenommen. Deshalb wollte ich noch ein bisschen bei ihnen bleiben und bei der Arbeit helfen.«

»Das hat Elisabeth uns erzählt, dass du im Wald mithilfst. Ich hoffe doch, dass dein Rückweg an unserem Haldenhof vorbeiführt. Ich könnte einen Gehilfen brauchen«, sagte Andreas und die anderen lachten.

In dieser gemütlichen Kaffeerunde unterhielten sie sich noch eine Weile miteinander.

Andreas und Kilian sprachen hauptsächlich über das Schuhmacherhandwerk, Adam schwieg die meiste Zeit und Johanna redete mit Elisabeth über die Kinder. Als die große Standuhr viermal zur vollen Stunde schlug, verabschiedeten sie sich und machten sich auf den Heimweg. Andreas erzählte Johanna währenddessen von seinen Eindrücken.

»Richtig gewirtschaftet wird auf deren Hof auch schon lange nicht mehr«, meinte er kritisch. »In Liesls Garten wuchert ja nur so das Unkraut. Da sollte sie mal wieder ordentlich jäten und umgraben.«

Johanna musste lachen. »Das ist kein Unkraut. Das sind ihre Heilkräuter, die sie selbst anpflanzt.«

»Nimmt sie diese Kräuter denn für ihre Mittel? Meinst du, sie hat auch Arthurs Saft aus diesen Kräutern gemacht?«

»Ich denke schon«, vermutete Johanna. »Manchmal sammelt sie auch wilde Kräuter auf den Wiesen und im Aachtobel, das hat sie mir mal erzählt.«

»Ich kann mir zwar fast nicht vorstellen, dass das Unkraut unserem kleinen Bub helfen soll, aber dann glauben wir es halt«, meinte Andreas argwöhnisch.

Kräuterhex

Am Morgen nach dem Besuch auf dem Vrenenhof wartete Johanna wie in den vergangenen Tagen, bis Ludovica im Stall war. Dann holte sie das Fläschchen mit dem Stärkungsmittel aus ihrem Nachttisch und ging in die Küche hinunter. Die Mädchen waren mit Andreas und ihrer Schwiegermutter im Stall. Elfriede und Theresia waren alt genug, um ein bisschen mitzuhelfen. Die großen Kälber mit der Bürste zu putzen, war neuerdings ihre Aufgabe. Magdalena war zwar noch zu klein, aber was ihre großen Schwestern taten, interessierte sie natürlich, und sie wollte unbedingt dabei sein. In der Küche füllte Johanna ein bisschen vom Stärkungsmittel auf einen Löffel, nahm Arthur auf den Schoß und gab ihm die gewohnte Menge. Zufrieden nippte er vom Mittel.

Ein lautes Schreien aus dem Stall schreckte Johanna auf. Die Mädchen, war ihr erster Gedanke. Eilig ging sie in die Stube, legte Arthur in die Wiege und rannte besorgt nach draußen. Es regnete leicht. Von Weitem drang ihr das laute Schluchzen der kleinen Magdalena entgegen. Im Stall sah sie Andreas, der ihre kleinste Tochter auf dem Arm hielt, Ludovica stand daneben und schimpfte mit den anderen beiden Mädchen.

»Warum habt ihr denn nicht auf sie aufgepasst!?«, keifte die Altbäuerin ihre beiden Enkelinnen an.

Von den beiden Mädchen kam keine Antwort. Eingeschüchtert und erschrocken von den lauten Schreien ihrer kleinen Schwester, blickten die beiden auf den Boden. Andreas versuchte derweil, Magdalena zu beruhigen, indem er sie auf dem Arm leicht hin und her wiegte.

»Euch kann man keinen Moment aus den Augen lassen!«, schimpfte Ludovica weiter auf die beiden ein.

Weiter hinten im Stall sah Johanna den alten Vinzenz zwischen den Kühen, der sich auf eine Mistgabel stützte. Das leidvolle Heulen der kleinen Magdalena schien ihm durch Mark und Bein zu gehen. Der Ausdruck von Mitleid und Sorge um das kleine Mädchen, das er wohl gerne auf den Arm genommen und getröstet hätte, war Johanna nicht entgangen.

»Maaaaaammmaaaa!«, schrie Magdalena und streckte sehnsüchtig die Arme nach ihrer Mutter aus. Beinahe verzweifelt gab Andreas seine Tochter in Johannas Arme.

»Um Himmels willen! Was ist denn passiert?«, fragte sie besorgt.

»Elfriede und Theresia haben den Kälbern den Scheißdreck aus dem Fell gebürstet und Magdalena hat ihnen dabei zugeschaut«, schilderte Andreas. »Auf einmal hat sie geschrien wie am Spieß. Aber was genau passiert ist, hab ich nicht gesehen.«

»Ich habe euch gesagt, dass Magdalena nicht zwischen die Viecher stehen soll«, tadelte Johanna ihre Töchter.

»Das Fell war ganz verklebt«, erzählte Elfriede reumütig. »Da hab ich mit der Bürste fest gezogen, dass es glatt wird. Da ist das Kälble erschrocken und der Magdalena auf den Fuß gestanden.«

»Oh je, mein armes Mäusle!«, tröstete Johanna ihre jüngste Tochter, die immer noch schluchzte.

»Hätten die beiden Fräuleins besser auf ihre kleine Schwester aufgepasst, wäre das nicht passiert!«, zeterte Ludovica.

Johanna drückte Magdalena behutsam an sich und die Kleine wurde ruhiger. Obwohl Ludovica nicht ganz unrecht hatte, nahm Johanna ihre beiden Töchter in Schutz. Dabei versuchte sie, selbst nicht vorwurfsvoll zu klingen.

»Ludovica, so etwas passiert nun mal mit Kindern im Stall. Ihr Älteren seid zu dritt und hättet ein bisschen aufpassen können«, sagte sie.

Ihre Schwiegermutter reagierte verärgert. »Aha, dann bin ich jetzt wieder der Sündenbock! Ha ja, mit mir kann man es ja machen«, maulte Ludovica und schaute zu Andreas.

Vermutlich erwartete sie von ihrem Sohn, dass er ihr recht gab. Aber Andreas schwieg und ging ohne einen Ton an die Arbeit zurück. Auch Vinzenz wandte sich ab und mistete weiter. Johanna bemühte sich, das Gemüt ihrer Schwiegermutter mit ruhigen Worten zu besänftigen. »Ich meine nur, dass man mit den Mädchen jetzt nicht so schimpfen muss, es tut ihnen doch schon leid.«

Ludovica giftete zurück: »Jetzt willst du mir also noch den Mund verbieten, hä? So könnt ihr von mir aus mit einer Magd umgehen, aber nicht mit mir! Ich hab mein ganzes Leben hier auf dem Hof gearbeitet und meine Kinder großgezogen! Aber das ist euch wohl egal! Ab jetzt mach ich keinen Finger mehr krumm, das kann ich euch sagen!«

Mit diesen Worten verließ Ludovica energisch den Stall und ging ins Haus. Magdalena jammerte noch immer vor sich hin und Johanna sah sich ihren Fuß genauer an.

»Ist das Kälble so fest draufgestanden?«, wollte sie wissen.

Magdalena nickte nur, vor Schreck konnte sie nicht einmal recht antworten.

»Es war doch nur kurz, Mutter«, warf Theresia ein.

»Ja, aber das reicht zum Wehtun«, meinte Johanna. Magdalena begann wieder, laut zu weinen, und sie streichelte ihr sanft über die Wangen.

»Wir gehen jetzt in die Küche und machen dir ein kaltes Tuch um den Fuß. Nicht, dass der noch anschwillt, gell.«

»Guten Morgen, Bäuerin«, tönte da eine tiefe Stimme. Johanna blickte auf und sah den dürren Georg, der zum Stall hereinkam. Mit seinem düsteren Blick beäugte er sie und die Mädchen. Schließlich ging er nach hinten zu Andreas und fragte, was er ihm heute helfen solle. Mit der Kleinen auf dem Arm lief Johanna hinüber zum Haus. Als sie die Tür öffnete, kam Ludovica ihr mit einem bösen Blick entgegen. In der Hand trug sie das Fläschchen mit dem Stärkungsmittel und hielt es ihr dicht vor die Nase. Johanna hatte es auf dem Küchentisch stehen lassen.

»Ist das von der elenden Kräuterhex?«, fragte Ludovica aufgebracht. »Hast du dem Arthur etwa davon gegeben?«

Ein unangenehmes Gefühl fuhr in Johannas Bauch. Sie kam sich vor wie ein kleines Mädchen, das von ihrer Mutter beim Stehlen ertappt worden war. Schuld stach durch ihren Körper, doch auch Wut verschaffte sich Raum. Sie hatte es satt, ihrer Schwiegermutter Rechenschaft ablegen zu müssen. Ludovica musste akzeptieren, dass sie nicht mehr über alle und alles auf dem Hof das Sagen hatte. Johanna setzte die kleine Magdalena auf die Treppenstufen im Hausgang und erhob die Stimme. »Ja, das habe ich von der Liesl! Und wenn sie es mir nicht gegeben hätte, wäre unser Bub wahrscheinlich verhungert!«

Ludovica lachte schrill. »Ha! Du glaubst doch nicht etwa an den Hokuspokus! Der Arthur hat es ganz allein geschafft und nicht wegen diesem Dreckwasser von dem Heidenweib!«

»Die Liesl ist ein aufrichtiger Mensch. Was hast du bloß gegen sie, dass du sie so verteufeln musst?«

»Ein guter Mensch?«, krächzte Ludovica heiser. »Sie ist und bleibt ein Heidenweib!«

Ludovica und Johanna schrien sich so laut an, dass man es offenbar drüben im Stall hören konnte. Andreas kam eilig herbei, um zu schlichten. Vinzenz und der dürre Georg waren ebenfalls aus dem Stall gekommen und beobachteten den Streit von Weitem.

»Was ist denn los?«, rief Andreas. »Seid ihr nicht mehr ganz sauber?«

»Sie vergiftet deinen Sohn!«, fauchte Ludovica. »Mit dem Zeug von der Kräuterhex! Deinen Hoferben! Und sie ist so dumm und merkt nicht, was das Weib ihr da untergejubelt hat!«

Johanna verteidigte sich. »Geholfen hat es! Und was ich unserem Sohn gebe, hat dich nicht zu interessieren!« Mit Tränen in den Augen schrie sie ihre Schwiegermutter an. »Du hättest wahrscheinlich zugesehen, wie er jämmerlich verreckt wäre!«

»Ruhe jetzt!«, brüllte Andreas.

Ludovica sah ihn an, als wäre er ihr kleiner Bub von früher. »Dir sage ich gleich, wer hier das letzte Wort hat! Lässt du etwa zu, dass deine eigene Mutter als Unmensch hingestellt wird, hä? Oder glaubst du etwa auch, dass das Weibsbild eurem Kind geholfen hat?«

»Mutter, ich habe selbst gesehen, dass der Arthur in den letzten Tagen immer mehr getrunken hat. Und wenn meine Johanna sagt, dass es dank dem Mittel von der Liesl ist, dann ist es so! Fertig! Aus! Amen!«

Wieder hatte Andreas als Bauer gesprochen, doch Ludovica musste unbedingt das letzte Wort behalten.

»Ihr werdet euch noch wundern«, prophezeite sie. »Wer weiß, was das heimtückische Hexenluder da zusammengepanscht hat. Die elendige Natternbrut will euch schaden, weil sie selber keine Kinder hat. Verbrannt gehört sie, so wie früher, zusammen mit ihrem ganzen Teufelszeug!«

Ludovica verzog sich in ihre Kammer und warf laut die Tür hinter sich zu. Vinzenz und Georg gingen zurück an die Arbeit. Andreas blieb einen Moment bei Johanna stehen.

»Warum ist sie nur so böse?«, fragte Johanna mit belegter Stimme. »Was hat sie denn gegen die Liesl? Sie sollte sich als Großmutter doch freuen, dass es ihrem Enkel besser geht.«

»Ich weiß es nicht«, antwortete Andreas. »Dieses ganze Kräuterzeug ist der Mutter nicht geheuer. Und dann hat die Liesl auch noch einen Mann, mit dem sie nicht einmal verheiratet ist. Meine Mutter ist nun mal streng katholisch und sie eben nicht. Daran liegt es bestimmt auch.«

»Ja, aber das hat doch nichts mit dem Mittel zu tun, das die Liesl für den Arthur gemacht hat. Sie hat ihm damit geholfen!«

»Vielleicht ist es gerade deswegen«, meinte Andreas. »Ich glaube, Mutter wäre wahrscheinlich gern diejenige gewesen, die Arthur gerettet hat. Jetzt ist es die Kräuterliesl, die sie nicht leiden kann.«

Johanna sah Andreas verzweifelt an. »Egal, wer ihm geholfen hat, Hauptsache, unserem Arthur geht es gut!«

»Ja, das wird sich wieder einrenken«, tröstete Andreas und strich ihr über die Wangen. »Wirst sehen, bis morgen hat sie sich beruhigt.«

»Mama, aua!«, wimmerte Magdalena kleinlaut. Sie saß immer noch auf den Treppenstufen.

»Jesses Maria! Dich habe ich ja fast vergessen, mein Mäusle!« Johanna ging mit ihrer Tochter in die Küche, um einen kalten Umschlag auf den Fuß zu legen. Andreas lief derweil zurück zum Stall.

Der Regen hatte inzwischen nachgelassen. Vinzenz und der dürre Georg zogen gemeinsam den Kartoffelroder aus dem Wagenschopf und spannten eines der Pferde davor. Andreas wollte mit ihnen heute auf den Acker unten an der Landstraße, um Kartoffeln zu ernten. Eigentlich hätte Ludovica ihnen helfen sollen, doch es war wohl besser, sie nicht zu fragen, dachte sich Johanna. Auf dem Hof gab es genug Arbeit und das wusste die Altbäuerin. Am späten Vormittag kam sie aus ihrer Schlafkammer, ging hinaus zu den großen Hochstammbäumen hinter dem Gemüsegarten und sammelte dort die gefallenen Bohnenäpfel vom Boden auf. Johanna beobachtete sie dabei vom Stubenfenster aus. Währenddessen hörte sie hinter sich das Quengeln von Arthur. Sie nahm ihn aus der Wiege und gab ihm die Brust. »Die Liesl hat dir geholfen, da bin ich mir ganz sicher, gell.« Zufrieden betrachtete sie ihren kleinen Sohn. Als er fertig getrunken hatte, ließ sie ihn aufstoßen und legte ihn zurück in die Wiege. Danach machte sie sich an die Arbeit. In der Küche stand das kleine Fläschchen mit dem Stärkungsmittel auf dem Schrank, das Ludovica wütend dort abgestellt hatte. Aus Gewohnheit wollte Johanna das Fläschchen in ihr Nachttischchen zurückbringen, doch das Mittel war kein Geheimnis mehr. Sie musste es nicht mehr länger vor Ludovica verstecken, und das war ihr sehr recht – auch wenn der Preis dafür dieser hässliche Streit gewesen war. Es war das erste Mal, dass sie ihre Schwiegermutter wütend angeschrien hatte.

In diesen Gedanken ging Johanna hinaus an den Brunnen und holte dort die kleine Milchkanne mit Rahm, den sie heute Morgen von der Milch abgeschöpft hatte. Danach stellte sie das Butterfass in der Küche auf und füllte den Rahm hinein. Sie musste frische Butter machen und setzte sich dazu auf einen Stuhl neben dem Fass. Während sie minutenlang an der Kurbel drehte, gingen ihr die Sätze durch den Kopf, die Ludovica im Streit über Elisabeth gesagt hatte. Ihre Schwiegermutter hatte die Liesl tatsächlich als heimtückisches Hexenluder beschimpft, das verbrannt werden solle. Wie konnte man nur so grausame Gedanken haben? Sie konnte die Altbäuerin einfach nicht verstehen. Für Johanna war die Liesl eine gute Freundin, und das sollte sie auch in Zukunft bleiben, ob es Ludovica passte oder nicht. Als der Rahm im Butterfass genügend Flocken hatte, schüttete Johanna diesen durch ein Sieb und drückte die Rahmmasse mit einem Löffel aus. Danach holte sie die Holzformen aus dem Küchenschrank und drückte die Butter hinein. Zum Schluss gab sie etwas Salz hinzu. Die fertige Butter brachte sie in den kühlen Keller hinunter und machte sich an das Mittagessen. Heute wollte sie eine Kartoffelsuppe kochen. Sie holte eine Schüssel voll Kartoffeln aus dem Keller, wusch diese ab und schnitt sie in den Kochtopf hinein. Dazu gab sie Karotten, Lauch, Sellerie und später geröstete Speckwürfel. Bis zum Essen köchelte die Suppe in Ruhe vor sich hin.

Als die Männer vom Feld zurückkehrten, setzten sie sich an den Küchentisch. Andreas sprach mit Vinzenz über die Qualität der geernteten Kartoffeln und Georg saß schweigend daneben. Unerwartet kam Ludovica zum Essen in die Küche. Beleidigt setzte sie sich an den Tisch, ohne ein Wort zu sagen. Ein recht ungewohnter Anblick, dachte

Johanna, weil ihre Schwiegermutter doch sonst immerzu redete. Aber ihr Schweigen war alles andere als unangenehm. Johanna verteilte die Suppe auf allen Tellern, dann beteten sie gemeinsam das Tischgebet und aßen zu Mittag.

Josefines Apfelmus

Während des Streits zwischen der Bäuerin und der Altbäuerin stand Georg Back an der offenen Stalltür und lauschte aufmerksam. Wie Ludovica über das Kräuterweib schimpfte, gefiel ihm. Er konnte den Hass der Altbäuerin deutlich spüren. Ein abgrundtiefer Hass, den er teilte. Ja, verbrennen sollte man das Weib. Am besten alle zusammen: sie, den Schuhmacher und den verfluchten alten Bastard, der ihm die Mistgabel in den Oberschenkel gerammt hatte. Georg wollte Rache an den dreien auf dem Vrenenhof und dazu schien ihm Ludovicas Hass nützlich. Diesen Hass müsste man schüren. In Ludovica hatte er scheinbar eine Verbündete gefunden. Aber allein mit der Altbäuerin konnte er schlecht auf den Vrenenhof gehen und mit den dreien abrechnen. Wäre Ludovica ein Mann gewesen, sähe es womöglich anders aus, aber selbst dann wäre es nicht einfach, das Pack zu überwältigen. Georg brauchte Rächer, die ihm bei seinem Plan helfen würden, und die Rächer wiederum brauchten einen Grund für ihre Rache. Beim Streit zwischen den Weibern beobachtete er auch Andreas und den alten Vinzenz neben sich. Sie könnten seine Rächer sein, doch dazu müsste er auch in ihnen einen unbändigen Hass gegen das Kräuterweib entfachen. Georg grübelte eine Weile.

Nach dem Streit zog er mit dem alten Knecht den Kartoffelroder aus dem Wagenschopf und sie spannten zwei Ochsen vor den großen Leiterwagen. Gemeinsam luden sie die Weidenkörbe auf, und als sie alles beisammenhatten, fuhr Vinzenz mit dem Leiterwagen voran. Andreas und Georg folgten ihm mit dem Kartoffelroder. Georg führte das Pferd an den Zügeln und der Bauer steuerte hinten das zweirädrige Erntegerät, das auf dem Kiesweg ratterte. Von Weitem erinnerte der Kartoffelroder an eine große Garnisonskanone. Nur das große Schleuderrad passte nicht ganz in dieses Bild. Auf dem Acker angekommen, platzierten sie den Roder an den ersten Reihenhügel, dann gab der Bauer dem Pferd das Kommando und es zog das Gerät der Länge nach durch die Reihe. Durch den Antrieb der beiden Eisenräder wurde das große Schleuderrad in Bewegung gesetzt, das die Kartoffeln durch seine Drehungen mit vielen einzelnen Schaufeln aus dem Erdreich grub und zur Seite schleuderte. Während Andreas die Reihen abfuhr, liefen Vinzenz und Georg mit den Weidenkörben hinterher und sammelten die Kartoffeln ein. Die monotone Arbeit bot Georg Gelegenheit, über seine Pläne zu sinnieren. Später, als sie gemeinsam beim Mittagessen am Küchentisch saßen, suchte er immer noch krampfhaft nach einer Idee, wie er die anderen auf seine Seite bringen konnte. Ab und zu sah Georg zu Ludovica, die schweigend ihren Teller auslöffelte. Dabei kamen ihm wieder ihre Worte von heute Morgen in den Sinn. Er erinnerte sich an das kleine Fläschchen, das sie während des Streits in der Hand gehalten hatte. Er hatte nicht alles von Anfang an mitbekommen, was die beiden Weiber einander vorgeworfen hatten, weil er erst kurz nach ihrem Zusammentreffen aus dem Stall gekommen war. Doch anfangs hatte die Altbäuerin davor gewarnt, dass die Kräuterhex den kleinen Bub der Biehles vergiften würde. Irgendwie musste das mit dem Fläschchen zusammenhängen. Georg blickte sich in der Küche um und entdeckte das Gefäß auf der Ablage des Küchenschranks. Er konnte nicht alles lesen, was auf dem Etikett der Flasche stand, doch der Wortfetzen *A. Stärkungsm…*, den er erkennen konnte, genügte ihm. Das war es wohl, wovon die Altbäuerin heute Morgen gesprochen hatte. »Arthurs Stärkungsmittel« musste es heißen. Das Kräuterweib hatte dieses Mittel offenbar für den Säugling zusammengebraut. Der kleine Arthur war nach der Geburt recht schwach gewesen, das hatte auch Georg mitbekommen, und so machte es in seinen Augen Sinn, dass Johanna bei der Kräuterhex ein Stärkungsmittel für ihren Sohn geholt hatte.

Georg überlegte fieberhaft, wie er den Zwist zu seinem Vorteil nutzen könnte. Andreas und Vinzenz sprachen währenddessen über den Drescher, der morgen mit seiner Lokomobile und dem großen Dreschwagen auf den Hof kommen sollte, um den geernteten Weizen zu dreschen. Für Georg war das Fläschchen für den kleinen Arthur jedoch wesentlich interessanter. Unauffällig musterte er den jungen Bauern. Andreas war nicht ganz so großspurig wie sein Vater. Aber auf seinen Hof war er durchaus stolz, das wusste Georg. Der Hof war Andreas' Eigentum, den er irgendwann seinem Sohn vererben würde. Was würde der Bauer wohl demjenigen antun, der ihm seinen lang ersehnten Erben nahm?

Georgs Blick wanderte zurück zu dem Fläschchen auf dem Küchenschrank. Da kam ihm eine Erinnerung und ein hämisches Grinsen flog über seine Lippen. Als er ein junger Bub mit dreizehn Jahren gewesen war, hatte ihm seine Großmutter Josefine eine Geschichte erzählt, die ihn noch jahrelang danach beschäftigt hatte. Georg hatte sie damals nach seinem verstorbenen Großvater gefragt. Er hatte wissen wollen, wie er ausgesehen hatte und wer er gewesen war. Bis dahin hatte er nicht viel von Balthasar Schwarz gewusst, den alle nur den Baltes genannt hatten. In der dunklen, von Rauch erfüllten Küche hatte die schwarz gekleidete Josefine damals am Herd gestanden, in der Pfanne über dem Feuer gerührt und von Baltes erzählt.

»Dein Großvater war nicht mehr als ein Taugenichts«, schimpfte sie. »Viele Jahre habe ich unter ihm gelitten. Für unseren Hof hatte er nicht viel übrig. Die Arbeit musste ich immer zusammen mit den Kindern machen, während er am helllichten Tag auf dem Nachbarhof einen Krug Most nach dem anderen gesoffen hat, bis er sternhagelvoll war. Wenn er abends nach Hause kam, genügte ein falsches Wort, um ihn wütend zu machen. In seinem Suff war der Baltes ein Satan. Er hat mich geschlagen, und auch die Kinder hat er ohne Grund verdroschen, deine Mutter, deine Tanten und Onkel. Viel zu lange habe ich seine höllische Wut und die Schläge hingenommen, ohne mich zu wehren. Ich glaubte schon, dass der Himmel ihn mir als Strafe für meine Sünden geschickt hatte. Es hörte nicht mehr auf. Der Herrgott schien kein Erbarmen mit mir und den Kindern zu haben. Irgendwann habe ich mir geschworen, uns alle davon zu erlösen. Baltes musste verschwinden. Nicht nur für eine Weile, sondern für immer. Eines Tages lag er mit Fieber im Bett. Ich sah ihn an und wusste, dass der Tag der Vergeltung gekommen war. Ich machte mich auf die Suche nach einem bestimmten Kraut, das elendig nach Mäuseseiche stinkt, den Blutschierling. Es war nicht schwer, das Kraut zu finden, es wächst meistens am Ufer von kleinen Bächen. Den widerwärtigen Gestank von dem Kraut riecht sogar ein Blinder von Weitem. Außerdem sieht der Blutschierling aus wie das weiße Schafgarbenkraut. Er ist ein bisschen größer und hat rot gefleckte Stängel, die aussehen, als würden Blutstropfen an ihnen kleben. Daran konnte ich ihn gut erkennen. Von dem Kraut habe ich die Früchte gepflückt und nachher in der Küche zu Brei gestampft. Mit der gleichen Menge Wasser und ein bisschen Essig gemischt, habe ich den Brei über Nacht ziehen lassen und am nächsten Tag abgepresst. Dadurch stinkt das Zeug nicht mehr nach Mäuseseiche. Dann habe ich den Saft unter ein Apfelmus gemischt und es dem Baltes zum Essen hingestellt. Von der Stube aus hörte ich, wie er kurze Zeit später würgen musste. Er rief nach mir und fluchte, ich solle ihm sofort einen Kübel bringen. Als ich zurück war, hatte er schon das halbe Bett vollgekotzt. So ging es bald eine Stunde, bis es ihm endlich den Kragen zugeschnürt hatte.«

Großmutter Josefine hatte dem jungen Georg die Geschichte ohne jeglichen Anschein von Trauer erzählt. Im Gegenteil, für sie schien Baltes' Tod eine Erlösung gewesen zu sein. Gespannt hatte Georg zugehört und gefragt, wie sie den anderen erklärt hatte, woran sein Großvater gestorben war.

»Den Nachbarn und dem Pfarrer habe ich gesagt, dass der Baltes vom starken Fieber gestorben war. Aber es hat sich sowieso keine Sau dafür interessiert, wie der dreckige Lumpenhund wirklich gestorben ist. So bin ich mit sechsunddreißig Jahren Witwe geworden und die Kinder waren Halbwaisen. Einen zweiten Mann wollte ich mir nicht mehr suchen. Am Ende hätte ich doch nur so eine gewalttätige Höllenbrut wie deinen Großvater gefunden. Sicher hätten wir einen Bauern auf dem Hof gebrauchen können, aber deine Onkel waren damals alt genug. Zusammen mit ihnen habe ich den Hof selber weiter bewirtschaftet und endlich konnten wir in Frieden leben. Und das habe ich nicht dem Herrgott zu verdanken, sondern allein dem stinkigen Blutschierling, der deinem widerwärtigen Großvater ein für alle Mal den Garaus gemacht hat.«

Diese Geschichte hatte Georg nie wieder vergessen und in der Küche der Biehles kam sie ihm wieder in den Sinn. Nach dem Mittagessen lud er zusammen mit Andreas und Vinzenz die Kartoffeln vom Wagen ab und brachte sie in den Keller unter dem alten Speicher. Danach fuhren sie zurück auf den Acker und füllten nochmals einen Wagen. Als auch die zweite Ladung im Keller war, machte Georg Feierabend. Zu Andreas sagte er, dass er zum Vesper nicht bleiben könne, da er beim Schädler Franz vorbeigehen wolle. Mit ihm müsse er über die zugewachsenen Wassergräben an dessen Feldern reden. Auf seinem Heimweg konnte Georg an nichts anderes mehr denken als an den Blutschierling. Hatte er das Kraut nicht erst vor Kurzem am Bachlauf unten im Aachtobel gesehen? Der Gestank nach Mäusepisse war dort sehr stark gewesen. Als er nun zurück auf seinem Schäfergütle war, machte er sich sofort auf die Suche. Die Abendsonne hing mittlerweile tief über dem Horizont und er musste sich sputen, das Kraut im letzten Tageslicht noch zu finden. Mit seinem Messer, einer Laterne und einem Leinensack in den Händen lief Georg an der Hangmühle vorbei nach unten in den Aachtobel. Immer wieder drehte er sich um und vergewisserte sich, dass ihm niemand folgte. Als er die Sägemühle passiert hatte, verschwand die Sonne in einem gespenstischen Abendrot langsam hinter dem Horizont. Vorsichtig stieg Georg den Abhang hinunter, der ganz unten um den Bach herum als Ebene auslief. Hohe Sträucher und Unkraut säumten das Gewässer auf beiden Seiten. Fledermäuse schwirrten lautlos in der Dämmerung über ihn hinweg und irgendein Tier raschelte ganz in der Nähe in den Büschen. Ihm blieb etwa eine halbe Stunde, bis es vollkommen Nacht werden würde. Georg besah sich die Pflanzen und Sträucher um ihn herum. Schritt für Schritt ging er durch das Gestrüpp um den Bachlauf und suchte die Stelle, an der er den Blutschierling vermutete. Ein paar Schritte weiter war der Geruch von Mäuseurin sehr intensiv. Georg suchte eifrig weiter und schließlich entdeckte er die Pflanze. Die ungefähr mannshohe Staude sah tatsächlich aus, als wären ihre grünen Stängel mit Blut betropft worden. Von seiner Großmutter wusste Georg, dass er das teuflische Kraut selbst nicht anfassen sollte, davon würde er brennenden Ausschlag bekommen. Um jedes Risiko zu vermeiden, umhüllte er seine Hand mit einem Tuch und zog damit einen Zweig von dem Kraut näher an sich heran. Sorgfältig betrachtete er es im dämmrigen Licht. Es gab keinen Zweifel, die roten Flecken auf den Stängeln und der widerliche Geruch verrieten, dass es eindeutig der Blutschierling sein musste, den seine Großmutter ihm damals beschrieben hatte. Georg nahm sein Messer, schnitt den oberen Teil der Pflanze mit den Früchten ab und packte alles in einen Leinensack. Mit der Beute in der Tasche steckte er das Messer weg und sah sich einen Moment lang um. Es war nicht die einzige Pflanze, die hier wuchs, im Umkreis von etwa zehn Metern standen mindestens drei Stauden des Blutschierlings verstreut. Eigentlich sollte er alle abernten und mitnehmen. Damit könnte er sicher eine ganze Kompanie vergiften, und wer wusste, ob er das Kraut nicht noch mal gebrauchen konnte. Andererseits musste er von hier weg, bevor ihn jemand entdeckte.

Zurück auf dem Schäfergütle, setzte er sich im Schein der Petroleumlampe an den Küchentisch und holte die abgeschnittenen Früchte des Blutschierlings aus dem Leinensack. Von den Rispen zupfte er eine Handvoll ab. Er zerstieß die knolligen Früchte in einer Schüssel, mischte wie seine Großmutter die gleiche Menge Wasser und ein bisschen Essig dazu. Dann ließ er es ziehen und legte sich ins Bett.

Am nächsten Morgen schüttete er den Brei auf ein Leinentuch und knotete dieses zusammen. Das Bündel legte er in eine andere Schüssel und presste einen dicken Holzstößel darauf. Langsam quoll der Saft des Blutschierlings aus dem feinen Gewebe des Tuchs heraus und sammelte sich in dem Behältnis. Fasziniert begutachtete Georg die Flüssigkeit und ein Grinsen legte sich auf seine Lippen. Er presste etwa ein Glas voll des Saftes aus und füllte diesen in eine kleine Bügelflasche. Zufrieden stellte er das kleine Fläschchen vor sich auf den Küchentisch und wusch sich die Hände. Danach schenkte er sich einen Schnaps ein und setzte sich wieder an den Tisch.

»Wollen wir doch mal sehen, wer jetzt das bessere Mittel für das Balg hat!«, triumphierte er und begann, dämonisch zu lachen. Siegessicher prostete er der kleinen Bügelflasche zu und leerte den Schnaps in einem Zug.

Dreschtag

Frühmorgens machte Georg sich mit dem Schäferwagen auf den Weg zum Haldenhof, denn der Drescher hatte sich für heute angekündigt. Die schwarzen Rauchwolken der Lokomobile über den Dächern des Hofes konnte er schon von Weitem sehen. Beim Anblick des stolzen Haldenhofs klopfte Georg grinsend mit der Hand auf seinen Kittel. In der Tasche trug er die kleine Bügelflasche mit dem Saft des Blutschierlings. Was er damit tun wollte, wusste er genau. Es stellte sich ihm nur noch die Frage, wie. Auf dem Hof roch es nach verbranntem Holz. Zischend und stampfend erwachte die Kraft der Lokomobile langsam zum Leben, während der Drescher sie weiter beheizte. Mit ihrer Dampfkraft wurde der große Dreschwagen über einen Lederriemenantrieb in Bewegung gesetzt. Kurze Zeit später hing trockener Staub vom frisch gedroschenen Weizen in der Luft. An diesem Tag waren alle Hände auf dem Haldenhof gefordert. Jeder Einzelne hatte seine Aufgabe. Der Bauer half dem Drescher und dessen Gehilfen beim Beschicken des Dreschwagens. Dabei holten die beiden Arbeiter die geernteten Weizengarben aus der Scheune und reichten sie Andreas und dem Drescher auf den Wagen. Dort wurden die frisch geschnittenen Weizengarben oben eingefüllt. Im Dreschwagen wurden Weizenkörner, Spreu und Stroh durch die ratternden Maschinenteile voneinander getrennt. Die Weizenkörner flossen in Säcke, die seitlich am Wagen standen. Die Spreu landete in einem Korb unter dem Dreschwagen und das Stroh wurde hinten aus dem Wagen hinausbefördert. Dort kamen die Bäuerin und ihre Schwiegermutter zum Einsatz. Mit aneinandergeknoteten Halmen banden sie das Stroh zu einzelnen Bündeln zusammen. Die fertigen Strohbündel trugen Vinzenz und Georg auf den Heustock in der Scheune. Die älteste der Biehle-Töchter half ihrer Mutter beim Binden des Strohs und auch die anderen beiden Mädchen versuchten sich dabei, allerdings ging das Helfen der beiden doch mehr ins Spielen über. Alle waren beim Dreschen beschäftigt außer der kleine Arthur. Georg blickte immer wieder zum Haus hinüber, wo der Säugling vermutlich in der Wiege lag. Beim Mittagessen erzählte der Bauer von seinen Erinnerungen an früher. Die anderen hörten aufmerksam zu, nur Georg interessierte es nicht besonders.

»Als kleiner Bub habe ich mir immer vorgestellt, dass die Lokomobile auf Schienen fahren kann«, lachte Andreas. »Für mich sah sie eben aus wie eine Lokomotive.«

Die anderen stimmten in sein Gelächter ein.

»Ja, das wäre nicht schlecht, wenn die Lokomobile fahren könnte«, sagte der Drescher. »Dann müssten wir das Riesentrumm nicht jedes Mal mit den Pferden auf die Höfe schleppen.«

Seine Gehilfen nickten zustimmend. Der alte Knecht blickte wichtig in die Runde.

»Als kleiner Junge war unser Bauer immer ganz fasziniert vom Dreschen«, erinnerte er sich. »Ich weiß noch, wie er mich früher immer gefragt hat, wann denn endlich die Lokomotive mit dem Zirkuswagen wieder auf den Hof kommt.«

Der Drescher und seine Arbeiter mussten erneut herzhaft lachen.

»Ja, das stimmt«, bestätigte Andreas. »Der Dreschwagen mit der roten Farbe und der weißen Schrift sah für mich aus wie einer der Zirkuswagen, mit denen die Schausteller jedes Jahr durch die Dörfer ziehen. Der Vinzenz hat mir damals erklärt, dass die Lokomotive und der Zirkuswagen die Arbeit erledigen, die früher viele Helfer mühsam von Hand mit dem Dreschflegel erledigen mussten.«

»Ja, es ist Gott sei Dank viel einfacher geworden mit den Maschinen«, schwärmte der Drescher. »Die sind ein wahrer Segen!«

»Aber Leut zum Helfen braucht ihr trotzdem noch«, wandte Ludovica kritisch ein. »Vor allem uns Frauen.«

»Da hat sie recht«, gestand der Drescher etwas kleinlaut ein. »Der Dreschwagen muss eben beschickt werden, und das, was dabei rauskommt, muss auch jemand versorgen.«

Georg hörte die ganze Zeit über nur mit einem Ohr zu. Nach dem Essen gingen sie gleich wieder an die Arbeit. Während er die Strohbündel auf den Heustock trug, dachte er nach, bis ihm eine Idee kam. Er und der alte Vinzenz trugen das Stroh immer abwechselnd nach oben. Als Vinzenz draußen an der Dreschmaschine warten musste, nutzte Georg die Gelegenheit. Außer ihm war niemand auf dem Heustock. Im Halbdunkel nahm er schnell sein

Messer aus der Tasche und ließ seine Hose ein Stück herunter, sodass seine Oberschenkel frei waren. Die Stichwunden von Adams Gabel waren inzwischen fast verheilt, aber immer noch gut zu sehen. Mit zusammengepressten Lippen setzte Georg das Messer auf eine der Wunden und drückte die scharfe Messerklinge fest hinein. Dunkles Blut floss aus der Wunde, genau wie er es beabsichtigt hatte. Geschwind zog er seine Hose wieder hoch, packte das Messer weg und ging hinaus. Vom Heustock stieg er ganz normal hinunter, doch auf dem Weg zur Dreschmaschine simulierte er Schmerzen mit einem hinkenden Bein. In Richtung des Bauern, der auf der Dreschmaschine stand, rief er: »Meine Bisswunde ist vom vielen Arbeiten aufgeplatzt!« Mit einem schmerzverzerrten Gesicht deutete er dabei auf seinen Oberschenkel, wo das frische Blut den Stoff der Hose inzwischen durchtränkt hatte.

»Geh in die Küche!«, antwortete Andreas. »Die Johanna soll dir helfen!« Der Bauer ging nach hinten und rief seiner jungen Frau etwas zu. Von den Geräuschen der Maschine übertönt, konnte Georg es nicht recht hören, er bemerkte allerdings, wie die Bäuerin skeptisch zu ihm herübersah. Wieder zeigte er das Gesicht eines Leidenden und hielt sich den Oberschenkel. Die Bäuerin sagte etwas zu ihrer Schwiegermutter und ging schließlich mit ihm zum Haus hinüber. In der Küche war es deutlich ruhiger als draußen auf dem Hof. Georg setzte sich mühsam auf einen Stuhl.

»Wie ist das denn passiert?«, fragte Johanna.

»Das viele Hoch und Runter auf dem Heustock war für die Bisswunde wohl ein bisschen zu viel«, antwortete Georg. Währenddessen hob er sein Gesäß an und zog die Hose ein Stück nach unten, sodass die Wunde sichtbar wurde.

»Das sieht nicht gut aus«, stellte Johanna fest und untersuchte die Wunde. »Ich mache es schnell sauber und lege dir einen Verband an.«

Die junge Bäuerin nahm ein nasses Tuch und wischte das teils angetrocknete Blut von seinem Oberschenkel. Für einen kurzen Moment kamen ihm Bedenken, dass sie den frischen Messerstich an der Wunde erkennen würde.

»Ich gehe schnell nach oben in die Kammer, um Verbandstücher zu holen.« Sie verschwand, ohne sich die Verletzung genauer anzusehen. Georg ahnte, dass sie schnell zurück sein würde, und wartete. Während die Bäuerin den Verband anlegte, sprach keiner von ihnen ein Wort. Er spürte regelrecht, dass sie sich in seiner Gegenwart nicht wohlfühlte. Als der Verband fertig war, schenkte sie ihm ein Glas Most ein und stellte es auf den Tisch. »Der Andreas hat gesagt, du sollst dich ein bisschen ausruhen. Die restlichen Strohbündel können wir anderen zusammen auf den Heustock bringen.«

»Vergelt's Gott!«, bedankte sich Georg. Er hielt sich an seinem Oberschenkel und stöhnte, um den Eindruck von anhaltenden Schmerzen glaubhafter zu machen.

»Werden die Schmerzen wieder stärker?«, fragte Johanna. »Willst du ein Glas Schnaps?«

»Nein, nein«, antwortete er. »Es zieht nur ein bisschen.«

Soweit Georg sich erinnern konnte, hatte er noch nie ein Glas Schnaps abgelehnt. Aber er wollte, dass die junge Bäuerin so schnell wie möglich nach draußen ging. Als sie die Haustür hinter sich zumachte, sprang er vom Stuhl auf und schaute aus dem Fenster. Er vergewisserte sich kurz, dass draußen alle an der Arbeit waren. Zielstrebig ging er zum Küchenschrank, wo immer noch das Fläschchen mit der Aufschrift *A. Stärkungsmittel* stand. Jetzt musste alles schnell gehen. Mit flinken Handbewegungen holte er das kleine Bügelfläschchen aus seiner Kitteltasche und öffnete es. Sorgfältig goss er den Saft des Blutschierlings in das dunkle Stärkungsmittel. Dann verschloss er das fremde Fläschchen und schüttelte es, damit sich der Saft gut mit dem Mittel vermischte. Sein leeres Bügelfläschchen ließ er in der Tasche verschwinden und setzte sich auf den Stuhl, als ob nichts gewesen wäre. Zufrieden nahm er einen großen Schluck Most. Er überlegte kurz, schaute wieder aus dem Fenster und ging dann in die Stube. Leise trat er an die Wiege heran und blickte hinein. Der kleine Biehle schlief friedlich darin. Eigentlich hätte er dem Kind das Mittel gleich direkt verabreichen können, doch das wäre zu auffällig gewesen. Nein, so war es genau richtig, meinte er. Auf diese Weise würde niemand Verdacht schöpfen, dass er selbst etwas damit zu tun hatte. Er ging in die Küche zurück und blieb dort, um den Anschein des Verletzten zu wahren. Nach einer Weile leerte er das Glas Most in einem Zug und ging wieder hinaus an die Arbeit. Wegen seiner Verletzung wollte der Bauer, dass Georg sich schonte. Deshalb sollte er den Rest des Tages zusammen mit Ludovica das Stroh binden, während Johanna mit Vinzenz die fertigen Bündel auf den Heustock schleppte. Georg war nicht gerade begeistert von der Weiberarbeit, aber er fügte sich der Anweisung des Bauern. Die große Dreschmaschine ratterte den ganzen Tag über, bis die Weizenernte vom Haldenhof gedroschen war.

Der Dreschermeister und seine Gehilfen blieben zum Vesper. Am Küchentisch erzählte der Bauer voller Stolz von seinem neugeborenen Sohn. Die Bäuerin musste den Bub aus der Wiege holen und den neugierigen Männern am Küchentisch wie einen Pfingstochsen vorführen.

»Ganz der Vater!«, sagte der Drescher überzeugt, als er den Kleinen betrachtete.

Überschwänglich und voller Stolz schenkte der Bauer dem Drescher ein weiteres Glas Most ein. Georg saß die meiste Zeit am Tisch, ohne etwas zu sagen, und hörte den Gesprächen der anderen zu. Er konnte kaum erwarten, dass sein Plan endlich aufging. Als sich später der Drescher und seine Helfer auf den Weg machten, stand Georg vom Küchentisch auf.

»Morgen muss ich ein paar Schlaglöcher auffüllen, sonst zieht der Lattner mir das Fell über die Ohren«, entschuldigte er sich beim Bauern.

»Schon gut«, antwortete Andreas. »Wir haben heute viel geschafft, und wenn du die nächsten Tage wieder kommen kannst, reicht es. Ich will nicht schuld sein, wenn unser Förster auf dich losgeht.« Andreas lachte.

Spätestens morgen wird ihm das Lachen vergangen sein, dachte sich Georg und triumphierte innerlich. Für ihn war der junge Bauer nur ein Mittel zum Zweck. Ein Gefühl wie Mitleid kannte Georg nicht, denn dafür war der Hass, der seit Wochen in ihm brodelte, viel zu groß. Mit einer Mischung aus Genugtuung und Vorfreude machte er sich mit seinem Schäferwagen auf den Heimweg. Alles, was er jetzt noch tun musste, war warten.

Arthur

Am Morgen nach dem Dreschtag gab Johanna dem kleinen Arthur wie jeden Tag die notwendige Ration des Stärkungsmittels. Es ging ihm deutlich besser, fand sie, aber Elisabeth hatte ihr aufgetragen, ihm das Mittel noch ein paar Tage zu verabreichen. Der Kleine lag zufrieden auf ihrem Arm und nippte am Löffel. Er hatte sich mittlerweile an das morgendliche Ritual gewöhnt. Beglückt schaute sie ihm in die Augen.

»Ja, das machst du gut, Bub«, lobte sie ihn. Er hatte sichtlich zugenommen und sah viel gesünder aus. Für Johanna war es eine wahre Freude, ihn anzusehen, wenn sie zurückdachte, wie schwer doch die ersten Tage mit ihm gewesen waren. Es grenzte an ein Wunder, dass es mit ihm nun aufwärtsging. Die Vorstellung, dass er später ein kräftiger junger Mann sein würde, stimmte sie fröhlich. Wie immer ließ sie ihn am Löffel nuckeln, dass er auch alles vom Stärkungsmittel schluckte. Glücklich lächelte sie ihn an, da begann Arthur zu würgen. Aus Angst, dass sie ihm den Löffel zu weit in den Mund gesteckt hatte, zog sie vor Schreck ihre Hand ruckartig zurück. Doch der Säugling würgte weiter. Johanna geriet in Panik und schrie laut: »Ludovica! Hilfe! Ludovica!«

Die Altbäuerin war an diesem Morgen im Stall und melkte die Kühe. Eilig kam sie in die Küche gerannt, wo Johanna mit dem Kind auf dem Arm hektisch auf und ab ging.

Arthur begann zu erbrechen. Viel war es nicht, was er spuckte, ein bisschen Milch und Schleim. Als alles draußen war, glaubte Johanna, dass es nun besser würde. Aber der Kleine ächzte weiter. Es wurde immer schlimmer.

»Was ist mit ihm los?«, rief Ludovica entsetzt.

Johanna war völlig überfordert. Sie kreischte in schrillen Tönen. »Ich weiß es nicht! Ich weiß es nicht!«

Ludovica entdeckte die Flasche mit dem Stärkungsmittel auf dem Küchentisch. »Hast du ihm wieder davon gegeben?!«

»Ja«, antwortete Johanna tränenerstickt. »Aber es hat doch geholfen! Was ist bloß los mit ihm?«

Von den Schreien alarmiert, kam Andreas in die Küche gerannt. Er sah seinen Sohn auf Johannas Armen, der fürchterlich spuckte und daran zu ersticken drohte. »Was hat er?«, fragte er verwirrt.

Johanna wurde immer verzweifelter. Die anderen konnten ihre Worte fast nicht mehr verstehen. »Ich weiß es nicht!«

Geistesgegenwärtig riss Ludovica den Bub an sich. Beherzt drehte sie ihn mit dem Gesicht zu Boden und klopfte auf seinen Rücken. Es half nichts und sie drehte ihn wieder zurück. Mit einem Mal war Arthur regungslos.

»Schnauf, Bub! Schnauf!«, bettelte sie den Säugling energisch an.

Johanna begann neben ihr, hysterisch zu weinen. Von dem Durcheinander in der Küche aufgeweckt, kamen die Mädchen völlig entgeistert von der Schlafkammer nach unten. Erschrocken von der beängstigenden Situation, stimmten sie in das Weinen ihrer Mutter ein. Arthur hatte aufgehört zu atmen. Fassungslos schrie Andreas seine Mutter an.

»Mutter! Mach was! Sakrament noch mal, mach endlich was!«

Ludovica kamen die Tränen und sie flehte ihren Enkel wehmütig an. »Schnauf doch endlich, Bub! Schnauf!«

Der kleine Arthur Biehle war mit seinen Kräften am Ende. Johanna blickte entsetzt auf seine schlaffen und leblosen Glieder. Sie wusste, dass ihr einziger Sohn in diesem Moment auf den Armen seiner Großmutter gestorben war. Von einem tiefen inneren Schmerz zerrissen, fing Johanna an zu schreien, wie nur eine Mutter schreien konnte, wenn sie ihrem Kind beim Sterben zusehen musste. Halb ohnmächtig drückte sie ihr Gesicht an Ludovicas Bluse und glitt verzweifelt an ihr zu Boden.

Andreas stand daneben und schüttelte ungläubig den Kopf. »Nein, Nein!«, stammelte er. »Nicht mein einziger Sohn!« Er schnaubte wie ein wild gewordener Stier. »Nein, das ist nicht wahr! Das ist nicht wahr!« Blind vor Hysterie packte er den Küchenstuhl vor sich und warf ihn mit voller Wucht in den Küchenschrank. Geschirr zerbrach klirrend und der Stuhl zerfiel krachend in seine Einzelteile.

»Hör auf!«, schluchzte Ludovica. »Es ist zu spät.«

Niedergeschlagen ließ Andreas sich am Tisch nieder und weinte hemmungslos. Der alte Vinzenz trat mit verwunderter Miene in die Küche und schaute sich um. Johanna lag vor Ludovicas Füßen, klammerte sich an ihren Rock und winselte. Die kleinen Mädchen standen heulend um sie herum.

»Was ist passiert?«, fragte Vinzenz mit gebrochener Stimme.

»Unser Bub ist tot«, klagte Ludovica. »Unser einziger Bub ist tot!«

Dann kamen auch dem alten Vinzenz die Tränen.

Begräbnis

Die vergangenen Tage waren für Elisabeth eine besondere Freude gewesen. Kilian und Adam verstanden sich prächtig und der junge Kerl brachte Leben auf den Vrenenhof. Die beiden arbeiteten viel im Wald und in drei Tagen wollten sie mit der Holzernte fertig sein. So lange würde Kilian bleiben, das hatte er ihnen versprochen. Danach wollte er weiterziehen zu seinem Großonkel. Elisabeth fürchtete sich ein bisschen vor dem Tag, an dem Kilian gehen sollte, denn sie hatte sich sehr an seine Gesellschaft gewöhnt. Adam ging es genauso wie ihr, das wusste sie. Er selbst würde es natürlich niemals zugeben. Kilian hatte die gedämpfte Stimmung um seine bevorstehende Abreise gespürt. »Auf meinem Rückweg von Owingen nach Ravensburg werde ich auf jeden Fall noch einmal einen kurzen Halt machen«, versprach er und lächelte. »Irgendjemand muss hier ja nach dem Rechten sehen.«

Das war zumindest ein kleiner Trost, dachte sich Elisabeth und sah dem Ganzen fortan nicht mehr ganz so traurig entgegen. Doch wo eine Sorge ist, sind meist mehrere, hatte ihre Mutter Adelheid immer gesagt. Dieser Spruch ging ihr in letzter Zeit öfters durch den Kopf.

Nach dem Mittagessen wollte sie ihre Freundin Hedwig besuchen, die sie länger nicht mehr gesehen hatte. In Elisabeths Garten blühten die orangefarbenen Chrysanthemen seit ein paar Tagen besonders leuchtend. Bevor sie sich auf den Weg machte, schnitt sie für ihre Freundin ein paar von den frischen Blumen ab. Mit einem kleinen Strauß lief sie zu Fuß nach Ernatsreute. Sie freute sich darauf, mit Hedwig auf der Bank am Weiher zu sitzen, wo sie schon viel miteinander geredet und gelacht hatten. Die Besuche bei Hedwig boten immer eine schöne Abwechslung zur Arbeit daheim. Von dieser Vorfreude erfüllt, lief sie zum Forsthaus, aber Hedwig schien nicht so fröhlich zu sein wie sonst.

»Hast du gehört, dass der kleine Bub vom Haldenhof gestorben ist?«, fragte ihre Freundin betrübt zur Begrüßung.

Elisabeth sah Hedwig mit entsetztem Blick an. »Was sagst du da?«, stammelte sie. »Das kann nicht sein. Da musst du was falsch gehört haben.«

»Doch«, beharrte Hedwig kleinlaut. »Eine furchtbare Geschichte, kann ich dir sagen. Der Bub war gerade einmal zwei Wochen alt.«

Geistesabwesend hauchte Elisabeth: »Ich weiß, ich habe ihn auf die Welt geholt.«

»Die Biehles wissen nicht, warum er gestorben ist«, erzählte Hedwig. »Scheinbar hat er sich erbrochen und ist daran erstickt. Das hat mir jedenfalls die Schädler Bärbel erzählt, und die hat es von ihrem Mann erfahren, der heute Morgen auf dem Haldenhof war und beim Andreas die Milch holen wollte. Einfach furchtbar, sage ich dir. Der Bub war doch der einzige Sohn und Hoferbe vom Andreas. Und jetzt stirbt er, obwohl er erst auf die Welt gekommen ist. Ob die Johanna noch mal einen Bub bekommen wird? Wo sie doch bis jetzt fast nur Mädchen zur Welt gebracht hat?«

Elisabeth nahm die Frage ihrer Freundin gar nicht richtig wahr. Sie sprach vor sich hin, als wäre Hedwig nicht anwesend. »Oh, arme Johanna!«, klagte sie. »Ich muss sofort zu ihr. Das verkraftet sie sicher nicht.«

Elisabeth wollte gehen, doch Hedwig hielt sie am Arm fest. In diesem Augenblick erwachte sie aus ihrer geistigen Abwesenheit.

»Du willst doch nicht jetzt zu den Biehles gehen?« Hedwig sah sie ungläubig an. »Die ganze Familie trauert!«

»Ich muss der Johanna beistehen«, erwiderte Elisabeth entschlossen. »Ich hab ihr geholfen, den Bub zur Welt zu bringen. Also muss ich auch jetzt in dieser schweren Stunde an ihrer Seite sein.«

Hedwig setzte an, sie davon abzuhalten, aber Elisabeth lief einfach davon. Zu Fuß ging sie auf direktem Weg vom Forsthaus über die Felder hinterm Dorf und lief die Auffahrt zum Haldenhof entlang. Schon von Weitem wirkte der Hof ruhiger als sonst, beinahe wie ausgestorben. Allein die Hennen der Biehles liefen zufrieden gackernd auf dem Hof umher. Elisabeth klopfte an der Haustür. Niemand öffnete. Sie klopfte nochmals, drückte die Klinke nach unten und trat ein. Von oben konnte sie das Weinen der Mädchen aus den Schlafkammern hören.

»Johanna?«, rief sie zaghaft und schaute in die Küche. Dort war niemand. Sie rief erneut und ging zur angelehnten Stubentür. Langsam schob sie die Tür auf. Bei dem Bild, das sich ihr darbot, blieb sie ergriffen an der Schwelle stehen. Johanna kauerte über der Wiege und starrte auf den toten Säugling. Sie schien Elisabeth nicht wahrzunehmen.

»Johanna?«, sagte Elisabeth etwas lauter.

Die junge Mutter reagierte nicht.

Hinter sich hörte Elisabeth schnelle Schritte auf der Treppe, und als sie sich umdrehte, blickte sie direkt in das Gesicht der Altbäuerin. Ludovicas Augen waren gerötet. Ein Ausdruck von Verzweiflung und Hass lag auf ihrem Antlitz.

»Was willst du hier?!«, fauchte sie. »Schauen, was du angerichtet hast? Du scheinheiliges Weibsstück! Du allein bist an allem schuld mit deinem Kräutergift! Verschwind bloß! Auf der Stelle!« Ludovica stieß Elisabeth zur Haustür.

Johanna nahm von alldem offenbar keine Notiz. Sie war in Gedanken in einer anderen Welt, dachte sich Elisabeth. In einer Welt, in der es nur sie und den kleinen lebendigen Arthur gab. Alles andere um sie herum existierte in diesem Moment nicht.

Ohne einen Ton der Widerrede verließ Elisabeth das Haus. Auf dem Rückweg zum Vrenenhof war sie völlig durcheinander. Eigentlich hatte sie Johanna trösten und ihr beistehen wollen, doch nun schien sie selbst diejenige zu sein, die den Tod des kleinen Arthur zu verantworten hatte. Je tiefer der Gedanke in ihr Bewusstsein drang, desto mehr verzweifelte sie. Zu Hause setzte sie sich niedergeschmettert an den Küchentisch. Tief betroffen vom Tod des Säuglings und der Schuld, die ihr Ludovica anlastete, starrte sie ins Leere. Als Adam und Kilian von der Waldarbeit zurückkamen, saß sie immer noch dort.

»Was ist los?«, fragte Adam, doch sie reagierte nicht. »Stimmt was nicht?«, versuchte er es ein zweites Mal.

Elisabeth antwortete nicht. Adam packte sie an der Schulter und rüttelte an ihr.

»Warum sagst du nichts?«, rief er energisch. »Sag doch was!«

»Er ist tot«, stammelte sie leise. »Der kleine Arthur ist tot und ich bin schuld daran.«

Adam sah sie entsetzt an. »Was! Warum denn? Was ist überhaupt passiert?«

Elisabeth starrte weiterhin ins Leere, als würde sie dort nach einer Antwort suchen. »Es war wohl das Stärkungsmittel«, sprach sie eintönig weiter. »Sie sagen, ich habe ihn umgebracht.«

»Wieso denn das?«, rief Adam entrüstet. »Du hast bisher jedem geholfen!« Er rüttelte wieder an ihrer Schulter.

»Irgendwas ist wohl schiefgelaufen«, sagte sie resigniert und schüttelte den Kopf. »Ich muss irgendwas falsch gemischt haben.« Heiße Tränen liefen ihr nun über die Wangen.

»Aber du hast das Rezept aus dem Kräuterbuch! Was soll daran falsch sein?«, hielt Adam überzeugt dagegen.

Kilian setzte sich auf einen Stuhl und beobachtete die beiden mit ahnungsloser Miene.

»Auch ich mache Fehler«, winselte Elisabeth und wischte sich die Tränen weg. Sie blickte Adam in die Augen. »Vielleicht war die Rezeptur zu stark. Oder der Bub hat irgendetwas nicht vertragen. Ich weiß es nicht.«

Ratlos ließ sie den Kopf hängen. Ihr Mann setzte sich zu ihr an den Küchentisch. Eine Weile schwiegen alle.

Kilian durchbrach als Erster die Stille.

»Vielleicht hat der Bub sonst ein Leiden gehabt?«, mutmaßte er. »Das Mittel hat er doch schon länger bekommen, oder nicht?«

Elisabeth zuckte die Schultern. »Vielleicht hat Johanna ihm zu viel davon gegeben. Ich kann es nicht sagen. Ich wollte mit ihr sprechen, aber Ludovica hat mich aus dem Haus gejagt und geschrien, ich allein sei schuld mit meinem Kräutergift!«

»Das glaub ich sofort.« Adams Miene verfinsterte sich. »Die macht es sich einfach! Womöglich ist sie selbst daran schuld. Dieses widerwärtige Weib!«

»Ich weiß nicht, warum sie mich beschuldigen!«, murmelte Elisabeth vor sich hin. »Ich weiß es einfach nicht.«

Sie hielt sich die Hände vors Gesicht und stützte sich mit den Ellenbogen auf den Küchentisch. Ihre Tränen tropften auf die Tischplatte. Adam streichelte ihr tröstend über den Arm.

»Das war sicher nicht dein Mittel!«, gab er sich zuversichtlich. »Du wirst sehen, da steckt was ganz anderes dahinter. Das werden wir herausfinden.«

Später beim Vesper redeten die drei fast nichts miteinander. In den vergangenen Tagen hatten sie so viel Freude gehabt. Nun schienen die Trauer und die quälende Frage über das Warum wie zwei stumme Gäste bei ihnen am Tisch zu sitzen.

Nachts konnte Elisabeth lange nicht einschlafen. Als es dann endlich so weit war, träumte sie von schrecklichen Dingen. In ihren Albträumen half sie Johanna bei einer Geburt. Doch als Elisabeth den Kopf des Neugeborenen langsam aus dem Unterleib der Mutter zog, merkte sie, dass der Säugling längst tot war. Seine Haut war grau und stumpf. Bei diesem fürchterlichen Anblick schreckte sie mitten in der Nacht auf. Verwirrt sah sie sich in der dunklen Kammer um und fand sich schließlich zurecht. Neben ihr schnarchte Adam tief und fest. Bis sie wieder einschlafen konnte, dauerte es eine Weile. Der Tod des Kindes ließ sie nicht los. In ihrem nächsten Traum war sie in der Stube der Biehles. In der Wiege lag ein Kind, dessen Kopf mit einem Leintuch zugedeckt war. Das Kind schrie und schien kurz vor dem Ersticken zu sein. Um ihm zu helfen, eilte Elisabeth an die Wiege heran und zog das Leintuch zurück, damit der Säugling atmen konnte. Doch es war nicht Arthurs Gesicht, das sie anblickte, sondern das von Ludovica, die im Körper eines Säuglings steckte. Mit einer grässlich verzogenen Fratze schrie sie ihr ins Gesicht.

»Du hast mich umgebracht mit deinem Kräutergift! Du allein bist schuld daran! Nur du allein!«

Die schrille Stimme aus dem Albtraum hallte in Elisabeths Kopf nach, als sie zum zweiten Mal aus ihrem Schlaf aufschreckte. Mittlerweile war es draußen hell und das warme Sonnenlicht fiel in die Schlafkammer. Sie blickte neben sich, Adam war bereits aufgestanden.

»Ich habe dich länger schlafen lassen, damit du dich ein bisschen erholen kannst«, erklärte er ihr unten in der Küche.

»Das ist lieb von dir, mein Eselpeter«, sagte sie. »Ich hatte so schreckliche Albträume, dass ich gar nicht recht schlafen konnte. Die Bilder verfolgen mich jetzt noch.«

Nach dem Morgenessen ging Elisabeth in ihr Kräuterzimmer und grübelte über dem Rezept, mit dessen Hilfe sie das Mittel für Arthur hergestellt hatte. Sie fand beim besten Willen keinen Fehler, der für den plötzlichen Tod des Neugeborenen verantwortlich sein konnte.

Einen Tag später ging sie nachmittags wieder zu ihrer Freundin Hedwig. Elisabeth hatte sie vorgestern nach der furchtbaren Todesnachricht einfach ohne ein Wort verlassen. Deswegen wollte sie nochmals in Ruhe mit ihr über alles reden. Die beiden Frauen saßen auf der Bank am Weiher und Elisabeth erzählte ohne große Umschweife, was sie belastete.

»Sie denken, ich sei schuld an seinem Tod«, sagte sie.

Hedwig sah sie entsetzt an. »Wie kommst du denn darauf?«

»Ich habe für den kleinen Bub ein Stärkungsmittel gemischt, weil er nach seiner Geburt nichts trinken wollte. Und jetzt meinen alle, dass mein Mittel ihn umgebracht hat.«

Hedwig schüttelte den Kopf. »Das glaube ich nicht. Du hattest doch gar keinen Grund dazu. Und falsch gemacht hast du sicher auch nichts, so wie ich dich kenne.«

Elisabeth blickte ihre Freundin dankbar an. Hedwigs Worte taten ihr gut.

»Ja, ich bin mir sicher, dass beim Rezept alles gestimmt hat«, beteuerte sie. »Es sind nur harmlose Zutaten gewesen. Selbst eine hohe Dosierung hätte dem Bub nicht schaden können, sogar wenn Johanna ihm die halbe Flasche davon an einem Tag gegeben hätte.«

Hedwig klopfte ihr aufmunternd auf die Schulter. »Da hast du es. Es wird sicher einen anderen Grund dafür geben, und mit der Zeit wird er ans Licht kommen, du wirst sehen.«

Elisabeth nickte und schaute gedankenverloren auf den Weiher hinaus. Die Stockenten schwammen dort zwischen dem Schilf umher und tauchten unter. Am liebsten wäre sie in diesem Moment selbst untergetaucht. Einfach abtauchen in eine andere Welt und das schwere Schicksal des kleinen Arthur, das sie so sehr belastete, vergessen. Nicht für immer, nur für eine kurze Zeit, bis sich die Wogen an der Wasseroberfläche einigermaßen geglättet hatten. Aber so einfach war es nicht. Sie atmete schwermütig auf und sah ihre Freundin an. »Weißt du schon etwas Neues von den Biehles?«

»Ja«, antwortete Hedwig. »Heute Morgen um zehn war in Lippertsreute die Beerdigung von dem kleinen Bub. Die Schädler Bärbel hat von ihrer Schwester, der Wirtin von Lippertsreute, gehört, dass nur die Biehles, der alte Vinzenz und die Brunnbauers aus Bambergen dabei waren, sonst niemand. Die Familie wollte es so. Ha ja, aber was will man da auch andere Leut dazu einladen. Es hat ja sowieso niemand das Kind gekannt.«

»Die arme Johanna«, seufzte Elisabeth. »Es muss schrecklich gewesen sein für sie.«

»Das kannst du wohl sagen«, stimmte Hedwig zu. »Der Sarg war nicht viel größer als eine Obstkiste, hat mir die Bärbel erzählt. Ein trauriger Anblick muss das gewesen sein. Der Kleine wurde im Familiengrab der Biehles bestattet, direkt neben seinem Großvater. Die Leut müssen denken, das sei ein makabrer Witz, dass zwei Arthur Biehles in einem Grab liegen.«

Elisabeth schüttelte verzweifelt den Kopf. »Mir geht das alles nicht aus dem Sinn, Hedwig. Ich habe Albträume und mir graut es jetzt schon davor, heute Abend ins Bett zu steigen, weil ich ganz genau weiß, dass ich nachts den toten Bub vor mir sehen werde.«

Hedwig hielt ihre Freundin an der Hand. »Weißt du was, du kommst heute Abend zu uns und dann spielen wir zusammen Binokel. Das lenkt dich sicher ein bisschen ab.«

»Ich möchte dir und dem Theo nicht zur Last fallen«, sagte Elisabeth.

»Uns zur Last fallen? Der Theo freut sich über Gesellschaft. Wenn ich daran denke, wie oft wir Besuch von Mannsbildern haben, die ich immer aushalten muss, da wird es höchste Zeit, dass ich mal eine Weibergesellschaft an unseren Tisch bringe!«

Hedwig sprach den letzten Satz so euphorisch aus, dass Elisabeth schmunzeln musste. Die Gegenwart ihrer Freundin brachte sie auf andere Gedanken.

»In Ordnung«, stimmte sie zu. »Aber ich komme erst nach dem Vesper. Sonst ist zu Hause der Teufel los, wenn meine Waldarbeiter nicht rechtzeitig was zu essen haben.«

»Gut, dann heute Abend um sechs?«, fragte Hedwig.
Elisabeth nickte mit einem Lächeln und machte sich auf den Heimweg.

Todesnachricht

AM TAG DER BEERDIGUNG des kleinen Arthur fuhr Georg Back frühmorgens auf den Haldenhof. Andreas Biehle war gestern zu ihm auf das Schäfergütle gekommen und hatte ihm die Todesnachricht überbracht, auf die er schon lange gewartet hatte. Als der Bauer an der Haustür vom plötzlichen Tod seines Sohnes erzählte, hatte sich Georg entsetzt gezeigt und ihm aufrichtig kondoliert. Das alles war selbstverständlich nur gespielt gewesen. Für Georg war es ein Leichtes, dem jungen Bauern gegenüber ein trauriges Gesicht zu machen. Es erforderte nicht viel Kunst, weil der Bauer die meiste Zeit geistesabwesend zu Boden schaute und gar nicht auf ihn achtete. Georg spielte seine Rolle des Teilnahmsvollen recht gut, wie er meinte.
»Komm doch herein, dann trinken wir einen Schnaps gegen den Kummer«, bot er an.

»Nein danke, Georg«, hatte Andreas bedrückt geantwortet. »Ich muss zum Totengräber und den Sarg in Auftrag geben. Dazu brauche ich meinen ganzen Verstand.«

Georg hatte verständnisvoll genickt. Gefasster hatte der Bauer zu ihm aufgeblickt.

»Könntest du morgen früh auf den Hof kommen und allein den Stall machen, dass wir alle in Ruhe zur Beerdigung können?«, fragte Andreas.

Georg hatte zugestimmt.

Während er nun auf dem Haldenhof die Viecher im Stall fütterte, beobachtete er, wie der Schwager des Bauern und seine Frau mit ihrer Chaise auf den Hof fuhren. Kurze Zeit später machte sich die ganze Trauergesellschaft auf den Weg und er war allein auf dem Haldenhof. Im Kuhstall war er mit der Arbeit bereits fertig. Als Nächstes fütterte er die Schweine und die Hühner. Die ganze Zeit über war er mit den Gedanken bei seinem Plan. Das Balg war tot und die Trauer auf dem Hof noch größer, als er erwartet hatte. Wie können sie nur derart einem Kind nachtrauern, das nicht einmal zwei Wochen alt war?

Bis jetzt war es einfach nur große Trauer, die auf dem Haldenhof herrschte. Was ihm für seinen Plan noch fehlte, war eine unbändige Wut und der Durst nach Rache für den frühen Tod des kleinen Hoferben. Diese Wut sollte aus der Trauer entstehen. Dafür wollte Georg sorgen. Der Schwager des Bauern konnte ihm für seinen Plan nützlich sein. Georg hatte Ernst Brunnbauer schon öfters auf dem Haldenhof bei der Arbeit beobachtet, wobei ihm das Temperament des großspurigen Bauern gleich aufgefallen war. Daraus ließ sich sicherlich etwas machen, grübelte er.

Vergeltungssucht

Zur Beerdigung lud Andreas nur die Brunnbauers ein. Johanna fiel es schon schwer genug, und so war es seiner Meinung nach am besten, wenn sie die Beerdigung in aller Bescheidenheit durchführten. Dem stimmte auch Pfarrer Wasmer zu. Ernst und Annemarie waren morgens mit ihrer kleinen Kutsche auf den Haldenhof gekommen. Annemarie versuchte, Johanna beizustehen, so gut es ging, und half den Mädchen vor der Beerdigung beim Anziehen. Andreas saß derweil mit Vinzenz und Ernst am Tisch in der Küche. Die Stimmung war gedrückt und selbst Ernst sprach nur mit gedämpfter Stimme. »Warum, bei unserem Herrgott, musste der Bub sterben?«

Vinzenz saß in dem einzigen schwarzen Anzug, den er besaß, am Küchentisch und schwieg. Andreas schaute seinen Knecht gedankenverloren an. Das letzte Mal, dass Vinzenz den Anzug getragen hatte, war an ihrer Hochzeit gewesen. Andreas hatte ihm damals auf die Schulter geklopft und ihn dafür gelobt, dass er sich so herausgeputzt hatte. Dass er Vinzenz im Anzug das nächste Mal bei der Beerdigung seines neugeborenen Sohnes sehen würde, hätte er damals nicht für möglich gehalten. Sein Blick schweifte vom Anzug irgendwo ins Leere der Küche und er antwortete seinem Schwager mit gedrückter Stimme. »Die Johanna hat ihm ein Stärkungsmittel gegeben, weil er nach der Geburt nichts trinken wollte. Als sie ihm vorgestern wieder davon gab, ist Arthur jämmerlich erstickt.« Bei den letzten Worten presste Andreas ergriffen seine

Lippen zusammen. Tränen schossen in seine Augen und er konnte sich gerade noch zusammenreißen. Er schluckte zweimal schwer und atmete tief durch.

»Hat die Johanna das Stärkungsmittel selber gemischt?«, forschte Ernst zögerlich.

»Nein, das war die Liesl«, antwortete Andreas. »Sie hat das Mittel gemacht.«

»Dann ist sie also schuld am Tod von eurem Bub!«, meinte Ernst.

»Ich weiß es nicht«, stammelte Andreas. »Ich weiß es einfach nicht.« Er rieb sich mit seinen Fingern über die geschlossenen Augen, als wolle er einen bösen Traum wegwischen. Aber Ernst ließ nicht locker.

»Ist das die Liesl vom Vrenenhof?«, drang er in seinen Schwager. »Ich würde vorschlagen, dass wir ihr mal einen ordentlichen Besuch abstatten!«

Andreas schwieg und auch der alte Vinzenz gab keine Antwort.

Ernst wollte seinen Vorschlag wiederholen, aber dazu hatte er keine Gelegenheit mehr, denn die Frauen kamen mit den Mädchen in die Küche. Schließlich fuhren sie gemeinsam zur Kirche nach Lippertsreute. Als die kleine Trauergesellschaft um etwa halb zwölf von der Beerdigung zurück war, legte Johanna sich in die Stube zum Schlafen. Die vergangenen Stunden hatten ihr scheinbar die letzten Kräfte geraubt. Ludovica half ihr und deckte sie fürsorglich zu. Andreas schaute kurz nach ihr und setzte sich neben sie an den Rand des Sofas. Ohne Worte sahen sie sich in die Augen. Viele Tränen flossen über Johannas Gesicht und er streichelte behutsam über ihr Haar. Er selbst hätte am liebsten mit ihr geweint, doch er musste stark sein. Minuten später schlief Johanna erschöpft ein.

Andreas schloss leise die Stubentür hinter sich und ging in die Küche. Vinzenz saß mit den Mädchen am Tisch und die Brunnbauers warteten an der Tür.

»Ihr wollt doch noch nicht gehen«, sagte Ludovica, während sie sich die Schürze zum Kochen anzog.

»Doch, wir lassen euch jetzt die nötige Ruhe und Zeit zum Trauern«, erwiderte Annemarie.

»Aber jetzt essen wir zuerst zusammen, bevor ihr geht«, beharrte Ludovica. »Das gehört sich so.«

Nach dem schlimmen Schicksalsschlag schien seine Mutter als Erste wieder in den Alltag zurückgefunden zu haben, bemerkte Andreas und setzte sich an den Tisch.

Ludovica sprach weiter zu Annemarie.

»Und außerdem wärst du uns eine große Hilfe, wenn du dich ein bisschen um die Mädchen kümmerst. Dann kann ich in Ruhe das Mittagessen kochen.«

Annemarie schaute zu ihrem Mann. »In dem Fall bleiben wir natürlich gern, oder?« Ernst nickte und setzte sich an den Tisch zu den anderen. Annemarie ging mit den Mädchen nach oben in die Schlafkammer zum Spielen. Andreas saß mit Ernst und Vinzenz schweigend am Küchentisch, während Ludovica kochte. Aus gestampften Kartoffeln mit Apfelstückchen bereitete sie *Himmel und Erde* zu. Eine Weile war nur das Sieden des Kochtopfs zu hören. Ludovica stand am Schüttstein und schälte die Äpfel. Ernst durchbrach als Erster die Stille in der Küche und griff seine Frage von heute Morgen wieder auf. »War es nun die Liesl vom Vrenenhof, die das Mittel gemischt hat?«

Andreas war nun in einer besseren Verfassung.

»Ja, die Elisabeth Freistetter«, antwortete er.

»Wohnt die nicht mit ihrem komischen Mann auf dem Hof?«, fragte Ernst.

»Das ist nicht ihr Mann!«, fuhr Ludovica mit spitzer Zunge dazwischen.

»Das stimmt, es ist nicht ihr Mann«, bestätigte Andreas. »Jedenfalls nicht vor der katholischen Kirche.«

»Das sagt ja schon alles!«, ergänzte Ludovica giftig.

Ernst blickte seinen Schwager mit gerunzelter Stirn an. »Gehört ihr der Vrenenhof?«

»So ist es«, antwortete Andreas.

»Wie ist sie denn da drangekommen? Der Hof hat doch der alten Staigerin gehört. Die kannte ich schon als kleiner Bub.«

»Ottilie Staiger war eine Tante von der Liesl und hat ihr den Vrenenhof nach ihrem Tod vererbt.«

»Und woher kommt die Liesl gebürtig?«, bohrte Ernst weiter.

»Von irgendeinem Heidenhof, die elende Hex!«, warf Ludovica ein.

Andreas störte sich nicht an den Beschimpfungen seiner Mutter. Er sprach ruhig weiter. »Sie ist von einem Hof irgendwo bei Meßkirch. Wo genau, weiß ich aber auch nicht. Die Johanna wüsste es sicher. Liesls Mann kommt jedenfalls aus Ostrach, das weiß ich.«

»Die beiden passen gut zusammen«, ereiferte Ludovica sich weiter. »Das elende Weibsstück und der komische Kauz! Wie oft haben die Leut den Rumtreiber im Wald herumlungern gesehen? Ich will nicht wissen, was der da tut! Und das Weib mit ihrer Kräutermischerei und dem ganzen schwarzen Hokuspokus. Das ist alles ein Drecksgesindel auf dem Vrenenhof! Die allein sind schuld am Tod von unserem kleinen Arthur!«

Andreas starrte auf den Küchentisch. Vor ein paar Tagen hatte er seine Mutter wegen dieser Unterstellungen noch zurechtgewiesen. Nun sprach er niedergeschlagen vor sich hin. »Vielleicht hast du recht. An was soll er sonst gestorben sein? Als wir letzten Sonntag bei der Liesl in der Stube saßen, war der Durchgang zum Hinterzimmer mit einem Vorhang zugedeckt, als wolle sie etwas vor uns verstecken. Wer weiß, was in diesem geheimen Zimmer vor sich geht.«

Ludovica sprühte vor Hass. »Das meine ich auch!«, geiferte sie. »Kein rechter Mensch muss einen Vorhang vor sein Zimmer hängen, es sei denn, er hat etwas Böses dahinter zu verbergen. Das ist eine Hex, sage ich euch! Das habe ich schon immer gewusst!«

Der alte Vinzenz besaß ein gelassenes Gemüt, das wusste Andreas. Seit der Beerdigung saß er schweigend am Tisch und hörte den anderen zu. Aber die Diskussion wühlte Vinzenz sichtlich auf. Der tragische Tod des Kindes nahm ihn mit. Die Wut darüber, dass irgendjemand für den Tod des Kleinen verantwortlich sein musste, ergriff ihn. »Ich habe auch von vielen Leuten aus dem Dorf gehört, dass sie bei ihr in der Stube waren«, erzählte er. »Doch niemand weiß, was das Luder hinter dem Vorhang versteckt.«

»Aber warum gehen denn alle zu ihr, wenn sie eine Hex ist?«, zweifelte Ernst.

»Weil das Weib ihnen bei dem einen oder anderen Wehwehchen geholfen hat!«, zischte Ludovica. »Aber das ist für eine wie sie ja keine Kunst! Das hat sie alles nur gemacht, dass die Leut sie mögen und keiner merkt, was für ein dreckiges Hexenweib sie wirklich ist!«

»Jawohl, so ist es bestimmt!«, pflichtete der alte Vinzenz ihr bei.

»Und warum wollte sie euren Arthur vergiften?« Ernst klang skeptisch.

»Aus Neid, weil sie selbst keine Kinder hat und es anderen wie uns missgönnt!«, schimpfte Ludovica in schrillen Tönen. »Weil sie einen Hass auf uns hat. Deswegen hat sie uns unseren einzigen Hoferben genommen!«

Wäre Johanna in diesem Moment mit am Küchentisch gewesen, hätte sie für Liesl Partei ergriffen, war Andreas sich sicher. Sie hätte von Elisabeths guten Taten erzählt und beteuert, dass die Liesl nicht am Tod des kleinen Arthurs schuld war. Aber Johanna schlief tief und fest in der Stube nebenan. Sie konnte oder wollte wohl das Böse in der Liesl nicht sehen. Die anderen am Tisch steigerten sich immer mehr in ihren Rachedurst hinein. Am Ende der Diskussion ergriff Ernst das Wort.

»Ich bin jetzt davon überzeugt, dass sie euren Sohn tatsächlich umgebracht hat.«

Andreas war völlig aufgewühlt.

»Mein einziger Hoferbe«, murmelte er monoton vor sich hin. »Mein einziger Hoferbe!« Dabei schlug er wiederholt mit der Faust auf den Küchentisch.

Ernst schaute entschlossen in die Runde.

»Wenn das so ist, dann muss man dem Weib auf dem Vrenenhof endgültig das Handwerk legen, bevor sie noch mehr Schaden anrichten kann!«

»Jawohl!«, rief Vinzenz.

Andreas spürte, wie der Hass in ihm brodelte. »Dem Weib schlag ich alles kurz und klein!«, schwor er mit verbissenem Blick. »Und wenn sie sich mir in den Weg stellt, muss sie selbst dran glauben.«

»So machen wir es!«, stimmte Ernst zu. »Wir gehen hin und schlagen ihr alles zusammen!«

»Ich bete für euch, dass ihr das Kräuterweib auf das Schlimmste erwischt«, verkündete Ludovica zuversichtlich. »Aber zuerst wird gegessen. Vor Sonnenuntergang braucht ihr dort sowieso nicht hingehen.« Sie verteilte das Geschirr auf dem Tisch, ging zur Haustür und rief zum Stall hinüber: »Georg! Mittagessen!«

Kurz danach kam Georg Back in die Küche und setzte sich zu den anderen an den Tisch. Ernst blickte ihn an.

»Als Tagelöhner hast du dem Andreas und seiner Familie sicher einiges zu verdanken. Wir brauchen heute Abend noch einen Mann, um dem Weibsbild auf dem Vrenenhof einen Denkzettel zu verpassen. Dafür, dass sie den kleinen Arthur auf dem Gewissen hat. Wirst du uns dabei helfen?«

Andreas sah dem dürren Georg erwartungsvoll ins Gesicht. In dessen dunkel unterlaufenen Augen konnte er ein Leuchten erkennen. Andreas war beinahe gerührt davon, dass der Tagelöhner sich offenbar ebenso glühend nach Genugtuung für den Tod seines Sohnes sehnte wie er.

»Selbstverständlich helfe ich dem Bauer und euch anderen!«, antwortete der Tagelöhner. »Das Weibsbild soll seine gerechte Strafe bekommen für das, was sie dem kleinen Hoferben angetan hat. Was habt ihr vor?«

Ernst blickte verschwörerisch in die Runde.

»Bei Sonnenuntergang machen wir uns auf den Weg zum Vrenenhof und werden uns rächen.«

Die anderen nickten ihm entschlossen zu. Als Annemarie mit den Mädchen in die Küche kam, schwiegen die Männer über den Plan. Die Kinder sollten von alldem nichts mitbekommen. Ludovica stellte das Essen auf den Tisch. Dann aßen sie zu Mittag.

Das unheimliche Licht

Auf ihrer letzten Fuhre ließen Adam und Kilian von Pankraz zwei gesägte Holzstämme zum Vrenenhof ziehen, dann machten sie Feierabend. Die restlichen Stämme, die im Wald lagen, wollten sie morgen auf den Hof schaffen. Nach der schweren Arbeit bekam Pankraz seine wohlverdiente Ration. Adam fütterte ihn und die anderen Tiere, während Kilian Wasser zum Tränken aus dem Brunnen holte. Elisabeth war von ihrem Besuch bei Hedwig zurück und richtete in der Zwischenzeit das Vesper auf den Tisch. Als die Männer sich setzten, bemerkte Adam recht schnell, dass Elisabeths Stimmung besser war. Der Besuch bei Hedwig schien ihr gutgetan zu haben.

»Jetzt haben wir es mit der Waldarbeit fast geschafft«, stellte er zufrieden fest und schnitt ein Stück Speck auf. »Morgen noch, dann haben wir genug Holz für den Winter. Drei Fichten haben wir heute gefällt und zersägt.«

»Da seid ihr aber fleißig gewesen!«, gab sich Elisabeth erstaunt.

»Ein Teil der Stämme liegt noch im Wald«, erklärte Kilian. »Die holen wir morgen.«

Adam stupfte ihn in die Seite. »Du musst ihr nicht immer alles haargenau erzählen! Sonst zieht sie es uns vom Vesper ab, wenn wir zu wenig arbeiten!« Er grinste Kilian breit an.

»Dir würde es sicher nicht schaden!«, sagte Elisabeth und deutete dabei spöttisch auf Adams Bauch.

Kilian lachte und biss herzhaft in das Speckbrot, das er sich bereitet hatte.

»Meinst du, der Pankraz schafft es heute noch bis nach Ernatsreute und wieder zurück?«, fragte Elisabeth.

»Ganz so jung wie ich ist der alte Gaul ja nicht mehr, aber bis dahin sollte er es schaffen«, antwortete Adam mit einem Augenzwinkern. »Sonst musst du ihn halt nach Hause ziehen.«

Elisabeth winkte amüsiert ab. »Ach, mein alter Eselpeter. Auch wenn du es nicht glauben willst, aber der Pankraz ist um einiges jünger als du. Dagegen bist du ein alter Gaul.«

»Dann schauen wir mal, ob er sich im Alter genauso gut hält wie ich. Ich bin immer noch ein Prachtkerl!«

»Wenn es so ist, dann glauben wir es dir«, meinte Elisabeth und schüttelte schmunzelnd den Kopf.

»Wo willst du so spät denn hin?«, fragte Adam ernster.

»Zu Hedwig«, antwortete Elisabeth. »Sie hat mich zum Binokel eingeladen. Das habe ich schon lange nicht mehr gespielt.«

»Gut, dann können wir uns ja zu zweit einen Rausch ansaufen, ohne dass es jemand merkt!«, meinte Adam euphorisch an Kilian gewandt.

»Jaja, macht ihr Stammtischbrüder nur mal«, sagte Elisabeth süffisant. »Ihr hättet es euch nach der schweren Arbeit ja tatsächlich verdient.«

Eine halbe Stunde später machte sie sich in der Abendsonne mit Pankraz auf den Weg zum Forsthaus. Kilian und er saßen gemeinsam am Küchentisch. Adam schabte mit einem Messer fein säuberlich das weiße Fett von der Speckschwarte und aß es genüsslich auf. Kilian war fertig mit dem Essen.

»Weißt du was?«, meinte Adam. »Was die Weiber können, können wir erst recht!« Dabei leckte er die weißen Fettreste von der Messerklinge.

»Meinst du das Tratschen?«

»Ach was, wo denkst du hin«, erwiderte er. »Das haben uns die Weibsbilder voraus! Ich meine das Kartenspielen. Wir könnten auch ein paar Runden spielen. Was meinst du?«

Kilian sah ihn skeptisch an. »Aber Binokel zu zweit macht keinen Spaß.«

»Ha ja, es muss ja nicht unbedingt Binokel sein. Wir haben andere Karten da. Wir könnten zum Beispiel Siebzehnundvier spielen.«

Kilian nickte, die Müdigkeit stand ihm ins Gesicht geschrieben. »Ja, warum nicht. Aber allzu lange werde ich mich nicht wach halten können.«

»Keine Sorge«, winkte Adam großspurig ab. »Du wirst so oft verlieren, dass du gar keine Zeit zum Einschlafen hast.«

Er machte sich auf die Suche nach den Spielkarten, die Elisabeth irgendwo in der Stube aufbewahrte. Nach kurzer Zeit fand er sie in der Kommode und kam in die Küche zurück.

»Ich habe schon gedacht, du schläfst am Tisch ein, bis ich wiederkomme«, bemerkte er und gab Kilian einen leichten Klaps auf die Schulter.

Der junge Schuhmacher kippte überrascht nach vorn und musste lachen. »He, he! An deiner Stelle würde ich mir lieber Sorgen machen, wie du mich besiegen kannst. Als kleiner Bub habe ich oft mit den Nachbarskindern um fünf Pfennig gespielt. Denen habe ich das Münzgeld regelrecht aus den Taschen gezogen!«

»Bei mir kannst du deine fünf Pfennig gleich auf den Tisch legen«, gab Adam sich selbstbewusst.

Mit ihren spaßigen Sticheleien schaukelten sie sich gegenseitig hoch und spielten einige Runden miteinander. Adam notierte den Gewinner der einzelnen Runden auf einem Stück Papier, das er von einer alten Zeitung abgerissen hatte. Anfangs lagen beide Kopf an Kopf, doch je länger das Spiel dauerte, desto weiter zog Kilian davon. Als sie nach der letzten Runde zusammenzählten, stand der Gewinner des Abends fest. Mit beiden Händen stützte Kilian sich auf den Küchentisch und zeigte sich in Siegerpose. »Jetzt kann ich ja beruhigt ins Bett gehen.«

Adam legte die Karten fein säuberlich zusammen und lächelte.

»Mach du das«, sagte er. »Ich werde dir morgen im Wald zeigen, wer der Sieger von uns beiden ist.«

Kilian lachte. »Nun gut, ich gehe jetzt tatsächlich ins Bett. Bleibst du noch länger wach?«

»Ja«, antwortete Adam. »Ich werde warten, bis Elisabeth heimkommt. Bis dahin mache ich mich ein bisschen als Nussknacker nützlich, damit sie uns wieder einen feinen Nusszopf backen kann.«

Kilian wandte sich ab. »Dann will ich dich nicht länger davon abhalten.« Er gähnte herzhaft. »Ich wünsche euch später eine geruhsame Nacht.«

Der junge Bursche ging nach oben in die Schlafkammer. Die Waldarbeit forderte seine Kräfte, die er nachts zurückgewinnen musste, dachte Adam. Aus dem Wandschrank in der Küche holte er einen Holzstößel zum Nussknacken und ging mit einer Schüssel durch die Hintertür nach draußen. Unter dem Sims des kleinen Küchenfensters standen auf einer Bank zwei Körbe mit frisch gesammelten Walnüssen. Adam füllte seine Schüssel und ging zurück in die Küche. Er setzte sich an den Tisch, nahm Nuss für Nuss und zerdrückte die Schalen mit dem Holzstößel. Das Nussknacken gehörte nicht gerade zu seinen Lieblingsbeschäftigungen, doch manchmal half ihm die eintönige Arbeit beim Nachdenken. Während er eine Nuss nach der anderen knackte, konnte er in Ruhe seinen Gedanken nachgehen und gelegentlich von den frischen Nüssen naschen. Der Tod des kleinen Arthur Biehle besorgte ihn. Er wusste, dass Elisabeth bei manch schwerer Geburt geholfen hatte. Nicht alle Kinder überlebten, hatte sie ihm erzählt. Das kam auch bei Hebammen hin und wieder vor. Bisher konnte Elisabeth mit diesen Verlusten recht gut umgehen, doch beim kleinen Arthur war es anders. Elisabeth schien ihm seit dessen Tod irgendwie verändert. Vielleicht lag es daran, dass sie im Alter sensibler wurde oder dass sie mit Johanna gut befreundet war. Dass der kleine Bub von ihr ein Kräutermittel bekommen hatte und die Biehles nun glaubten, ihre Medizin habe Schuld an seinem Tod, setzte ihr gewaltig zu. Zu gerne hätte Adam gewusst, warum der kleine Biehle tatsächlich so plötzlich gestorben war. Selbstverständlich zweifelte er keine Sekunde an Elisabeths Können. Denn er wusste, wie gut sie mit Kräutern umgehen konnte, und immerhin war das Rezept aus dem alten Kräuterbuch. Er war der festen Überzeugung, dass dem Kind etwas zugestoßen sein musste. Doch den wahren Grund seines Todes würden sie wahrscheinlich nie erfahren. Elisabeth musste diese schlechte Erfahrung irgendwie verarbeiten. Der Besuch bei ihrer Freundin Hedwig würde ihr dabei helfen, hoffte Adam. Er war gespannt, wie es Elisabeth morgen gehen würde. Mittlerweile war die Schüssel mit den ungeknackten Walnüssen leer. Bis Elisabeth zurückkehren würde, konnte es noch dauern. Deshalb stand er auf, um seine Schüssel noch mal zu füllen. Inzwischen war es draußen dunkel geworden, aber eine Laterne brauchte er nicht. Adam ging hinaus und suchte die Körbe mit den Walnüssen unter dem Fenstersims. Das Licht der Küchenlampe drang durch das Fenster nach draußen, sodass er die Körbe gut erkennen konnte. Als er eine Handvoll Nüsse aus dem Korb nahm, hörte er unten im Wald einen lauten und zugleich schrillen Schrei.

Im ersten Moment glaubte er, den Schmerzensschrei eines Kindes gehört zu haben. Er blieb still stehen und horchte in die Dunkelheit. Erneut hörte er den Schrei und meinte diesmal, es sei ein Rehkitz oder dergleichen. Er horchte nochmals. Wieder ein längerer Schrei. Adam war sich nun sicher, dass es eine Schleiereule sein musste, denn das Geschrei der Eulen hörte sich auf erschreckende Weise genauso an wie das eines Kindes. Beruhigt wandte er sich den Körben zu und füllte seine Schüssel. Danach ging er zurück in die Küche und wollte die Tür hinter sich zuziehen, da entdeckte er am Waldrand ein kleines Licht. Es bewegte sich. Es musste von einer Laterne sein. Adam war kein schreckhafter Mensch, im Gegenteil, die Einsamkeit im Wald, auch bei Nacht, machte ihm keine Angst. Aber das Licht der Laterne, das er in der Dunkelheit am Waldrand sah, bereitete selbst ihm ein mulmiges Gefühl in der Magengrube. Elisabeth war mit Pankraz unterwegs und würde bald heimkehren. Sie würde sicher nicht durch den Wald von hinten zum Vrenenhof reiten, das machte keinen Sinn. Nein, sie würde wie immer auf dem Waldweg herkommen und vorne im Hof haltmachen.

»Wer zum Teufel schleicht denn da in der Dunkelheit am Waldrand rum«, murrte er leise vor sich hin. Bei all den Vermutungen, die ihm in Windeseile durch den Kopf gingen, drängte sich die Erinnerung an ihren gewaltsamen Zusammenstoß mit dem dürren Georg in sein Bewusstsein. Er hatte ihnen damals Rache geschworen.

Adam musste mit äußerster Vorsicht vorgehen. Wer auch immer dort umherschlich, derjenige hatte mit Sicherheit das Licht aus der Küche gesehen. Und die Person musste ihn auch unweigerlich im Lichtkegel der Küchenlampe erkannt haben, wenn auch nur als schwarzen Umriss. Adam ging ohne Aufregung in die Küche zurück und schloss die Tür hinter sich. Bei seinem Beobachter wollte er den Eindruck erwecken, er habe das Licht am Waldrand gar nicht bemerkt.

Adam war gewarnt und überlegte, was zu tun war. Kilian wollte er nicht aufwecken, denn erstens würde er dadurch kostbare Zeit verlieren und zweitens würde er dem schlafenden Kerl unnötig Angst einjagen. Zudem wusste er ja nicht genau, was das Licht in der Dunkelheit überhaupt zu bedeuten hatte. Vielleicht war es schon wieder verschwunden. Jedenfalls musste er mehr darüber erfahren.

Adam eilte von der Küche in die Tenne. Dort öffnete er das kleine Türchen zum Schweinegatter und kroch hinaus. Seine Augen brauchten einen Moment, bis sie sich an die Dunkelheit draußen gewöhnt hatten. Dann konnte er tatsächlich das Licht am Waldrand erkennen. Er meinte, dass es in der Zwischenzeit ein Stück näher gekommen war, und nun hörte er Stimmen. Es waren mehrere. Adam horchte genau hin und schätzte, dass es mindestens vier Gestalten sein mussten, die sich in der Dunkelheit ganz leise von hinten dem Vrenenhof näherten. Welcher Absicht die Fremden nachgingen, konnte er nicht heraushören, doch das schien ihm zweitrangig zu sein. Sie schlichen sich im Schutz der Dunkelheit von hinten an seinen Hof heran und das war Grund genug zur höchsten Alarmbereitschaft. So schnell er konnte, kroch Adam durch das Stalltürchen in die Tenne zurück. Von dort eilte er ins Haus und traf die notwendigen Vorkehrungen.

Der Angriff

NACH DEM MITTAGESSEN war Andreas ins Dorf gefahren, um den Schädler Franz und seinen Cousin Werner Neidhart zu rekrutieren. Als die beiden die Geschichte von der Vergiftung seines Sohnes hörten, musste er sie nicht lange überreden und sie schlossen sich ihm an. Somit saßen am frühen Abend in der Küche der Biehles sechs Männer am Tisch, um den Angriff auf den Vrenenhof zu planen. Sein Schwager Ernst, der alte Vinzenz, der dürre Georg, Franz Schädler und Werner Neidhart waren die Helfer. Er selbst war der Anführer, dessen herben Verlust es zu rächen galt. Ludovica und Annemarie zogen sich während der Besprechung der Männer mit den Kindern nach oben in die Kammern zurück und Johanna schlief immer noch nebenan in der Stube.

Ernst ergriff als Erster das Wort. »Sobald es dunkel ist, brechen wir auf dem Vrenenhof ein und zerstören das geheime Zimmer mit allem, was auch immer darin sein mag!«

»Und was machen wir, wenn sie sich uns in den Weg stellen?« fragte der alte Vinzenz.

»Dann packen wir die beiden und fesseln sie an Ort und Stelle«, antwortete Ernst.

»Es sind aber drei«, warf Andreas nüchtern ein.

Ernst sah seinen Schwager verwundert an. »Drei?«, fragte er. »Ich dachte, die beiden haben keine Kinder?«

»Nein, haben sie auch nicht«, erklärte Andreas. »Der Dritte ist ein fahrender Schuhmacher. Als wir vergangenen Sonntag bei ihnen zu Besuch waren, saß er mit uns am Kaffeetisch. Er kommt aus Ravensburg und ist eigentlich auf der Durchreise. Er wurde unterwegs krank und die Elisabeth hat ihm wohl geholfen.«

»Wenn das nicht einfach nur ein Ammenmärchen ist!«, sagte der dürre Georg in die Runde. »Wahrscheinlich ist der Schuhmacher ihr Helfer bei den teuflischen Plänen.«

Die Männer stimmten nickend zu. Franz Schädler war offenbar besonders zornig. Seine Augenbrauen zogen sich vor Wut über dem spitzen Gesicht zusammen, während er schimpfte. »Der elende Sauhund hat mich um mein Brennholz gebracht! Seit der bei ihnen ist, braucht der Adam meine Hilfe nicht mehr, und ich habe für diesen Winter fast nichts zu heizen!«

»Die stecken alle unter einer Decke, das elende Pack auf dem Vrenenhof!«, verkündete Werner Neidhart und befeuerte die rachsüchtige Stimmung am Tisch. »Wahrscheinlich ist der Schuhmacher ihr gemeinsamer Bastard, der nun nach all den Jahren aufgetaucht ist!«

»Einer mehr oder weniger, darauf kommt es nicht an«, meinte Ernst. »Wir werden sie alle drei fesseln und alles im geheimen Zimmer kurz und klein schlagen!«

Die anderen bekundeten ihre Zustimmung kämpferisch und Ernst erklärte ihnen seinen Plan. »Wenn wir dort sind, brechen wir die Haustür auf, und falls uns jemand in die Quere kommt, wird er überwältigt und in die Tenne gebracht.«

Franz Schädler schüttelte den Kopf. »Ich sage, wir sollten durch den Hintereingang ins Haus gehen. Der ist meistens unverschlossen.«

»Dann ist es besser, wenn wir uns hinten vom Waldrand her dem Hof nähern«, gab Andreas zu bedenken.

Ernst nickte. »Gut, dann führst du uns zum Hintereingang. Ich kenne mich dort nicht aus.«

Mit einer merkwürdigen Verbissenheit mischte sich der dürre Georg in ihre Planung ein. »Ich würde sagen, wir stellen zwei Mann vorne an die Haustür zum Hof, damit uns von dem Pack keiner entwischen kann!«

Für einen Moment sah Andreas den dürren Georg skeptisch an. Ihr Ziel war es, das Zimmer hinter dem Vorhang mit all seinem teuflischen Inhalt zu zerstören, mehr nicht. Wenn sich die anderen ihnen in den Weg stellten, würden sie diese festsetzen. Aber wenn sie freiwillig flohen, konnte es ihnen egal sein. Der dürre Georg erweckte den Eindruck, als würde es ihm eher um Elisabeth, Adam und den Schuhmacher gehen.

»Das würde ich auch sagen!«, stimmte Werner Neidhart zu, bevor Andreas seine Meinung dazu äußern konnte. »Sollen sie ruhig zusehen, wie wir alles im Haus vernichten!«

»Jawohl!«, riefen der alte Vinzenz und der Schädler Franz euphorisch. Selbst Ernst nickte und Andreas behielt seine Gedanken für sich.

»Dann geht ihr beide an den Vordereingang und passt auf, dass niemand entwischen kann«, wandte sich Ernst an Georg und den alten Vinzenz. »Wir anderen gehen zu viert durch den Hintereingang ins Haus und öffnen euch so schnell wie möglich die Tür, damit ihr uns zur Not helfen könnt.«

Einmütiges Nicken.

»Dann also los!«, bestimmte Ernst und sie machten sich auf den Weg.

Mit Dreschflegeln, Kälberstricken und einem Nageleisen bewaffnet, marschierten die Männer nach Sonnenuntergang in Richtung Vrenenhof. Als sie den Wald erreichten, zündete Andreas die kleine Handlaterne an, damit sie den Weg durch den Wald hindurch besser finden konnten. Die Männer waren fest entschlossen, den Tod des kleinen Arthurs zu rächen. Ernst und Andreas gingen der Gruppe voran. Während sie durch den Wald tappten, schossen Andreas viele Gedanken durch den Kopf. Er wollte unbedingt das geheime Zimmer mit allem Unheilvollen darin zerstören, damit die Liesl nie mehr so ein teuflisches Mittel mischen konnte. Andererseits wollte er verhindern, dass bei dem Angriff irgendjemand zu Schaden kam. Außerdem machte ihn der dürre Georg nervös. Der Tagelöhner wirkte sehr verbissen bei der ganzen Sache und die Gerüchte über ihn drängten sich in Andreas' Kopf.

Als sie kurze Zeit später den Waldrand hinter dem Vrenenhof erreichten, blieben er und Ernst stehen. Die anderen hinter ihnen wunderten sich und fragten, was los sei.

Ernst zischte ihnen zu, sie sollen ruhig sein, und deutete zum Vrenenhof. Die hintere Tür war offen und Licht fiel aus der Küche auf die Wiese. Eine Gestalt ging ins Haus zurück und zog die Tür hinter sich zu.

»Das war Adam«, flüsterte der Schädler Franz. »Das weiß ich ganz sicher.«

»Gut, dann müssen wir damit rechnen, dass er uns gleich in die Quere kommt«, mahnte Ernst. »Wir brauchen einen Mann mehr an der Hintertür.«

»Ich bleibe an der Haustür«, erklärte Georg entschlossen.

»Also gut, dann kommst du mit uns, Vinzenz«, beschloss Ernst. »Wenn die hintere Tür zu ist, brechen wir sie auf und gehen in das geheime Zimmer. Andreas und ich kümmern uns um das Hexenwerk. Die anderen werden auf dem Weg alle überwältigen, die sich uns in den Weg stellen. Verstanden?«

Die Männer stimmten ihm zu und setzten sich in Bewegung. Im Schutz der Dunkelheit schlichen sie über die Wiese zum Hof. Auf halber Strecke hielten sie einen Moment an und ließen Georg einen Vorsprung, damit er am Haus vorbeigehen und wie besprochen die vordere Tür absichern konnte. Als jeder in Position war, gab Ernst das Kommando zum Angriff. Langsam pirschten sie sich weiter heran, und als sie an der hinteren Tür angekommen waren, spähte Ernst zum kleinen Küchenfenster hinein. »Drinnen ist Licht«, flüsterte er den anderen zu. »Aber niemand zu sehen.«

Daraufhin setzte Franz Schädler das Nageleisen an der Hintertür an. Das Metall des Kastenschlosses knackte laut und die Tür fiel mit einem festen Schwung auf. Die Männer blieben verunsichert stehen. Auf dem Küchentisch standen eine Schüssel mit Walnüssen und ein Holzstampfer auf einem Brett. Zerbrochene Nussschalen lagen darum herum und daneben war eine weitere Schüssel mit ungeschälten Nüssen. Irgendjemand hatte bis gerade eben an diesem Platz Nüsse geknackt, dachte sich Andreas. Aber in der Küche war niemand.

»Auf geht's!«, befahl Ernst leise. »Wenn jemand im Haus ist, weiß er jetzt, dass wir da sind.«

Die Männer drangen durch die Küche weiter vor. Andreas rechnete fest damit, dass sie jeden Moment jemand angreifen würde. Sie hatten den komischen Adam vorhin gesehen, doch von den Bewohnern des Hauses fehlte bis jetzt jede Spur.

»Lass du den Georg rein und haltet hier Wache«, sagte Andreas zum alten Vinzenz.

»Wo ist das geheime Zimmer?«, wollte Ernst wissen.

»Hier drüben«, antwortete Andreas und schritt durch die dunkle Stube voran.

»Schaut in jede Ecke«, mahnte Ernst die anderen. »Die können überall sein.«

Vor dem geheimen Zimmer riss Andreas wütend den Vorhang weg und ging mit der Laterne hinein. Die anderen folgten ihm. Die Fensterläden im Zimmer waren geschlossen und drinnen war es stockdunkel. Ernst nahm zwei Kerzen, die er auf einem Tisch entdeckt hatte, und zündete sie an. Zusammen mit Andreas' Handlaterne war nun genügend Licht im Zimmer, um alles genau anzuschauen. Die Männer hielten den Atem an. Das war also das geheime Zimmer der Kräuterliesl, das zuvor noch nie jemand zu Gesicht bekommen hatte, dachte Andreas. Er und die anderen hielten ihre Dreschflegel fest umschlossen und blickten sich mit großen Augen und offenen Mündern um. Das Zimmer war gefüllt mit unzähligen Gläsern und Tonkrügen, die in den Regalen oder auf dem Boden standen. Von der Decke hingen getrocknete Büschel von irgendwelchen Pflanzen und auf dem Tisch in der Mitte stand eine seltsame Apparatur. Dazwischen lagen Bücher und viele alte Schriftstücke.

Franz Schädler nahm eines der Gläser vom Regal und blickte im Schein des Lichtes hindurch. Im Glas war eine tote Spinne. »Teufelszeug!«, sagte er und warf das Gefäß angewidert in die Ecke.

Hinter ihm schlug Andreas mit dem Dreschflegel auf die Gläser in den Regalen ein. Als sei es der Startschuss, holten auch die anderen Männer mit den Dreschflegeln aus und schlugen alles um sich herum in Stücke. Gläser, Krüge, Flaschen, die Tische, die Truhe, das Lesepult – die

Männer zerstörten alles und ließen ihrer Wut freien Lauf. Bei all dem Krach und dem Durcheinander hatten sie vom Feuer in der Stube nichts mitbekommen. Die Flammen breiteten sich rasant aus und in kürzester Zeit brannte die Stube lichterloh. Ernst bemerkte es als Erster.

»Feuer!«, brüllte er. »Alle Mann raus!«

»Durch die Stube kommen wir nicht mehr durch!«, rief Werner Neidhart.

Eilig riss Andreas eines der Fenster auf und schlug mit dem Dreschflegel die verschlossenen Fensterläden nach außen. »Schnell, hier raus!« Er winkte die anderen zu sich. Nacheinander stiegen die Männer, so schnell sie konnten, aus dem Fenster, während sich das Feuer unaufhaltsam ausbreitete. Hinterm Haus auf der großen Wiese sammelten sie sich.

»Wo sind Vinzenz und der dürre Georg?«, fragte Andreas.

»Die sollten doch Wache halten«, erwiderte Ernst.

»Vinzenz! Vinzenz!«, brüllte Andreas ins Haus hinein.

»Ich bin hier!«, rief eine Stimme von drinnen.

Die Flammen hatten mittlerweile die Küche erreicht. Mühsam kam der alte Knecht zu ihnen nach draußen geeilt. Er musste vom Rauch husten. Andreas ging besorgt auf ihn zu. »Vinzenz, geht es dir gut?«

»Ja, mir schon«, stammelte Vinzenz verwirrt. »Aber ich wollte das doch nicht … Ich musste doch dem Georg beistehen … Und auf einmal war überall das Feuer …« Erneut musste Vinzenz husten.

»Wo ist Georg?«, fragte Werner Neidhart.

»Hoch in den oberen Stock«, antwortete Vinzenz.

Der Schädler Franz machte ein beunruhigtes Gesicht. »Aber warum?«

»Er sucht die Liesel und den Schuhmacher.« Vinzenz überkam ein weiterer Hustenkrampf.

»Und wo ist der Adam?«, wollte Ernst wissen.

»Der ist tot«, gab Vinzenz zurück.

»Tot?«, wiederholte Andreas schockiert. Seine schlimmsten Befürchtungen hatten sich bewahrheitet.

Binokel

Es war bereits dunkel, als Elisabeth mit Pankraz das Forsthaus erreichte. Das war ihr recht, denn sie wollte von niemandem gesehen werden. Obwohl sie wusste, dass es nicht ihr Mittel war, das den kleinen Arthur getötet hatte, kämpfte sie immer noch mit Schuldgefühlen. Allein ihrer Freundin Hedwig vertraute sie alles an, was sie selbst wusste. In ihrer Gegenwart fühlte sie sich wohl. Was Theo anging, so war Elisabeth sich sicher, dass Hedwig ihm das Wesentliche erzählt hatte, denn mit irgendjemandem musste auch Hedwig darüber reden können. Somit wusste Theo Bescheid und sie selbst konnte frei mit beiden darüber sprechen.

An diesem Abend genoss Elisabeth die Gesellschaft ihrer Freunde im gemütlichen Forsthaus. Gemeinsam saßen sie neben dem bernsteinfarbenen Kachelofen und spielten bereits die vierte Runde Binokel. Als die Runde zu Ende gespielt war, ging Hedwig in die Küche. Theo mischte die Karten und Elisabeth musterte ihn unbemerkt für ein paar Augenblicke. Draußen und im Wald trug er immer einen Försterhut, nun betrachtete sie seine dunklen Haare, die er zu einem Seitenscheitel gekämmt hatte. Sein Gesicht war breit, die restliche Erscheinung war für sein Alter recht drahtig, wie sie meinte. Hedwig kam in die Stube zurück und schenkte ihnen vom Likör ein.

»Was ist das für einer?«, fragte Elisabeth mit Blick auf die Flasche.

»Zwetschge«, antwortete Hedwig. »Den hab ich letztes Jahr im Herbst angesetzt.«

»Genieß dein Gläschen, Liesl«, riet Theo und zog an seiner Pfeife. »Den gibt sie sonst nicht so gern her.«

Ihre Freundin winkte gleichgültig ab und stellte die Flasche auf den Tisch. »Du musst ihm nicht alles glauben, was er sagt, Elisabeth. So, und jetzt aber Prost!«

Hedwig nahm das Gläschen und stieß mit Elisabeth an. Theo legte den Stapel vor seiner Frau auf den Tisch und erhob sein Glas. »Auf gute Gesundheit!«, sagte er und leerte es in einem Zug.

Hedwig hob vom Stapel ab und beäugte ihren Mann mit einem Kopfschütteln.

»Diese Mannsbilder! So schlecht ist der Likör nicht, dass man das Glas mit einem Schluck wegkippen muss.«

Theo zuckte die Schultern mit einem verschmitzten Lächeln und begann, die Karten auszuteilen.

»Ich hoffe, wenigstens du genießt meinen Likör«, sagte sie zu Elisabeth.

»Natürlich«, antwortete sie. »Der schmeckt ausgezeichnet. Davon musst du mir mal das Rezept aufschreiben.«

»Ich kann dir gern eine Flasche davon mitgeben. Unten im Keller stehen noch ein paar.«

Theo blickte Elisabeth an und hob seinen Zeigefinger. »Oh! Jetzt hast du es bei ihr aber raus!«, bemerkte er ironisch. »Das muss ja wie Weihnachten und Ostern zusammen für dich sein, wenn dir meine Hedwig eine Flasche von ihrem Zwetschgenlikör schenken will.«

Hedwig juchzte. »Ach, schwätz doch nicht so einen Blödsinn daher! Teil lieber die Karten richtig aus.«

Elisabeth lachte herzlich. Er zwinkerte ihr zu und verteilte die restlichen Karten. Sie zog ihr Blatt auf wie einen Fächer und begutachtete, was Theo ihr ausgeteilt hatte: ein Schellen-Ass, zwei Schippen-Ass, zwei Zehner von Herz und Eichel, zwei Könige von Schippe und Eichel, zwei Ober von Schippe und Schellen sowie zwei Schellen-Unter und ein Schippe-Unter. Die Ass-Karten gefielen ihr besonders gut. Nicht nur, weil sie die höchste Stichkraft im Spiel hatten, sondern weil Theos Karten besonders schön gestaltet waren. Auf den Ass-Karten waren Motive von Krügen, wertvollen Zinnbechern und edlen Gläsern abgebildet. Während Elisabeth ihre Karten sortierte, betrachtete sie eingehend die Motive. Das Spiel begann. Bei der Steigerungsrunde setzte sich Theo durch und erhielt die zusätzlichen Karten auf dem Tisch.

»Ich spiele Herz«, verkündete er den Trumpf. Dann fing die erste Runde an.

Hedwig nahm das Kartenspiel nicht allzu ernst und redete nebenbei.

»Gestern war ich bei den Neidharts und hab mit der Margot gesprochen«, erzählte sie. »Die arme Frau hat mir von ihrem Leid mit der Schwiegermutter geklagt. Die Mutter vom Werner sei so schlecht dran. Bettlägerig seit fast einem Jahr und manchmal im Kopf nicht mehr recht beieinander. Aber der Werner will davon nix wissen, das bleibt immer alles an der armen Margot hängen!«

Theo legte ab und stupfte Hedwig, die als Nächstes an der Reihe war. »Nicht die ganze Zeit ratschen, sondern melden.«

»Jaja«, murmelte Hedwig. »Man wird ja wohl noch miteinander schwätzen dürfen.«

Sie wandte sich wieder Elisabeth zu. »Jedenfalls muss die Mutter vom Werner neulich eine derartige Sauerei in der Kammer gemacht haben, dass die Margot einen ganzen Morgen lang putzen musste. Schlimm, sag ich dir!«

»Ja, mit den greisen Eltern hat man es nicht immer einfach«, stimmte Elisabeth ihr zu und zählte ihre Karten.

Der Schellen-Unter mit dem Schippen-Ober war ein Binokel, also vierzig Punkte. Der Schippen-Ober mit dem Schippen-König ergab wiederum ein Paar, also zwanzig …

Schlagartig wurde es ihr schwarz vor Augen. Ein seltsames Gefühl stieg ihr von den Füßen bis zum Kopf. Hedwig meldete zwei Pärchen und legte ihre Karten auf den Tisch. Theo sah sie ungläubig an. Die beiden bemerkten nicht, dass es Elisabeth nicht gut ging.

»Mit dem König kannst du keine zwei Paare melden«, belehrte Theo seine Frau und deutete auf ihre abgelegten Karten.

Elisabeth ließ ihr Blatt fallen und fasste sich mit beiden Händen an den Kopf. Sie spürte einen starken Schmerz, als würden tausend Nadeln ihren Kopf durchbohren. Sie stöhnte auf.

»Liesl, was ist los?«, fragte Hedwig entsetzt. Sie sprang von ihrem Platz auf und versuchte, ihrer Freundin zu helfen.

Theo kam zu ihr um den Tisch herum. »Was hat sie denn?«

»Ich weiß es nicht!«, entgegnete Hedwig verzweifelt. »Liesl, Liesl! Was hast du denn?«

Hedwig fasste Elisabeth an den Schultern und strich ihr behutsam über den Rücken, Elisabeth stöhnte erneut auf. Sie hielt ihre Hände am Kopf und saß verkrampft auf dem Stuhl. Dass Hedwig und Theo sich nach Kräften bemühten, ihr zu helfen, bekam sie nicht mehr mit. In Gedanken wanderte sie nach Hause auf den Vrenenhof, aber es fühlte sich furchtbar an.

»Adam!«, rief sie.

Hedwig zuckte erschrocken zusammen.

»Was ist mit Adam?«, fragte sie.

Mit einem schnellen Satz sprang Elisabeth vom Stuhl auf. »Ich muss sofort nach Hause. Irgendetwas ist passiert!«

Hedwig blickte ihre Freundin entsetzt an. »Aber Elisabeth! Was ist denn los?«

Theo stand sprachlos neben ihr.

Elisabeth rannte zur Tür hinaus. »Ich weiß es nicht. Irgendetwas stimmt nicht!«

»Sollen wir mitkommen?«, rief ihr Hedwig besorgt hinterher.

»Nein, ich muss sofort los!« Elisabeth eilte nach draußen und ritt, so schnell es ging, nach Hause.

Mitleid

Entgeistert starrte Andreas den alten Vinzenz an. »Der Adam ist tot?«, wiederholte er entsetzt.

»Ja, ich … ich wollte doch nur dem Georg helfen«, stotterte Vinzenz schockiert. »Ich wollte das nicht … sicher nicht!«

»Wieso, was ist passiert?«, fragte Andreas eindringlich.

»Ich hab dem Adam einen Schlag verpasst. Ich wollte dem Georg nur helfen, aber dann hat er ihn selbst totgeschlagen.«

»Und wo liegt der Adam jetzt?«, fragte der Schädler Franz.

»Im Hausgang und um ihn herum ist alles voller Blut!« Vinzenz' Gesicht war vor Furcht verzerrt. »Den Anblick werde ich mein Lebtag nicht mehr vergessen.«

Andreas konnte ihm die Reue ansehen. Es brauchte nicht mehr viel, dachte er, und der alte Knecht würde wie ein kleiner Bub losheulen. Wortlos standen die fünf Männer auf der großen Wiese und starrten auf das Haus, das im unteren Stock brannte. Franz Schädler sah die anderen entschlossen an.

»Ich bin immer noch fuchsteufelswild wegen Adam, weil er mich für die Waldarbeit nicht mehr gebraucht hat«, verkündete er. »Aber ich kann hier nicht rumstehen und zuschauen, wie er dort drinnen im Höllenfeuer schmort. Das hat er nicht verdient! Wer hilft mir, ihn da rauszuholen?«

»Wozu?«, fragte Werner Neidhart nüchtern. »Wenn der Vinzenz sagt, dass er eh schon tot ist.«

Ernst blickte erwartungsvoll auf seinen Schwager, der den Kopf schüttelte. Andreas war froh, dass dem alten Vinzenz nichts passiert war. Sie konnten jetzt nicht ihr eigenes Leben aufs Spiel setzen, nur wegen eines Leichnams. Dennoch kämpfte er mit sich.

»Das ist zu gefährlich!«, meinte Ernst zu Franz Schädler. »Am Ende erwischt es uns selbst. Wenn dir dein Leben lieb ist, bleibst du hier!«

Franz Schädler verstummte und auch die anderen sagten kein Wort. Mit schockierten Gesichtern beobachteten sie, wie das Haus in Flammen aufging. Mittlerweile brannte der untere Stock komplett.

»Wie ist das Feuer überhaupt ausgebrochen?«, wollte Andreas wissen.

»Der Georg hat eine Laterne in die Stube geworfen«, erklärte der alte Vinzenz.

»So ein elender Sakramentskerl!«, fluchte Ernst. »Was ist nur in den gefahren!«

»Das würde ich auch gern wissen«, sagte Andreas nachdenklich. Schuld plagte ihn, das alles war nur seinetwegen passiert. Die Männer wollten ihm helfen, Rache zu üben für den Verlust seines einzigen Sohnes. Sie waren seine Rächer und er war verantwortlich für alles, was passiert war. Er war schuld an der Zerstörung, am Brand und an Adams Tod. Das alles konnte Andreas beim besten Willen nicht mit seinem Gewissen vereinbaren. Er wollte es so schnell wie möglich aus seinem Gedächtnis löschen, für immer. Am liebsten wäre er wie ein kleiner Junge davongerannt, doch er führte die Gruppe an und musste es zu Ende bringen. »Mir reicht's!«, sagte er. »Wir gehen jetzt nach Hause. Hier haben wir genug Schaden angerichtet!«

»Und der Georg?«, fragte Werner Neidhart.

»Der kann von mir aus bleiben, wo der Pfeffer wächst!«, entgegnete Andreas wütend. »Er hat den Adam auf dem Gewissen! Soll er machen, was er will!«

»Aber die Liesl und der Schuhmacher müssen doch noch irgendwo da drin sein!«, gab der alte Vinzenz zu bedenken.

Andreas schüttelte energisch den Kopf. »Wir machen jetzt nichts mehr! Wahrscheinlich sind die sowieso schon lange vor dem Feuer geflüchtet. Oder sie sind gar nicht hier, die hätten wir doch längst irgendwo sehen müssen. Schluss jetzt, ein für alle Mal! Wir suchen niemanden und es wird jetzt kein Leben mehr auf Spiel gesetzt! Egal, wo die beiden sind, sie müssen sich jetzt bei Gott selber helfen!«

Auf dem Rückweg zum Haldenhof gingen Andreas viele Gedanken durch den Kopf. Als er vorhin die Gläser, Flaschen und Tonkrüge im geheimen Zimmer der Liesl entdeckt hatte, war ihm wieder das Bild seines kleinen Arthur in den Sinn gekommen. Das Bild, wie der Bub zufrieden in der Wiege lag und schlief. Die Sorge um einen Hoferben hatte Andreas seit Arthurs Geburt losgelassen. Bis dahin war die Existenzfrage des Haldenhofs seit Jahren tagaus, tagein sein stummer Begleiter gewesen. Jeden gottverdammten Tag, wenn er morgens auf der Bettkante saß, kam ihm diese bedrückende Sorge als Erstes in den Sinn, und sie begleitete ihn, bis er abends das Licht löschte. Als Arthur geboren war, hatte sich alles geändert. Andreas hatte selbst bemerkt, wie er mit einem Mal fröhlicher geworden war und unbeschwerter den Alltag durchlebte. Er war überaus stolz gewesen, doch mit einem Schlag war ihm alles genommen worden. Die alte Sorge kroch in seinen Körper zurück, als wüsste sie schon, wo ihr angestammter Platz war, dort, wo es ihn am meisten schmerzte.

Dazu kam das bedrückende Gefühl der Trauer und des Verlustes. Vorhin, im geheimen Zimmer, war alles in ihm hochgestiegen. Deshalb hatte er mit dem Dreschflegel wie wild auf den ganzen Krempel eingeschlagen. Als er später von der Wiese aus das brennende Haus betrachtet hatte, glaubte Andreas tatsächlich, so etwas wie Genugtuung zu spüren. Das geheime Zimmer mit all seinem Teufelszeug war endgültig zerstört. Dass die Liesl und der Schuhmacher verschwunden waren, musste er hinnehmen und sie ihrem eigenen Schicksal überlassen. Das Leben hatte ihn selbst auf Pfade geführt, die er nicht verstehen konnte. Sollten die anderen ihr Los ertragen und schauen, wie sie damit zurechtkamen.

Als die Männer auf dem Haldenhof zurück waren, setzten sie sich an den Küchentisch und schwiegen. Andreas holte die Tonflasche mit dem Schnaps aus dem Küchenschrank und schenkte allen ein gutes Gläschen voll ein. Ohne große Worte erhoben sie die Gläser, prosteten sich halbherzig zu und spülten die furchtbaren Ereignisse des Abends hinunter.

Rache

Leise schlich Georg am Vrenenhof vorbei und wartete an der vorderen Haustür. Sobald einer der drei Bewohner flüchten wollte, würde er zuschlagen. Ihm durfte niemand entkommen. Da öffnete sich die Haustür von innen. Georg war bereit zum Angriff, doch es war der alte Vinzenz, der ihm die Tür aufmachte.

»Die anderen sind im geheimen Zimmer und wir müssen hier Wache halten«, erklärte ihm der Knecht.

Georg drückte ihn beiseite und lief nach hinten in die Küche. Er kannte die Verbindungstür zur Tenne und vermutete, dass sich dort das ganze Gesindel versteckte. Angriffsbereit schlug er die Tür auf und schaute sich im schwachen Schein des Küchenlichts um. Neben der Tür hing eine Handlaterne. Er zündete sie an und leuchtete damit einmal durch die ganze Tenne, doch er fand niemanden. Aufgebracht rannte er in den Hausgang zurück, wo der alte Vinzenz Wache hielt.

»Wo ist dieses Dreckspack?«, blaffte er ihn an. »Habt ihr sie abhauen lassen?«

»Nein«, antwortete Vinzenz. »Wahrscheinlich sind sie oben in der Kammer und verstecken sich.«

»Bei dem Krach wären die längst heruntergekommen, du alter Depp!«

»Was willst du denn von ihnen?«, wollte der alte Knecht wissen. »Wir wollen doch nur das geheime Zimmer niedermachen.«

»Zum Teufel mit dem Zimmer!«, schrie Georg voller

Wut und schleuderte die Laterne in die Stube. Die Handlaterne knallte an die Wand und landete auf dem Boden. Ihr Glas zerplatzte, Petroleum lief aus und fing Feuer. Blitzschnell erreichten die Flammen den Vorhang und den Teppich auf dem Boden. Das Feuer breitete sich im Zimmer immer weiter aus.

Vinzenz stand erstarrt im Hausgang. »Hast du den Verstand verloren!«, kreischte er.

Mit dem Dreschflegel in der Hand wollte Georg die Treppe in den oberen Stock hocheilen, als Adam in der offenen Haustür stand.

»Du elender Bastard!«, brüllte Adam und ging mit einer Haue auf ihn los.

Georg konnte den Schlag mit seinem Dreschflegel abwehren, dennoch streifte ihn die Haue am Oberschenkel. Er schrie auf und sackte in die Knie.

Adam holte erneut zum Schlag aus, da schlug ihm der alte Vinzenz von hinten auf den Schädel. Schwer getroffen, ließ Adam die Haue fallen und taumelte zur Seite. Georg glotzte den alten Knecht verwundert an. Er war ihm tatsächlich zur Hilfe gekommen. Diesen Moment nutzte Georg aus und schlug Adam mit dem Dreschflegel brutal zu Boden. Bewusstlos sackte sein Opfer zusammen. Mit großen Augen beobachtete der alte Vinzenz, wie sich das Blut auf dem Boden um Adams Kopf sammelte.

»Bist du verrückt?«, schrie er. »Du hast ihn totgeschlagen!«

»Das hab ich wohl«, entgegnete Georg mit finsterer Miene. »Weil er und sein Weibsbild den Arthur umgebracht haben. Auge um Auge. Zahn um Zahn.« Er wandte sich ab und stieg zielstrebig die Treppenstufen nach oben.

Flucht

Nach dem Kartenspiel mit Adam war Kilian so müde gewesen, dass er sofort eingeschlafen war. Die Waldarbeit bescherte ihm einen tiefen Schlaf und er hätte wahrscheinlich bis zum nächsten Morgen durchgeschlafen, wenn ihn nicht der laute Krach geweckt hätte. Erschrocken riss er seine Augen auf und starrte in die dunkle Schlafkammer. Lärm war von unten deutlich zu hören, doch er blieb ruhig liegen. Kilian wusste im ersten Moment nicht, wie ihm geschah, und horchte genau hin. Unten in der Stube oder in Elisabeths Zimmer hörte es sich an, als würden Kanonenkugeln ins Haus einschlagen. Es klirrte und schepperte. Irgendetwas Schlimmes musste dort vor sich gehen. Adam! Das war sein erster Gedanke. Wo war Adam? Und wer oder was war unten und trieb dort sein Unwesen? Dem Lärm nach musste es eine ganze Horde von Menschen sein. Kilian wusste, dass Elisabeth und Adam bisher ein friedvolles Leben auf dem Vrenenhof geführt hatten. Die beiden hatten keine Feinde. Also wer zum Teufel war dort unten am Werk? Adam hätte doch bestimmt dem Ganzen ein Ende gesetzt oder ihn zumindest davor gewarnt. Vorsichtig stieg Kilian aus seinem Bett und schlüpfte schnell in seine Kleider. Leise schlich er über den Fußboden zur Kammertür und öffnete sie einen Spalt. Von unten hörte er eine Stimme, die ihm sehr bekannt vorkam. Die Stimme war wütend und brüllte: »Wo ist dieses Dreckspack? Habt ihr sie abhauen lassen?«

Ein kalter Schauer lief Kilian über den Rücken. Es war die Stimme des dürren Georg. Der gefährliche Wegewart war tatsächlich zurückgekommen und auf der Suche nach ihm. Er suchte sie bestimmt alle – ihn, Adam und Elisabeth. Aber scheinbar war er nicht allein gekommen, sondern hatte Verstärkung mitgebracht.

»Nein«, antwortete eine andere Stimme, die er nicht zuordnen konnte. »Wahrscheinlich sind sie oben in der Kammer und verstecken sich.«

Kilian hielt den Atem an. Es war nur eine Frage der Zeit, bis der dürre Georg mit seinen Häschern in den oberen Stock kommen würde. Schnell schlich er in die Kammer zurück und suchte nach etwas, mit dem er sich verteidigen konnte. Da hörte er von unten lautes Geschrei.

»Du elender Bastard!«

Das war Adams Stimme. Er war also noch am Leben, dachte Kilian und triumphierte innerlich. Harte Schläge waren mit einem Mal zu hören und ein kurzer Kampf. Dann vernahm er wieder die alte Stimme, die er nicht zuordnen konnte. Es musste einer der Häscher sein. Warum hörte er nichts mehr von Adam? Er horchte genau hin und konnte bei all dem Krach von unten diesmal nur einen Teil verstehen.

»… verrückt? Du hast … totgeschlagen!«, schrie die fremde Stimme.

Bei diesen Worten lief Kilian ein furchtbarer Schauer über den Rücken. Es fühlte sich an, als würde ihn eine kalte Hand im Nacken packen. Danach hörte er den dürren Georg bruchstückhaft.

»… Zahn um Zahn!«

Trotz des Krachs konnte Kilian den Triumph in Georgs Stimme hören und ihm war klar, dass Adam den Kampf verloren haben musste. Sein Herz begann, wie wild zu pochen, sein Mund war von einem auf den anderen

Moment staubtrocken und er schnappte panisch nach Luft. Er war allein – auf sich gestellt. Erst jetzt bemerkte er den dichten Rauch, der durch die Ritzen und Spalten der Stubendecke nach oben zu ihm in die Kammer stieg. Feuer! Er musste schnellstens von hier verschwinden, bevor der Fußboden durchbrannte. Wohin sollte er fliehen, wenn unten die Häscher auf ihn warteten? Leise schloss er die Kammertür zum Flur und schlich auf Zehenspitzen durch die Zwischentür von seiner Kammer in die von Adam und Elisabeth. Hinterm Haus konnte er jemanden laut rufen hören. Vorsichtig ging er an das Fenster neben Elisabeths Waschkommode und schaute hinaus auf die Wiese. Im Schein des Mondlichts sah er vier dunkle Gestalten. Es waren Männer, und einen unter ihnen glaubte er wiederzuerkennen. Der junge Mann schrie nach einem Vinzenz. Als der Fremde näher an das Haus herankam, erkannte Kilian ihn eindeutig, denn das Feuer im unteren Stockwerk warf Licht auf das Gesicht des Mannes. Es war Andreas Biehle. Kilian verstand mit einem Mal die Welt nicht mehr. Warum, um Himmels willen, zerstörte Andreas mit den anderen Männern das Haus? Und warum brannte es plötzlich? Schritte auf der Treppe rissen ihn aus den Gedanken. Panisch blickte er in die Dunkelheit der Kammer. Er überlegte kurz und schaute wieder ungläubig zum Fenster hinaus. Draußen sah er nun fünf Männer, einer fehlte ganz sicher unter ihnen: der dürre Georg.

In dieser Situation blieben ihm nur zwei Möglichkeiten zur Flucht. Entweder die Zwischentür zu seiner Kammer oder die Tür auf den Flur hinaus. Ohne lange zu überlegen, huschte er zur Tür auf den Flur und lauschte den Schritten von draußen. Als er sich sicher war, dass die Schritte in die Kammer nebenan gingen, öffnete er die Tür und eilte zum Heustock hinüber. Als er dort die sperrige Tür aufriss, erreichte Georg die Schlafkammer von Elisabeth und Adam.

»Du verfluchter Dreckspatz!«, rief der Wegewart wütend und rannte ihm hinterher. Kilian war in den vergangenen Wochen zwar öfters auf dem Heustock gewesen, um Stroh für die Tiere hinunterzuwerfen. Aber in der Dunkelheit fand er sich jetzt nur schwer zurecht. Zudem durfte er sich keine Zeit lassen, weil der dürre Georg ihm dicht auf den Fersen war. Bevor Kilian auf den Heustock kam, gelangte er in eine dunkle Kammer mit Arbeitsgeräten und Zuggeschirr an den Wänden. Auf dem Boden standen alte Maschinen und unzählige Holzkisten. Er wusste, dass die Kisten und Gerätschaften in dieser Kammer teilweise wild durcheinander lagen. Aber ihm blieb nichts anderes übrig, als so schnell wie möglich dort durchzukommen. Die Kammer erstreckte sich wie ein schmaler Schlauch nach links, wo eine Brettertür auf den Heustock hinausführte. Zuerst streifte Kilian im Vorbeieilen mit seinen Beinen zwei der vielen Obstkisten und schürfte sich die Haut auf. In seiner Angst spürte er den brennenden Schmerz kaum. Das wäre weiterhin nicht schlimm gewesen, wenn er sich an den Büschelbock erinnert hätte, der ihm mit seinen schrägen Holzfüßen zur Stolperfalle wurde. Kilian blieb an einem der Holzfüße hängen und fiel zu Boden. Der Sturz im Dunkel der Kammer kam so unvermittelt, dass er sich mit den Händen nicht mehr richtig abstützen konnte und deswegen mit dem Oberkörper auf die Arbeitsgeräte fiel. Das Blatt einer Kreuzaxt rammte sich dabei in seine Seite. Kilian jaulte auf vor Schmerz. Er wand sich wie ein zertretener Wurm, doch er musste weiter. Hinter ihm hörte er, wie der dürre Georg gefährlich näher kam. Trotz der schweren Wunde raffte Kilian sich wieder auf, so schnell er konnte, und flüchtete von der Kammer auf den Heustock. Auch Georg musste sich durch die dunkle Gerätekammer kämpfen, aber im Gegensatz zu Kilian schaffte er es wohl, ohne zu stolpern. Von der Gerätekammer aus gelangte Kilian direkt auf die mittlere Ebene des Heustocks. Rechts ging es um die Ecke zu einer Leiter, die auf die unterste Ebene führte. Von dort würde er wiederum nach unten in die Tenne gelangen. Kilian kletterte eilig die Holzleiter hinunter. Die Wunde an seiner Seite brannte und er bemerkte, wie immer mehr Blut sein Hemd tränkte. Trotz allem hastete er auf der letzten Leiter nach unten, riss das Tennentor auf und eilte auf den Hof hinaus. Er wusste zuerst nicht, wohin er sollte, er rannte instinktiv den Waldweg entlang in Richtung Owingen. Er musste irgendwie das Dorf erreichen, bevor ihn der dürre Georg erwischen würde. Egal, wohin es ihn auch verschlagen sollte, er musste rennen. Rennen um sein Leben.

Schutt und Asche

Elisabeth rechnete mit dem Schlimmsten, als sie auf Pankraz vom Forsthaus nach Hause ritt. Sie wusste, dass einer der größten Zäune, den sie je in ihrer Gedankenwelt aufgebaut hatte, gerade eben auf einen Schlag eingerissen worden war. Innerlich flehte sie, dass Adam und Kilian nichts zugestoßen war. Der Ritt zum Hof kam ihr wie eine Ewigkeit vor, trotz allem wollte sie Pankraz nicht zu Tode treiben. Sie hatte den Wald halb durchquert, als ihr der Atem stockte.

Durch die Finsternis der Bäume hindurch konnte sie ein rot glühendes Licht erkennen. Es wurde immer größer und nun stieg ihr auch der bissige Geruch von Verbranntem in die Nase. Sie erreichte die Lichtung und ihr bot sich ein Bild des Schreckens. Der Vrenenhof stand in Flammen und weit und breit war niemand zu sehen. Keine Spur von Adam oder Kilian und auch sonst niemandem, der versuchte, das Feuer zu löschen. Einsam und verlassen brannte der Hof in der dunklen Nacht. Das brennende Holz knackte und ein Meer von glühenden Funken stieg über dem Brand in die Luft. Alles, was sie hören konnte, war das gefräßige Feuer, das ihr Haus verschlang. Sie hielt Pankraz an und starrte einen Moment wie gelähmt auf die Szenerie. Tränen standen ihr in den Augen. Zuerst wimmerte sie leise vor sich hin, dann schrie sie verzweifelt in die Nacht hinein.

»Nein! Nein, bitte nicht! Adam! Kilian! Wo seid ihr?«

Keine Antwort war zu hören. Sie ritt so nah wie möglich an das brennende Haus heran, doch die Hitze wurde unerträglich. Geschwind stieg sie ab. Pankraz flüchtete aus Angst vor dem Feuer. Mittlerweile war das Haus so weit abgebrannt, dass der Dachstuhl langsam in sich zusammenfiel. In der Hoffnung, dass Adam und Kilian sich hatten retten können und nun irgendwo erschöpft auf der Wiese lagen, rannte Elisabeth um das brennende Gebäude herum. Sie rief laut nach den beiden. Niemand war zu sehen oder zu hören. Im Schein des Feuers sah sie den alten Speicher, der vom Brand unversehrt war. »Bitte! Bitte!«, bettelte sie das Schicksal an. Sie eilte hinüber und öffnete die Tür. Drinnen war es dunkel und still.

»Adam? Kilian? Seid ihr hier drin?«

Keine Antwort. Kraftlos sackte sie auf den Stufen des Speichers zusammen und weinte aus Leibeskräften. Stunden saß sie dort und vergaß dabei völlig das Gefühl für Zeit und Raum. Irgendwann wurde ihr Weinen leiser und sie blickte auf die Katastrophe.

Das Mauerwerk stand nur noch zu Teilen und im Inneren brannte ein großer Schutthaufen. Ihr Blick war geistesabwesend. Mit größter Wahrscheinlichkeit waren Kilian und Adam in dem Inferno umgekommen. Ansonsten hätten die beiden sicher um jeden Preis versucht, das Feuer zu löschen. Mit jedem Atemzug wurde es Elisabeth klarer. Selbst wenn die beiden Hilfe im Dorf geholt hätten, müssten sie längst zurück sein. Der schreckliche Gedanke durchbohrte ihr Herz wie ein Holzpfahl.

Irgendwann versiegten Elisabeth die Tränen. Sie saß nur noch da und starrte vor sich hin. Ihre Gedanken drehten sich um Adam, ihren geliebten Eselpeter. Warum musste er sterben? Wie konnte das alles nur passieren? Hatten die beiden den Herd zu stark beheizt und nicht richtig im Auge behalten? Waren Funken geflogen und hatten die Küche in Brand gesetzt? Sie hätten doch genügend Zeit gehabt, um den Brand zu löschen oder zumindest, um aus dem brennenden Haus zu fliehen. Es sei denn …

Elisabeth wollte es zuerst nicht wahrhaben, aber schreckliche Bilder entstanden vor ihrem inneren Auge. Es sei denn, dachte sie, jemand hat die beiden daran gehindert, das brennende Haus zu verlassen. Zwischen all den furchtbaren Fantasiebildern sah sie die Fratze des dürren Georgs, sein schmales Gesicht mit den dunkel unterlaufenen Augen, das sie angrinste wie ein Totenschädel. Der Wegewart hatte sie alle bedroht und ihnen geschworen, dass er sie töten würde. Elisabeths Blick wanderte zum zerstörten Haus. War das seine Rache? Hatte er die beiden bei lebendigem Leib im Haus verbrennen lassen?

Sie schluchzte und schrie erneut auf vor Schmerz. Gebrochen schlug sie die Hände vors Gesicht und weinte bitterlich wie ein kleines Mädchen. Dann hob sie abrupt den Kopf, wischte sich die Tränen aus dem Gesicht und blickte ängstlich um sich. Wenn der dürre Georg die beiden tatsächlich umgebracht hatte, würde er sicher keine Ruhe geben, bis er auch sie erwischte. Womöglich suchte er überall nach ihr und wartete nur auf den Moment, in dem er sie endlich töten konnte. Elisabeth stand auf und eilte davon, ohne zu überlegen, wohin. Einfach nur weg vom Vrenenhof. Weg von dem Ort, an dem sie alles verloren hatte, was ihr wichtig war, und an dem der dürre Georg ihr wahrscheinlich auflauerte.

Sie hastete in den Wald hinein bis kurz vor Bambergen und suchte dort Schutz. Irgendwo auf einer kleinen Anhöhe hielt sie völlig erschöpft inne. Im Schein des Mondlichts suchte sie nach einem Platz zum Schlafen.

Unter einem großen Baum setzte sie sich auf den Boden und schloss die Augen. Sie sah das brennende Haus in Gedanken vor sich und musste an Adam und Kilian denken. Von Kummer geplagt riss sie ihre Augen auf, um die schrecklichen Bilder zu verdrängen. Warme Tränen rannen ihr über die Wangen. Irgendwann schlief sie vor Erschöpfung ein.

Gerüchte

AM NÄCHSTEN TAG wusste jeder im Dorf und der Umgebung, was am Vorabend auf dem Vrenenhof passiert war. Die Geschichte von der heimlichen Vergeltung an der Kräuterliesl machte schnell die Runde – auf den Feldern, in den Küchen, auf den Straßen und am Stammtisch im »Adler«. Die Schilderung dessen, was genau sich alles ereignet hatte, änderte sich von Gespräch zu Gespräch. Die Leute erzählten sich, dass die Männer auf den Vrenenhof gegangen waren, um alles zu zerstören, was weiteres Unheil bringen konnte. Der komische Adam sei deswegen wie eine Bestie über sie hergefallen und die Männer hätten sich gegen ihn verteidigen müssen. Dabei sei der Adam von der Treppe gestürzt und habe sich das Genick gebrochen. Verzweifelt über seinen Tod sei die Kräuterliesl davongerannt und man habe sie seither nicht gesehen. Der Schuhmacher, der seit Tagen auf dem Hof als Knecht ausgenutzt worden sei, habe die Gelegenheit beim Schopf gepackt und schließlich den ganzen Hof aus Rache angezündet. Danach sei er geflüchtet. In dieser Art erzählten sich die Leute im Dorf die Geschichte, wenn sie hinter vorgehaltener Hand über das »Ende vom Vrenenhof« sprachen. Die schreckliche Wahrheit der Ereignisse sollte nie recht ans Licht kommen. Einem einzigen Menschen unter ihnen war das vollkommen egal. Genau genommen spielte es ihm am Ende sogar in die Karten.

Mondschein

Kilian wurde von Georg Back bis in den Wald verfolgt. Er war zwar deutlich jünger als der Wegewart und konnte schneller laufen, doch die Verletzung der Kreuzaxt hatte ihm auf seiner Flucht schwer zugesetzt. Der Schnitt des Beils hatte sich nicht nur in sein Fleisch eingeschnitten, sondern auch seine Lunge getroffen. Dadurch fiel ihm die Flucht immer schwerer. Als er von Georg verfolgt aus der Tenne flüchtete, hetzte er, so schnell er konnte, auf dem Waldweg in Richtung Owingen. Doch jeder Atemzug wurde schwerer, jeder seiner Schritte kürzer. Er hatte nicht einmal die Hälfte der Strecke hinter sich gebracht, da konnte er nur noch langsam gehen. Seine linke Hand legte er auf die Wunde und presste mit dem rechten Ellenbogen fest dagegen. Er keuchte und schaute sich immer wieder ängstlich um. Der dürre Georg hatte fast zu ihm aufgeschlossen. Wie ein angeschossener Fuchs, der versuchte, seinem Peiniger zu entkommen, raffte Kilian nochmals alle Kräfte zusammen und schleppte sich seitlich in das Unterholz des Waldes. Sein Atem rasselte und er taumelte wie ein Betrunkener zwischen den Bäumen hindurch. Georg war direkt hinter ihm und packte ihn am Hemd, doch Kilian wehrte sich. Der Stoff riss und der dürre Georg hielt nur einen Fetzen in der Hand. Dabei verlor der Wegewart das Gleichgewicht und stürzte. Kilian konnte sich noch einmal ein paar Meter Vorsprung verschaffen, doch schließlich bekam sein Verfolger ihn ein zweites Mal zu fassen und riss ihn endgültig nieder. Er lag mit dem Rücken auf dem Boden. Die Wunde in seiner Seite brannte wie Feuer. Mit einer Hand drückte Georg ihm die Gurgel zu und griff mit der anderen nach seinem Messer.

Kilian schnappte hilflos nach Luft. Während sein Widersacher ihn überwältigte, schien das helle Mondlicht zwischen den Bäumen hindurch und tauchte alles um sie herum in ein bläuliches Weiß. Er sah zu den Baumwipfeln empor, die wie stumme Riesen um sie herumstanden und regungslos zuschauten.

»Sag endlich den Namen deines Großonkels!«, brüllte der dürre Georg und lockerte den Griff um seine Kehle.

Kilian bewegte seinen Kopf hin und her. Der Wegewart hielt ihm wütend das Messer vors Gesicht und drohte erneut. »Sag mir den Namen oder ich stech dich ab wie eine Sau!«

In diesem Moment schossen Kilian unzählige Bilder durch den Kopf. Er sah Adam und Elisabeth, wie er mit ihnen gemeinsam am Tisch saß. Sie aßen und lachten fröhlich miteinander. Er sah seinen Großonkel Gottlieb und er sah Anna, seine geliebte Anna. Sie wollte er heiraten und mit ihr eine Familie gründen. Er sah ihr lächelndes Gesicht vor sich und sie schaute ihm tief in die Augen. Ein lieblicher Blick, wie damals beim Tanz auf dem Rutenfest, als sie sich zum ersten Mal in die Augen gesehen hatten. Von diesen Erinnerungen angetrieben, raffte er seine letzten Reserven zusammen. Wie ein wild gewordenes Tier schlug er um sich und schaffte es, den dürren Georg beiseitezustoßen. Kilian drehte sich hastig auf alle viere und sprang auf.

»Hilfeeeee!«, schrie er verzweifelt in den finsteren Wald hinein. Er wollte losrennen, doch er rutschte auf dem Waldboden aus und stürzte. Mit aller Gewalt packte ihn sein Gegner an der linken Ferse und stach ihm mit dem Messer mehrmals in Wade und Oberschenkel. Kilian jaulte auf und krümmte sich vor Schmerz.

»Hilllff…« Sein Schrei erstickte.

Georg presste seinen Mund zu und rammte ihm mit voller Wucht die scharfe Messerklinge in den Hals. Blut spritzte. Im Mondlicht sah es aus wie schwarzes Pech auf Kilians Haut. Unkontrolliert zuckte er mit den Gliedern. Ein letztes Mal sah er mit weit aufgerissenen Augen nach oben zu den Baumwipfeln. Gurgelnde Geräusche kamen aus seinem Mund und er erstickte an seinem eigenen Blut. Dann wurde sein Blick starr. Der dürre Georg stach noch mehrmals mit dem Messer auf ihn ein, doch Kilian Gassner war bereits tot.

Hoffnung

ELISABETH WAR AUF DEM VRENENHOF. Um sie herum stand Wasser in der Tenne und sie saß auf einem Brett, das wie ein Floß dahintrieb. Das Tennentor war geschlossen und nur wenig Licht drang in den großen Raum. Sie war nicht allein. Um sie herum standen Elefanten bis in Bauchhöhe im Wasser. Die imposanten Tiere waren nur eine Armlänge von ihr entfernt, aber schienen sich nicht besonders für sie zu interessieren. Mit einem langen Stock lotste sie ihr kleines Floß vorsichtig zwischen den friedlichen Riesen hindurch. Am anderen Ende der Tenne, dort, wo es gewöhnlich in den Hühnerstall hinausging, war eine Öffnung in der Wand. Das Wasser floss an dieser Stelle wie ein kleiner Bach hinaus ins Freie. Elisabeth wusste, dass irgendwo dort draußen ihr Ziel war. Unerschrocken lenkte sie ihr kleines Floß in diese Richtung. Zwischen den großen Elefanten waren auch Jungtiere. Die Kleinen spielten im Wasser und Elisabeth hätte sie am liebsten gestreichelt, aber sie hatte keine Zeit zu verlieren. Sie musste so schnell wie möglich die helle Öffnung am anderen Ende der Tenne erreichen und es schien ihr ein langer Weg. Schließlich gelangte sie an die Stelle und trieb hinaus ins Freie. Hinter der Tenne war eine grüne topfebene Landschaft. Das Gewässer schlängelte sich dort als kleiner Bach geschmeidig hindurch. Die Sonne war am Himmel nicht zu sehen, doch es war hell und warm wie an einem schönen Herbstnachmittag. Von der Strömung mitgenommen, trieb Elisabeth langsam den friedlichen Bachlauf entlang. Auf beiden Seiten des Ufers wuchsen Sträucher, deren Laub in einem leuchtenden Gelb strahlte. In den Zweigen hüpften Vögel umher und zwitscherten in hellen Tönen. Elisabeth genoss die Ruhe und den Frieden. Aufmerksam lauschte sie dem Gesang. Es müssen Bachstelzen sein, dachte sie. Adam kannte alle Vogelarten und er hatte ihr beigebracht, ihre Stimmen zu erkennen. Wo war er nur? Von einem Moment auf den anderen fühlte sie sich furchtbar einsam. Bisher hatte sie völlig zufrieden auf ihrem Floß gesessen und die Fahrt genossen. Nun stand sie auf und rief verzweifelt um sich.

»Adam! Adam!«

Elisabeth hörte ihr eigenes Rufen nachhallen, als sie aus dem Traum erwachte. Die Landschaft um sie herum war eine andere und schließlich erinnerte sie sich wieder an alles. Sie war gestern Abend vom Besuch bei Hedwig nach Hause geritten. Der Vrenenhof hatte in Flammen gestanden und sie hatte verzweifelt nach Kilian und

Adam gesucht. Dann war sie aus Angst vor ihrem Peiniger geflüchtet und hatte sich hier auf der kleinen Anhöhe völlig erschöpft zum Schlafen niedergelegt. Und jetzt? Wo sollte sie hin? Was sollte sie tun? Waren Adam und Kilian tatsächlich tot? Die Ungewissheit machte sie beinahe wahnsinnig. Der Verstand sagte ihr, dass der dürre Georg ihr womöglich überall auflauern konnte. Egal, was passieren mochte, sie musste unbedingt Klarheit über das Schicksal von Adam und Kilian erlangen. Entschlossen machte sie sich auf den Weg zum Vrenenhof.

Im Wald sah sie sich alle paar Schritte um. Sie wurde von dem eigenartigen Gefühl befallen, dass der Wegewart hinter jedem Baum stehen konnte. Ihr Blick fiel auf etwas, das nur wenige Meter neben ihr auf dem Waldboden lag. Zögerlich ging sie auf das Etwas zu. Es war ein Stück zerrissener Stoff. Bei dessen Anblick erschauerte Elisabeth am ganzen Körper, denn sie erkannte den Stoff an seinem Muster. Mit zitternden Fingern nahm sie den blutdurchtränkten Fetzen hoch und betrachtete ihn mit Tränen in den Augen. Es war eindeutig Kilians Hemd. Daran gab es keinen Zweifel. Ihm musste etwas Furchtbares zugestoßen sein. Sorgen übermannten sie und am liebsten hätte sie sich auf den Boden gesetzt und geweint. Wieder überkam sie das unbarmherzige Gefühl der Ungewissheit. War wenigstens Adam noch am Leben? Von dieser Hoffnung angetrieben setzte sie ihren Weg fort und gelangte kurze Zeit später auf ihren geliebten Hof, von dem nicht mehr viel übrig war. Das abgebrannte Haus lag gespenstisch vor ihr. Rauch stieg von dem großen Haufen aus Asche und verkohltem Holz auf.

Sie suchte jeden Winkel ab, doch auf der ganzen Lichtung war von Adam keine Spur. Immer ungeduldiger und verzweifelter schlich sie auf dem Hof umher und durchforstete jede noch so winzige Ecke. Die Angst, dass jeden Moment der dürre Georg auftauchen konnte, hing ihr dabei ständig im Nacken. Hilflos sah sie sich um. Der traurige Anblick des zerstörten Vrenenhofs zerriss ihr das Herz. Zwischen all dem verkohlten Holz entdeckte sie Erinnerungen an früher. Aus den verbrannten Überresten lugten Töpfe aus ihrer alten Küche hervor. Der gusseiserne Herd stand wie ein Mahnmal unter den eingestürzten Deckenbalken, als könne ihm nichts auf der Welt etwas anhaben. Immer mehr vertraute Sachen entdeckte sie im rauchenden Schutthaufen, bis ihr der schreckliche Anblick zu viel wurde. Sie glaubte, verrückt zu werden, und rannte davon. Ohne sich noch einmal nach dem Hof umzudrehen, lief sie an den Waldrand und suchte Schutz zwischen den Bäumen und Sträuchern. Als sie dort angekommen war, machte sie Halt und drehte sich keuchend zum Hof um. »Adam! Oh Adam!«, wimmerte sie leise.

Sie schlug sich beide Hände vor das Gesicht, als könne sie dadurch in andere Sphären blicken. Eine Welt der Vergangenheit, in der sie zusammen mit Adam und Kilian in Frieden auf dem Vrenenhof lebte, doch davon war nichts übrig geblieben.

Solange sie nicht sicher wusste, dass Adam tot war, musste sie nach ihm suchen. Selbst wenn es ihr eigenes Leben kosten würde, was sollte sie schon ohne ihn allein auf dieser Welt tun?

Elisabeth schöpfte neue Hoffnung. Vielleicht war Adam geflohen und suchte nach einem Versteck. Das wäre möglich, redete sie sich ein. War er zu den Schädlers oder zu Hedwig und Theo geflüchtet? Sie musste unverzüglich ins Dorf. Selbst wenn er letztendlich doch nicht dort war, so hatten die Lattners vielleicht etwas von ihm gehört. Möglicherweise hatte Theo ihn irgendwo im Wald gesehen und wusste, wo er zu finden war.

Bei diesem hoffnungsvollen Gedanken wäre Elisabeth am liebsten einfach in Richtung Ernatsreute losgerannt. Sie malte sich das Wiedersehen mit Adam in den schönsten Farben aus. Aber es war noch mitten am Tag und deshalb zu gefährlich, ins Dorf zu gehen. Der dürre Georg könnte sie auf ihrem Weg nach Ernatsreute abfangen und dann gnade ihr Gott. Ungeduldig wartete sie im Wald bis zum Einbruch der Dunkelheit. Dann machte sie sich auf den Weg zum Forsthaus, in der Hoffnung, Adam dort wiederzusehen.

Der Mond hing wie ein silbern schimmernder Teller am Himmel und erhellte die Landschaft, sodass Elisabeth ohne Laterne den Weg nach Ernatsreute fand.

Es war nach neun Uhr abends, als sie das Forsthaus erreichte. Sie klopfte an die Tür. Es dauerte eine Weile, bis drinnen knarzende Schritte auf der Treppe zu hören waren. Theo öffnete. In der Hand hielt er einen kleinen Kerzenleuchter und blickte Elisabeth an, als sei sie ein Geist aus dem Wald.

»Liesl!«, sagte er verwundert. »Wo kommst du denn her? Du siehst erschöpft aus!« Im Schein der Kerze betrachtete er sie besorgt.

»Kann ich mit Hedwig sprechen?«, fragte Elisabeth bedrückt.

»Aber natürlich. Komm herein, sie ist in der Küche.«

Elisabeth trat ein und Theo schloss die Tür. Mit dem Leuchter in der Hand stieg er die Stufen nach oben und sie folgte ihm schweigend. Als Elisabeth in die Küche eintrat, sah Hedwig erschrocken auf.

»Liesl!« Sie ging auf ihre Freundin zu und umarmte sie.

»Habt ihr meinen Adam irgendwo gesehen?«, fragte Elisabeth verzweifelt. »Unser Hof ist abgebrannt und von ihm fehlt jede Spur!«

Hedwig löste die Umarmung und sah ihre Freundin verunsichert an. Hilflos blickte sie zu Theo hinüber, der sich an den Tisch setzte und verlegen nach unten schaute.

»Aber … aber hast du nicht mitbekommen, was passiert ist?«, stammelte Hedwig.

Verwirrt sah Elisabeth ihre Freundin an. »Nein! Ich weiß nur, dass unser Hof abgebrannt ist und ich meinen Adam nirgends finden kann!«

Hedwig wollte antworten. Tränen stiegen ihr in die Augen und ihre Stimme erstickte beim Sprechen. »Dein … dein Adam …«, schluchzte sie.

»Wo ist mein Adam?« Elisabeths Stimme klang heiser.

Hedwig konnte nicht weitersprechen.

Theo stand auf und blickte sie an. »Er ist in eurem Haus verbrannt.« Betrübt reichte er ihr die Hand. »Mein Beileid, Liesl.«

Geistesabwesend nahm Elisabeth seine Hand.

»Nein!«, winselte sie. »Nicht mein Adam! Doch nicht mein Adam!« Sie warf den Kopf hin und her. Theo nahm sie vorsichtig am Arm und geleitete sie an den Tisch. Elisabeth setzte sich und sackte zusammen. »Mein Adam … Mein Eselpeter …«

Ihre Freunde setzten sich zu ihr. Eine Weile schwiegen alle. Hedwig fasste sie an der Schulter. »Es ist wegen dem kleinen Biehle«, erklärte sie. »Die Männer wollten dir einen Denkzettel verpassen.«

»Welche Männer?« Elisabeth richtete sich auf.

»Andreas Biehle, sein Schwager, der alte Vinzenz, der

Schädler Franz, Werner Neidhart und der dürre Georg«, antwortete Hedwig.

Mit einem Mal wurde Elisabeth schwummrig.

»Die Männer wollten dein geheimes Zimmer zerstören, doch dabei hat Adam sich ihnen in den Weg gestellt«, berichtete Hedwig weiter. »Im Kampf ist er gestürzt und hat sich das Genick gebrochen. Aus Rache wegen der Sklavenarbeit auf eurem Hof soll der Schuhmacher das Haus angezündet haben und abgehauen sein. Die Männer haben ihn wohl auf der Flucht gesehen.«

Elisabeth schaute ihre Freundin entsetzt an. »Der Kilian soll den Hof angezündet haben?«, fragte sie ungläubig. »Wer sagt denn so was?«

»Der Schädler Franz hat es mir erzählt«, erwiderte Theo.

»Die Männer haben gesehen, wie der Schuhmacher das Feuer in eurem Haus gelegt hat und dann mit einem Bündel davongerannt ist.«

Elisabeth schüttelte den Kopf. »Nein, das ist nicht wahr! Warum sollte er das tun? Ich habe ihm das Leben gerettet!«

»Franz hat mir erzählt, dass der Schuhmacher die Gelegenheit genutzt hat, um euch zu berauben und anschließend seine Spur zu verwischen. Der Schuster ist schuld daran, dass dein Adam in den Flammen verbrannt ist. Gott sei seiner armen Seele gnädig!«

»Nein!«, schluchzte Elisabeth laut. »Das kann nicht sein. Das ist nicht wahr!«

»Die anderen Männer haben es auch so erzählt«, sagte Theo mit ruhiger Stimme. »Ich befürchte, dass es sich so zugetragen hat.«

Wieder begann Elisabeth, hoffnungslos den Kopf hin und her zu bewegen. Hedwig strich ihr tröstend über den Arm. »Willst du bei uns bleiben?«

Sie hörte Hedwigs Stimme nur undeutlich aus der Ferne. Es war ihr, als sehe sie den Tisch vor sich durch einen langen Tunnel, an dessen Rand rundherum alles verschwamm. Gedankenverloren stand sie auf und ging hinaus. Hedwig lief ihr besorgt hinterher. »Liesl, wo willst du hin?«

Elisabeth gab ihrer Freundin keine Antwort. Wie eine Schlafwandlerin verschwand sie im Dunkel der Nacht.

Sie kehrte zurück zum Vrenenhof. Wie lange sie dorthin gelaufen war und auf welchen Wegen, wusste sie am nächsten Tag nicht mehr. Dennoch fand sie den Weg nach Hause und legte sich im oberen Stock des Speichers zwischen den Futterkästen auf den rauen Bretterboden zum Schlafen. Sie schlief bis in den späten Nachmittag des nächsten Tages. Das Gurren einer Taube weckte sie. Erst jetzt bemerkte Elisabeth, wie sehr ihre alten Knochen von dem harten Bretterboden schmerzten, auf dem sie in den vergangenen Stunden gelegen hatte.

Mühsam setzte sie sich auf und starrte vor sich hin. Wieder kamen ihr schmerzhafte Erinnerungen in den Sinn, die zäh wie Honig ihr Hirn durchflossen. Es waren Erinnerungen an Theos Erzählung, dass Adam tot sei, in ihrem eigenen Haus verbrannt. Sie musste es wohl glauben. Dass Kilian sie beraubt und ihr Haus angezündet hatte, konnte allerdings nicht wahr sein. Sie selbst hatte einen blutgetränkten Fetzen seines Hemdes im Wald gefunden. Das schien ihr ein deutliches Zeichen dafür, dass er angegriffen worden war. Der dürre Georg musste ihn auf dem Gewissen haben. Letztendlich war jetzt alles egal. Adam war tot. Ihr geliebter Adam und wahrscheinlich auch Kilian. Elisabeth fühlte sich unsagbar schwer. Als hingen riesige Steine an ihrem Körper, die sie durch den Bretterboden des Speichers nach unten in die Tiefe rissen.

Stundenlang saß sie im Speicher und starrte vor sich hin. Schließlich stand sie entschlossen auf und sah sich nach einem Strick um. Jede Bewegung kostete sie unendlich viel Kraft und es war ihr, als würde sie etwas innerlich zerfressen. Dieses Gefühl konnte sie nicht mehr länger ertragen. Elisabeth wollte dem Ganzen ein Ende machen. Mit starrem Blick durchforstete sie das Gerümpel in den Futterkästen. Irgendwo musste ein langer Strick sein, den sie an einem der Dachbalken über sich festmachen konnte. In einem der Futterkästen entdeckte sie ein Knäuel aus Seilen. Sie zögerte einen Moment, dann stieg sie in den Kasten, streckte ihre Hand nach den Seilen aus und zog einen einzelnen Strick hervor.

Erst jetzt bemerkte sie, dass es der Futterkasten mit dem geheimen Türchen war. Dicker Staub bedeckte den Boden des Kastens und vor dem Durchlass war eine bogenförmige Schleifspur im Staub zu sehen. Ein warmer, angenehmer Strom durchfloss ihren Körper und sie konnte ihren Blick nicht mehr von dem kleinen Türchen lassen. Viele Gedanken schossen ihr durch den Kopf und sie ließ den Strick zu Boden fallen. Der Spur zufolge war das Türchen wohl erst vor Kurzem geöffnet worden. Neugierig schob sie es auf und kroch auf allen vieren durch die kleine Öffnung hinein. Drinnen war es dunkel, doch schon bei den ersten Bewegungen, die sie mit Händen und Füßen in die geheime Kammer hinein machte, fühlte sie einen großen kantigen Gegenstand unter sich. Sie tastete danach und wusste sofort, was sie in den Händen hielt. Hildegards Kräuterbuch.

Vorsichtig schlüpfte sie mit dem Buch rückwärts aus der Kammer heraus, setzte sich auf den Boden und hielt den unversehrten Konstanzer Band in ihren Händen. Freudentränen liefen ihr über die Wangen und sie flüsterte in die Stille des Speichers. »Oh, mein geliebter Eselpeter, wie soll ich es ohne dich bloß schaffen?«

Keine Rückkehr
Tagebuch der Elisabeth Freistetter

Konstanz, den 14. April 1909

Obwohl ich noch nie in meinem Leben Tagebuch geführt habe, verspüre ich jetzt im Alter mehr denn je den Drang dazu. Ein Leser sollte eigentlich die Geschichten einer jungen Frau lesen dürfen. Sich erfreuen an ihren Erlebnissen von Liebe und Lebensfreude, die einem das Herz erwärmen. Doch damit kann ich leider nicht mehr dienen. Ich bin nun vierundsechzig Jahre alt und schreibe diese Zeilen aus Angst. Sie ist der Grund, der mich dazu drängt, und indem ich darüber schreibe, hoffe ich, zumindest einen Teil dieser allgegenwärtigen Furcht ablegen zu können. In den vergangenen Jahren verfolgten mich immer wieder dieselben Albträume. Und mir scheint es, je älter ich werde, desto grausamer werden sie. Es sind Albträume von diesem furchtbaren Abend im Herbst 1903. Immer wieder sehe ich das gleiche schreckliche Bild in meinen Träumen. Der Vrenenhof brennt lichterloh im Dunkel der Nacht. Von Weitem höre ich die schmerzgeplagten Schreie von Adam und Kilian, doch ich kann die beiden nicht finden. Sie rufen nach Hilfe. Sie rufen meinen Namen, aber ich suche sie vergeblich und kann ihnen nicht helfen. Machtlos stehe ich auf der Wiese vor dem brennenden Haus und höre ihre Todesschreie. Plötzlich packt mich eine kalte Hand von hinten und hält mir ein Messer an den Hals. Dann höre ich eine tiefe Stimme.

»Kein Grund zur Trauer, ich befördere dich jetzt zu den beiden und zu all den anderen Hexenweibern aus deiner Familie. Du wirst ja nicht die Erste sein, die im Feuer landet!«

Es ist der dürre Georg, der hasserfüllt in meine Ohren spricht und lacht. In diesem Moment wache ich schweißgebadet auf und brauche ein paar Minuten, bis ich mich in meiner neuen Umgebung zurechtgefunden habe. Die Ereignisse von damals lassen mich einfach nicht mehr los. Als ich im Speicher auf dem Boden gelegen hatte, war für mich alles zu Ende gewesen. Ich hatte die Welt um mich herum nur noch verschwommen gesehen, als würde man durch eine schmutzige Glasscheibe blicken. Ich war kurz davor gewesen, meinem Leben ein Ende zu setzen. Wenn ich heute daran zurückdenke, schnürt es mir bei diesem Gedanken beinahe den Hals zu. In jenen Tagen schien in mir alles stumpf. Meine Seele war wie ein brennendes

Blatt Papier in sich zusammengeschrumpft und drohte, jeden Moment zu Asche zu zerfallen. In diesem fürchterlichen Augenblick war es ein leichter Gedanke gewesen, mir selbst den Strick um den Hals zu legen und mich im Dachgebälk des Speichers zu erhängen. Doch dann hatte ich Hildegards Kräuterbuch in der geheimen Kammer entdeckt. Ich wusste sofort, dass Adam es für mich dort versteckt hatte. Es war eine letzte Nachricht von ihm. Als ich den wertvollen Band in meinen Händen hielt, kam es mir vor, als würde seine Stimme noch einmal zu mir sprechen.

»Mach du weiter, Liesl«, hätte er gesagt. »Du hast immer noch die Aufgabe deiner Vorfahren, du bist es ihnen schuldig.«

Dieser ergreifende Moment hatte meine verschwundenen Lebensgeister wieder geweckt. Ich packte das Buch in einen alten Sack und lief bei Einbruch der Abenddämmerung mit meinem wertvollen Gepäck zum Forsthaus. Hedwig war damals überglücklich, mich lebend wiederzusehen. Sie ahnte wohl, dass ich kurz davor gewesen war, meinem Leben ein Ende zu setzen. Aber das Wiedersehen währte nicht lang. Ich berichtete ihr, dass ich fliehen wollte, weit weg von der Erinnerung an mein zerstörtes Zuhause. Von meiner Vermutung, dass der dürre Georg am Tod von Adam und Kilian schuld war, erzählte ich ihr nicht. Ich wollte meiner Freundin nicht unnötig Sorgen machen. Hedwig verstand meine Entscheidung, doch sie wollte mich nicht gehen lassen, ohne dass ich von ihr ein paar Dinge mitnahm.

»Deine Sachen sind alle im Feuer verbrannt, und egal, wohin es dich verschlägt, so brauchst du doch Kleider und etwas Geld«, hatte sie gesagt und mir ein paar von ihren guten Kleidern in einen Holzkoffer gepackt. Dazu gab sie mir fünfzig Reichsmark von ihrem Ersparten. Aus Scham sträubte ich mich zuerst, das Geld anzunehmen, doch meine Freundin bestand darauf. Ich willigte ein, mit dem Versprechen, ihr denselben Betrag in einem Brief zurückzusenden, wenn ich selbst wieder Geld hätte. Beim Abschied versprach ich ihr zu schreiben, sobald ich eine neue Bleibe gefunden hatte. Mit Tränen in den Augen verabschiedeten wir uns voneinander und ich wollte mich auf den Weg machen. Zu Fuß wollte sie mich aber nicht gehen lassen und pochte darauf, dass Theo mich wenigstens ein Stück weit auf der Kutsche mitnahm. Da die Tage zuvor sehr an meinen Kräften gezehrt hatten, nahm ich das Angebot dankend an. Ich stieg zu Theo auf den Kutschbock und gemeinsam fuhren wir in die Dunkelheit der Nacht. Es war das letzte Mal, dass ich meine Freundin und das Dorf gesehen habe. Während der Fahrt sprachen Theo und ich nicht viel miteinander. Auf seine Frage, wo es denn hingehen solle, antwortete ich, dass ich nach Überlingen wollte. Großzügig fuhr er mich bis nach Aufkirch und dort kam ich für die Nacht in einem Gasthof unter.

Am nächsten Morgen ging ich zu Fuß den Weg hinunter in die Stadt. Am neuen Bahnhof erkundigte ich mich über die Zugfahrten und fuhr mittags mit der nächsten Lokomotive bis nach Konstanz. Das schien mir weit genug entfernt von der Heimat und den grausamen Ereignissen. Die Zugstrecke der neuen Eisenbahn war erst vor wenigen Jahren gebaut worden und schlängelte sich am schönen Bodenseeufer entlang, das ich in meinem Leben noch nie gesehen hatte. Das Wetter war schön, doch ich konnte den Anblick von Natur und See kaum genießen, denn die Angst vor dem dürren Georg ließ mir keine Ruhe. Dieser Mann war ein Mörder und nur Gott allein weiß, wie viele Leben dieser grausame Mensch auf seinem Kerbholz hat. Ich frage mich, ob er hinter allem steckte, was passiert ist. Denn seit er uns Rache geschworen hatte, war nichts mehr wie zuvor. Menschen, die mich bis dahin gemocht und meine Hilfe gesucht hatten, verabscheuten mich von einem Tag auf den anderen. Selbstverständlich waren mir manche auch vorher schon mit Misstrauen begegnet. Ich konnte es ihnen zwar nicht direkt ansehen, aber in dieser Hinsicht hatte mich mein Gespür nie betrogen. Wie das letztendlich alles passiert ist, werde ich wohl nie erfahren, aber damit muss ich mich abfinden.

Auf meiner Flucht in Konstanz angekommen, fragte ich am Bahnhof nach einer Unterkunft. Mir scheint, als sei es erst gestern gewesen. Von einem aufgeweckten Gepäckträger mit Schildmütze und Uniformjacke erfuhr ich vom Dienstbotenheim in der Wallgutstraße und so kam ich dort die ersten Tage behelfsmäßig unter. Während dieser Zeit erkundigte ich mich beinahe täglich auf dem Großherzoglich-Badischen Stadtamt nach Dienststellen. Als Eignung gab ich Köchin an. Gewiss wurden damals viele Kindermädchen bei den reichen Herrschaften gesucht, doch für solche Aufgaben hatte ich in meinem Alter keine Nerven mehr. So kam ich als Köchin in den Dienst von Notar Dillmann und seiner Familie.

Mit meinem Koffer lief ich damals auf der Rheinbrücke hinüber nach Petershausen. Die Altstadt lag in meinem Rücken und ich durchquerte den neuen Stadtteil, der fortan meine Heimat werden sollte. Ich folgte dem Weg, der den Hügel hinaufführte, in Richtung Allmannsdorf. Links und rechts der Straße standen vereinzelt prächtige Herrenhäuser mit großen Gärten. Es war angenehm ruhig und ich war der schönen Natur ein Stück näher als in der

Altstadt. Ein Gefühl, das mir während meiner kurzen Zeit im Dienstbotenheim sehr gefehlt hatte. Eines der Herrenhäuser gefiel mir besonders gut. Seine Fassade war mit Malereien von Pflanzen und allerlei Fabelwesen verziert. Ich blieb stehen und bestaunte es. Solch einen schönen Hausschmuck hatte ich bis dahin nicht gesehen, doch noch prächtiger an diesem Anwesen war der große Baum, der im Vorgarten stand. Anmutig blickte ich an diesem Riesen empor. Seine großen Äste mit den grünen Nadeln bewegten sich gemächlich im lauen Wind. Ich schloss die Augen, atmete die frische Luft ein und lauschte den Geräuschen der Natur. Für einen kurzen Moment fühlte ich mich dabei fast wie zu Hause auf dem Vrenenhof, aber das war alles Vergangenheit. Von Wehmut geplagt, öffnete ich wieder meine Augen und begutachtete das prächtige Haus vor mir. So gern ich dieses schöne Herrenhaus mein neues Zuhause genannt hätte, musste ich noch ein Stück weiter die Straße aufwärts gehen.

An der richtigen Adresse angekommen, stellte ich zu meiner Überraschung fest, dass im Garten meiner neuen Unterkunft ebenfalls ein riesiger Baum stand. Ein Mammutbaum, wie ich später von unserem Hausherrn erfahren sollte, der dem anderen Riesen in Größe und Aussehen in nichts nachstand. Friedvoll stand er neben dem Herrenhaus, das mit einer prächtigen Stuckfassade und einem Spitztürmchen auf dem Dach geschmückt war. Mein neues Zuhause hatte damals bereits am ersten Tag eine angenehme Wärme auf mich ausgestrahlt, die wohl direkt vom Gemüt der Herrschaften herrühren musste, wie sich später herausstellen sollte.

Der angesehene Notar Dillmann, mein neuer Hausherr, zählt zu den wohlhabenden Bürgern von Konstanz und kann sich daher eigenes Dienstpersonal leisten. Dazu gehören der kräftige Otto, der sich um Haus und Hof kümmert, das junge Kindermädchen Eleonore und ich, Elisabeth Freistetter, die nun etwas ältere Köchin. Es ist nicht das Leben, wie ich es zuvor kannte, und schon gar nicht, wie ich es mir vorgestellt hatte. Mit meinen vielen Jahren in Diensten zu stehen, ist sehr mühsam. Die erste Woche war ich zur Probe, denn die Herrschaften wollten wissen, ob ich als neue Köchin denn überhaupt ihrem Gaumen entsprach. Auch wenn ich nicht auf Anhieb ein herrschaftliches Abendmahl zubereiten konnte, so war Frau Dillmann sofort von meinen dezenten Würzungen der Speisen mit allerlei Kräutern begeistert, weshalb ich letzten Endes die Anstellung bekam. Man gab mir ein Zimmer im Dachgeschoss, gleich neben dem des Kindermädchens. Das Zimmer ist recht klein, dennoch fühle ich mich dort einigermaßen wohl. Die Herrschaften selbst kommen nur selten ins Dachgeschoss. Notar Dillmann und seine Frau sind mir sehr angenehme Herrschaften und ihre drei Kinder sind wohlerzogen. Nicht selten trugen die Sprösslinge in den vergangenen Jahren Schürfwunden oder andere Verletzungen nach Hause. In diesen Situationen konnte ich mich nicht zurückhalten und gab ihnen von meinen Heilmitteln nach den Rezepturen aus Hildegards Kräuterbuch. Selbst die Kinder bemerkten mit der Zeit, dass ihnen meine Pflaster besser halfen als die Salben von Dr. Mennwart. Als Hausarzt der Familie war er vor zwei Jahren wegen Frau Dillmann fast jede Woche auf Hausbesuch gewesen. Die Herrin hatte zu dieser Zeit starkes Nasenbluten, das von einem auf den anderen Moment losströmte und wieder verschwand. Dr. Mennwart konnte sich den Grund für das Leiden nicht erklären und tat sich mit der Findung eines rechten Arzneimittels schwer, wie ich mitbekommen hatte. Beinahe ein halbes Jahr suchte er nach einem lindernden Medikament, bis das Nasenbluten von selbst verschwand. In meinem Kräuterbuch hätte ich vom ersten Tag an eine passende Rezeptur gegen die Beschwerden der Hausherrin gehabt, doch aus Furcht, bei dem gelehrten Doktor in Argwohn zu gelangen, hatte ich mich zurückgehalten und tue dies nach wie vor. Ich will kein Aufsehen erregen, denn wie meine Vorfahren musste ich die schmerzliche Erfahrung machen, dass unser Wissen nicht immer geschätzt wird. Zu schnell kann sich das Blatt wenden und ich stehe wieder als Kräuterhexe da. Am schlimmsten ist dabei die Angst, den Wissensschatz meiner Vorfahren nicht weitergeben zu können. Sollte ich wie sie verleumdet werden und unverhofft sterben, würde er für immer verloren gehen.

Tagebuch der Elisabeth Freistetter

Konstanz, den 27. April 1909

In den vergangenen Tagen ist es mir sehr schlecht gegangen. War es wegen der Angst, von der ich vor ein paar Tagen schrieb? Waren es die vielen Erinnerungen an früher, die seither in meinem Kopf umhergeschwirrt sind? Ich weiß es nicht. Jedenfalls lag ich einige Tage mit Fieber im Bett und musste mich kurieren. Frau Dillmann war sehr besorgt um mich. Als ich fiebrig im Bett lag, wollte sie Dr. Mennwart herbeiholen, doch ich lehnte ab und sagte, dass es sicher vorübergehen würde. Widerwillig akzeptierte sie meine Entscheidung. Es war nicht nur sie allein, die sich um mich sorgte. Während meiner Krankheit hatte Eleonore die Küchenarbeit übernommen und mich auf meinem Krankenbett versorgt. Die ersten Tage des Fiebers waren besonders schlimm. Bei meinen hohen Temperaturen hatte ich bei Tag und Nacht immer wieder denselben schrecklichen Traum. Darin sah ich den dürren Georg. Sein Körper verwandelte sich in den eines Skorpions und auf dem Hals dieses übergroßen Monstrums war sein Kopf mit dem düsteren Gesicht, wie ich es kannte. In diesem Albtraum hing er an der Zimmerdecke und starrte mich mit seinen dunkel unterlaufenen Augen an. Seine scharfen Scherenhände hielt er mir bedrohlich entgegen und bewegte sich auf mich zu. Die schreckliche Erscheinung wurde mit jedem Schritt seiner sechs Beine größer. Es schien mir, als könne er mich jeden Moment fassen, ich selbst konnte mich nicht bewegen. Hilflos kauerte ich in meinem Bett, als er immer näher kam. Ich schrie in meiner Verzweiflung aus und erwachte. Ich muss wohl so laut geschrien haben, dass Eleonore besorgt in mein Zimmer eilte und entsetzt fragte, was denn los sei. Ich antwortete, dass ich nur schlecht geträumt hatte, und sie beruhigte sich.

Weil ihr das Fieber sehr hoch erschien, machte sie mir kalte Wadenwickel, so wie wir es einst bei Kilian getan hatten, als er damals schwer verwundet auf unserem Sofa gelegen hatte. Daran erinnere ich mich noch gut. Mit ihm hatte damals alles angefangen. Der Anfang vom Ende, wie man so schön sagt. Das Ende meines Lebens auf dem Vrenenhof, meines Lebens mit Adam. Meinem geliebten Eselpeter habe ich es zu verdanken, dass Hildegards Kräuterbuch den großen Brand auf unserem Hof überstanden hat. Er musste die Gefahr geahnt und das Buch wohl deswegen im Geheimfach in unserem alten Speicher versteckt haben. An einem Ort, den nur wir beide kannten.

Da ich selbst keine Kinder habe, will ich Hildegards Kräuterbuch, diesen wertvollen Schatz, der mir geblieben ist, an meine Nichte Katharina weitergeben. Sie ist Bäuerin auf einem Hof in Otterswang bei Pfullendorf. Katharina weiß, welche Aufgabe Hildegards Kräuterbuch mit sich bringt. Mit meiner Schwester Brunhilde war sie als junges Mädchen hin und wieder zu Besuch auf dem Vrenenhof gewesen. Damals habe ich ihr die Geschichte des Kräuterbuchs erzählt und sie hatte mich gefragt, ob es allen so schlimm ergeht mit dem Buch wie unseren Vorfahren. Ich hatte ihr geantwortet, dass diese düsteren Zeiten vorbei seien. Dass sich das Schicksal eines Tages derart gegen mich stellen sollte, hätte ich nie für möglich gehalten.

Brunhilde und Katharina waren davon schwer betroffen. In den vergangenen Jahren haben wir uns viele Briefe geschrieben und meine Schwester meinte, dass Katharina das wertvolle Kräuterbuch womöglich nicht mehr haben wolle. In ihren Augen war es verflucht. Wenn man auf das Leben unserer Ahnen und mein eigenes zurückblickt, kann ich sie durchaus verstehen.

Hildegards Kräuterbuch ist von unschätzbarem Wert. Seine Besitzerin soll damit den Menschen helfen. Außerdem ist es wichtig, dass sie das Wissen mit unseren Verwandten teilt, damit auch sie anderen helfen können. Leider sind nicht mehr viele von uns übrig. Selten erhalte ich Briefe von Juditha Zeiners Nachfahrinnen oder denen der Anna Göldi. Ihnen habe ich viele Rezepturen in Briefen zugesendet und bisher haben sie in ihrer Wirkung nie enttäuscht.

Seit einigen Tagen steht es um meine Gesundheit besser und ich kann wieder in der Küche arbeiten. Nachdem ich nun tagelang in meiner Kammer verweilt habe, unternehme ich zurzeit längere Spaziergänge draußen in der Natur. Gestern führte mich mein Weg von Petershausen auf die Insel Reichenau. Die Landschaft dort ist sehr schön und die alten Klosterbauten haben mein Interesse geweckt. Am besten gefällt mir die Kirche St. Georg in Oberzell. Nach einem Spaziergang saß ich dort lange Zeit in der Kirchenbank und habe die alten Wandmalereien betrachtet. Ich habe nie ein christliches Leben geführt, dennoch zogen mich die Malereien von den Wundertaten Christi in ihren Bann. Ich möchte mir nicht vorstellen, welche Arbeit hinter diesen wundervollen Bildern steckt. Für die

Mönche musste es damals eine große Freude gewesen sein, die Wandmalereien nach ihrer Vollendung zu betrachten. Ich staunte über diese Kunst und wunderte mich, welches Erbe die alten Ordensgemeinschaften uns überlassen haben. Dabei musste ich an das Kräuterbuch denken, das im Kloster der weisen Hildegard von Bingen entstanden war. Das Buch ist alles, was mir von meinem früheren Leben geblieben ist, und es ist mein größter Wunsch, dass es nach meinem Ableben weiter bestehen wird. Ich hoffe, dass Katharina das Buch in unserem Sinne weiterführen wird. Doch ich muss mir auch Gedanken dazu machen, was mit dem Buch passieren soll, falls sie es nicht will. Dann muss es in sichere Hände gelangen. An einen Ort, an dem es für die Nachwelt aufbewahrt und sein Heilwissen weiterhin zum Wohle der Menschen eingesetzt wird. Einen solchen Ort zu finden, ist äußerst schwer.

Brief von Hedwig Lattner an Elisabeth

Ernatsreute, den 2. Mai 1909

Liebe Liesl,

vielen Dank für Dein Telegramm, das uns vor ein paar Tagen erreicht hat. Wir hoffen, dass Du Dich baldmöglichst wieder guter Gesundheit erfreust. Auch wenn ich beim Schreiben dieser unschönen Nachricht lange zögerte, komme ich nicht umhin, Dir zu berichten, dass der Tod erst kürzlich beim dürren Georg auf der Schwelle stand. Tagelang hatte er tot in seiner Kammer gelegen, bis der Frommel von der Sägemühle ihn entdeckte. Das Vieh im Stall hatte vor Hunger geschrien, sodass der Nachbar nach dem Rechten sah. Es muss kein schöner Anblick gewesen sein, wie er meinem Theo berichtet hat. Der Leichnam sei von Kleingetier belagert gewesen und bereits an der Tür war ihm ein widerlicher Gestank in die Nase gekrochen. Ohne große Anteilnahme wurde der Wegewart vor ein paar Tagen beerdigt.

Es gibt aber auch Schönes zu berichten. Am Sonntag war Johanna mit ihren Töchtern bei uns zu Besuch. Du glaubst nicht, wie groß und hübsch die kleinen Mädchen geworden sind. Und trotz des herben Verlusts des kleinen Arthur glaube ich, dass seine Mutter stärker denn je ist.

Heute Morgen war ich seit Wochen wieder im Fronholz, an der Stelle, wo einst Euer Vrenenhof stand. Vom

Hof ist fast nichts mehr zu sehen. Der Großherzog ließ den alten Speicher abreißen und das restliche Mauerwerk des Hauses wurde dem Erdboden gleichgemacht. Meinem Theo hat er den Auftrag gegeben, die Lichtung mit Bäumen zu bepflanzen. Sei aber versichert, dass ich trotzdem Blumen auf die letzte Ruhestätte Deines geliebten Adams pflanzen werde. Theo hat meinem Vorhaben zugestimmt. Ich denke, Adam würde sein Platz gefallen, mitten in der Natur, umringt von seinem geliebten Wald.

Sei nun herzlich gegrüßt von
Hedwig & Theo

Tagebuch der Elisabeth Freistetter

Konstanz, den 7. Mai 1909

Seit gestern geht es mir wieder schlechter. Ich habe das Gefühl, dass ich mich von dem starken Fieber vor ein paar Tagen nicht recht erholt habe. Ich fühle mich zunehmend schwach und weiß nicht, wie es weitergehen soll. Frau Dillmann ist wie immer sehr besorgt und hat mich für die nächsten Tage von der Küchenarbeit freigestellt. Das Nichtstun ist nicht befriedigend und so sitze ich hier und schreibe wenigstens diese Zeilen, um das Gefühl zu bekommen, etwas Sinnvolles zu tun. Aber selbst das Schreiben strengt mich an und ich werde nun versuchen, mich wieder auszuruhen. Wo soll das alles hinführen? Ich glaube, dass mein Körper langsam seinen Dienst versagt. Deshalb habe ich vor ein paar Tagen die wichtigsten Vorkehrungen getroffen. Wenn ich sterbe, wird Notar Dillmann einen Brief an meine Nichte senden. Das Schreiben habe ich selbst aufgesetzt und verschlossen in seine Hände gegeben. Ich habe nicht viel zu vererben. Das bisschen Geld, das ich besitze, und meine wenigen Habseligkeiten vermache ich Katharina. Das alles habe ich in meinem Testament bei Herrn Dillmann festgesetzt. Jetzt werde ich mich wieder hinlegen, denn das Schreiben strengt mich zu sehr an.

Epilog

Konstanz, den 2. Mai 1909

Meine liebe Katharina,

wenn Du diesen Brief in Deinen Händen hältst, werde ich nicht mehr am Leben sein. Ich wünsche mir, dass ich dann meinen Weg zu Adam und all den anderen geliebten Menschen gefunden habe, die vor mir gegangen sind. Ich hoffe, dass Du selbst bei guter Gesundheit bist und ein langes, erfülltes Leben vor Dir hast. Schon als Du ein junges Mädchen warst, habe ich Dir von dem wertvollen Erbe unserer Vorfahren erzählt – Hildegards Kräuterbuch. Da es mir selbst verwehrt war, eigene Kinder zu haben, werde ich dieses Erbe nun an Dich, meine geliebte Nichte, weitergeben. Ich hoffe, dass Du Dich dem Buch annehmen und unsere Aufgabe weiterführen wirst, so wie unsere Ahnen es über all die Jahrhunderte hinweg getan haben. Und so sollen es auch nach Dir Deine Nachfahrinnen tun. Das ist das Erbe der Gundis.

Da es mir in letzter Zeit zunehmend schlechter ging, habe ich Hildegards Kräuterbuch am heutigen Tag in die Obhut eines Klosters am Bodensee gegeben. Ich bin davon überzeugt, dass Du den Ort finden wirst. Der Orden wird das Kräuterbuch in seiner Abtei verwahren und nur in Deine Hände geben, so habe ich es aufgetragen. Wie Du weißt, ist das Buch einst im Kloster der weisen Hildegard von Bingen entstanden. Deshalb kann ich mir keinen besseren Platz für seine sichere Verwahrung vorstellen, bis Du es holen wirst. Sollte Dir etwas zustoßen, bleibt das Kräuterbuch für immer im Kloster. Wenn Du das Buch binnen der Frist eines Jahres nach meinem Tod nicht abholst, dürfen sich die Ordensleute ihm selbst annehmen. Ich habe ihnen die Geschichte des Kräuterbuchs erzählt und seine Bedeutung dargelegt. Sie waren ganz eingenommen vom außerordentlichen Heilwissen, das in diesem Buch steckt. Sollte das Kräuterbuch in ihrem Besitz bleiben, wäre es ihnen ein großes Anliegen, all das Wissen der weisen Hildegard von Bingen und unserer Ahnen weiterzuführen und zu mehren.

Meine liebe Nichte, ich hoffe aber inständig, Du entscheidest Dich für Hildegards Kräuterbuch und führst es in unserem Sinne weiter. Bedenke, dass es das letzte Exemplar ist, das uns über all die Jahrhunderte hinweg geblieben ist. Mit Deinen Erwägungen hast Du sicher nicht unrecht, denn viele unserer Vorfahren mussten dafür sterben. Aber sollen ihr Tod und all ihre schrecklichen Qualen umsonst gewesen sein? Diese Entscheidung liegt nun allein bei Dir.

Grüß mir ein letztes Mal Deine liebe Mutter und die Familie. Ich wünsche Euch alles Glück dieser Erde und ein friedvolles Leben.

Lebe wohl!

Deine Tante Liesl

Danksagung

Auf dem Weg zur Vollendung dieses Romans haben mich viele Menschen unterstützt, denen ich an dieser Stelle recht herzlich danken möchte.

Für fachliche Hinweise danke ich Prof. Michael Arand vom Institut für Pharmakologie und Toxikologie der Universität Zürich, Beate Buhrmann, Hebamme in Salem (Baden), Walter Liehner, Leiter des Stadtarchivs Überlingen, Dekan Peter Nicola, Münsterpfarrer in Salem (Baden), und den Mitarbeiterinnen des Deutschen Apotheken-Museums in Heidelberg.

Der Gmeiner-Verlag hat mir die Veröffentlichung dieser Geschichte überhaupt erst ermöglicht. Seinen Mitarbeiterinnen und Mitarbeitern danke ich für die hilfreichen Ratschläge, die neuen Ideen und die wunderbare Zusammenarbeit an diesem Buch.

Starken Rückhalt finde ich in meiner Familie, allen voran bei meinen Eltern, Elsbeth und Albert Rothmund. Sie sind meine größten Förderer. Weiter danke ich meinen beiden Schwestern Melanie Rothmund und Ramona Scheidegg für gute Tipps, meiner Oma Irmgard Leberer, die mir eine wertvolle Ratgeberin zur Alltagsgeschichte ist, und der ganzen Großfamilie, die von Beginn an den Roman mit Begeisterung begleitet hat.

Unter allen, die mir geholfen haben, steht meine Verlobte, Desirée Waldmeier, an erster Stelle. Sie hat die Entstehung des Romans von der Idee bis zur Veröffentlichung miterlebt und jederzeit ausnahmslos unterstützt. Mit ihr kann ich meine Gedanken zur Recherche und beim Schreiben austauschen. Ihre Anregungen sind für mich sehr wertvoll.

Dieses Buch ist ihr von Herzen gewidmet.

Marcel Rothmund, April 2021